U0942220

爱 上 我 是 危 险 的

Taherehe Mafi

UNRAVEL ME

被诅咒的少女

释放

〔美国〕塔赫瑞·马菲 著
马凡 袁学术 译

译林出版社

谨此献给

我的母亲，我所知道的最好的人。

一

今天，整个世界的天气可能就像个单面煎蛋。

一个黄黄的圆球也许正从云层中挤出来，跟蛋黄一样黏糊糊地摊在蓝色的天际，闪着冰冷希望和渺茫前程的光，谎称会有个世外桃源出现。那里有温馨的记忆、体贴的家人和丰盛的早餐，餐盘里摞着一叠蘸了蜂蜜的烙饼。可是，这样的世界现在已经一去不复返了。

或许今天的天气并不是我所想象的那样。

或许今天的天气阴沉而湿冷，北风正呼啸着，穿皮透肉，直往人们骨头里钻。也可能是个雪天，还可能是大雨滂沱，我搞不清，也说不定正天寒地冻，正冰雹肆虐，正风暴狂飙，正地动山摇着裂道口子出来为我们犯的错误腾出空间。

我什么都不知道。

我连扇窗户都没有，什么也看不到。我被丢在了处于地下五十英尺的一间训练室里，血液的温度简直低到了零下一百万度。这间训练室现在成了我的第二个家。我每天对着这四堵墙不停地提醒自己，我不是罪犯不是罪犯不是罪犯，但已经流过很多次的眼泪有时候还是会从脸上滑落下来，有种恐惧感像鱼刺一样一直在喉咙里卡着，怎么也拔不出来。

刚到这儿的时候，我曾经发过很多誓言。

现在我却没那么笃定了，开始心神不宁，思维混乱，因为每天早晨从床上爬起来的时候，眼睛总是直勾勾，手上一手心的汗，还紧张地傻笑几声，这种感觉在我胸口萌发出来，越胀越大，一副想撑破我胸腔的架势，越来越胀，越来越胀。

这儿的生活跟我想的完全不是一码事。

我这个“新世界”好像由青铜打造，用金银密封，里面散发出一股石头和钢铁的味道。这里的空气凉飕飕的，地上铺着橙色的地垫，电灯和开关吱吱作响，不是电动机器，就是电子器件，指示灯都亮着。这里一片忙碌，忙忙碌碌的身影，忙忙碌碌的大厅，大厅里被各种声音塞得满满当当，有窃窃私语，有大喊大叫，有急急忙忙的来回跑动声，还有若有所思的踱来踱去声。如果靠近了去听，甚至可以听见大脑转动的声音、挤捏额头的声音、手指轻敲下巴的声音，以及把眉头皱起来的声音。你会发现，人们的好点子在口袋里揣着，思想在舌尖上跳跃，一双双眼睛聚精会神地眯着，精心谋划着某种我很想一探究竟的东西。

可是，我这儿一点儿起色都没有，浑身上下所有器官都不听使唤。

卡斯特说过，我理应把自己的能量发挥出来。他还说过，我们每个人的天资禀赋表现为不同的能量形式，而且，世上从来没有什么事物得以创造或毁灭，随着整个世界的变化，蕴含于其中的能量也在发生着变化。我们的天资禀赋来自于宇宙，来自于别的事物，来自于别的能量。我们并不是什么异形，我们只是地球被反常操控之后的必然产物。他说，我们的能量来自于某个地方，而这个地方就隐含在我们周围无所不在的混乱之中。

真给他说着了。我想起了世界在我离开时的模样。

我想起了当时令人沮丧的天空，想起了太阳下山时窝窝囊囊地缩到月亮下面去的情景。我想起了沟壑纵横的大地以及参差不齐的灌木，还有原本一片苍葱翠绿，现如今却是望不尽的枯褐土黄。我想到了那些不能喝的水和不会飞的鸟，还有人类文明如何被糟蹋得面目全非——除了大片大片的院落在惨遭蹂躏的大地上绵延开去，再没什么别的了。

整个星球变成了一根没接对茬口的断骨，变成了一颗被摔成百十个碎块儿又重新用胶水粘起来的水晶球。我们被捣成碎块儿再重新组合起来，然后被告知，每一天都要努力装出一副仍在以原有方式行事的样子。这净是胡扯，彻头彻尾的胡扯，眼前所有的人物、地点、事物和观念都是糊弄人的。

我就没在正常地行事。

我顶多算是个灾难的产物。

两个星期的时间就这样逝去了，没人理会，早给遗忘了。就这样，我在这里一待就是两个星期。两个星期以来，我就像生活在一张用鸡蛋壳做的床上，不知道这东西哪儿会破，不知道哪儿会第一个破，也不知道哪儿会通通破完。两个星期当中都能在这样一个安全之所住着，我本应该觉得心情更舒畅些，健康状况更好些，觉也睡得更香更踏实些才对，可恰恰相反，我心里一直忐忑不安，要是自己掌握不好力道怎么办，要是自己搞不清该如何正确练习怎么办，要是自己不小心伤到别人怎么办。

我们正在为一场充满血雨腥风的战争做准备。

这正是我进行训练的原因。大家都在努力准备着，准备亲手干掉华纳和他的部队，势如破竹地斩获一个又一个胜利，向全世界人民证明，希望仍在　　他们不必顺从重建院的要求而成为奴隶，不必做一个一味以强权压迫他人的政权的奴隶。我同意参加战斗，成为一名战士，凭借自己准确的判断以施展出自己的神力。一想到可以把手放在某人的身上，便让我回想起一种心境，当中充满了怀念、感慨和一股力量，对于这种力量感，我只有在接触到对我不免疫的皮肤时才亲身体验过，那是一阵无敌的快感，是一种折磨时的欣快，是一波涌进浑身每个毛孔的强烈刺激。我不知道这种感觉会对我起到什么作用。我不知道自己有没有自信会去从别人的痛苦中获取快乐。

我只知道华纳最后那句话一直堵在我胸口，那种冰冷感和真实感卡在嗓子里让人咳都咳不出来。

亚当不知道华纳也可以碰我。

谁也不知道。

人们都以为华纳死了。人们之所以都以为华纳死了，是因为大家都以为我一枪把他干掉了，可是大家也不想想，我得知道怎么开枪才行啊。所以我估摸着，他现在已经过来找我了。

他过来要干上一仗。

为了我。

二

一声清脆的敲门声刚响过，房门便打开了。

“嘿，费拉斯女士。不知道你坐在角落里希望达到什么效果。”卡斯特还没进门，他那和蔼可亲的笑声便先欢快地进了我的房间。

我紧张地吸了口气，试图让自己的目光直接投向卡斯特，结果没能做到，反而轻声地道了个歉，我听到自己道歉的声音在这间大屋子里形成了回声。我感觉自己颤抖的手指这会儿正紧抓着地上厚厚的实心垫子，一想到自己打来到这儿以后就没干出点儿什么名堂，感觉脸都没处搁，让唯一待自己好的人都感到失望，真是太丢人了。

卡斯特直接站在了我前面，一直等到我终于把头抬起来才说道：“没必要道歉。”他那犀利而清澈的褐色眸子，以及亲切平和的笑脸，很容易让人忘了他是欧米迦之角的领导人。他是领导整个地下行动并誓死与重建院战斗到底的人。他的声音极为温和，也极为友好，友好得几乎快要过了头。有时候我甚至盼着他能大声冲我说话。“不过，”他继续说道，“你确实得学会该如何驾驭自己的能量，费拉斯女士。”

他停顿了一下。

又踱了两步。

他把双手放在了那摞我本该已经劈碎的砖头上，假装没看见我的红眼圈和满屋子扔得到处都是的金属管子，四处打量的目光小心地避开了旁边木板上的血迹；他没有问我为什么把拳头握那么紧，或者有没有再伤到自己。他朝我这边歪着头，却目不转睛地盯着我身后，说话的声音平易近人。“我知道这对你来说难度很大，”他说道，“但你必须得学会。你不能不学会，往后你的身家性命就靠它了。”

我使劲儿咽了口唾沫，咽的力道特别大，以至于都能听见吞咽声在我俩之间回荡。我点了点头，后背倚在墙上，感到了砖块硌到骨头时的冰凉与疼痛。我把膝盖顶在胸前，脚底板陷在地板防护垫里。就这样，我眼泪差点掉下来，生怕自己忍不住会哭。“我不知道问题出在哪儿了，”我终于对他说道，“我对此一窍不通，压根不知道该怎么办。”我眼睛望着天花板，不停地在眨，感觉里头亮晶晶、潮乎乎的，“我不知道该从何下手。”

“那你只有好好想想了。”卡斯特说着，一副无动于衷的样子。他从地上捡起一根金属管子，用手掂量了下。“你必须找到两者之间隐含的共性。当初你冲破华纳刑讯室水泥墙的时候——当初你击穿大铁门去救肯特先生的时候——都发生了什么？为什么在这两种情况下你就能以如此超乎寻常的方式做出反应呢？”他在离我几英尺的地方坐了下来，把金属管子朝我这边推了推，说道：“我要你好好分析一下自己的能力，费拉斯女士。你得集中注意力。”

集中注意力！

就这句话，我真受够了，实在让人觉得恶心。好像每个人都在要求我集中注意力。第一次是华纳要求我集中注意力，现在卡斯特又来要求我集中注意力。

我从来都没有遵从过。

卡斯特深深的叹息声把我带回了现实。他站起身来，抚平了身上的法兰绒运动上衣，这好像是他仅有的一件。我扫了一眼，发现了他绣在背上的银色欧米迦徽标，他正用手随意捋着自己马尾辫的发梢——他总是把自己令人生畏的头发在脑后扎成利落的一束。“你在抗拒自己，”他说道，声音很平和，“也许你应该跟别人搭档一下，换种思维。说不准来个伴儿会有助于你把事情搞定——找到这两者之间的联系。”

我肩膀一紧，吃了一惊。“我记得你曾经说过，这事只能我自己一个人搞定。”

他斜了我一眼，一只手在耳朵后面挠了挠，另一只手很随意地伸进了衣服口袋。“并非我真的想让你自己一个人搞定，”他说道，“而是当时没人愿意主动领受这项任务。”

一块，接下来两块，再接下来十五块，一块一块的石头砸在了我的心头，还有几块卡在气管里。我不明白自己为什么会倒吸一口凉气，为什么会觉得这么惊讶。我是不应该感到惊讶的，因为并不是每个人都跟亚当一样。

并不是每个人都能像他那样能够避免我带来的危险。除了亚当以外，还没有谁曾经碰过我并享受这种相碰的感觉。没有人，除了华纳。尽管亚当是我的最佳意向，但他并不能跟我一起训练。他还在忙别的事。

至于在忙些什么事，没人愿意告诉我。

卡斯特在看着我，那是一种充满希望的眼神，一种大大方方的眼神。这种眼神表明，他并不清楚他刚才抛给我的那些话有多糟糕。说它糟糕，是因为尽管我知道事情的真相，但亲耳听到还是会让我感到伤心不已。尽管我可以活在一个和亚当相伴的温暖泡影里，但世上的其他人依旧把我看成是一个威胁、一个怪物、一个令人憎恶的家伙。我一想到这儿心里就觉得难过。

华纳说对了，不论我走到哪儿，看样子都逃脱不了这种命运。

“现在有什么变化吗？”我问道，“现在有人愿意来训练我了？”我顿了一下，“是你吗？”

卡斯特笑了。

他的笑容让我猛然间觉得自己简直丢脸丢到家了，它把我的骄傲从脊梁骨里一股脑捅掉了，我不得不强行按捺住自己想夺门而逃的冲动。

拜托拜托拜托，千万别对我表示同情，我心里想这么说。

“我倒是希望自己有时间，”卡斯特说道，“不过健二终于闲下来了——我们重新调整了他的日程安排——而且他说他很乐意跟你一起工作。”他沉吟了片刻，“也就是说，如果你这边没什么问题的话，就这么定了。”

健二！

我真想放声大笑一下，健二没准儿是唯一愿意冒险和我合作的那个人呢。我曾经伤过他一次，当然，那纯属意外。不过，自从他最初冒险带着我们到欧米迦之角以后，他就没怎么和我待在一起过。看样子他在办一份差事，忙活一项任务；事情一结束，他就回到自己的生活中来了。很显然，健二在这个地方很有地位。他有很多事要做，有很多事要打理。人们好像很喜欢他，甚至可以说很敬重他。

我在想，他们所认识的那个他，是不是也跟我刚开始遇见他时的那副德性一样，是个令人厌恶、满嘴脏话的健二。

“没问题。”我告诉卡斯特，这是我在他过来以后第一次想表现得欢快些。

“好极了！我会安排他明天早餐的时候和你见面。你们可以共进早餐，一起出发。”

“哦，可是我通常——”

“我知道。”卡斯特打断了我，脸上的笑容这会儿只剩了一点点，额头忧虑地皱了起来，“你喜欢和肯特先生在一起吃饭，这我知道。可是，你差不多没跟其他人在一起相处过，费拉斯女士，如果你打算在这儿待下去，你必须开始学着相信我们。欧米迦之角的所有人都感觉你和健二关系密切，这样一来，他就可以为你担保了。如果所有人都看见你俩在一起共事了，你再出现的时候他们就不会觉得那么害怕了，这样会有助于你融入这儿的生活。”

我满脸像泼了滚油一样热得发烫。我缩了下身子，感觉指头在发抖，眼睛不知往哪儿看才好，虽然胸口在疼，但尽量装作感觉不到。我使劲儿咽了三回唾沫才做出反应。“他们——他们害怕我。”我说话的声音很低，而且越来越低，“我不想——我无意打扰任何人，我不想妨碍他们……”

卡斯特长长地叹了口气，把头低下去又抬起来，指头在下巴底下挠个没完，最后终于说道：“他们不过是害怕而已，那是因为他们不了解你。只要你再多努把力——哪怕多花上一丁点儿工夫去走近别人——”他停了下来，皱了皱眉头，“费拉斯女士，你来这儿都已经两个星期了，跟自己的室友甚至连一句话都没说过。”

“可是，不是——我觉得她们很伟大——”

“可是你却不理她们，不跟她们打交道，为什么？”

因为我之前从来没有过闺密。因为我害怕自己会犯错误，会说错话，最后她们会和我认识的所有其他女孩一样变得讨厌我。而我却对她们喜欢得不得了，这会使她们对我的嫌弃更加令人难以忍受。

我什么都没说。

“你第一天到这儿的时候表现得挺好的。你好像跟布伦丹相处得很融洽。我不知道到底发生了什么事，”卡斯特继续说道，“我还以为你在这儿会感觉很适应呢。”

布伦丹！是那个一头浅色头发、电流在血管里来回激荡的瘦小子。我想起来了，他对我很好。“我喜欢布伦丹，”我没头没脑地跟卡斯特说道，“他也对我感到厌烦了吗？”

“厌烦？”卡斯特摇着头大声地笑起来，并没有回答我的问题，“我真搞不明白，费拉斯女士，我在尽力对你保持耐心，也在尽力多给你点儿时间，可是现在我不得不承认，有件事我越来越感到困惑不解，你怎么跟刚来的时候一点儿都不一样了——你当时很兴奋，可不到一周的时间你就彻底蔫儿了，路过大厅的时候甚至懒得看别人一眼。难道交流一下会有什么困难吗？表示一下友好会有什么问题吗？”

有问题！

我当时用了一天的时间来适应这个新家，用了一天的时间去到处走走看看，在这一天当中，我对拥有了跟以前不一样的生活而感到兴奋不已，但同样在这一天，每个人都知道了我是个什么样的人和干过什么样的事。

卡斯特只字未提那些当妈妈的，她们一见我从大厅走过，便一把将自己的孩子从我前边拉开。他只字未提那些充满敌意的目光和不近人情的冷言冷语，我自从来到这儿便一直忍受着。他也只字未提那些孩子，有人警告他们要离我远点儿，还有那一小撮上了年纪的人，他们在非常仔细地观察我，我能想象得到他们都听说了些什么，也能想象得到那些传言都是从哪儿来的。

朱丽叶。

一个碰一下别人便可以置人于死地的女孩子，她可以把一名壮汉的力气和能量都吸走，让他变成瘫软无力、趴在地上苟延残喘的烂泥；一个大部分时光都在医院和少年管教所里度过的女孩子，一个被自己亲生父母抛弃，被诊断为精神失常，并且被判决隔离到一家连耗子都怕的精神病院里的女孩子。

一个女孩子。

控制欲强烈到连小孩子都敢杀，还折腾一个蹒跚学步的娃娃，她能把一个成年小伙子搞得跪在地上上气不接下气，她如果要脸的话就该给自己做个自我了断。

这些话当中，没有一句是胡编乱造的。

所以，我眼睛望着卡斯特，脸上微微有些泛红，话在嘴边欲言又止，眼神当中没有表露出什么心思。

他叹息了一声。

他几乎快把话说出来了，他想说点儿什么，可当他在我脸上审视了一番以后又改了主意。他冲我利索地点了点头，深深地吸了口气，轻轻敲着自己的手表，改口说道："现在离熄灯时间还有三个小时。"说完转身走了。

他走到门口的时候又停了一下。

"费拉斯女士，"他突然说道，声音很柔和，但没有转过身来，"你选择了和我们在一起，和我们并肩战斗，成为欧米迦之角的一员。"他顿了一下，"我们马上就需要你出手相助，我们恐怕没多少时间了。"

我望着他离开了。

听着他远去的脚步声，耳边同时回响着他最后那句话。我把头向后靠在墙上，对着天花板闭上了眼睛。我任凭他的声音在我脑袋里回响着，既严肃又坚定。

我们恐怕没多少时间了，他说道。

好像时间是一种可以用完的东西，好像我们一出生它就被量好了分量倒进碗里递给了我们，如果我们吃得太多，或者吃得太快，又或者刚吃完就跳到水里，那我们的时间就消失了，就浪费掉了，就消耗光了，早早地就没了。

但是时间远远超出了我们那点儿有限的理解力。它永无止境，它存在于我们之外；我们用不完它，也不会和它失去联系，更找不到一种留住它的办法。即使我们继续不下去了，时间还会继续下去。

我们拥有大量的时间，这才是卡斯特本该说的话。我们拥有世上所有的时间，这才是他本该跟我说的话。但是他没有，因为他对嘀嗒嘀嗒声是这样理解的：我们的时间正在嘀嗒嘀嗒中流逝。它向前一路狂奔，奔向一个全新的方向，一头撞进了别的东西。

嘀嗒嘀嗒

嘀嗒嘀嗒

嘀嗒嘀嗒

嘀嗒嘀嗒

嘀嗒嘀嗒

差不多了。

快到开战的时间了。

三

从这儿，我可以够到他。

他的眼睛，深蓝色的，他的头发，深褐色的，他的衬衣，非常贴身，而他的嘴唇——他嘴唇嚅动了一下，便轻轻触发了点燃我心火的开关，我甚至没来得及眨眼睛和呼口气，便被他揽进了怀里。

亚当。

“嗨！”他声音低婉，嘴唇贴着我的脖子。

我强忍着颤抖，血流往上涌动，脸上羞得通红，有那么一刻，也就是此时此刻，我浑身骨头都松软了下来，任由他把它们又揽在了一起。

“嗨！”我笑了笑，闻到了他身上的体香。

奢侈，这就算是了吧。

我们难得彼此单独见上一面。亚当和他弟弟詹姆斯住在健二的房间，而我和那对双胞胎医生合住。在这俩姑娘回房间之前，我们有大概不到二十分钟的时间，我打算充分利用一下这次机会。

我把眼睛闭上。

亚当用胳膊搂住我的腰，我们贴得越来越近，这种酣畅淋漓的欢愉之感简直令人禁不住浑身颤抖。好像这么多年以来我始终对肌肤之亲、对脉脉温情、对人际交流都充满了渴望，此情此景之下，都不知道该如何让自己保持一份淡定。我成了饥饿难耐的孩子，不仅急着要填饱肚子，还想牢牢记住此时此刻这种纵情饕餮的感觉，生怕第二天早上一觉醒来，发现自己仍要给继母清扫煤渣。

接下来，亚当把嘴唇贴到了我头上。我的烦恼好像穿上了一件奇特的衣服，有那么一会儿，它想装扮成别的样子。

“你好吗？”我问道，这挺尴尬的，因为我的声音已经有点儿颤了。尽管他差不多不再搂着我了，我却没让自己松手。我不想松手，永远不松开，永远永远。

他笑得浑身都在动，笑声里透着温柔、热情和包容。但他没有回应我的问题，我知道他不会回应的。

我们试过好几次偷偷溜出来一起待会儿，结果都因为我们的粗心大意而被逮到了，还受到了严惩。我们熄灯后不允许再出自己的房间。一旦我们的宽限期——因为我们的突然到来而给予的一种宽大处理——结束，我和亚当就得跟其他所有人一样遵守规定。而这里有一大堆的规定要遵守。

这些安全措施——每个转角处、每条走廊上都装有摄像头，它们无处不在——有助于我们受到攻击时提前做好准备。晚上有卫兵巡逻，寻找所有可疑的声响、动静和受到破坏的痕迹。卡斯特及其团队在保护欧米迦之角方面十分警觉，他们不愿冒哪怕一丁点儿危险；如果有侵入者与这个隐匿点靠得太近，就必须采取一切必要措施把他们赶走。

卡斯特声称，是他们的高度警惕性才使大家在这么长的时间里没被发现，如果我足够坦诚，便能够明白他如此严格要求背后的道理。可是，同样是这些严格的措施，却把我和亚当分隔开来，我们只有在吃饭期间才能见上一面，而这种时候我们周围又总是有别的人。剩余的其他所有时间，全都在那间训练室里给打发掉了，他们还指望我在那儿“给我的能量套上笼头”呢。亚当跟我一样，一直对这事儿提不起精神。

我摸了下他的脸颊。

他吸了口气，身体转向我，用眼睛向我诉说，那里面有太多太多的话，多得我只好看向别处，因为我无比确切地感觉到了其中的一切。我的皮肤变得超级灵敏，它终于终于终于醒来了，开始活力四射，热情奔放，奔放得几乎要有伤大雅了。

我隐藏不住了。

他的手指掠过我的皮肤，嘴唇贴近我的面庞，体温迫使我双眼紧闭，四肢颤抖，两膝酥软，此时此刻，他注意到了他对我的影响，他注意到了我所发生的变化。我也发现了我对他的影响，他已经意识到，他可以对我发挥这种功效。有时候他会借此折磨我，当花了老长时间也没办法填补我们之间的空隙时，他会哧哧地笑起来；当我的心在胸口突突直跳时，他会摆出一副得意扬扬的表情；当我拼命要控制自己急促的呼吸时，他还会显得乐在其中；当他凑过来吻我，而我却不停地咽唾沫时，他会呈现出悠然陶醉的样子。只要一看到他，没有一次不让我重温起我们曾经一起度过的每一寸时光，还有对他的嘴唇、他的抚摸、他的体香以及他每一寸肌肤的每一丝记忆。这对我来说太多太多了，那么丰富，又那么新鲜，有好多好多我以前从来不知道、从未感受过，甚至从未接近过的美妙感觉。

有时候我真担心这种感觉会毁了我。

我从他怀抱里挣脱开，感觉时冷时热，变化无常，我希望自己能控制住自己，也希望他能忘了自己有多容易影响我。我知道，我需要点儿时间才能让自己振作起来。我跌跌撞撞地向后退着，用手捂着脸，努力想说点儿什么，可所有东西都在晃动，我看见他正望着我，好像要一口把我囫囵吞下去似的。

“不”，我感觉自己听到他小声说了这个字。

接下来我所知道的便只有他的怀抱了，还有他喊我名字时那种歇斯底里的声音。我躺在他怀里，就像机器解了体，散了架，我在尽全力控制自己的身体不要颤抖，他身上很热，皮肤滚烫，慢慢地，我连自己身在何处都不知道了。

他右手指尖顺着我的脊椎骨慢慢滑上来，然后用力拉着我背上的拉链，一直拉到了中间的位置，而我并不介意。我有十七年的时间需要弥补，我想感受这所有的一切。我无意再等了，无意再去想什么“天晓得”和“如果什么怎么办”之类的话，否则将会造成莫大的遗憾。我要去感受其中的一切，否则的话，如果我醒来后发现这种现象已经消失了呢；如果有效期限已经到了呢；如果我的机会来了又走了并且再也不回来了呢；还有，如果这双手再也不来感受这种温情了呢。

我不能让它溜走。

我不会让它溜走。

我感觉到了他薄薄衣衫下的每一处身形轮廓，我这时候才意识到，我已经把自己塞进了他的怀里。我双手在他的衬衣下面向上游动着，我听到了他紧张的呼吸声，摸到了他身体上强健的肌肉在紧紧地绷着。我抬起头来，发现他正闭着双眼，表情里好像透着某种痛苦，突然，他把双手伸进了我的头发，用力抓着，嘴唇离我好近好近。他凑过来，重心开始向他那边偏离。我双脚离开了地面，开始飘了起来，开始飞了起来。就这样，我被停在了半空，不是因为别的，而是因为我胸中的一场狂风骤雨，因为一颗突突猛跳的心。

我们的嘴唇，碰在了一起。

我感觉自己马上要四分五裂了。他吻着我，感觉就像他把我弄丢了又刚刚重新找回来，而我还要离去，他再也不放我走了。我一会儿想尖叫，一会儿想死去，我觉得自己已经知道了与这个吻、这颗心依依相伴是一种什么样的感觉了，还有这种温温软软的心花怒放，让人感觉像啜了一小口太阳、尝了八九朵祥云一样。

这。

这令我浑身上下都觉得疼痛。

他微微退开，急促地喘着气，两只手在我柔软的衣服下面慢慢游动着，他身上很热，皮肤滚烫，我感觉自己曾经说过这样的话，但我不记得了。我精神恍恍惚惚，以至于他说话的时候我都听不大明白。

但他确实说了些什么。

深沉而喑哑的声音在我耳边回荡着，可是除了一句莫名其妙的话还有一堆搅混在一起的单词音节以外，我什么都没听明白。他的心跳声冲破了他的胸膛跳进了我的胸膛。他用手指在我身上绘出了一张又一张神秘的符。

他双手顺着我丝滑的缎面衣服向下游动，慢慢滑向我大腿内侧，一直滑到了我的膝盖窝，然后又向上、向上、再向上，我不知道有没有可能人在晕过去以后还能同时保持意识清醒，但我敢打赌，在他把我往后拖时我所产生的那种亢奋和喘不上气来的感觉就属于这种情况。他砰的一声靠在了墙上，双手紧紧地托着我的屁股，用力让我贴住他的身体。

我喘着粗气。

他的嘴唇在我脖子上吻着，睫毛痒酥酥地蹭着我下巴下面的皮肤，他说了点儿什么，听着像是在叫我的名字，他上上下下吻着我的锁骨，又顺着我肩膀的弧弯儿吻下去，他的嘴唇啊，他的嘴唇和双手在探索我身体的每一条曲线，当他嘴里说出一句句誓言的时候，胸脯在上上下下地起伏。他停了下来，嘴里说道，天啊这感觉真好。

我的心已经离开我飞上了月球。

我喜欢他这样对我说。我喜欢他告诉我他喜欢我的样子，因为这跟我一生中所听到的每一句话都截然相反，我真希望能把他的话放到衣服口袋里，过一会儿摸一下，以提醒自己它们还在。

“朱丽叶。”

我差点喘不上气来了。

我艰难地抬起头来，直视着他，除了此刻的绝对完美，我什么都看不到了，甚至连什么属于绝对完美也无所谓了，因为他正在微笑着。他微笑的样子就像有人在他的嘴角上串了两颗星星。他正在看着我，在他眼里，好像我就是一切，这让我直想哭。

“闭上眼睛。”他声音低婉。

但我依了他的话。

我这么做了。

我把眼睛闭起来，他吻了一下，接着又一下。再接着是我的下巴，鼻子，额头，我的脸颊，还有两个太阳穴。

每

寸

脖子

还有

他脑袋突然猛地往回一缩，砰的一声撞在了粗糙的墙面上，几个字从他嘴里脱口而出。我僵在那儿，吃了一惊，突然感觉很害怕。“怎么了？”我压低声音问道，我不知道自己为什么要压低声音说话，“你没事儿吧？”

亚当硬撑着不让自己露出痛苦的神情，但他用力呼着气，四处张望了一下，一边结结巴巴地说了句“对——对不起”，一边挠了挠自己的后脑勺。“外面——我是说，我以为——”他瞅向一边，清了清嗓子，“我——我觉得——我以为我听到了什么。我以为马上有人要进来。”

当然。

亚当是不允许到这儿来的。

小伙子和姑娘们在欧米迦之角分住两翼。卡斯特说过，这是要尽量保证让姑娘们在自己的房间里感到安全和舒适——尤其是因为我们用的是公共浴室——所以说，多数情况下我对这种安排一点儿问题都没有。不必和一个老男人一起冲澡挺好的。但是这样一来，我们俩就很难找到在一起的时间了——尽管我们费尽周折才能在一起幽会，但在幽会的时候，不论哪一刻，我们都要高度警觉，以防被人发现。

亚当靠在墙上向后缩着，我伸手摸了摸他的头。

他又缩了一下。

我呆住了。

“你没事吧……”

“没事。”他叹了口气，“我只是——我是想说——”他摇了摇头，“我不知道。”他放低了声音，垂下了眼帘，“我不知道自己出了什么见鬼的毛病。”

“嗨。”我用指尖划了划他的肚子，他的衬衣表面仍然温温的，那是他身上的热量，我不得不强忍着自己把脸埋进去的冲动。“没事儿了，”我告诉他，“你只是想谨慎些而已。”

他挤出一丝怪怪的苦笑：“我不是说我的脑袋。”

我凝视着他。

他张开嘴，又闭上，再费劲地张开。“那啥——我的意思是，这个——”他在我俩之间打着手势。

他没有说完，也没有看着我。

“我没听懂——”

“我都快晕了。”他说道，但声音是嘟哝出来的，好像不确定自己要不要把它说出声来。

我看着他，一边看一边眨着眼睛，我让这几句看不着、猜不透又说不出的话给难住了。

他在摇着头。

他抓着自己的后脑勺，很用力，看样子很尴尬，我绞尽脑汁想弄明白为什么。亚当不会感到尴尬。亚当永远都不会感到尴尬。

他终于说话了，声音很粗重。“我已经等了好久要和你在一起了，”他说道，“我一直盼着这一天——我想要你已经很久了，可现在，万事俱——”

“亚当，你这是——”

“我睡不着。我睡不着，我一直想你——一直想着你，我不能——”他停下来，用掌根按着额头，眼睛用力闭起来，然后转身面对着墙壁，我也就看不见他的脸了。“你应该明白——怎么就不明白呢，”他说道，说得很生硬，似乎要耗尽所有气力似的，“我从来没有像想要你一样想要过别的东西。从来没有。因为这——这——我想说，去它的，我就想要你，朱丽叶，我想——我想——”

他结结巴巴地说着，身体转向我，眼睛里闪闪发亮，一片红云飞上了他的脸庞。他凝视的目光在沿着我身体的曲线久久流连，久得像一根火柴，把我血管里流动着的液体给点燃了。

我就这样烧着了。

我想说点儿什么，说点儿应情应景的、令人镇定的、给人打气的话。我想告诉他，我明白了，我想要相同的东西，我也想要他。可这一刻让人感觉特别紧张，特别真实，特别急迫，以至于我都有些怀疑自己是不是在做梦。我仿佛在玩拼字游戏，现在已经到了最后的阶段，手里能拼字的字母已经所剩无几了，却又找不到合适的词。而当我想起有人发明了一种叫字典的东西的时候，他的目光已经从我身上移开了。

他艰难地咽了下唾沫，两眼低垂，又一次望向别处。他一只手抓着头发，另一只手握成拳头顶在墙上。"你不知道，"他说道，声音有点儿哑，"你对我的影响。你给我的感受。当你碰到我的时候——"他一只手颤抖着罩住自己的脸，差点无奈地笑起来，他呼吸声很重，也很不均匀，也不迎接我的目光。他往后退了一步，嘴里咕哝着骂了一句，然后用拳头捶了一下额头。"我的天，真见鬼，我都说了些什么呀。扯淡，净扯淡。对不起——忘了吧——把我说过的话都忘了吧——我得走了——"

我想拦住他，还想听到自己说话的声音，我想说"好了，没事了"，可我很紧张，非常紧张，也非常困惑，因为这么做没任何意义。我不明白发生了什么事，他为什么看起来对我，对我们，对他和我以及所有能组合在一起的代词都那么不确定。我不排斥他，我从来没排斥过他。我对他的情感一向是清晰明了的——他没有理由对我感到不确定啊，我不知道为什么他看我的眼神好像有什么地方不对劲儿——

"很抱歉，"他说道，"我——我不应该说那些话。我只是——我——该死。我不该过来。我该走了——我必须得走了——"

"什么？亚当，这是怎么回事？你在胡说些什么？"

"真是个馊主意，"他说道，"我真够笨的——我本就不该来这儿——"

"你并不笨——没事儿了——都没事儿了——"

他笑了笑，笑得很响，笑得很空洞。当他停下来直勾勾地望着我脑后某个地方的时候，有种令人感觉不祥的笑容在他的脸上久久不能散去。他一声不吭地发呆了好长时间，最后说道："那好吧。"他说这话的时候尽量让自己听起来坚定些。“这可不是卡斯特所想的样子了。”

“什么意思？”我吸了口气，感觉有点儿猝不及防。我知道，我们现在谈的不再是我们两个人之间的事了。

“就是这个意思。”他两只手突然间插进了衣服口袋。

“不。”

亚当点了点头，耸了耸肩，先看看我，再看向别处：“我不知道。我觉得是这样。”

“可是这实验——它——我是说——”我不停地摇着头，“——他发现了什么吗？”

亚当没有看我。

“噢，我的天。”我感叹着，声音很小，好像只要我压低声音，多多少少会使气氛轻松点儿，“这么说这是真的了？卡斯特是对的？”我的声音慢慢变高，肌肉也开始紧绷起来，不知道为什么我开始感到害怕，而这种感觉正慢慢爬满我的后背。如果亚当拥有像我一样的天赋，我就不应该感到害怕了。我早该知道事情不会这么如人所愿，情况也不会这么简单。这一向是卡斯特的逻辑——亚当可以碰我，是因为他也拥有某种允许他这么做的能量。卡斯特怎么也想不到，亚当对我的免疫纯粹属于一个令人愉快的巧合。他还以为亚当的这股能量只会比我的更强大、更科学、更明确呢。我一直想让自己相信，自己恰好就这么走运。

亚当也想知道是不是这么回事儿。事实上，他对找到了最终答案兴奋不已。

但是一旦他和卡斯特开始了这个实验，亚当也就不想再谈起它了。除了直白地告诉我每天的具体情况外，他什么也没跟我说过。实验所带来的兴奋感对他来说消逝得实在太快了。

什么地方出了问题。

什么地方出了问题。

当然出了问题。

“我不知道是什么让我这么鬼使神差。”亚当告诉我说，但我看得出来他有些犹豫不决，“我只好多做几组——卡斯特说他还有几件事需要……验证。”

我没有错过亚当传达这一信息时的那种机械方式。有些东西确实不大对劲儿，我真不敢相信，直到现在我才注意到他身上的这些迹象。我意识到，我不想，我不想让自己承认，亚当比我以前见到的样子显得更疲倦、紧张、呆板了。焦虑感已经在他肩膀上筑了窝安了家。

“亚当——”

“不用为我担心。”他的声音虽然并不刺耳，但语气里却隐含着一种忽略不掉的急切感，我还没来得及说话，他便一把把我拉进了他的怀里，并用手把我的衣服拉链拉到了得体的位置。“我很好，”他说道，“真的。只不过我想知道你好不好。如果你在这儿好好儿的，那我就很好，什么都好。”他续了口气，“好吗？一切都会好起来的。”他脸上悠悠的笑容让我的脉搏忘了还有正事儿要做。

“好吧。”我用了好大一会儿工夫才听到自己的声音，“好的，当然，不过——”

这时候房门开了，索尼娅和莎拉进到房间一半的时候杵在了原地，眼睛定定地望着我俩缠绵在一起的身体。

“哦！”莎拉叫道。

“啊！”索尼娅低下头去。

亚当暗自骂了一声。

“我们一会儿再回来——”这对双胞胎异口同声地说道。

她俩朝门外走的时候我叫住了她们，我是不会把她们从她们自己的房间里撵出去的。

我叫她们别走。

她们问我是不是确定。

我朝亚当望了一眼，知道自己会因为失去哪怕一分钟在一起的时间而感到遗憾，但我也知道，我不能占我室友的便宜，这是她们的私人空间，况且已经快到熄灯时间了，她们不能在楼道里晃荡。

亚当没有看我，但也没有松手。我向前凑过去，在他心口留下了轻轻一吻，他终于迎上了我的目光，给了我一个浅浅的微笑，里面透出一丝苦楚。

“我爱你。”我告诉他，声音很轻，只有他听得到。

他嘘了口气，很短，很不均匀，然后低声说道：“你什么也不知道。”说完抽开身，转身朝门外走去。

我的心跳到了嗓子眼儿。

两位姑娘的眼睛盯着我，一脸的担心。

索尼娅正要说话，但紧接着，

一个开关

一声咔嗒

一个闪光。

灯熄了。

四

梦又回来了。

我刚被囚到华纳的基地后不久，这些梦境暂时离开了我。我以为我丢掉了那只小鸟，那只洁白的小鸟，那只长有金色条纹、宛如头戴王冠的小鸟。它过去常在梦里迎接我，强健而平稳地飞着，翱翔在世界的上空，好像它深知这个世界，好像它身上有我们从未怀疑过的秘密，好像它在引导着我到某个安全的地方去。在我看见亚当胸口上与它一模一样的文身之前，它一直是我在精神病院那痛苦而黑暗的日子里的一线希望。

我感觉好像它直接从我的梦里飞了出来，正好停在他的心尖上歇歇脚一样。我以为这是个信号，是个暗示，它告诉我我终于安全了，告诉我我已经飞走，并最终找到了安宁，找到了避难所。

我没指望再见到这只小鸟。

而现在它又回来了，看上去完全一样。是戴着同一个王冠、在同一片蓝天上飞翔的同一只洁白的小鸟。只是这一刻它是凝固的，它的翅膀处于扇动状态，好像被关在了一个无形的笼子里，又好像命中注定要永远重复同一个动作似的。这只鸟似乎正在飞翔：它身在空中，伸展翅膀样子看起来好像正在自由自在地呼啸着划过长空，但却被定格了。

不能上升。

不能下降。

过去这一周来的每个晚上，我都做同一个梦，七个早晨都颤抖着醒来，在透着土腥味儿的冰冷空气中战栗着，拼命想稳住自己心里的悸动。

拼命想搞明白这些都意味着什么。

我爬下床，套上那件每天都穿的衣服；这是我目前拥有的唯一一件衣服，颜色是那种顶深的紫色，紫得近乎发黑，还微微泛着光泽，在灯光下反着一丝光亮。这件衣服从脖子到腰部再到脚踝是完整的一体，是件感觉不到紧的紧身装。

穿着这件衣服，我一动起来活像个运动员。我有一双按我脚形定制的弹力高帮皮靴，穿着它走在地板上可以悄无声息。我还有一双长及肘部的黑色皮手套，戴着它可以防止我碰到不该碰的东西。索尼娅和莎拉把她们的发夹借了一个给我，多年来，这是我第一次可以把头发从面前弄开，并用它扎成一个高高的马尾辫，我还学会了在没人帮助的情况下自己从背后把拉链拉起来。这件套装给我的感觉很特别，它让我有了一种战无不胜的感觉。

这是卡斯特送给我的一件礼物。

在我到欧米迦之角之前，他就让人给我定做了这件衣服。他觉得我应该会感到高兴，我会为自己终于有了件防护服而高兴，因为它可以保护我免受自己和他人的伤害，同时又可以让我腾出手来去对付另外一些人——如果我愿意的话，或者有必要的话。这件衣服是用某种特殊面料做成的，保证能让我在热的情况下保持凉爽，而在冷的情况下保持温暖。这件衣服到目前为止表现还是挺棒的。

到目前为止到目前为止到目前为止

我自己一个人去吃了早餐。

索尼娅和莎拉总是在我醒来之前便离开了。她们在医疗队的工作永无休止——她俩不仅能给病号治疗，而且还整天整天地尝试着制造解毒剂和药膏。我们曾经有过一次谈话，当时索尼娅向我解释过，当我们的身体过度透支后，我们身上的能量会被耗尽——然后我们的身体就会累垮。两位姑娘说过，她们希望能制造出一些药物，在她们一时应付不过来的时候可以派上用场，她们毕竟只有两个人，而战争好像一触即发。

当我走进餐厅的时候，一个个脑袋依旧朝我这边转过来。

我成了一道风景，成了怪人堆儿里的怪人。现在我应该已经习惯了，毕竟都这么多年了。我应该对别人的说三道四摆出一副瞧不起、懒得理、无所谓的架势。

我应该有很多样子。

我把眼睛瞪亮，双手垂放在身体两侧，假装自己的目光不和任何东西接触，除了那个点，那个在墙上的小记号，那个离我有五十米的小记号。

我假装自己只是个数字。

面无表情。嘴唇一动不动。后背挺直，双手微握。我成了个机器人，成了个穿梭于人群中的幽灵。

向前六步。经过十五张桌子。四十二、四十三、四十四秒，继续数。

我很害怕

我很害怕

我很害怕

我很强壮。

这里的食物一天只供应三次：早餐七点到八点，中餐十二点到下午一点，晚餐下午五点到七点。晚餐多供应一小时是因为这是一天的结束，算是对我们一天努力工作的奖赏。不过，在吃饭的过程中，没有一样是高级的、奢华的安排——这种经历完全不同于和华纳共进晚餐。在这儿我们要排好长的队，去拿已经预先装好的餐盘，再直接来到就餐区——这里也不过是把一排长条桌平行摆在房间里罢了。因为没有多余的供应，所以也没有多余的浪费。

我发现亚当正站在队伍里，便朝他走过去。

六十八、六十九、七十秒，继续数。

“嗨，大美女。”有个钝钝的东西在我背上戳了一下，然后有东西掉在了地上。我转过身去，调动了四十三块用来皱眉的脸部肌肉，接下来，我看清了他。

健二！

那是一张灿烂而轻松的笑脸，两个眼珠子呈玛瑙色，头发变得更黑了，也更清晰了，像棍子一样直直地耷拉下来挡住他的眼睛。他的下巴来回错动着，嘴唇也来回错动着，两个令人过目不忘的颧骨笑起来鼓得跟苹果似的，一脸的肉使劲儿往一块儿挤。他看我的那副表情就好像我正在头顶着卫生纸到处溜达，我忍不住在想，自打我们来到这儿，为什么就没抽点儿时间来陪陪他呢。从单纯的技术层面上来说，他确实救了我的命，亚当的命，还有詹姆斯的。

健二弯腰捡起来两个看似袜球儿的东西。他在手里掂了掂，好像在考虑要不要把它们再扔给我。“你要去哪儿？”他问道，“我还以为你是来这儿见我的呢。卡斯特说——”

“你怎么拿着双袜子就到这儿来了？”我打断了他，“大伙正准备吃饭呢。”

他打了个愣神儿，然后眼珠子便骨碌骨碌地转起来，接着凑到我旁边，拽了一下我的辫子。“我怕来迟了，所以一路小跑着来迎接您，我的殿下。我哪还有时间穿袜子呀。”他冲着手上的袜子和脚上的鞋子比画了比画。

“真够粗俗的。”

“你看看，你总是用一种奇怪的方式告诉我你被我迷住了。”

我摇了摇头，用力把自己打趣的话咽了回去。健二是个现实版的矛盾体，他把毫不退缩的威严之士与正值青春期的二十岁毛头小子杂糅到了一个人身上。但是我却忘了，有他围着转的时候出气儿都匀实；好像他一靠近，笑声也就自然来了。所以我继续往前走，矜持着一句话不说，但当我抓起一只盘子走到厨房中间的时候，笑容还是把我的嘴唇给拉弯了。

健二在我身后寸步不离：“这就对了。我们今天一块儿干活。”

“行吧。”

“那，怎么——你怎么从我面前径直走过去，连个招呼都不打。”他把袜子抓到胸口，“我都被挤扁了，才给咱俩占了个座儿。”

我瞄了他一眼，继续往前走。

他追了上来：“我是认真的。你知道跟别人挥手打招呼而人家却不理你有多尴尬吗？接下来你只有跟个傻蛋似的往四周看看，拼命地讨好，‘不，真的，我发誓，我认识那姑娘’，可又没人相信你——”

“你在开玩笑吧？”我在厨房中间停下，转过身来，脸上拧巴着，充满了怀疑，“我来这儿以后的两个星期里，你跟我也许就说过那么一次话，打那以后我基本上就没再注意过你。”

“好，打住，”他说着，转身过去堵住了我的路。“咱俩都明白，我这么大个人你都注意不到，那是不可能的——”他边说着边从上到下比画了一下自己的身高——“所以你如果想跟我玩什么花活儿，我得事先让你明白，那都是在做无用功。”

“什么？”我皱了皱眉头，“你在胡说些什么——”

“你不能欲擒故纵啊，小子。”他扬了扬一边的眉毛，“我不是不能碰你吗，那就把‘欲擒故纵’玩到一个全新的水平呗，如果你明白我是什么意思的话。”

“噢，我的天，”我喃喃地说道，眼睛闭起来，摇着头，“你快疯了。”

他跪了下来：“我那是为了你温柔而甜蜜的爱才发的疯。”

“健二！”我眼睛都抬不起来了，因为我害怕往周围看，我在拼命阻止他说下去，总要考虑一下我们俩中间还有一大屋子人呢。我知道他在开玩笑，而我也许是这个玩笑的唯一对象。

“怎么了？”他问道，说话声在整个房间里嗡嗡作响，“我的爱让你感到不安了吗？”

“拜托——拜托你快起来——说话小声点儿——”

“我就不。”

“为什么？”我现在开始乞求他了。

“因为我如果声音小的话，就听不到自己说话。而且，”他继续道，“这是我最喜欢的做法。”

我都没法儿看他了。

“别拒绝我，朱丽叶。我是个孤独寂寞的男人。”

“你有毛病吧？”

“你真让我心碎。”他的声音现在越发地大了，他用胳膊做出伤心抹眼泪的姿势，差点儿撞上我，我惊慌失措地往后退了一下。但是我注意到，所有人都在望着他。

大家都被逗得很开心。

我一边尴尬地笑笑，一边往房间周围扫了一眼，我惊讶地发现，这会儿没人在看我。男人们都咧着嘴在笑，明显已经见惯了健二这种滑稽夸张的样子，而女人们都凝望着他，脸上掺杂了崇拜和一些别的东西。

亚当也在盯着看。他正站在那儿，手里拿着盘子，头斜歪着，两眼充满迷惑。当我们目光碰在一起的时候，他有点儿试探性地笑了笑。

我朝他走了过去。

“嗨——等一下，小子。”当我正要往后退的时候，健二跳起来抓住了我的胳膊，“你知道我只是在瞎胡闹——”他顺着我的目光朝亚当站的地方看过去，然后一只手掌“啪”的一声拍在了额头上，“当然！我怎么给忘了？你在爱着我的室友。”

我转过去对着他：“听着，你现在准备帮我训练，这我很感激——真的，我很感激，感谢你这么做。但是，你别动不动就把你那假惺惺的爱拿出来向我宣示——尤其是当着亚当面的时候——并且，你必须得让我在早餐时间结束之前穿过这间屋子，行吗？我差不多再也看不到他了。”

健二慢悠悠地点了点头，看上去有点儿严肃：“你是对的，抱歉，我听明白了。”

“谢谢。”

“亚当对我们的爱很嫉妒。”

“快取你的菜去吧！”我用力推了他一把，强忍着被惹怒的笑。

健二是这里唯一一个——当然，除了亚当以外——不怕和我接触的人。实际上，在我穿着这件套装的时候，人们真的没有什么可以害怕的，但是，我一般在吃东西的时候会把手套摘下来，而我的名声总是走在我前面五英尺的地方，人们就这样保持着自己和我之间的距离。可是即使我不小心打到健二一下，他也不感到害怕，我觉得只有可怕到无以复加的东西才有可能把他吓倒。

我很钦佩他这一点。

亚当在我俩相遇时话说得不多。他只要说个“嗨”就够了，因为只要他一边的嘴角往上一翘，我就能看出来他站得高了点儿，身体绷得紧了点儿，神经紧张了点儿。我对世上的东西知之甚少，但对如何读懂他眼睛里的那本书却了如指掌。

那是他看我的眼神。

他这会儿的眼神很凝重，里面透着对我的担心，但是他的目光依旧那么亲切，那么专注，那么深情款款。当我来到他旁边的时候，我几乎把持不住地想要扑进他的怀抱。我发现自己会注视着他做最简单的事情——调整一下重心，抓起一个盘子，向别人点头致意早上好——只要他的身体在我周围的空气中划过，我便能追踪到他的动作。我和他在一起的时光少之又少，这让我总是感觉胸口压抑。他始终让我有些不切实际的想法。

他抓着我的手再也不想松开。

我看他的视线再也不想移开。

“你还好吧？”我问道，心里仍然对之前的那个晚上感到一点点忧虑。

他点点头，想笑一笑，但样子很痛苦。“还好。我，嗯……”他清了清嗓子，做了个深呼吸，眼睛看向了别处，“还不错，我对昨天晚上的事表示抱歉。我那个……我有点儿反应过度。”

“到底针对什么呢？”

他从我肩膀上看过去，皱起了眉头。

“亚当……”

“嗯？”

“你为什么会反应过度？”

他的目光又和我遇到了一起，他眼睛大大的，圆圆的：“嗯？没什么。”

“我弄不明白——”

“你们这两个家伙老杵在那儿干吗？”

我转过身去。健二正站在我身后，他盘子上的食物堆得满满的，我对此感到惊讶，周围竟然谁也没说什么。他肯定是说服了大厨给他多打了一些。

“咋说？”健二眼睛瞪着，眨都不眨，等我们的反应。最后他把头一歪，做了个让我跟他走的动作，然后阔步走开了。

亚当呼吸沉重，一副心烦意乱的样子，我决定先把昨天晚上的事儿放一放。很快，我们很快还会谈到的。我确信没什么事，我确信一点儿事儿都没有。

我们很快还会谈到的，一切都会好起来的。

五

健二坐在一个空桌子旁等我们。

詹姆斯原来吃饭的时候是和我们坐一起的，但现在他在欧米迦之角结交了几个年龄稍小的朋友，他喜欢和他们坐一块儿。他看起来是我们几个当中最高兴来这里的人了——我很高兴他过得开心——但我必须承认，我非常怀念他的陪伴。尽管我很害怕提起，但有时我不确定自己是否真的想知道，为什么我在的时候他不过来陪陪亚当。我觉得自己不想知道其他孩子是不是曾经试图说服过他相信我是危险的。我的意思是说，我是危险的，但我只是……

亚当坐在一张长条凳上，我溜到他身边坐下来。健二坐在我们对面。亚当和我的手在桌子下面缠绕在了一起，我纵容自己享受着他的亲近带来的快乐。我仍戴着手套，但就这样靠近他已经让我很满足了，我的心里乐开了花，那种愉悦的心情渗透进我的每一根神经。他对我的影响力让我觉得不可思议，他让我感觉到的东西，让我想到的东西都是那么不可思议。就好像我被赋予了三个希望：触摸、品尝和感觉。这是一种奇怪得不能再奇怪的现象，难以言喻的快乐在我的心中肆意翻腾着。

这种感觉往常就像一份我不值得拥有的特权。

亚当动了动，这样他的腿就可以紧贴着我的腿。

我抬头看见他正笑盈盈地凝视着我，那一闪而过的神秘笑容蕴含着无比深意——有些事情是不应该在饭桌上说的。我强迫自己正常呼吸，克制着不咧嘴大笑，我把注意力集中到食物上，希望自己没有脸红。

亚当靠到我的耳边，就在他准备开始说话的一刹那，我感觉到了他温热的呼吸。

“你们两个真恶心，这一点你们知道的，对吧？”

我抬起头，惊讶地看着健二，他正用手里的调羹把食物往嘴里送，脑袋朝着我们这边点了点，然后又用调羹朝我们指了指：“我靠，搞什么鬼嘛？你们两个在桌子底下调情呢还是怎么的？”

亚当从我身边退开了一两寸，然后怒气冲冲地说道：“那啥，你如果看不惯，可以滚一边去。”他边说着边朝我们周围的桌子歪了歪脑袋。

这是亚当对健二表示友好的一贯方式。这两个人是好朋友，但不知怎的，健二就是知道如何尽一切可能地挑衅亚当。有那么一刻，我几乎都忘了他们还是室友呢。

我非常好奇，他们两个住在一起的时候是个什么样子。

“净扯淡，你知道我这是怎么回事儿，”健二说道，“我今天早上告诉过你，我必须和你们俩坐一块儿。卡斯特想让我帮你们适应适应。”他不耐烦地咕哝着，然后朝我点了点头，继续说道：“听着，我真搞不明白，你看上这家伙什么了？不过你应该跟他住一块儿试试看，这小子喜怒无常得厉害。”

“我没有喜怒无常——”

“你就是，兄弟，”健二放下调羹，接着说道，“你情绪多变，张口闭口就是‘闭嘴，健二’‘睡觉，健二’‘没人想看你的裸体，健二’，而据我所知，有无数人想看我的裸体——”

“你究竟打算在这儿坐多长时间？”亚当掉转了视线，用另一只闲着的手揉了揉眼睛。

健二坐直了身体，拿起调羹，没想到他又拿着它在空中点戳了几下：“我现在在你的桌子边儿上坐着，你应该感到庆幸才对。只有我和你在一起坐，才可以突显你的酷劲儿不是。”

我感觉亚当在我旁边的身体紧绷了起来，我决定干预一下：“嗨，我们能谈点儿别的吗?

健二哼了一声，眼珠子滴溜儿地转着，然后又挖了一调羹食物送进了嘴里。

这让我感觉有些担心。

我这会儿的注意力要更加集中了，我能看出来亚当那疲倦的眼神、沉重的眉头和僵硬的肩膀。我情不自禁地想知道，他在这个地下世界里究竟都经历了些什么，他还有哪些事儿没告诉过我。我轻轻拉了拉亚当的手，他转过身来面对着我。

“你确定你还好吧？”我小声问道。我感觉自己好像在一遍又一遍地问他同一个问题。

他的眼神立刻变得温柔起来，看起来虽然依然疲倦，但已经稍稍轻松点儿了。他在桌下把我的手松开，然后放在我的膝盖上，接着又滑向我的大腿，我几乎都说不了话了，随后，他在我的头发上轻轻地吻了吻，他的嘴唇在我的头发中间磨了又磨，时间长得我几乎缓不过劲儿来。我用力咽口唾沫，差点儿把叉子掉在地上。我花了好一会儿时间才意识到他压根儿就没回答我的问题。他没有回答，只是调转了视线，盯着他的食物，最后才点点头说道："我没事儿。"这会儿我还屏着气，他的手仍在我的腿上贴着。

“费拉斯女士？肯特先生？”

我一听到卡斯特的声音立马坐直了身体，速度快得让我猛甩了一下桌子底下被亚当握住的手指头。他的出现给我的感觉好像他就是我的老师，而我就是在课堂上被老师逮个正着的行为不端的学生。而亚当则相反，他看起来对卡斯特的出现非常淡定。我感觉得到，亚当又把我们的手指缠到了一起，而且缠得更紧了，手指上传来了阵阵痛感，我使劲儿忍着，压制着不让自己的呻吟脱口而出。他把我手套裹着的手指放到唇边，然后一根一根地吻着，眼睛却一刻也没有离开他的饭碗。此时，我听到了健二被食物噎到的声音。

我一边紧握着亚当的手，一边把头抬了起来。

卡斯特就站在我们桌子旁边，健二起身离开了桌子，准备把饭碗送回厨房去。他站起来的时候，就像老朋友一样拍了拍卡斯特的后背，卡斯特在他转身离开之际回了他一个暖暖的微笑。

“我会马上回来。”健二大声说道，异常热情地冲我们竖了竖大拇指。“尽量不要在大家面前脱光光，好吗？这儿还有孩子哪。”

我缩了一下，瞟了一眼亚当，但他正表情古怪地盯着他的食物。自打卡斯特来了以后，他一个字也没说过。

我决定代表我们两个人做出个回应，便绽放了个灿烂的微笑说道：“早上好。”

卡斯特点了点头，摸了摸他运动服的领子，他的身形健壮而匀称。他冲我微微一笑：“我就是过来问个好的。很高兴看到你的朋友圈子扩大了，费拉斯女士。”

“噢，谢谢。不过，我可承受不起这个称赞，”我明确地说道，“是你让我和健二坐在一起的。”

卡斯特的笑意微敛，说道：“也对，嗯，那什么，我很高兴你接受了我的建议。”

我一边看着自己的食物一边点了点头，又心不在焉地摸了摸额头。亚当看起来就像一点儿气息都没了似的。我正要准备开口说点儿什么的时候，卡斯特打断了我：“那么，肯特先生，”他说道，“费拉斯女士有没有告诉你她现在正要和健二一起训练？我希望这样能帮助她取得进展。”

亚当没有理他。

卡斯特自顾自地说下去：“我真的认为，对她来说，和你在一起训练一定会很有意思。只要有我在场监督。”

亚当的眼睛里立刻闪出一丝警觉：“你说什么？”

“呃——”卡斯特顿了一下。我发现他的眼睛正在我们两个人之间转来转去。“我觉得你和她——你们两个一起——做个试验肯定会很有趣。”

亚当立马站了起来，膝盖差点撞到了桌子：“绝对不行。”

“肯特先生——”卡斯特开口说道。

“你想都别想——”

“得由她来选择——”

“我不想在这儿讨论这件事——”

我从凳子上跳了起来。亚当的样子就像要准备干一仗似的，他双手紧紧地握成拳头，垂在身体的两侧，两只眼睛充满了怒气，面部表情绷得很紧，整个身体往外喷着力量与怒气。

“发生什么事了？”我问道。

卡斯特摇了摇头。他开口说话了，但不是回答我的问题：“我只是想知道，她碰你的时候会发生什么。就这样。”

“你疯了吗——”

“这都是为她好。”卡斯特的声音很谨慎，而且出奇的平静。“这跟你的进展无关——”

“什么进展？”我插嘴道。

“只是想帮助她弄明白如何来影响那些没有生命的有机体，”卡斯特说道，“关于动物和人类，我们都已经搞明白了，我们知道，只要她的一个触摸就足够了。而植物看起来好像不受她能力的影响。但是别的东西呢？那是……不同的。她还不知道该怎么来处理这部分的问题，我想帮帮她。这就是我们正在做的全部，帮帮费拉斯女士。”他说道。

亚当朝我迈近了一步：“如果你们是在帮她搞明白如何来摧毁无生命的东西，那你们为什么需要我呢？”

有那么一瞬间，卡斯特脸上竟然闪过了一丝被挫败的神情。他说道：“我真的不明白你们之间有什么独特之处——确实令人费解。尤其是根据我们迄今为止所了解到的全部知识而言，世上的每一样东西之间——”

“你们了解到了什么？”我又插了回嘴。

卡斯特继续说道：“完全有可能以一种我们尚未了解的方式相互关联着。”

亚当看样子并没有被说服。他的嘴唇紧紧地抿成一条线，看样子他并不想知道答案。

卡斯特突然转向我，声音有些亢奋：“你怎么想？有没有兴趣？”

“兴趣？”我盯着卡斯特说道，“我甚至不知道你在说什么。我现在想知道的是为什么没有一个人回答我的问题。你们在亚当身上发现了什么？出什么问题了吗？”我眼睛来回看着他们两个。亚当的呼吸声很重，但尽量不表现出来，而且两只手一会儿张开一会儿合上，“请你们哪位告诉我一下到底发生什么事了，好吗？”

卡斯特皱了皱眉。

他用探究的眼神看着我，表情有些困惑，他的眉毛拧在了一起，仿佛我在说一种他好多年没有听到过的语言。他眼睛仍然望着我，嘴里吐出的话却是对亚当说的：“肯特先生，我是否可以理解为你还没有与费拉斯女士分享过我们的发现？”

“什么发现？”我的心开始怦怦直跳。

“肯特先生——”

“这跟你无关。”亚当突然说道，他的声音非常低，非常平顺，也非常阴沉。

“她应该知道——”

“我们还什么都不知道！”

“我们知道的够多了。”

“瞎说，我们还没有——”

“唯一还要做的，就是给你们俩一起做个测试——”

亚当直截了当地一步跨到了卡斯特的面前，手里紧紧地捏着自己的早餐盘，力道大得有点儿夸张。“也许吧，”他非常非常谨慎地说道，“但要换个别的时间。”

他转身要离开。

我碰了碰他的胳膊。

他便停了下来，放下手里的餐盘，转过来面对着我。我们之间的距离连半寸都不到，我险些忘了我们正站在一个到处都是人的房间里。他呼出来的气息让我觉得发烫，他呼吸得很浅，身上喷出来的热量让我的血液都燃烧了起来，我满脸通红。

恐慌开始在我的五脏六腑里弥漫开来。

“一切都会好的，”他说道。我几乎听不到他的声音，我们怦怦的心跳声几乎盖过了他的声音，“一切都会好的，我保证。”

“但是——”

“我保证，”他再次说道，并且握着我的手，“我发誓。我会解决这件事儿——”

“解决这件事儿？”我想我这是在做梦，我感觉自己快要死了，“解决什么？”有什么东西在我脑子里碎了，有什么事情在未经我允许的情况下发生了，我一下子迷糊了，开始晕头转向，这一切都让我感到大惑不解，我整个儿被淹在了一片困惑之中，“亚当，我不明——”

“难道我真的言中了？”健二又一次回到了我们当中，“你们打算在这儿做？在所有人面前？因为这些桌子不像它们看起来那么舒服——”

亚当退开一步，一掌推到了健二的肩上，把他推了个趔趄。

“别……”

这是我在亚当消失之前所听到的他的最后一句话。

六

健二吹了声口哨。

卡斯特在亚当身后喊了他一声，让他等一下，他有话要跟他说，并让他以理性的方式来讨论这件事，而亚当最后还是没有回头。

“我告诉过你他喜怒无常了吧。”健二嘟哝道。

“他并非喜怒无常。”我听见自己说道，但我嘴里发出的声音听上去却是那么的遥远，那么的不连贯。我感觉浑身麻木，好像胳膊以下所有的血和肉都刮掉了，我唯一感到沉重的东西就是我的大脑，里头瓷瓷实实地装满了事儿，因为现在每件事儿都是个事儿了。这样一来，所有这一切便把我脑子塞了个满满当当。

我把自己的声音丢哪儿去了呢,我找不到自己的声音了,我找不到……

“那，你和我，啊？”健二两个手掌拍了一下。“准备好屁股被踢开花了吗？”

“健二。”

它还在这儿！原来我这傻傻的声音藏到了害怕、猜疑、否定和疼痛之后……

“啥事儿？”

“我想让你带我去一下他们去过的地方。”

健二看了我一眼，那眼神就好像我让他踢一下自己的脸一样。“呃，哦——这个嘛，我给你个热情的拒绝你看怎么样？再说了，这么做对你有好处吗？不过拒绝你对我来说倒是挺有好处。”

“我必须知道发生了什么事儿。”我近乎绝望地向他央求着，虽然我觉得自己这么做很愚蠢，“你知道的，对吧？你知道出过什么事儿——”

“我当然知道。”他皱着眉头说道，双臂交叉在胸前直视着我，“我和那个可怜的家伙住在一起，实际上我在操控着这个地方，我知道所有的一切。”

“那你为什么不告诉我？健二，求你了——”

“嗯，这个嘛，我会找时间跟你谈谈，但你知道我现在想干什么吗？我现在想带你离开这个见鬼的餐厅，在这儿，每个人都会支棱着耳朵听我们所聊的每件事儿。”后面这句话他说得尤其大声，同时还摇头晃脑地环顾了一下四周，“回去吃你们的饭去。这儿没什么可看的。”

直到这时，我才意识到我们在这儿制造了什么样的场景。这间房子里的每一双眼睛都在惊讶地看着我，审视审视再审视，心里纳闷这里到底发生了什么事儿。在允许健二把我拉出这间屋子之前，我使劲儿朝大家挤了个微笑出来，并不安地扬了扬手。

“没必要朝他们招手，公主。这可不是什么加冕仪式。”他一边说着，一边把我拉进了一条长长的昏暗走廊。

我眼睛眨了好几次才慢慢适应了这里的光线，我跟他说道：“告诉我吧，发生了什么事儿？这很不公平——除了我以外，每个人都知道所发生的一切。”

他耸了耸肩，然后斜倚在墙上：“这可没我说话的份儿。我意思是说，我本来很乐意折腾折腾这小子，可我不是浑蛋，他让我什么也别说，所以我什么也不会说的。”

“可是——我的意思是说——他一切都还好吧？你至少得告诉我一下他是不是没出什么事儿？”

健二伸手揉了揉眼睛，然后重重地呼了口气，显得很烦，然后仔细审视一下我的脸，接着停下来吸了吸气，最后麻利地瞟了我一眼，说道：“好吧，那就类似于——你有没有见过火车残骸？”他没等我回答就立即接着说道：“我小时候曾经见过一次。那是一列巨长的火车，和一堆汽车绞在了一起，奇形怪状的，完全脱了轨，有一半都翻了，还有什么东西着了火，当时每个人都在大声嚷嚷着，好像在问发生了什么见鬼的事儿。当时你只知道一点，那儿的人要么死了，要么快死了，你虽然一点儿也不想看清这一切，可是却没办法把自己的视线移开，你明白了吗？”他点了点头，咬了咬自己的腮帮子，“情况有点儿类似，你的那个小子就是一列怪模怪样的火车残骸。”

我一下子四肢麻木，甚至感觉不到它们的存在了。

“我的意思是说，我什么也不知道，”健二继续说道，“在我个人看来，我只是觉得他有点儿反应过度。毕竟比这更糟的事儿也发生过，不是吗？见鬼了，我们难道不是在准备对付一个政治狂人吗？但不是，亚当·肯特先生看起来并不知道这一点。事实上，我敢肯定他确实精神错乱了。我甚至觉得他打那以后再也没有睡着过。而且，你知道吗，”他歪着身子接着补充道，“我觉得他对詹姆斯也开始有点儿举止反常了，老实讲，这也让我开始觉得有些恼火了，因为那孩子是那么和气、那么平静地对待亚当的喜怒无常——”

我没再听下去。

我想象着最糟糕的可能性，最坏的结果。可怕而恐怖的事情都以亚当以某种悲惨的方式死去为终结。他一定是病了，或者他一定在经历某种可怕的痛苦，或者有什么东西导致他做一些他无法控制的事情，噢，我的天，不会吧！

“你必须告诉我。”

我没听出来这是自己的声音。健二看了我一眼，一脸的惊愕，眼睛瞪得大大的，整个身体都透着掩饰不住的害怕，直到这时，我才意识到自己已经把他按在了墙上，十根手指正紧紧地拽着他的衬衫，我完全能想象得出我现在在他面前是一副什么德行。

最可怕的是我竟然对此毫不在乎。

“你会告诉我的，健二。你必须得告诉我，我必须知道。”

“你，呃，”——他舔了舔自己的嘴唇，环顾了一下四周，然后紧张地笑了笑——“你能放开我吗，也许？”

“会帮我？”

他挠了挠头，口气有点儿畏缩地说道：“不帮？”

我更加用力地把他往墙上按，感觉有种类似于肾上腺素的东西在我血液里烧了起来。这是一种陌生的感觉，好像可以徒手将地球撕开道口子。

而且撕起来好像轻而易举，不费吹灰之力。

“OK——好吧好吧——受不了你。”健二举起双手，呼吸有点儿急促，“可是——你先放开我好不好，我会，呃，我会带你去研究实验室瞧瞧。”

“研究实验室？”

“对，他们到那儿做实验去了。我们所有的实验都是在那儿做的。”

“你发誓我一放开你，你就会带我去？”

“如果我不带你去，你是不是打算把我的脑袋塞到墙里去啊？”

“有可能。”我撒谎道。

“那好吧，我带你去！真是够呛。”

我放开他，踉跄着往后退了一步，下意识地定了定神儿。等放开他以后，我开始觉得有点儿尴尬，心里什么地方觉得自己肯定是反应过度了。“抱歉，”我对他说道，“不过，我得谢谢你。非常感谢你能帮我。”我努力抬起下巴，好让自己有点儿面子。

健二哼了一声，直勾勾地看着我，好像不知道我是谁，又好像不确定自己是应该大笑呢，还是应该鼓鼓掌，或者干脆转身跑了算了。他用手在脖梗上抓了抓，眼睛一直颇具深意地盯着我看，就这样没完没了地一直盯着。

“怎么了？”我问道。

“你有多重？”

“哇哦，你就用这种方式跟每个你遇见的女孩子说话吗？这挺能说明问题了。”

“我大约一百七十五磅，”他说道，“肌肉倍儿结实。”

我瞪了他一眼，说道：“您还想要点儿奖赏？”

“得了得了得了。”他一边说着，一边把头往边上一歪，脸上明显闪过了一丝笑意，“看看现在是谁在自以为是啊。”

“我觉得这是你传染给我的。”我说道。

但这回他没再笑了。

“听着，”他说道，“我现在这么说并不是要刻意吹嘘自己，但是，理论上讲，我一个手指头就能把你从这头扔到房间那头去，你压根就没几两重，而我的体重几乎是你的两倍。”他停顿了一下继续说道：“所以，你这小不点儿是怎么把我按到墙上的？”

“什么？”我皱了皱眉，“你说什么？”

“我在说，你——”他指着我说道，“——把我——”他又指了指自己，“——按到了墙上。”他接着又指了指墙。

“意思是说，你刚才实际上根本动弹不了了？”我眨着眼睛，疑惑地问道：“我还以为你只是怕我碰到了你呢。”

“不是，”他说道，“我确实动弹不了了，差点儿都没法呼吸了。”

我眼睛睁大了：“你在开玩笑吧。”

“你以前也这样过吗？”

“没有过。”我摇了摇头，“我的意思是说，我不认为我……”说到这儿的时候，我突然吸了口气，有关华纳和他酷刑室的记忆开始朝我扑面而来，我不得不闭上眼睛，以赶走脑海中那些混乱的影像。有关这件事的记忆再次赤裸裸地回到了我的面前，令我有种难以忍受的厌恶感；我已经能感觉到，我的皮肤上正冷汗直淌。华纳当时是在测试我，他试图把我置于一种左右为难的境地，以迫使我在一个蹒跚学步的孩子身上施展出我的异能。我当时吓得够呛，同时又愤怒至极，所以猛然间撞烂了水泥墙，直奔华纳而去，他当时正在墙的另一边等结果。我上去把他按在了墙上，跟刚才按住健二没什么两样。只不过我没有意识到，他当时是被我巨大的力量给压制住了，我原以为他是怕我离近了碰到他，才吓得不敢动了。

我琢磨着当时是自己错了。

“是的，”健二说道，他肯定看明白了我脸上的表情，而且表示赞同，“很好，这正是我想要的。在接下来我们真正开始训练的时候，我们得牢牢记住这个有趣的小花絮。”

我点了点头，没怎么在意：“没问题，就这么定了，不过你得先带我去一下研究实验室。”

健二叹了口气，很夸张地弓下腰，伸出手做了个请的姿势，嘴里说道：“您请，公主。”

七

我们经过了一条又一条以前从未见过的走廊。

我们经过了所有平常都要经过的大厅、侧楼以及宿舍，还经过了我平时用的那间训练室，接下来，我开始留意起周遭的环境，这还是我来这儿以后的第一次。突然，我的各种知觉变得越发灵敏和清晰起来，整个身体似乎都在嗡嗡作响，里面充满了某种全新的力量。

我身上带电了。

我们所在的这个隐匿之所完全是在地底下挖出来的——除了众多洞穴般的隧道和彼此相连的通道以外，也没什么别的，这里所有的物资和电力供应都是从重建院的秘密仓库里偷来的。这片空间的价值无法估量。卡斯特有一次告诉过我们，他设计这个地方至少用了十年的时间，接着又用了十多年的时间才把它建起来。建完以后，他还要想办法给这座地下世界招兵买马。我能理解他为什么会这么不遗余力地要确保这儿的安全，为什么不愿看到它发生任何意外。我知道，我也不愿看到。

走着走着，健二突然停了下来。

我们似乎进了一个死胡同——这儿可能就是欧米迦之角的尽头了吧。

健二掏出来一张门卡，我不知道他还在身上藏了这么个东西，他用手从石头底下摸出来一块电路板，打开电路板，又做了个什么动作，我没看清，然后刷了一下门卡，按了一下开关。

整堵墙开始轰隆轰隆地动了起来。

墙面徐徐拉开，一点儿一点儿离开原来的位置，直到露出一个大洞，足够我们爬过去。健二示意我跟上他，我爬过洞口，朝后面看了一眼，发现那堵墙在我们身后重新合拢了。

就这样，我的双脚落到了另一边的地面上。

这里头像个地窖，面积很大，纵向分为三个部分。中间的部分最窄，用来当过道；装着窄玻璃门的方形玻璃小屋构成了左右两厢，每堵透明的墙成了房间与房间之间的隔断——里面的一切尽收眼底。这儿整个空间被一种“电”的气氛所笼罩，每个格子间里被灯光和照明装置照得灯火通明，能量流动时发出的嗡嗡声沉闷刺耳，充斥着偌大的空间。

从这儿一路过去，至少有二十个房间。

一边各十间，所有房间视野都很开阔。我从自己所在的位置认出了好几张熟悉的面孔，有几个人在机器上捆着，身上扎着针，监视器在哔哔的响声中显示出好多我看不明白的信息。房门打开又关上，开开关关个不停，不时有说话声、窃窃私语声和脚步声传来，空气里聚集了各种各样的手势和不成形的想法。

就是这儿了。

这儿就是一切都有可能发生的地方了。

卡斯特两个星期前——也就是我到这儿之后的第二天——曾经告诉过我，他对我们这个世界如何变成现在这个样子一清二楚，他说他们研究这件事儿已经有年头了。

研究。

我看见有人在类似于跑步机的装置上奔跑，边跑边喘着粗气，这些类似跑步机的装置运转速度超快；有位女士在组装一把枪，她待的那间屋子里堆满了武器；有位男士手里拿着个冒着湛蓝色火苗的东西。有个人站在一间屋子里，里头除了水，就是堆得高高的绳子，天花板上也系得到处都是，除此之外还有各种各样我叫不上名字来的液体、化学制剂和奇奇怪怪的装置，我脑子里不停地嗡嗡直响，肺里头跟着了火一样在不停地燃烧，太多了，真的太多太多了。

这儿有好多机器，好多灯具，有好多人在好多屋子里记笔记，他们彼此聊着，隔上几秒便瞅一眼挂钟，我趔趄着往前走了几步，想凑近了看看，但还是不够近，不过，接下来却终于听清楚了。我特别不想听到，可它却实实在在地存在于那些厚厚的玻璃墙后面，它又一次出现了。

那是人们因痛苦而发出的低沉的哀号。

这声音朝我直冲过来，直接撞在了我的胸口上。有一种领悟跳上我的后背，在我皮肤里炸裂开来，然后又绕上我的脖子，无缘无故地让人感到窒息。

亚当!

我看到了他，他早到了这儿，正在一间玻璃房里，光着膀子，被绑在一张带滚轮的床上，胳膊和大腿都夹住了，旁边一台仪器上有几根线伸出来，接到了他的太阳穴上、额头上以及锁骨的正下方。他眼睛用力闭着，紧握着拳头，下巴死死咬住，脸上的肌肉绷得紧紧的，憋着劲儿不让自己叫出声来。

我不知道他们这是在干吗。

我不明白这是怎么回事儿，搞不懂怎么会这样，为什么会这样，他干吗要用台仪器，这台仪器怎么还不停地闪不停地哔哔叫着。我好像动弹不了，也呼吸不成了，我想努力记住自己的声音、自己的手形、自己的脑袋和自己的双脚，接下来他身体猛地抖了一下。

然后不停地抽搐起来，全身痛苦地硬挺着，开始用拳头狠狠地捶打床垫，我听到了他痛苦的叫声，有那么一瞬间，世界似乎静止了，一切都慢了下来，声音失真了，颜色模糊了，地板竖了起来，我觉得吧，我的天，我觉得自己确实快要死了，快要掉下去摔死了，或者说我要杀了干出这种行径的罪魁祸首。

反正不是你死，就是我活。

我是在看到卡斯特的时候才有了这个想法。卡斯特，正站在亚当房间的角落里，默默地注视着这个十八岁的孩子苦苦挣扎而无动于衷，就这样注视着，自顾自地在本子上记着什么，嘴唇嘟起来的时候脑袋还往旁边扭了扭，瞅了一眼哔哔作响的监视仪器。

这个想法进入我脑海的时候很简单，很平静，也很从容。

非常非常从容。

我要杀了他。

“朱丽叶——别——”

健二拦腰抱住了我，胳膊像铁箍一样箍在了我身上，我感觉自己在咆哮，我感觉自己正在说一些此前从未说过的话，健二让我要保持冷静，他说：“这正是我不想带你来这儿的原因——你还没弄明白——这儿的情况并不是你看到的样子——”

我觉着自己也许该把健二一块儿杀了，就因为他是个白痴。

“放开我——”

“别踢我——”

“我要杀了他——”

“好了，拜托你别再瞎嚷嚷了，别再说这种话了，行吗？你这么做对自己什么好处都没有——”

“放开我，健二，我对天发誓——”

“费拉斯女士！”

卡斯特正站在走道的顶头，离亚当的玻璃房间几步之遥，房间的门开着，亚当不再抽搐了，但神智并没有恢复过来。

他脸色发白，我怒火中烧。

此时此刻，我只知道这么多了。这是我唯一能感觉到的东西，没别的了，没什么能说服我让我从站着的地方爬下去。从我这儿一眼望去，整个世界就跟用笔在纸上画出来的一样，随随便便就可以撕碎了踩在脚下。这是我以前从未有过的一种愤怒，特别狂野，而且威力巨大，它实际上非常平静，好像终于找到了自己的位置，终于在我骨头里安定了下来，终于找到了一个可以舒舒服服坐下来的地方。

我成了个盛满液态金属的模子，蒸腾的热量袭遍我全身，包裹着我双手，惊人的力量和强大的能量将其锻造成了铁拳神掌，我感觉这股能量简直快要把我吞噬了，它来势汹汹，令人头晕目眩。

我变得无所不能了。

无所不能了。

健二的胳膊从我身上滑了下去，我看都不用看就知道他正往后一倒，给吓得够呛，脑子里一阵迷糊，也许还乱糟糟的。

我管不了那么多。

“嗨，这就是你来的地方。”我对卡斯特说道，我很惊讶自己的语气腔调居然既淡定又流畅，“这就是你干出来的事。”

卡斯特走上前来，脸上一副抱歉的表情，看起来他是给吓到了，他肯定从我脸上看出了什么，让他感到了惊慌。他正要说点儿什么，我却打断了他。

“你们在对他干什么？”我质问道，“你们都对他干了些什么——”

“费拉斯女士，拜托——”

“他不是你们的实验品！”我发作了，镇静消失了，声音里的坚定也不见了，就这样，我突然再次反复无常起来，双手忍不住不停地颤抖，“你以为可以用他来做研究吗——”

“费拉斯女士，请你先冷静一下——”

“别叫我冷静！”我不敢想象他们在这儿对他做了什么，用他来做了实验？把他当成了标本？

他们这是在折磨他呢。

“我怎么也没料到，你会对这间屋子有这么大的排斥反应。”卡斯特说着，尽量让自己显得更会说话，更通情达理，甚至更有感召力。这不禁让我在想，自己这会儿到底有着一副怎样的嘴脸，不知道他们是不是给吓坏了。“我认为你已经明白我们在欧米迦之角所做研究的重要性了，”他说道，“不做实验，我们怎么可能有望搞清楚自己异能的来历呢？”

“你们在伤害他——你们会杀了他！看看你们都做了些什么——”

“是他自己要求加入的。”卡斯特语气很严肃，嘴唇紧紧地抿着，我看得出来，他的耐心正在一点儿一点儿地消失。“费拉斯女士，如果你拐弯抹角说我在用他做我自己的私人实验，那我还是建议你走近了看看这儿的情况吧。”他在说到最后几个字的时候有点儿刻意强调，还带着点儿火气，我突然意识到，自己之前可从来没见他发过火。

“我知道你一直在这儿苦苦挣扎。”卡斯特继续说道，“我知道你还不习惯把自己看成集体中的一员，我也费了一番功夫去了解你的来历——我一直在努力帮你做自我调整，但现在你必须得往周围看看了！”他摊开手朝玻璃墙和里面的人们指了指。“我们都是一样的，我们都在同一个团队里工作！我让亚当去感受的，无一不是我曾亲身体验过的。我们只不过是想简单验证一下，看看他的超能力到底在什么地方。如果我们不事先对他做测试，就不敢肯定他到底能干什么。”他的声音降了一两度，“我们不能奢望再等上个几年时间，直到他偶然间发现自己身上有某种可能对我们目前的事业有用的东西。”

感觉很怪。

因为跟真的一样，我是说我心里的怒火。

感觉它蹿上了我的手指头，似乎能一下子甩在他脸上；还感觉它绕满了我的脊梁骨，充满了我的胸腔，接下来，它的枝枝蔓蔓飞快地爬满了大腿，爬满了胳膊，爬满了脖子，让人感觉透不过气来，透不过气来是因为它需要释放，需要化解，而且现在就要。

“如果，”我跟他说道，感觉话都快说不出来了，“如果你只是利用我们——通过在我们身上做实验来成全你的事业——你以为自己能比重建院好到哪儿去——”

“费拉斯女士！”卡斯特吼了一声，眼睛里闪着光，特别明亮，此时我才意识到，地下通道里所有的人都在盯着我们。他双手攥成拳头置于身体两侧，嘴巴紧紧地抿着。我感觉健二用手抚在了我的背上，紧接着，我发现脚下的地面抖了起来，玻璃墙开始摇晃，卡斯特站在万物中央一动不动，威风凛凛，怒气冲天。我想起来了，他具备某种不同寻常的超强意念。

我还记得，他可以用意念来移动物体。

他举起右手，手掌向外张开，几步开外的玻璃板开始剧烈颤抖起来，眼看就要碎了，此时此刻，我发现自己都快没了呼吸。

“别惹火了我。”相比于他的眼神来说，卡斯特的声音倒显得异常平静。“如果你对我的方式方法有什么疑问，我很乐意邀请你以一种理性的方式来表达自己的主张，我不会容忍你用这种态度来跟我讲话。我对未来世界的关切也许已经超出了你的认知，但是，你不能因为自己不懂而指责我！”说话间，他把手放了下来，玻璃瞬间恢复了原样。

“我不懂？”我又喘不过气来了。“因为我不明白你为什么要让每个人都遭这份罪——”我朝房间周围挥了挥手，“你以为这就说明我不懂了——？”

“嗨，朱丽叶，好了好了——”健二劝道。

“带她走，”卡斯特说道，“带她回自己的训练室去。”他很不快地瞪了健二一眼。“你我——我们以后再找时间谈这件事。你到底怎么想的，怎么把她带到这儿来了？她还没准备好呢——她目前甚至连自己那点儿事儿还没搞定。”

他没错。

我确实搞不定。除了仪器在我脑子里吱吱啦啦地叫，我什么都听不见，除了亚当在垫子上有气无力地躺着，我什么也看不见。我克制不住自己，总去想象他所遭受的痛苦。可是，他必须忍受住折磨，才能明白自己能做什么。我发现，这都是我铸成的错误。

因为我的错，他才会来到这儿；因为我的错，他才会身处险境；因为我的错，华纳才想要杀了他，卡斯特才想要测试他。如果不是为了我，他还和詹姆斯生活在自己没被破坏过的家里，正过着安全、舒适的生活，远离这些我带给他的纷纷扰扰。

是我把他带到了这儿。要是他没碰过我，这一切就不会发生。他会健健康康的，身体好好的，用不着受这份罪，用不着东躲西藏，更用不着在这五十英尺深的地底下被困起来，整天整天地被绑在一张带滚轮的床上遭罪。

这是我的错这是我的错这是我的错这是我的错这都是我的错……

我要发作了!

我浑身好像插满了树枝，唯一想做的便是展示一下自己的力量，我整个身体都快爆了，心里所有的内疚、愤怒、沮丧和被压抑的攻击欲终于找到了发泄口，已经难以控制了。巨大的能量正以一种前所未有的磅礴气势在我周身翻腾奔涌。我什么都不去想了，我得做点儿什么，得碰碰什么东西。我蜷起了手指，蹲下身子，向后提起了胳膊，然后

一

拳

直

击

地

板。

地面在我拳头下面裂开了一条缝，反作用力掼在我身上，弹酥了我浑身的骨头，颅骨也快掀开了，心脏像钟摆一样怦怦地敲击着肋骨，眼前的景物忽远忽近，只有不住地眨眼睛才能看清楚，不料想，看到的却是脚下咔咔作响的一条裂缝，一条将地面分裂开来的细缝。突然，我周围的一切都失去了平衡，在重力作用下，石头正发出沉闷的呻吟声，玻璃墙哗哗作响，仪器滑向了一旁，水在容器里不停晃荡，人们——

人们都吓得呆若木鸡，脸上恐惧的表情让我的心都碎了。

我踉跄着往后退去，一边用右手按住胸口，一边在努力提醒自己，我不是魔鬼，我没必要做魔鬼，我不想伤人我不想伤人我不想伤人我不想伤人。

说这种话都是徒劳的。

因为这都是彻头彻尾的胡话。

因为这就是我，想一试身手。

我看了看周围。

看了看地面。

看了看自己的“杰作”。

我明白了，第一次明白了，我拥有摧毁一切的力量。

八

卡斯特蔫了。

他的下巴像脱了臼，胳膊耷拉在身体两侧，眼睛瞪着，充满了忧虑、诧异和些许的恐惧，尽管他嚅动了一下嘴唇，但看样子是说不出话来了。

我觉得自己现在真该找个地缝钻进去。

健二碰了碰我的胳膊，我想转向他，却发现自己已经石化在了原地。我一直在等他和亚当还有卡斯特弄明白，对我好是没有用的，这么做不会有什么好结果，我也不值得他们这么做，我顶多可以做个工具，做个武器，做个隐秘杀手。

出乎意料的是，他正把我的右手轻轻握在自己手里，一边小心翼翼地防止碰到我的皮肤，一边把已经弄破的皮手套脱了下来，当看到我指关节的时候，他吸了口气，这里的皮肤破了，血已经流得到处都是，手指也不能动了。

我感觉痛苦极了。

我眨了下眼睛，眼前直冒金星，一股钻心的疼痛迅速袭遍了全身，感觉再也说不出话来。

我在喘着气

世界

消失了。

九

我嘴里有股死亡一样的味道。

我挣扎着想睁开眼睛，整个右臂立刻传来一阵撕裂般的疼痛。我手上被纱布裹了一层又一层，手指头根本没办法动弹，对此，我心怀感激。我感到筋疲力尽，连哭的力气都没有。

我眨了眨眼睛。

想看看周围，可我的脖子却僵硬得厉害。

有人用手指在我肩膀上轻轻碰了碰，我感觉自己惊了一下，眼睛又眨了眨，接着再眨，慢慢地，一个女孩儿的面孔开始在我眼前影影绰绰起来。我转过头去，想看得更清楚些，便不停地眨眼睛，眨了一次又一次。

“感觉怎么样？”她轻声问道。

“还好。”我对着那个模糊影子说道，感觉自己在撒谎，“你是谁呀？”

“是我。”她回答道，声音很温柔。即使看不清她的脸，我也能听出她声音里的友善，“索尼娅。”

当然了。

莎拉可能也在这儿。我一定是在医疗队。

“发生了什么事？”我问道，“我昏迷多久了？”

她没有回答，不知道她听没听到我说的话。

“索尼娅？”我想看清她的眼睛，“我睡了多久了？”

“你身体很虚弱，”她说道，“需要休息——”

“多久了？”我压低了声音，像是在嘟囔。

“三天了。”

想象一下有一列时速一亿英里的火车。

再想象一下它直接撞在了你的脸上。

我坐了起来，虽然知道自己会恶心。

幸好索尼娅有先见之明，预料到了我的需求，一只水桶适时地出现在了我的面前，我把胃里所剩不多的一点儿东西吐在了里面，然后又吐到了衣服上，这不是我那身套装，而是一套病号服之类的衣服。有人在用热毛巾擦拭我的脸，水蒸气感觉又暖和又舒服，让我一下子忘了疼痛，这时候我才发现屋里还有一个人。

索尼娅和莎拉在我眼前晃来晃去，手里拿着热毛巾，轻轻擦洗着我裸露的皮肤，用宽慰的口吻告诉我，说我很快就会好起来，只不过要休息休息。我终于清醒过来了，想吃东西了。我不用操什么心，因为没什么好操心的，有她们在精心照料着我。

接下来我看得更清楚了。

我注意到了她们用乳胶手套精心包裹的双手，注意到了我胳膊上打着的点滴，注意到了她们靠近我时虽然急匆匆却又小心翼翼的样子，接下来，我发现了问题的所在。

这两位医疗人员不能碰我。

十

她们以前从来不用处理像我这样的问题。

不管哪类伤她们总能治好。她们能接好断骨，治好枪伤，让萎陷的肺重新复苏，甚至能修复最严重的伤口——我知道这一点，是因为我和亚当到欧米迦之角的时候，他只能用担架抬进来。我们逃离军事基地以后，他在华纳及其下属的手上受尽了折磨，我原以为他身上会留下永久性的疤痕，但现在的他却完美无缺，焕然一新。她们只用了一天时间便让他恢复了原样，跟变魔术似的。

而眼下，却没有针对我的灵丹妙药。

没什么奇迹发生在我身上。

索尼娅和莎拉解释说我肯定是受到了某种重创。她们说，我身体已经超了负荷，竟然奇迹般地活了下来。她们认为我身体昏睡的时间已经很长了，足以修复我大部分的精力损耗。但是，我却不太确定这会不会是真的，我觉得要解决这类问题非得下相当大的功夫不可。我精力受损的时间已经太久太久了。不过，至少生理上的痛苦已经治愈了，尽管身上还多少有些许的抽痛，但短期内我可以不用去理会它。

我突然想起了什么。

"以前，"我跟她们说道，"在华纳的审讯室里，和亚当一块儿，还有那道铁门——我没有过——以前从来没有过——没伤着过自己——"

"卡斯特跟我们说过这事儿，"索尼娅跟我说道，"可是砸破个门啊墙啊的跟把地面劈成两半完全是两码事儿哦。"她笑了笑，"我们敢肯定，你以前的情况跟这回可没法比。这回威力要大得多——当时我们都感觉到了，以为发生了爆炸，还有那儿的地下通道，"她继续说道，"差不多都要塌了。"

“不会吧。”我肚子里像塞满了石头。

“没事儿了没事儿了，”莎拉努力地安抚着我，“你刚好及时把力气收了回去。”

我又感觉喘不上气儿来了。

“你此前可能不知道——”索尼娅说着。

“我差点儿——我差点儿把你们都杀了——”

索尼娅摇着头说道：“你有股惊人的力量，这并不是你的错，你那会儿不晓得自己能干什么。”

“我可能会杀了你们，可能会杀了亚当——可能会——”我脑袋迅速往周围转转，“他在这儿吗？亚当在这儿吗？”

两个女孩子看看我，又看看对方。

我听到有人清了清嗓子，于是便猛地把头朝声音的方向扭过去。

健二从角落里走了出来，挥手打了个招呼，冲我坏笑了下，一脸的皮笑肉不笑。“抱歉，”他对我说道，“我们不能让他来这儿了。”

“为什么？”我问道，心里却害怕知道答案。

健二把遮到眼睛的头发捋到一边，思量着我的问题。“好吧，该从哪儿说起呢？”他扳着手指头，“他后来知道了真相以后想杀了我，还冲着卡斯特暴跳如雷，他拒绝离开医疗队，甚至不吃饭不睡觉，然后他就——”

“别说了。”我阻止他继续说下去，并闭紧了眼睛，“没关系，不用了。我没法……”

“这可是你问的。”

“他在哪儿？”我睁开眼睛，“他怎么样了？”

健二挠着脖梗子，东瞅西看起来：“他会好的。”

“我能见见他吗？”

健二叹了口气，转身朝两个女孩子说道：“喂，我们可以单独待会儿吗？”听到这话，两位姑娘便忙不迭地准备走了。

“当然。”莎拉说道。

"没问题。"索尼娅说道。

"给你们点儿私人空间。"她们又异口同声地说道。

说完她俩就离开了。

健二从墙边抓了把椅子放到我床边，坐下来，架起二郎腿，后背往椅背上一靠，两手交叉着放到了脑后，然后用眼睛打量着我。

我在床上挪了挪，以便能更好地看着他："怎么了？"

"你得和肯特谈谈。"

"噢，"我咽了口唾沫，"好的，我知道。"

"你会吗？"

"当然。"

"那很好。"他点了点头，眼睛看着别的地方，脚掌在地面上快节奏地打着拍子。

"没啦？"我过了一会儿问道，"你不打算告诉我点儿什么吗？"

他脚掌停了下来，但没理睬我。他用左手擦了擦嘴巴，然后放下去："把你给领进去真是见鬼了。"

我突然觉得有些羞愧难当："对不起，健二。非常抱歉——我没想到——我不知道——"

他转过头来面对着我，目不转睛地盯着我看。他正在试图研究我，好把我分析清楚。我意识到，他这是在想，到底要不要相信我，还有关于我身体里有个魔鬼的传闻是不是真的。

"我以前没这样过，"我听到自己在小声嘀咕，"我发誓——发生这种事儿并不是我有意的——"

"你敢确定？"

"什么？"

"有个问题，朱丽叶。一个很合情理的问题。"我从来没见他这么严肃过，"我把你带到这儿来，是因为卡斯特想让你来这儿。因为他觉得我们可以帮到你——他觉得我们可以给你个安全的栖身之所，可以把你从那些试图利用你来谋私利的浑蛋手中解救出来。可是你来这儿以后，没表现出一点儿想成为其中一员的意愿，你不跟别人说话，训练也没什么进展，基本上算是一事无成。”

“很抱歉，我真的——”

“卡斯特说他很担心你的时候，我相信他是真心的。他跟我说你还不适应，你要费好大劲儿才能融入进来。人们听说过有关你的负面消息，他们一直没有表现出应有的欢迎态度。我真该为这事儿踹自己屁股两脚，我觉得对你特别不好意思。所以我告诉他我会帮忙，我重新调整了自己整个该死的计划安排，就是为了帮你解决好你的问题。因为我觉得你是位好姑娘，只是有点儿被人误解了。卡斯特是我见过的最高尚的人，所以我也想帮帮他，把问题解决了。”

我的心怦怦地跳着，跳这么厉害竟然还没破掉，真让我感到吃惊。

“所以我觉得纳闷。”他说道，一边说一边放下二郎腿，身体前倾，将肘部支在了大腿上，“我纳闷，有没有可能这一切只不过是一种巧合，我的意思是说，我最终能和你一块儿工作，是否纯粹就是巧合？我可是这儿为数不多进过那间房子的人，你变着法儿地逼我带你到研究室去也仅仅是巧合吗？还有，你接下来不知怎么，有意无意间，很碰巧地，好端端地把拳头砸进了地里头，搞得这儿地动山摇，我们还以为这里都要坍了，这是不是也是巧合呢？”他眼睛瞪着我，很用力的那种，“这是巧合吗？”他问道，“如果你再多坚持哪怕只有几秒钟，这个地方就会整体坍塌了？”

我睁大了眼睛，充满了恐惧。

他靠回到椅背上，耷拉着眼皮，两根指头按在自己的嘴唇上。

“你是真想留在这儿？”他问道，“还是想从内部把我们扳倒？”

“什么？”我抽了口冷气，“没影儿的事儿——”

“因为你要么准确无误地知道自己在干什么——要是那样的话，你可比你装成的样子要卑鄙多了——要么你就是对自己的所作所为毫不知情，那你就真有点儿走狗屎运了。不过我对此仍旧没判断清楚。”

"健二，我发誓，我从没——我从来没有——"我不得不把话憋回去，眨着眼睛不让即将淹没自己的眼泪夺眶而出。糟糕透了，这种感觉，这种不知道如何证明自己清白的感觉。我所有的生活就是一而再、再而三地重复重复再重复，去努力说服人们相信，我并不危险，我从来不想伤害别人，我没打算把事情搞成这样，我不是什么坏人。

但似乎从来没奏过效。

"很抱歉。"我哽咽道，眼泪很快滚了下来，怎么制止都不管用。我讨厌死自己了。我一直想努力表现出自己并非如此，想表现得好一点儿，想表现出自己的善良，而我却恰恰把这一切给毁了，又一次失去了全部，我甚至不知道该怎么告诉他他是错的。

因为他也许是对的。

我知道自己当时很生气，我知道自己当时想伤害卡斯特，伤成什么样我也不在乎。彼时彼刻，我真是这样想的。怒从中来的一刻，我真的，真是这样想的。如果不是健二当场拦住我的话，真不知道自己会干出什么傻事儿。我不知道，也没概念，甚至搞不明白自己能有什么本事。

多少次了，我一直听到耳边有个声音在低语：你要为自己这个身份道多少次歉啊？

我听到健二叹着气挪动了一下椅子。我不敢抬眼皮，只是不住地擦眼泪，乞求自己停下来别再哭了。

"我不得已问了这些问题，朱丽叶，"健二的口气听起来不怎么舒服，"我很抱歉把你弄哭了，但我对问问题可没什么好抱歉的。我的工作就是要时刻为我们的安全着想——这就意味着，我必须从所有可能的角度来看问题。还没有人知道你能做什么，甚至连你自己也不知道。不过，你总是想尽量表现出好像你自己那点儿本事没什么大不了的，可是这么做却无助于解决任何问题，你需要做的是别再较着劲儿装成自己不危险的样子。"

我迅速抬起头来说道："可是我没想过——我没，没想过要伤害别人——”

“这都无关紧要，”他说着站了起来，“有好的愿望是好的，但光有好的愿望仍然改变不了现实。你很危险，不对，你简直危险得叫人害怕，比我，比这儿所有的人都危险。所以说，别要求我表现得好像这种现实本身对我们构不成什么威胁似的。”他继续说道，“如果你打算留在这儿，就必须学会如何控制自己的所作所为——如何驾驭你的能量。你必须搞明白自己是谁，还得弄清楚如何跟这样的自己共同生活，就跟我们这帮人一样。”

有人在门上敲了三下。

健二仍然盯着我，等着我回答。

“好吧。”我小声说道。

“你和肯特要尽快把你们的事情处理好。”他正补充的时候，索尼娅和莎拉回到了房间，“我没有时间，也没有精力和兴趣去理会你们的问题。我喜欢不时地跟你们捣捣乱，因为，嗯，我们得这么看——”他耸了耸肩，“——这个世界就要玩儿完了，假如我在二十五岁之前就被打死了，那我希望自己死的时候至少记得笑是什么样子，而我这么做并不是要把自己当成你们的小丑或逗你们玩儿的临时保姆。等到了末日那天，我对你和肯特能不能白头偕老这等事儿不会再多胡扯一句。我们当前有各种七七八八的事儿需要操心，其中却没有一件能跟你们的爱情生活扯上一毛钱关系。”他顿了一下问道：“明白了吗？”

我点了点头，不知道自己还能说什么。

“这么说来，你融入进来了？”他问道。

我又点了点头。

“我希望能听到你亲口把它说出来。如果你融入进来了，你就要全身心地投入进来，别再自怨自艾了，也别再因为弄不断一根金属管子而整天坐在训练室里哭鼻子了。”

“你怎么知——”

“你融入进来没有？”

“融入进来了，”我告诉他，“我融入进来了，我敢发誓。”

他深深地吸了口气，用手拢了下头发，说道：“好了，明天早上六点钟，餐厅外头见。”

“可是我的手——”

他扬扬手打断了我。“你的手，什么问题也没有。你不会有事儿的，你哪儿都没断，只是指关节擦破点皮，脑子有点儿犯迷糊，可你差不多也足足睡了三天了。我不会把你这种情况看成是受伤，”他继续说道，“我会把它称之为‘度了个鸟假’。”他停下来想了想问道：“你知道我从上次度假到现在有多长时间了吗——”

“我们不是要训练吗？”我打断了他，“如果我的手这么裹着，我什么都干不了，不是吗？”

“相信我。”他歪着脑袋说道，“你不会有事儿的。这个嘛，确实会有点儿别扭。”

我望着他，等他继续说完。

“你可以把它看成来到欧米迦之角的正式欢迎式。”他又说：

“不过——”

“明天，早上六点。”

我张开嘴正要问另一个问题，他却把一根指头竖在嘴唇上，然后又伸直两根指头在太阳穴上一贴，给我敬了个手指礼，正好在索尼娅和莎拉往我床头走过来的当口退到了门边。

我望着他分别朝两位姑娘点头示意后大步流星地跨出了房门。

早上六点。

十一

我瞅了一眼墙上的挂钟，发现这会儿才下午两点。

这说明现在离早上六点还有十六个小时。

这说明我有很多时间可以打发。

这说明我必须穿戴整齐。

因为我得从这儿出去。

我确实需要和亚当谈谈。

“朱丽叶？”

我猛地转过头去，立刻回到了现实中来，我发现索尼娅和莎拉正在看着我。“要我们拿些什么东西过来吗？”她们问道，“你感觉自己能下床了吗？”

我看看这双眼睛，再看看那双眼睛，就这么来回看着，并没有回答她们的问题，我感觉有种深切的羞愧感正咬噬着自己的灵魂，情不自禁地回想起了自己的另一面：一个惊恐万分的小姑娘，想把自己完全蜷起来，直到别人再也找不到她。

我不停地说：“对不起，对不起，我对所有这一切感到抱歉，你看我惹了这么多麻烦，造成了这么多损失，实在非常抱歉，我真的，真的，很抱歉——”

我听到自己在不住地叨叨着，怎么也停不下来。

好像我脑子里有个按钮坏了，又好像得了一种强迫自己对任何事儿都要抱歉的病，要为当前的一切感到抱歉，要为想得到更多感到抱歉，怎么也停不下来。

我就是这么干的。

我就这样一直道歉，永远道歉——为自己这么个人，为自己无意犯下的错误，为自己生来如此的身体，为自己从来不想要的遗传基因，为自己怎么也摆脱不了的样子。十七年来，我一直在努力表现得不同，十七年当中的每一天都是这样，努力为了另外一个人而变成另外一个人。

看样子自始至终都无济于事。

这时候，我意识到她们正在和我说话。

“没什么好道歉的——”

“好了，没事儿了——”

她们俩都在尽量跟我说话，只不过莎拉离得更近些。

我竟然敢看她的眼睛了，我此时才惊讶地发现，她的眼神多温柔啊，笑起来眼睛眯着，绿绿的，充满了柔情。她在我床的右边坐下来，带着乳胶手套的手抚摸着我裸露的胳膊，没有丝毫的畏惧。索尼娅站在她身旁，一脸担忧地看着我，好像正为我的事儿感到无比忧伤，我对这事儿还没琢磨多大会儿，注意力就被分散了。我闻到了满屋子的茉莉花香，跟我第一次踏进这个房间时闻到的一模一样。当时我们刚刚抵达欧米迦之角；当时亚当正受着伤，奄奄一息。

他虽然奄奄一息，但她们还是把他救过来了，就是站在我面前的这两位姑娘，她俩救了他的命，我还跟她俩在一起生活过两个星期，想到此，我发现自己一直以来多么自私啊。

因此，我决定试着用一套新的词汇。

“谢谢。”我小声回道。

我感到自己开始脸红了，我感觉自己没办法利利索索地遣词造句和表达情感，还感觉自己没办法做到轻松自在地说说笑笑，没办法顺顺当当地跟别人沟通交流，一碰到尴尬时便不知道说什么好。我没有那种里面装满了“嗯嗯啊啊”之类的语气词的语言库，可以随时用来插到句子的开头和末尾。我不知道怎么用动词，怎么用副词，更不会用什么修饰词，说白了顶多会用个名词。

我脑子里被人啊、地方啊之类的东西和很多想法给塞满了，不知道怎么让自己的脑子开窍，不知道如何来开启一场对话。

我想信任别人，但这种想法一出来便吓得我感觉身上的皮像被扒了似的。

可是接下来，我想到了自己对卡斯特的承诺，对健二的承诺，还有对亚当的担忧，我在想，也许我该冒回险，也许我该试着交一两个新朋友。我也在想，找个女孩儿交朋友该是件多美妙的事儿啊。找个女孩儿吧，跟我差不多的女孩儿。

我以前从来没有过这种想法。

所以，当索尼娅和莎拉微笑着告诉我，如果“我想找人说说话”，她们会“乐于帮忙”，她们会“随叫随到”，她们会一直寸步不离的时候，我告诉她们我很高兴。

我告诉她们我真的无比感激。

我告诉她们我很高兴能有个朋友一起聊聊。

也许可以找个时间。

十二

“我们帮你把衣服穿上吧。”莎拉对我说道。

地面之下又阴又冷，往往还很潮湿，冬天凛冽的寒风在驯服我们头顶上那个世界的时候毫不留情，即便穿了那身套装我还是觉得冷飕飕的，尤其在早晨的时候，也就是现在这个时候。莎拉和索尼娅帮我脱掉了病号服，又帮我把那身常规制服套装往身上穿，冷得我直发抖。当她们帮我把拉链一拉上，衣服面料便马上开始对我的体温产生反应，只不过因为在床上躺得太久了的缘故，我身体依旧感觉有些乏力，所以费了挺大劲儿才站直了身子。

“我真的不需要轮椅。”这是我第三次告诉莎拉了，“谢谢——真的——我，非常感谢，”我结结巴巴地说道，“我得让血液流到腿上去，我必须坚强地站着。”我必须坚强起来，哪怕只是一段时间。

卡斯特和亚当正在我房间里等我。

索尼娅告诉我，在我和健二交谈的时候，她和莎拉去通知了卡斯特说我醒了，所以他们这会儿到了那儿，在那儿等着我，就在那间我和索尼娅还有莎拉共用的屋子里。我对即将发生的事儿感到特别害怕，以至于担心自己会忘了怎么回房间，因为我非常清楚，不管我听到的是什么，反正不会是什么好事。

“你自己是走不回房间的，”莎拉说道，“你几乎站都站不稳——”

“我没事儿。”我坚持着，想挤点笑容出来。“真的，我只要离墙近些，还是可以走的。我敢肯定，只要我一活动起来，很快就能恢复正常。”

索尼娅和莎拉相互看了一眼，然后仔细端详着我的脸。“你的手怎么样？”她们异口同声地问道。

“没事儿。”我回答道，这回语气更诚恳了些，“我觉得好多了，真的，非常感谢。”

我的伤口确实已经愈合了，实际上我的指头都已经能活动了。我仔细检查了一下她们缠在我指关节上的绷带，绷带是新的，比以前也薄了。她们俩解释说，我大部分的伤都是内伤；似乎是说，由于我有该死的“天资禀赋”，便伤到了体内某种隐形的骨头。

“那好，我们走吧。”莎拉摆了下头说道，“我们陪你回房间。”

“不用了——谢谢——我没事儿——”我想表示反对，她们却抓住了我的胳膊，而我身体实在虚弱，没办法挣脱开，“不必这样——”

“你别逗了。”她俩异口同声地说道。

“我不想给你们添麻烦——”

“别逗了，你。”她们又异口同声地说道。

“我——我真不想——”这时候她俩已经领着我走出房间来到了走廊上。我在她们俩中间往前蹒跚着。“我保证自己没事儿，”我对她俩说道，“真的。”

索尼娅和莎拉意味深长地相互对视了一下，然后冲我笑了笑，也不算不亲切，但接下来我们再沿走廊往前走的时候，大家都尴尬地沉默了下来。我看到有人从我们身边经过，便立刻低下头去。我这会儿还不想跟任何人有眼神上的交流。我想象不出他们对我造成的那些损失都听说了什么，只知道自己已经想办法证实了他们对我的恐惧——最大程度的恐惧。

“他们害怕你是因为他们不了解你。”莎拉平静地说道。

“确实如此，”索尼娅补充道，“我们才刚刚了解了你，就觉得你很棒。”

唰——我一下子脸红了，不知道为什么窘迫感总跟冰水一样在我血管里流动，尽管我的皮肤热得发烫，烫得厉害，可内里却好像快要冻成了一坨。

我讨厌这一点。

我讨厌这种感觉。

索尼娅和莎拉突然停了下来。“我们到了。”她俩齐声说道。

我抬起眼睛，发现我们已经来到了我们的房门跟前。我想从她俩怀里挣脱出来，她们却阻止了我，非要坚持这么扶着我，直到确信我已经好好地进了房间。

所以我仍被她们扶着。

我敲了敲自己的房门，因为除此之外我不知道该干点儿什么别的。

一下。

两下。

我等了不过几秒钟，而就在等待命运做出回应的这一会儿工夫里，我意识到了索尼娅和莎拉在我身边时带给我的影响。她们冲我微微一笑，应该是在鼓励我，给我打气，让我坚强。她们想把自己的力量传递给我，因为她们知道，我马上就要面对一些让我不开心的事儿了。

想着她俩这样我感到很高兴。

但愿不开心的事能飞快地过去。

因为我觉得吧，哇哦，我想这就是有了朋友的感觉吧。

“费拉斯女士。”

卡斯特把门开了条缝，刚好够我看全他的脸。他冲我点了点头，往下瞄了一眼我受伤的手，再将目光移回到我脸上。“很好。”他说道，这多半是说给他自己听的，“不错，不错，很高兴看到你好多了。”

“是啊。”我结结巴巴地说道，“我——谢——谢谢你，我——”

“姑娘们，”他向索尼娅和莎拉喊着，脸上洋溢着灿烂而真诚的笑容，“谢谢你们所做的一切，打这儿起由我来接手吧。”

她俩点了点头，用力捏了捏我的胳膊，然后才松开，我稍微晃了一下才站稳了脚跟。“我没事，”她们正要伸手扶我的时候我说道，“马上就会好。”

她们又点了点头，轻轻摆了摆手，转身走了。

“进来吧。”卡斯特跟我说。

就这样，我跟着他进了房间。

十三

墙的一头放着张上下铺。

另一头是张单人床。

这就是这个房间的摆设了。

另外，亚当正坐在我的单人床上，胳膊顶着膝盖，双手托着脸。卡斯特从背后关了门，亚当先惊了一下，立马站了起来。

“朱丽叶，”他在叫我，但没看我的脸，而是看着我的全身。他的目光在我身上上下打量了一番，似乎是要确定我依旧完好无损，胳膊、大腿以及身体都还正常。接下来他才看我的脸，才跟我对视，我一下便掉进了他眼中那片碧蓝的大海，一头扎进去，没了顶。这么说吧，感觉就像有人在我的肺部捣了一拳，然后又抽走了所有的氧气。

“请坐，费拉斯女士。”卡斯特朝索尼娅的下铺做了个手势，亚当坐的地方正对着这张床。我缓慢地朝那张床走过去，不想显露出自己此时的头晕目眩和恶心反胃之感，边走胸口边快速地起伏着。

我把手垂到了两腿之间。

我觉得，亚当在这个房间里的存在像一种实实在在的重量一样在我胸口上压着。但是，我选择了去研究手上仔细绑着的新绷带——纱布紧紧地缠着我的右手指关节——因为我是个十足的胆小鬼，不敢抬头看。我什么都不想要，只想走到他跟前去，让他抱抱我，把我带回到迄今为止我经历的为数不多的几次幸福时刻中去，但是，有种东西在我心里撕咬着、抓挠着，告诉我有什么地方不对劲儿，也许我最好老老实实地待在原地别动。

卡斯特站在两张床的中间，也就是我和亚当的中间。他望着墙，两只手在背后扣着，说话的时候声音很平静：“我对你的行为非常非常失望，费拉斯女士。”

一股强烈的、火辣辣的羞耻感爬上了我的脖子，再一次迫使我低下了头。

“很抱歉。”我小声说道。

卡斯特先深吸了口气，然后又缓慢缓地吐了出来：“我不得不坦白地告诉你，”他说，“我得承认，我现在还没准备好要讨论所发生的这一切。我到现在还觉得有点儿心烦意乱，没办法平静地谈论这件事儿。”他继续说道，“你的行为很幼稚，很自私，欠考虑！你所造成的损失——为规划和建造这么一间实验室投入了多少年的精力，我甚至没办法告诉你——”

他突然停下来，把话咽了回去。

“这个话题，”他镇静地说道，“以后再另找时间谈吧，也许只我们两个人就可以了。我今天到这儿来，是因为肯特先生要我到这儿来的。”

我把头抬起来，看了看卡斯特，又看了看亚当。

亚当看起来一副想逃跑的样子。

我觉得自己不能再等了。“他有些情况你已经了解了。”我说道，这与其说是个问题，还不如说是在陈述事实。这很明显，亚当没什么别的理由把卡斯特带到这儿来跟我说话。

可怕的事儿已经发生了。还有可怕的事儿将要发生。

我能感觉到这一点。

亚当这会儿正眼睛一眨不眨地盯着我，双手握成拳头用力按着大腿，表情看上去既紧张又害怕。我除了也这样望着他之外不知道该干什么，不知道怎么来安抚他，甚至不知道该怎么笑了。我感觉自己像被牵扯到了别人的故事里，别人便从此开始了恐怖生活。

卡斯特点了下头，只点了一下，而且动作很慢。

他说道：“对，是的，我们发现了肯特先生的能力有一些非常耐人寻味的特质。”他走到墙边靠在上面，这让我能更清楚地看到亚当了，“我们确信现在已经搞懂了他可以碰你的原因，费拉斯女士。”

亚当把脸转过去，两个拳头用力顶在嘴上，好像他的手会抖似的，不过至少，他看上去表现得比我好多了，因为我内心在尖叫，脑袋像着了火，恐慌的情绪正塞满喉咙，都快把我憋死了。坏消息一旦来了就退不回去了。

“什么特质？”我眼睛直愣愣地望着地板，既像在数石砖，又像在数响声，又好像什么都没数。

1

2，3，4

1

2，3，4

1

2，3，4

“他……可以让威力消失。”卡斯特对我说道。

我眼睛眨了五次、六次、七次，眨了八百万次，心里一片茫然。我数过的所有数字都摔在了地上，有加有减，有乘有除。“你说什么？”我又问道。

这个消息有点不对劲儿。这个消息听上去一点儿也不恐怖。

“实际上，我们这个发现十分偶然。”卡斯特解释道，“我们此前做的任何试验都不怎么顺利。然后有一天，我有堂训练课正上到一半的时候，肯特先生想引起我的注意，他便碰了碰我的肩膀。”

我在等他说下去。

“接下来……突然，”卡斯特一边说着，一边吸了口气，“我演示不了了。就好像——就好像我身体里有根电线被剪断了。我立刻觉察到了这一点，他想引起我的注意，却在转移我注意力的同时无意间关闭了我的能量，这跟我以前见过的现象都不一样，”他摇着头继续说道，“我们现在一直在和他合作，想看看他能不能按自己的意愿控制好自己的能力。而且，”卡斯特继续说着，有些激动，“我们想看看他能不能隔空发功。”

“知道吗，肯特先生是不需要跟皮肤接触的——当时他碰我胳膊的时候，我是穿着训练服的。所以说，这就意味着他已经具备了隔空发功的能力，哪怕只有一点点。而且我相信，经过不断努力，他可以把自己的功力所及扩大到更大的范围。”

我不知道这有什么意义。

我试着看了看亚当的眼睛，想让他亲自告诉我这些，但他没有抬头，也没有说话，我不明白这是为什么，这件事儿看起来不像是坏消息呀。事实上，这事儿听起来好极了，简直不像是真的。我转身对卡斯特说：“这么说，亚当确实可以让别人的功力——他们的天资禀赋——不管叫什么了——他可以让它停下来？可以把它关掉？”

“我是这么看的，没错。”

“你们在别人身上测试过吗？”

卡斯特看样子被冒犯了。“我们当然测试过了，针对欧米迦之角每个有天资禀赋的人，我们都测试了一遍。”

可是仍旧有些情况说不通。

“那当初我们刚到这儿的时候又是怎么回事儿呢？”我问道，“他不是受了伤吗？双胞胎姐妹也能治好他呀？他怎么没把她俩的功力给关掉呢？”

“呃，”卡斯特点了点头，清清嗓子说道，“是啊，你非常聪明，费拉斯女士。”他在房间里来回踱着步子，“这……这正是解释起来有点儿复杂的地方。经过多次研究，我们已经有了这样的结论，那就是他的功力是一种……防御机能，是一种他现在还不清楚如何控制的机能。这种机能一直在自动导引着他的整个生命，尽管其作用只是关闭其他超异能。如果发生了危险，如果肯特先生处在了某种危险境地，如果他的身体处于任何高度戒备的情况之下，或者感受到威胁，或者有受伤危险的时候，他的功力便会自动产生。”

他停下来看了看我，确实看了看我。

“举个例子，你们第一次见面的时候，肯特先生作为一名军人，始终处于戒备状态，总能发现自己周围的危险。这时候，他便处于一种持续带电的状态——这是我们用来描述能量‘开启’时的专业术语——因为他一直处于危险状态。”卡斯特两只手插进了上衣口袋。“一系列的测试已经进一步表明，当他处于带电状态时，他的体温就会上升——比正常体温正好高两度。他体温升高表明他要释放比平常更多的能量来维持这个温度。”卡斯特继续说道：“简单说吧，持续不断地释放能量也会消耗他的体力，削弱防御能力，降低免疫力和自控力。”

他说的是体温升高！

这就是为什么我们在一起时，亚当的皮肤总是发烫的原因，也是他和我在一起时体温总是反应很强烈的原因，因为他的功力在对抗我的功力，他的能量也在中和我的能量。

这样便消耗了他的体力，削弱了他的防御能力。

哦。

我的天。

“关于你和肯特先生身体上的关系，”卡斯特说道，“说实话，不关我的事儿。但是，由于你的天赋属性非常独特，从纯科学的角度讲，我倒是对它很有兴趣。但是你必须知道，费拉斯女士，尽管这些新发现毫无疑问令我非常着迷，但我绝对不会为此感到高兴。你已经非常清楚地表明了你不想多了解一下我的为人，但是你必须相信一点，我永远不会从你的痛苦中找乐子。”

我的痛苦！

我的痛苦随着这场对话又华丽登场了，虽然迟来了一会儿。真是一群从不体谅人的畜生。

“拜托了，”我小声说道，“麻烦你快点儿告诉我问题出在哪儿了。确实出问题了对不对？肯定有什么地方出错了。”我望着亚当，但他还在看着别处，看着墙，什么都看，就是不看我。我感觉自己站了起来，想引起他的注意，“是亚当吗？你知道吗？你知道他在说什么吗？拜托——”

“费拉斯女士，”卡斯特马上说道，“拜托你坐下来。我知道这对你来说一定很难，但你必须让我说完。我之前让亚当不要说话，直到我把该解释的都解释完为止。总得有人以一种清晰并且理智的方式把这件事儿说给你听吧，但我担心他做不到这一点。”

我退回去重新坐到了床上。

卡斯特松了口气。“你刚才提了个很不错的问题——关于肯特先生刚到我们这儿时，为什么可以与那姊妹俩相互配合的事。她们情况有所不同，”卡斯特说道，“亚当当时很虚弱，他知道自己需要帮助。他的身体没办法——更重要的是也不会——排斥医疗关怀。他当时很脆弱，即使想保护自己也做不到。到这儿的时候他最后一点儿力气就已经耗光了，他感觉安全了，便开始寻求帮助，身体也解除了应对紧急危险的状态，因为不害怕了，身体防御机制也就没有启动。”

卡斯特抬起头来看了看我的眼睛。

“肯特先生已经开始在你身上遇到了类似的问题。”

“什么意思？”我倒抽了口气。

“恐怕他目前仍旧不知道怎么控制自己的能量，这一点上我们希望他能有所突破，不过，这得花上很长一段时间——包括大量的精力和注意力——”

“你说‘他已经开始在我身上遇到了类似的问题’是什么意思？”我听到了自己的问话，字里行间都透着恐慌。

卡斯特轻轻吸了吸气，说道：“好像——好像他跟你在一起的时候是他能量最弱的时候。他和你在一起的时间越长，他就越感觉不到威胁。你们越……越亲密，”卡斯特说着，表情明显别扭起来，“他对自己身体的控制力就越低。”卡斯特停顿了一下，接着说道：“由于他对你完全不设防，所以和你在一起的时候最容易受伤，时间不用长，他的防御机能便开始迅速下滑，就能感觉到你的碰触所带来的钻心的刺痛。”

原来如此。

我的脑袋在这，正在地上躺着，好像摔开了花，脑浆溅得到处都是，我坐不起来了，我不会坐了，我连坐都不会了，我终于坐起来了，目光呆滞地坐在那儿，浑身僵硬，头有点儿晕。

我吓坏了。

亚当对我没有免疫力了。

亚当不得不调动自己的能量来保护自己不被我伤害，我正在耗尽他的能量。如果他再不当回事儿，如果他再忘了自卫，如果他再犯什么错误或者精神不集中，那我就会让他感觉不舒服，会让他身体变得越来越虚弱……

搞不好我会伤到他。

搞不好我还会杀了他。

十四

卡斯特一直在盯着我。

等我的反应。

我嘴里好像始终吐不出一根足够长的粉笔来写句完整的话。

“费拉斯女士，”他有些急匆匆地说道，“我们在和肯特先生一起努力，来帮助他驾驭自己的能力。他将通过训练——就和你一样——来学会如何自由发挥他所具有的这种特殊本领。这要花上些时间，一直到我们确保他和你在一起时安全无虞为止，不过这没关系，我向你保证——”

“不。”我站了起来，“不不不不不，”我东倒西歪地踉跄着，“不。”

我看了看自己的脚、自己的手和那几堵墙，我想尖叫，我想逃跑，我想跪下来，我想诅咒这个世界。因为它诅咒了我，折磨着我，带走了我所知道的唯一幸福，我跌跌撞撞地朝房门走去，试图找个出口，找条能逃离这种噩梦般生活的出路——

“朱丽叶——拜托了——”

亚当说话的声音令我窒息。我强迫自己转过身去，面对他。

此时，他正迎着我的目光，闭上了嘴巴，胳膊朝我伸过来，试图在十英尺之外阻止我，我一时间又想哭又想笑，百感交集。

他不会再碰我了。

我也不会允许他再碰我了。

再也不会了。

“费拉斯女士，”卡斯特语气温和地说，“我知道你这会儿很难受，但我已经说过，这种情况不会持续太久的。经过充分的训练——”

“你在碰我的时候，”我向亚当问道，声音有些嘶哑，“对你来说很费劲吗？会让你筋疲力尽吗？会让你拼尽全力来不停地对抗我和我这个人吗？”

亚当想回答，想说点儿什么，但什么也没说出来，他没说出口的话更让我感到心凉。

我转过身去，面向卡斯特：“这就是你说过的话，对不对？”我此时说话的声音甚至在颤抖，离哭没多远了，“你说他在利用自己的能量压制我的能量，还说如果他忘了这么做——如果他走了神，或者过于脆弱——我可能会伤到他——我已经伤害过他了——”

“费拉斯女士，冷静——”

“只回答问题就好！”

“呃，是的，”他说道，“至少目前是这样，我们就知道这么多了——”

“噢，上帝，我——我不能——”我又一次踉跄着伸手去够房门，可我的腿依旧十分虚弱，脑袋依旧晕得厉害，我眼睛一片模糊，整个世界都失去了颜色，正在这时，我感觉有两只熟悉的胳膊抱住我的腰往后拖。

“朱丽叶，”他语气特别急切，“坚持一下，我们没办法不谈这个问题——”

“让我走吧！”我的声音气若游丝，“亚当，求你了——我不能——”

“卡斯特。”亚当打断了我，“让我们俩单独谈谈，你觉得怎么样？”

“噢，”他吓了一跳，“当然可以。”他回答道，只不过回应得有些迟疑，“没问题，可以，可以，当然可以。”说完朝房门走去，边走边犹犹豫豫地说：“我会——呃，好的。还有，你们准备好了以后知道到哪儿去找我。”他冲我们分别点点头，又不太自然地单独冲我笑了笑以后离开了房间，房门从他身后咔嗒一声关上了。

寂静笼罩了我们周围。

“亚当，求你了，”我终于说道，虽然恨自己说了出来，“让我走吧。”

“不行。”

我感觉到了他在我脖子上的气息，离我这么近，这让我感到万分痛苦，知道自己不得不重建他回到我生活中以后，我随意拆掉的那堵墙同样让我感到万分痛苦。

“我们谈谈这件事儿，”他说道，“你哪儿也别去，求你了，和我谈谈吧。”

我定定地站着。

“求你了。”他又一次说道，这一次更温柔了，就这样，我的决心丢下我自己走了。

我跟着他回到床边，坐到房间这头的床上，他坐到了另一头的床上。

他望着我，眼神很疲倦，很紧张，好像没有吃饱似的，又好像几个星期没睡觉似的。他犹豫着，舔舔嘴唇，又紧紧地闭上，然后才开始说话。“我很抱歉，”他说道，“很抱歉没有告诉你，我从来不想让你难过。”

我想笑，想大笑，笑到眼泪直奔，淹了自己。

“我理解你为什么不告诉我，”我很小声，“这完全可以理解。你是想避免这一切。”我一边说一边用那只受伤的手围着房间挥了一下。

“你没生气吧？”他眼神里充满期待，看起来想朝我这边走，我赶紧伸手阻止了他。

我脸上的笑容简直要害死我了。

“我怎么会对你生气呢？你过去折腾自己，是为了弄清楚自己怎么了；你现在折腾自己，是为了找到解决这个问题的办法。”

他表情轻松了。

轻松、迷惑和害怕的表情一股脑儿地同时出现了。“可是还是有地方不对劲，”他说，“你哭什么呢，如果不难过，那你为什么要哭呢？”

我这时候实际上是在笑，笑得很响，笑得很大声，笑得喘不上气，笑得死去活来，笑得歇斯底里。“因为我跟个白痴一样以为这些情况属于个别现象，”我说道，“以为你算是碰巧，以为我的生活会好过以前，我自己也会好过以前的我。”我试图再说点儿什么，但事与愿违，我用手捂住了嘴巴，好像不相信自己要说的话，就这样，我逼着自己把哽在喉咙里的石头咽了回去，然后把手放下，说道：“亚当。”我语气很生硬，有些苦楚。“都没有用了。”

“什么？”他僵住了，眼睛瞪得大大的，胸脯上下起伏得厉害。“你在说什么呀？”

“你碰不了我了，”我跟他说道，“你不能碰我了，我已经伤到你了——”

“没有——朱丽叶——”他站起来，从房间那头冲到这头，跪在我身边，伸手要摸我的手，我不得不猛地把手往回一抽，因为我的手套已经坏了，在实验室的时候弄坏的，我的手指现在是裸露的。

很危险。

亚当望着我藏在背后的手，那眼神好像我刚扇了他一耳光似的。“你这是干什么？”他问道，但没有看着我，而是一直盯着我的手，几乎喘不过气来。

“我不能对你这么做。”我艰难地摇着头。“我不想成为你受伤或虚弱的理由，我不想让你总是提心吊胆地提防我可能无意中杀了你——”

“不会的，朱丽叶，你听我说。”他很急切地说着，眼睛抬起来，巡视着我的脸。“我以前也担心，知道吗？我以前也担心，真的很担心。我以为，我以为也许会——我不知道怎么说，我以为情况也许会很糟糕，或者说，我们也许解决不了这个问题，可是我和卡斯特谈过了。我和卡斯特谈过了，所有东西都解释过了，他跟我说，我只要学会怎么控制它就成了。我下一步要学会怎么开启和关闭它——”

“除了你和我在一起的时候吗？除了我们在一起的时候吗——”

“不是——什么？不是的，尤其是我们在一起的时候！”

“碰我——和我在一起的时候——会给你身体造成伤害的！我们在一起的时候你会发烧，亚当，你没发现吗？你会为了对抗我而生病的——”

“你没听明白我的意思——好了——跟你这么说吧，我要学会如何控制这一切——”

“什么时候？”我问道，我实际上能感觉到自己的骨头在一根一根地断裂。

“什么？这话什么意思？我现在就要学——我现在正在学呢——”

“那进展怎么样呢？难吗？”

他嘴巴闭上了，但还在望着我，心里跟某种情绪做着斗争，拼命想冷静下来。“你到底想说什么？”他终于问道，“你是不是”——他呼吸很重——“你是不是——我的意思是说——你不想这么做吗？”

“亚当——”

“你怎么这么说呢，朱丽叶？”他站了起来，一只手颤抖着抓自己的头发，“你——你不想和我在一起吗？”

我站起来，眼眶里噙着热泪，特别想扑向他的怀抱，可是我动不了。我说话的时候声音有些哽咽：“我当然想和你在一起。”

他放下抓头发的手，睁大眼睛望着我，神情哀怨，但是他的下巴却紧绷着，肌肉鼓鼓的，胸脯由于呼吸过于用力而上下起伏，“那么马上会发生什么事儿呢？因为马上要出的状况会让人感觉不怎么好，”他说话的嗓音很有磁性，“感觉不怎么好，朱丽叶，感觉跟好完全两码事儿，可是我真的想留住你——”

“我不想，不想伤害你——”

“你不会伤到我的。”他说道，然后站到了我的面前，望着我，一脸的祈求，“我发誓，不会有事的——我们不会有事的——你看，我现在已经好多了。我已经有点儿能控制它了，身体也更棒了——”

“太危险了，亚当，求你了。”我乞求着，后退着，拼命擦着脸上狂泄的泪水。“这样对你最好。你最好跟我保持点儿距离——”

“但是这是我想要的——你也不问问我想要什么——”他一边说着，一边靠近我，不理会我的闪躲。“我想和你在一起，再难我也不在乎，我不在乎再多费点儿工夫，因为这是我们俩的事。朱丽叶，这么做管用，我每天都有新进展。确实，这种感觉很烂，真的很烂，简直糟糕透顶，可是我不在乎，我还是想这么做，我还是想要你。”

我陷入了困境。

我被困在了他和墙之间，无处可躲——即使有地方躲我也不会去。我不想抗争了，尽管我内心深处在大声疾呼，如果最终的结果就是伤害他，那允许他和我在一起便是自私的，是不对的。可是他正在看着我，那眼神好像我快要把他杀了，我这才意识到，我越想离他远点儿，便伤他伤得越深。

我浑身发抖，不顾一切地想要他，我现在比任何时候都明白，我想要的东西还得等下去。我痛恨还要干等下去，我恨得想大声叫出来。

不过，我们也许可以试试看。

"朱丽叶。"亚当声音嘶哑，饱含深情。他把手放在我腰上，略微有些颤抖，等着我的应允，"行吗？"

我没反对。

他此时的呼吸更重了，身体前倾，额头靠住我的肩，一只手平放在我的肚子上，顺着我的身体一点儿一点儿地向下摸，慢慢地，慢慢地，我喘了起来。

我身体里仿佛发生了一场地震，随着他手指慢慢划过我的臀部，挪到背后，攀上肩膀，又滑向胳膊，我的身体由痛苦转了愉悦。他的手滑到我手腕的时候有点儿犹豫，到这儿往下我身上的衣料就没了，到这儿就露着皮肤了。

他吸了口气。

他握住了我的手。

我身上一阵发麻，在他脸上搜寻着痛苦或危险的迹象，接下来我们俩都出了一口气，我看他露出了笑脸，燃起了新的希望，充满了一切问题皆将解决的乐观情绪。

紧接着，他眨了下眼睛，眼神变了。

他的眼神变得更加深邃、急切和渴望。他审视着我，似乎想读懂我内心深处的语言，我已经感觉到了他身体的温度、四肢的力量和内心的强大，我还没来得及阻止，他已经吻上了我。

他左手托我的后脑，右手紧紧搂住我的腰，用力把我揽在他怀里，慢慢摧毁了我所有的理智。他吻得很深沉，很热烈，这让我看到了以前从未见过的他的另一面。我大口大口地喘着，呼吸越发的急促。

由于天气潮湿闷热，恒温器坏了，它现在像个尖叫的电水壶，又像狂喷蒸汽的发动机，想让你把衣服脱掉。只为了感受点儿凉风。

这是那种让你感觉高估了氧气的吻。

我知道自己不应该这么做。我也知道我们刚刚了解这一切后还这么做可能有点儿愚蠢而且不负责任，但是要想让我停下来，非得有人给我一枪才行。

我拉扯着他的 T 恤，拼命想抓个什么东西在手里，不管是橡皮艇还是救生圈或是别的什么，只要能把我固定在现实当中就行，但是他突然挣脱了，喘着粗气扒掉了自己的 T 恤，甩手扔到了地上，然后一把把我拉进怀里，我俩都倒在了床上。

我最终莫名其妙地翻到了他的上面。

不料他伸手把我拽倒，吻住我，吻我的喉咙、我的脸，我两只手摸索着他的身体，探究着他的曲线和肌肉，他拉着我倒在床上，用额头抵着我的额头，说话的时候眼睛紧紧地闭着：“这怎么可能呢，我离你这么近，到了现在你如果还要离开的话，我会受不了的。”

我记得自己曾经承诺过他，那是在两个星期以前，承诺一旦他好些了，一旦他的伤治愈了，我会用自己的嘴唇去领略他身体的每一寸肌肤。

我觉得现在很可能是履行自己诺言的最佳时刻。

我从他的嘴唇开始，慢慢移向他的脸颊、他的下颌，再往下到了他的脖子、他的胳膊——他在用胳膊缠着我。他的手在我的衣服上游动，这件衣服像另一层皮肤一样裹在我身上。他身上发烫，肌肉紧绷，努力让自己保持平静，但我能听到他的心脏正有力地跳着，跳得很快，紧贴着胸膛。

也紧贴着我的胸膛。

我追随那只白色的小鸟从他的皮肤上飞过，那是一个我希望自己一辈子也看不够的文身。一只小鸟，一只头顶金色花纹，宛若头戴皇冠的白色小鸟。

它要飞了。

鸟儿是不会飞的，科学家们这么说，但历史上说它们曾经是会飞的。我盼着有那么一天自己能看到它飞。我想摸一摸它，我想看着它如它所应该的那样飞翔，就像不是在梦里一样。

我伏下身去，亲吻了小鸟的皇冠，它深深地印进了亚当的胸膛。我听到他呼吸更急促了。

“我喜欢这个文身，”我一边说，一边抬头望向他的眼睛，“我们来这儿以后我还没见过它呢。我们来这儿以后我还没见过你不穿上衣的样子呢。”

亚当回了我一个奇怪的微笑，好像在笑一个自己才懂的笑话。

他把我的手从自己胸前拿开，猛地往下一拉，这样我们就面对面了。他解开我的马尾辫，栗色的头发波浪般争先恐后地倾泻到我的锁骨和肩膀上，说来奇怪，打来这儿以后我还从未感受过风的拂动，可现在好像有阵风已经在我的身体里找到了栖身之所，它在我的肺中穿行，在我血液里奔腾，与我的呼吸相互交融冲撞，让我感觉呼吸困难。

“我根本睡不着，”他跟我说话时声音很小，我只有竖直了耳朵才能听到，“没有你的夜晚总感觉不对劲儿。”他左手卷着我的头发，右手环住我的腰，“嘿，我一直在想着你，”他说着，嘶哑的低语声环绕在我耳边，“朱丽叶。”

我在

火中

燃烧。

他吻着我，这个吻，让我像在蜂蜜中游泳；这个吻，让我像浸进了金子；这个吻，让我像跳进了激情的海洋。我在激流中漂荡，竟然没有意识到自己被淹没了。一切都无关紧要了，我那双感觉似乎不再疼痛的手无关紧要了；这间不完全属于我的屋子无关紧要了；这场我们要奋战的战争无关紧要了；我是谁、是干什么的、会带来什么样的烦恼也无关紧急要了。

眼下是唯一要紧的事。

此时，此刻，此唇，此具紧依在我身上的强健身躯，还有此双一直试图将我拉得更近的坚定的手。我知道自己特别想得到更多，想得到他的全部，我想用自己的指尖、自己的手掌和自己的每一寸肌肤去感受这爱情的美妙。

我想要所有的一切。

我把手伸进他的头发，紧紧地缠绕着他，越来越紧，直到他翻到了我的上面，他停下来正要喘口气，我却把他拉回来，吻他的脖子、他的肩膀、他的胸膛，我的手游走在他的背上、他的体侧，令人不可思议的是，他的能量，我所感觉到的那股难以置信的力量，也像我一样在伴随着他，触摸着他，拥抱着他。我浑身充满了肾上腺素带来的电流般的快感，非常强烈，非常欢快，让我感觉自己活力四射，不可思议，无可阻挡——

我猛地往后一退。

由于用力过猛，我一下子跌到了床下，脑袋撞在了石板地上，我摇摇晃晃地想站起来，拼命想听到他的说话声，但能听到的只有呼哧呼哧的喘气声，我非常清楚这不是正常的呼吸声，我想不下去了，什么也看不见了，一切都变得恍恍惚惚，我没办法相信，我不敢相信竟发生了这种事儿——

“朱，朱丽——”他想说点儿什么，“我，我，我没办法——”

我跪了下来。

尖叫着。

尖叫着，好像一辈子都没有尖叫过。

十五

我把每样东西都数了一遍。

偶数，奇数，10 的倍数。我数着挂钟的嘀嗒声，我数着纸上的格子线。我数着自己断断续续的心跳声，数着自己脉搏、眨眼的次数以及每回为自己的肺吸入足够氧气而做深呼吸的次数。我就这么待着，就这么站着，就这么数着，直至知觉消失，直至眼泪干涸，直至我的拳头不再颤抖，直至我的心脏不再感到刺痛。

数字永远都不够数。

亚当现在在医疗队。

他在医疗队，他们禁止我去探视他，要求我给他空间，给他时间治疗，让他一个人在地狱里煎熬。他会好的，索尼娅和莎拉这样告诉我。她们告诉我不用担心，一切都会好的，但是她们的微笑不像平时那样热情了，我开始猜测，她们是不是，是不是最终也会重新评判那个真正的我到底是什么东西。

一个可怕的、自私的、可怜的魔鬼。

我得到了我想要的。我明明知道这样做很危险，而我却不管不顾地去做了。亚当可能不会知道，他永远也不会知道，落在我手上，切切实实就是一场折磨。他对事情的严重性一无所知，对这件事带来的残酷现实一无所知。据卡斯特的说法，他只是感觉到我的威力突然迸发，他只是感觉到它造成的一点点刺痛，他能够意识很清醒地不理会它，因为还没有感受到它带来的全部影响。

但我很清楚。

我知道我的能力所在，我知道会有什么风险，而我依旧这么做了。我任凭自己麻木地忘记，放纵自己的鲁莽和贪婪，放纵自己的愚蠢，因为我想要得不到的东西。我想相信童话，相信幸福的结局，相信天真的希望。我想假装着自己是个比真正的我更好的人，但事实上，我却图谋显露自己的恐怖之态——这也是我总被指责的原因。

我的父母抛弃我是对的。

卡斯特甚至不和我说话了。

但是健二仍在期望我能在早上六点出现，为了将来我们该做的事儿。而我发现，自己实际上很感激能有件事儿可以分心，并盼着它快些到来。从现在开始，生活对我来说就是独行，一如往常一样，如果能找到办法打发时间，那是最好不过了。

全为忘记！

有种感觉不断袭扰着我，一遍又一遍，是种彻彻底底孤独的感觉。在没有他的生活中，我再也感受不到他身体的温暖和他触摸时的温柔。孤独感在时时提醒着我自己是谁、做过什么以及属于哪里。

但是我已经接受了自己这种新的现实。

我不能和他在一起了，我不会再跟他在一起了，我不会再伤害他了，不会再有成为可怕怪物的风险了，不会再有让他害怕得不敢摸、不敢吻、不敢抱的风险了。我不想让他和一个随时都会无意中杀死他的人一起过不正常的生活。

因此，我必须让自己远离他的世界，也让他远离我的世界。

现在要办到难多了。在体验过热烈、温柔、激情以及抚触他人所带来的欢愉之后，再次让我接受冰冷与空洞的感觉，着实是件无比艰难的事。

这真让人感到羞耻。

我还以为自己可以像个普通的女孩那样有个普通的男朋友，以为自己可以过上小时候在许多故事书中读到过的那种生活。

我

心怀梦想的朱丽叶。

仅仅这些想法就足以让我感到无比羞愧了。对我来说，这着实令人尴尬，我还以为自己可以改变曾经遭遇的境况，以为看着镜子，会慢慢喜欢上那张正回瞪着我的苍白的脸。

多么让人感伤啊！

我总是自负地把自己看成一位公主，在成功逃脱后，找到了天仙般的圣母，让她把自己变成一位拥有美好未来的漂亮女孩。就这样，我紧紧抓住类似于希望的东西，抱着一连串的“也许”“可能”和“或许”。其实，我应该听我父母的话，他们对我说过，像我这样的东西，是不配有梦想的。像我这样的东西最好被消灭掉，这是我妈妈告诉我的。

现在，我开始觉得他们是对的。我开始怀疑，我是不是应该在准确记起自己真正是谁之前把自己埋到地底下算了。我甚至都不需要铲子。

这是一种很奇怪的感受。

感觉特别虚空。

好像那里可以产生回音，好像那些曾在东部地区出售过的巧克力兔子，这种兔子不过是个甜甜的空壳，包裹着一个一无所有的世界。我就像这个样子。

我就包裹着一个一无所有的世界。

这儿的每个人都恨我。我一度结下的友谊现在已经被破坏殆尽。健二厌倦了我，卡斯特对我感到厌烦、失望甚至生气。自打来到这儿，我除了制造麻烦什么都没做过，一个一起努力发现我的美好的人现在几乎为此付出生命的代价。

一个曾经敢于碰我的人。

好吧，是两者之一。

我发现自己还想了许多关于华纳的事。

我记得他的眼睛，他偶尔的友善、他的冷酷，以及他精于算计的自降身段。我记得当我第一次跳出窗外试图逃跑时他看我的方式。我记得当我拿着他的枪指着他的心脏时他脸上的惊恐。接下来，我感到纳闷，自己为什么如此念念不忘这个和我一点儿也不像却又如此类似的人。

我感觉自己必将再次面对他，也许会很快，不知道他会如何来欢迎我。我完全不清楚他肯不肯让我继续活下去，尤其是在我试图杀他之后，我完全不清楚是什么东西能迫使一个十九岁的男人过上这种悲惨而凶残的生活，接下来我意识到，我这是在欺骗自己，因为我确实很清楚，因为我可能是唯一一个能理解他的人。

以下是我已经了解了的：

我知道他和我一样，是个受尽折磨的孤魂野鬼，在没有温暖的世界里长大，没有友谊，没有爱，没有安宁。我知道他的父亲是重建院的首领，他赞许而不是谴责自己儿子的杀戮行为，我知道华纳完全不清楚怎样才是正常的。

我也不知道。

他的整个生活就是非常努力地满足他父亲妄图统治世界的期望，从不质疑原因，从不考虑后果，从不停下来掂量掂量一条人命的价值。他在社会中拥有权力与地位，这个社会成全他做了太多的杀戮，而他却为此感到无比骄傲。他毫无怜悯地杀人，不带任何悔恨，而他却希望我加入他，他是因为我的异能才看上了我，希望我别辜负了这种潜质。

一个既恐怖又丑恶、有着致命的“一触即杀”之能的女孩；一个既可悲又可怜，除此之外不会对这个世界有任何用处的女孩。他就是这么想我的。

近来，我不确定他是不是错了。我近来对任何事情都感到不确定。我近来对自己曾经笃信的事儿也搞不懂了，不过，我至少还知道自己是谁。华纳的低语声一直在我脑海中回响，他说我可以更有价值，我可以更加强大，我可以主宰一切，我远远不是什么怯懦的小女孩。

他说我可以威力无比。

但是我仍旧，仍旧感到犹豫。

我仍旧看不出他所提议的生活有什么吸引我的地方。我看不到这种生活的未来。我对这种生活没有什么迷恋。我仍旧告诉自己，不管怎么说，我知道自己不想伤害别人，那不是我所渴求的东西。即使这个世界憎恨我，即使他们永远不会停止憎恨我，我也永远不会报复在一个无辜的人身上。如果我死了，如果我被杀了，如果我在睡梦中被杀了，我至少还留有一丝丝尊严，我仍然保有一部分人性的存在，它仍然在我的掌控之中，我不会允许任何人将其夺走。

因此，我必须始终牢记，华纳和我是两个完全不同的词。

我们是同义词，但内容并不相同。

同义词之间彼此了解，就像是老同事一样，就像是一帮一起看清了世界的朋友。他们交流不同的故事，追忆各自的出身，忘记了尽管他们类似，但却完全不同，尽管他们有某些共同的属性，但却永远成不了彼此。因为一个宁静的夜晚与一个沉默的夜晚是不一样的，一个坚定的人与一个镇定的人是不一样的，一盏明亮的灯与一盏耀眼的灯是不一样的，因为同义词嵌入句子中的方式会改变句子的意思。

它们是不一样的。

我在用我的整个人生去努力变得更好，变得更强。因为我和华纳不一样，不想在这个地球上成为人人谈之色变的恐怖之人，我不想伤害别人。

我不想利用自己的异能去伤害任何人。

这时候，我看了看自己的双手，我准确地想起了自己有什么能力，我准确地想起了自己做过什么，我太清楚自己可以做什么了，因为跟自己无法控制的东西进行抗争确实非常困难，我现在甚至控制不住自己的想象力，它正死死地拽着我的头发把我往黑暗里拉。

十六

孤独是种奇怪的东西。

它慢慢地爬到你身上，安安静静，悄然无声。它坐在你旁边的黑影里，在你睡觉的时候轻抚你的头发。它绕在你骨头上，紧紧勒着，让你几乎喘不过气来。当它突然在你皮肤上散开，用舌头舔你脖子后面柔软的发丝时，你差不多就听不到脉搏在血管里跳动的声音了。它把谎言留在你心里，晚上挨着你躺下，把每个角落里的光都吸走。它是个死皮赖脸的牛皮糖，在你要挣扎着站起来的时候，它会抓住你的手一下子把你拉倒。

你早晨醒来，会不知道自己是谁。晚上睡不着觉，在自己的皮囊里打着哆嗦。你怀疑怀疑再怀疑。

是吗

不是吗

我应该吗

我干吗不呢

甚至当你准备放手的时候，当你准备脱身的时候，当你准备洗心革面的时候，孤独就跟个老朋友一样在镜子里站在你旁边，盯着你的眼睛，反对你过一种没有它的生活。你找不到自我辩护的说辞，没办法反击那些在你耳边叫嚣的声音，说你不够格从来不够格永远不够格。

孤独是个恶毒、可恨的家伙

有时候它坚决不松手。

“哈喽——？”

我眨了眨眼睛，喘了口气，把目光从面前摁得咔咔响的手指上移开，欧米迦之角那些曾经熟悉的石头墙又重新走进了我的视线，逼着我从冥想中走了出来，我想办法翻了翻身。

健二正盯着我看。

“怎么了？”我慌里慌张、紧张不安地看了他一眼，两只没戴手套的手握上松开、松开握上，特别希望能有个保暖的东西把手指头捂起来。目前，这件衣服没有口袋，我在研究室里毁掉的那副手套又换不回来，更没收到过什么别的替代品。

“你很早嘛。”健二对我说道，他歪着脑袋，用既惊讶又好奇的目光望着我。

我耸耸肩，想把脸藏起来，不愿承认自己差不多一夜没睡。我从凌晨三点就醒了，四点钟便穿戴整齐，准备出发。我一直在急着找个理由，以便用些跟自己的胡思乱想毫无关系的东西填满脑子。“我很兴奋，”我撒着谎，“我们今天干什么？”

他微微摇着头，说话的时候斜着眼睛看着我的肩膀：“你，嗯——”他清了清嗓子，“——你还好吧？”

“当然，我很好。”

“噢。”

“怎么了？”

“没什么。”他马上回答道，“只是，你看，”他冲我的脸随便指指，“你脸色可不怎么好，小公主。你看上去有点儿像你和华纳第一天出现时候的样子——满脸惊恐，一副死相，没一点儿攻击力，不过看起来你倒是可以冲个澡。”

我微微一笑，假装感觉不到自己脸上难以自已的抖动。我试着松了一下肩膀，试着让自己看起来很正常、很平静、很镇定，然后说道：“我挺好的，真的。”我垂下了眼帘，“只不过——这儿有点儿冷，就这样啦。我不习惯没有手套的感觉。”

健二点着头，仍然没有看我：“没错！好了，他不会有事的，知道吧。”

“什么？”我吸了口气，这次吸气的感觉很不妙。

“肯特。”他身体转向我。“你男朋友，亚当，他会好起来的。”

一个词，就这么简单的一个词，便打破了我心里一片平静的水面，我想起来了，亚当不再是我的男朋友了，他跟我再没什么瓜葛了，不会了。

我心里归于平静。

就这么着。

不想它了。

“好了，”我说得特别响亮，特别爽快，“我们还不走吗？我们该走了吧，啊？”

健二用古怪的眼神望了我一眼，但没再扯七扯八。“对，”他说道，“对，的确该走了。跟我来。”

十七

健二带我来到一扇门前，我以前从未见过这扇门，是一扇我以前也从未来过的房间的门。

我听到里面有声音。

健二敲了两下，然后转动了把手，一股尖锐刺耳的声浪立刻淹没了我们。我俩进到了一间人声鼎沸的屋子，里面是一张张我以前只远远见过的面孔，大家正欢声笑语着。我以前在这种场合从来都不受欢迎。房间里的陈设跟教室差不多，独立的桌椅摆满了偌大的空间，一块白板嵌在墙上，旁边是一台正在传输信息的显示器。我认出了卡斯特，他正站在角落里，仔细查看一块剪贴板，神情专注得连我们进来都没有察觉到，直到健二过去打了声招呼。

卡斯特整个脸部的表情立刻鲜活起来。

我以前曾注意过他俩之间的这种互动，但这次看起来更为明显，我觉得卡斯特对健二怀有一种特殊的感情，一种通常只有父母才有的那种既亲切又自豪的情感。这让我琢磨起他俩的关系到底属于哪种类型，他们是从哪开始的，又是怎么开始的，一定发生了什么事才让他俩走到了一起。这也让我惊讶于自己对欧米迦之角的人们了解得何其少。

我环顾了一下周围一张张热情洋溢的脸，有男人有女人，有年轻人有中年人，有着不同的种族、身材和体型。他们彼此交流的样子就像他们是一大家子的成员，我感觉有种奇怪的痛感在我侧肋上不停地戳着，戳出来一个个窟窿，直到把我戳漏了气。

现在的意象就好像我把脸贴在玻璃上，从很远很远的地方眺望着某个场景，渴望着，期盼能成为其中的一分子，我知道，我永远也不会真正成为其中的一分子。我忘记了，有时候，尽管生活并不如意，但每天依旧会有努力开口大笑的人。

他们依然没有放弃希望。

我突然感到很不好意思，有些局促不安，甚至羞愧难当。阳光让我的想法看起来既黑暗又悲伤，我想假装自己仍然很乐观，我想相信自己定能找到活下去的路。也许，机会仍旧在某个地方以某种方式等着我呢。

有人吹了声口哨。

“好了，各位，”健二大声喊着，双手在嘴边做喇叭状，“大家请就座，好吗？我们马上给你们当中以前从来没体验过的人做另一项适应性训练，希望大家都安静点儿。”他朝人群扫了一眼，“好，对了。大家坐好，很好。莉莉——你不用——对，很好。都坐好了。我们五分钟内就开始，好吗？”他举起手掌，五指张开，“五分钟。”

我悄悄坐在了离我最近的一个空位上，没有四处张望。当周围所有人都呼啦一声坐到我周围的椅子上的时候，我始终低着头，两眼定定地盯着书桌上独特的木质纹理。最后，我终于鼓起勇气往右边瞥了一眼，看到了白亮的头发，白皙的皮肤，还有一双回望着我的蓝眼睛。

布伦丹！那个带电的男孩。

他笑了笑，伸出手指冲我摆了个“V”字。

我迅速低下了头。

“噢——嗨，”我听到有人说道，“你在这儿干吗呢？”

我飞快地朝左边瞟了一眼，进入我眼帘的，是一头金色的头发和一副架在畸形鼻子上的黑色塑料框眼镜，苍白的脸上拧巴着令人啼笑皆非的笑容。温斯顿！我想起来了，我刚到欧米迦之角的时候，他曾和我说过话，他自称是某一方面的心理医生。不过碰巧的是，他也是我身上这套衣服的设计者，当然，那副手套我给弄坏了。

我感觉他是某个方面的天才，虽然不太确定是哪方面。

此刻，他正咬着笔帽望着我。他用中指往上推了推鼻梁上的眼镜。我记得他曾经问过我一个问题，我费好大劲儿才答上来。

“我真的不太清楚，”我告诉他，“是健二带我到这儿来的，但他没告诉我来干什么。”

温斯顿看上去并不觉得惊讶。他眼珠转了转，说道：“他总是一副神秘莫测的德行，不知道他为什么会觉得吊别人胃口就那么爽。这小子似乎以为生活跟电影什么的差不多，每件事都搞得那么跌宕起伏，真叫人受不了。”

我不知道该说些什么。我不禁在想，亚当肯定会同意他这种说法。接着，我无意中又想起了亚当，而我——

“唉，别听他的。”一个英格兰口音的人插了句话。我转过身去，看到布伦丹还在冲我笑着。“温斯顿一大早起来总是很刻薄。”

“我的天，这还早啊？”温斯顿问道，“我这会儿都可以为了杯咖啡踹烂一个当兵的裤裆了。”

“都怪你自己从来不睡觉，同志哥，”布伦丹反驳道，“你以为一晚上只睡三小时还能活呀？真是疯了。”

温斯顿把他咬过的钢笔放到桌上，用手懒散地拢了下头发，把眼镜取下来搓了搓脸：“都怪这该死的巡逻，每天晚上都得去。现在出状况了，外头越来越紧张。怎么会有那么多当兵的在转悠？他们到底要干什么？眼下我只能一直保持清醒了——”

“你们在说什么呢？”我忍不住问道。我竖起耳朵，好奇心被勾了起来。外面的新闻尽是些我以前从来没机会听到的东西。卡斯特总是很急切地叫我把所有精力都集中在训练上，除了听他不住地提醒说“我们快要没时间了，你必须尽早掌握要领，不然就来不及了”，我就从来没听他说到过别的。我开始怀疑，情况会不会比我想象的还要糟。

“巡逻？”布伦丹问道。他一只手一挥，突然会意。“噢，就是这样，我们轮班上岗。两人一组——晚上轮流放哨，”他解释道，“多数时候都没问题，只不过例行公事罢了，没什么大不了的。”

“但是最近情况变得有些古怪，”温斯顿打断了他的话，“好像他们确实在找我们，似乎不再只是什么荒唐的推测了。他们知道我们构成了真正的威胁，看样子他们的确有了我们身在何处的线索。”他又摇摇头。“但这是不可能的。”

“没什么不可能的，同志哥。”

“他们怎么找到我们？我们就跟百慕大三角差不多。”

“显然不是。”

“算了，不管是什么，反正快让人抓狂了。”温斯顿说道。“到处都是士兵，离我们这个地方近在咫尺，我们在监视器里看到了他们，”他这是在跟我说，因为他注意到了我脸上的迷惑。“最为怪异的是，”他一边补充，一边往前靠过来，并且压低了声音，“华纳总跟他们在一块儿，每个晚上都是。他到处转悠，命令这命令那，听不清在说什么。他胳膊上的伤还没好，用个吊带挂着。”

“华纳？”我瞪大了眼睛，“他跟他们在一起？这——这……很不寻常？”

“非常不同寻常，”布伦丹说道，“他是45区的CCR——总司令和摄政官。一般情况下他会把这项任务交给一个上校去完成，甚至一个中尉。他这么重视应该事出有因，可能是监视他那些战士。”布伦丹摇着头。“这家伙有点儿蠢，我觉得，竟然冒这种风险，离开自己的大本营。这么多个晚上他都跑出来，看起来很奇怪。”

“没错，”温斯顿点了点头，“就是这么回事儿。”他指着我们俩，指头又戳又点的。“这让人感到疑惑，他把谁留下来负责呢。这家伙谁都不信任——他可不是以向他人授权而著称的——他就这样每天晚上把大本营丢在后面不管？”他顿了顿，“这说不通。肯定是有什么情况了。”

“你觉不觉得，”我问的时候既感到害怕，又觉得挺勇敢，“他可能是在找什么人什么东西？”

“对头。”温斯顿吐了口气，挠了挠鼻梁，“我正是这么想的。我很想知道他到底在找什么。”

“我们，这是明摆的，”布伦丹说道，“他在找我们。”

温斯顿似乎有点儿怀疑。“不知道，”他说道，“这回不一样。他们已经找了我们好多年了，但从来没这么干过。从来没在这种任务上花费过这么多的人力。他们也从来没靠得这么近过。”

“哇哦。”我小声惊叹了一下，感觉自己的任何一种推测都不靠谱，我不想花太多心思去推理究竟是谁或是什么，也就是说华纳在找谁或是找什么。我一直不明白，这俩家伙跟我说起话来怎么会这么随意，好像我很值得信任，好像我是他们自己人。

我不敢提这一点。

“是啊，”温斯顿说着，又把他咬过的钢笔拿了起来，“真荒唐。不管怎么说，我今天要是搞不到点儿新鲜咖啡的话，可真要玩儿完了。”

我朝房间四周看了看，哪儿都见不到咖啡的影子，更甭说吃的。不知道这对温斯顿来说意味着什么：“我们要不要在开始之前先去把早饭吃了。”

“不，”他说道，“今天我们按不同的作息时间吃饭。另外，我们回来的时候会有很多东西可以选，我们可以先挑，这是仅有的一点儿福利了。”

“从哪儿回来？”

“外面呀，”布伦丹说着，靠在椅背上指了指天花板，“我们到上面去，出去。”

“什么？”我倒抽了口气，并第一次有了真正兴奋的感觉，“真的吗？”

“没错。”温斯顿把眼镜重新戴上，“看样子你马上就要见识一下我们在这里所为何事了。”他冲着屋子顶头点了点头，我看到健二正把一根硕大的树干搬到一张桌子上。

“这是什么意思？”我问道，“我们这是要干什么？”

“噢，你晓得的。”温斯顿耸了耸肩，两只手扣起来垫在了脑后，“做回江洋大盗。搞一票武装抢劫。凡此种种吧。”

我开始笑了起来，而布伦丹却打断了我。他居然把一只手放在了我肩膀上，我稍微惊慌了片刻，不知道他是不是昏了头。

“他没在开玩笑，”布伦丹跟我说，“但愿你知道怎么玩枪。”

十八

我们个个一副无家可归的扮相。

也就是说，我们装扮得跟老百姓没什么两样。

我们走出教室，来到走廊上，每个人都差不多，一副衣衫不整、灰头土脸、破烂不堪的打扮。每个人都一边走一边调整自己的装束；温斯顿把他那副塑料眼镜摘下来塞进了夹克，然后把外套的拉链拉上，外套的领子立起来顶着下巴，脑袋往里缩着。我们中间叫莉莉的另一位女孩用厚厚的围巾罩住了嘴巴，并把外套上的帽子戴在了头上。我看到健二正一边戴手套，一边调整自己的工装裤，以便把别在里面的枪挡得更严实。

布伦丹从我身旁飞快地超了过去。

他从口袋里掏出一顶便帽套在了头上，并把外套拉链拉到了脖子底下。令人惊奇的是，小便帽的黑色映衬着他眼睛的蓝色，眼神比之前看起来愈加明亮和犀利了。当他发现我在注视他的时候，冲我微微笑了笑，扔给我一副大两码的旧手套，然后弯腰系起了鞋带。

我微微吸了吸气。

我想把自己所有的注意力都集中到我来到的这个地方，集中到我正在做和将要做的事情上。我要求自己，不要想亚当，不要想他在做什么、康复得怎样以及此时此刻的感觉如何。我央求自己，不要老想着最后和他在一起的那些时光，不要老想着他抚摸我、拥抱我的样子，不要老想着他悄然而至的嘴唇、手指和气息——

我没能做到。

我忍不住去想了，想起了他如何一直想着要保护我，保护我的时候又如何险些丢了性命。他总在保护我，总在关注我，他从来没有意识到，是我，一直是我对他构成了最大威胁，我才是最危险的那个人。他太看得起我了，把我奉为完人，但我根本不配。他也许从来都想不到，我现在已经把自己的能力搞得一清二楚了，我知道自己可以想伤谁就伤谁了。

我现在知道如何驾驭了。

我知道，我可以把卡斯特撕成两半。我知道，我可以把健二的脑袋往墙上撞个稀巴烂。我知道，我可以摧毁这个星球。我知道，我可以使唤别人做事儿，做坏事儿，做可怕的事儿。但是，这并没让我觉得舒服，没让我感到信心百倍和力量十足。

相反，我觉得很难受。

不过，我确实不再需要保护了，不再需要任何人为我担心、为我着想，或者冒爱上我的风险。我反复无常，别人只有避开我，别人怕我是有道理的。

他们应该这么做。

“嗨！”健二来到我身旁，拽着我的胳膊问道：“你准备好了没有？”

我点点头，冲他淡淡一笑。

我身上的衣服是借的，衣服下面那张挂在脖子上的卡片是新做的。今天有人给了我这张伪造的 RR 卡——重建院注册卡。这是我在大院工作和生活的证明，是我在管控区注册为市民的证明，每位合法市民都有一张。我不曾有过，因为我被丢进了一家精神病院，卡对我毫无必要。事实上，我敢肯定，他们都以为我会死在那儿，没必要证明身份。

但是，现在这张 RR 卡很特别。

在欧米迦之角，并不是每个人都能有这么一张伪造的卡。很显然，这些卡复制起来极为困难，它由一种非常稀有的钛金属制成，呈薄薄的长方形，上面有激光刻蚀的条形码以及所属者的自然状况，里面还嵌有监视该市民去向的跟踪装置。

“RR 卡可以跟踪一切，”卡斯特解释说，“它是进出大院的必备之物，也是进出工作区的必备之物。市民工资用 REST 元支付，是用一种复杂的运算法则算出来的数额。为了确定他们的付出值多少钱，这种运算法则考虑了职业技术难度以及工作时长。这种电子货币每星期分期发放，并自动充值到 RR 卡的内置芯片上。接下来，REST 元便可以在日用品中心兑换食品和日用品了。如果把 RR 卡弄丢了，”他继续说道，“那就意味着你失去了自己的谋生之本、工资收入以及作为一名注册市民的合法身份。”

“如果有士兵拦下来要求你证明自己的身份，”卡斯特接着说道，“你必须出示你的 RR 卡。一旦出示不了，”他说，“会造成……非常不愉快的后果。到处乱转而没有随身携带 RR 卡的市民会被看作重建院的威胁。他们会被看作蓄意违法，被看作怀疑对象。不管以什么方式表现出不合作——即使表现出自己只不过是不希望自己的一举一动均被跟踪和监视——都会被看成是对叛党的同情，这样一来你就成了一种威胁，一种重建院会毫不迟疑除掉的威胁。”

“因此，”他一边说着，一边深吸了口气，“你绝对不能，而且也不希望把自己的 RR 卡搞丢了。我们伪造的这些卡，既没装跟踪装置，也没装记录 REST 元所需要的芯片，因为我们没有这种技术，而且也不需要这两种功能。不过，这并不是说它们跟假货一样一钱不值，对管控区的人来说，RR 卡无异于终身监禁，而在欧米迦之角，它们却被看作一种荣耀，你也应该乐意这么看待它们。”

一种荣耀！

今天上午的会议让我了解了很多事情，我发现，这些卡只发给那些到欧米迦之角外面执行任务的人。今天这个房间里所有的人，都是作为最优秀、最坚强和最值得信赖的人被逐一挑选出来的。对健二来说，把我请进这个房间是个大胆之举。我现在才意识到，这是他对我表达信任的一种方式。不管怎么说，他在告诉我——也在告诉其他每一个人——我在这儿是受欢迎的。这也解释通了为什么温斯顿和布伦丹会那么从容地对我开诚布公，因为他们相信欧米迦之角的体制，他们相信健二说的话，而健二说过了，他信任我。

因此，我现在成了他们当中的一员。

作为其中成员的首个正式角色是什么呢？

应该是去当贼。

十九

我们已经整装待发。

卡斯特随时会过来加入队伍，带我们走出这座地下之城，到外面真正的世界去。这将是我差不多三年以来第一次有机会亲眼看见真实的社会状况。

我因为杀了一个无辜儿童而被拖出家门的时候才十四岁。从医院到律师事务所，再从拘留所到精神病院，一直到他们最后决定永远抛弃我为止，又辗转过了两年。把我关进精神病院比丢进牢房可要糟糕多了，按我父母的说法,这算是明智之举。如果我被丢进牢房,看守们只有把我当人来看待；可是，我最后这一年的生活却猪狗不如，一直被圈在一个与世隔绝的黑洞里。所以，迄今为止，我对我们这个世界的全部所见所闻都来自一扇窗户，或者说靠一扇窗户来打发日子。而现在我不太明确自己有什么期待。

但是我想见到它。

我必须见到它。

我烦透了眼前一片漆黑，烦透了靠回忆过去和拼凑眼前的一点一滴过日子。

我真正知道的消息仅限于一点,那就是重建院已经家喻户晓有十年了。

我知道这一点是因为他们开始搞运动的时候我正好七岁。我永远都忘不了社会开始礼崩乐坏时的景象。我记得刚开始情况还算正常，人们只是有些垂头丧气，而对那些买得起食品的有钱人来说，当时的食品供应算是充足的。后来慢慢地，有些不良现象开始普遍起来，气候也变成了一只变幻无常、气势汹汹的怪兽。我记得每个人当时对重建院的那股兴奋劲儿，我记得老师们脸上洋溢着希望，还记得我们上学时被迫去看的那些布告。

这些情况我都还记得。

刚好在我十四岁犯下难以饶恕的罪行之前四个月，重建院被全世界人民选举出来，带领大家奔向美好前程。

希望，他们都满怀希望，我的父母、我的邻居、我的老师还有广大的同学们。当人们为重建院欢呼雀跃、表达着他们不懈支持的时候，每个人都心怀无限美好的梦想。

希望会让人做出可怕之事。

我记得自己被带走之前看到了抗议活动，我记得自己看到了要求退款的人们群情激奋地拥上了街头，我记得重建院怎么样把抗议者从头到脚漆成了红色，并告诉他们早上出门前应该好好读读契约的细则。

一经售出，概不退换。

卡斯特和健二允许我加入这支远征军，是因为他们在努力让我进入欧米迦之角的核心层。他们想让我加入他们，让我真正地接受他们，让我明白他们的任务为什么这么重要。卡斯特想让我对抗重建院及其为这个世界安排的一切，包括他们毁掉书籍、艺术品、语言和历史的计划，包括他们强迫子孙后代过一种单调、空洞、乏味生活的想法。他想让我看看，我们这个星球还没有破坏到不可救药的地步；他想向我证明，我们的未来是可以挽救的，只要权力交到合适的人手中，情况能够得到改观。

他希望我相信这一点。

我也想相信这一点。

可是，有时候我会感到害怕，因为，在我十分有限的人生阅历当中，我发现凡是寻求权力的人都不可信。凡是人生目标远大、说话异想天开、一脸和蔼笑容的人，不管做什么都不会让我心安。手握武器的人从来都没让我舒服过，不管他们发多少次誓宣称自己的杀戮是出于善良的目的。

而此时，欧米迦之角的人个个都全副武装，装备精良，这一点并没有逃过我的注意。

可是我很好奇，特别特别好奇。

我把自己裹在了一套破旧衣服里头，头上戴了顶快要遮住眼睛的厚厚的羊皮帽子，身上穿了件大号夹克，肯定是哪个男生的，脚上的皮靴被两条大裤筒几乎盖了个严实。我这副造型看起来整个儿一个老百姓，一个为家人到处寻找食物的穷苦百姓。

房门处传来咔嗒一声关门声，我们马上都扭头看去，卡斯特正笑容满面地看着我们一群人。

我、温斯顿、健二、布伦丹、叫莉莉的女孩儿，还有十位我一点儿都不认识的人。算上卡斯特，我们一共十六个人，一个挺吉利的偶数。

“好了，大家。”卡斯特拍了下巴掌说道。我发现他也戴了手套，每个人都戴了手套。今天，我只是个小姑娘，混在一帮穿着普通衣服戴着普通手套的人群里。今天，我只是个数字，没什么特别意义，就是个普通人。就在今天。

让我感觉怪异的是，我似乎正在笑。

接着我想起了昨天自己险些杀了亚当，嘴唇便一下子不知道该怎么动了。

“大家准备好了吗？”卡斯特朝周围看了看，“别忘了我们商量好的事儿，”他说完，停下来仔细打量了一番，目光跟我们每个人都对视了一下，注视我的时间尤其长，“好了，跟我来。”

我们跟着卡斯特沿走廊往外走的时候谁都没有说话，我得空寻思了一会儿，穿着这件不起眼的衣服，要消失在人群中该有多容易呀，我可以跑开，混进天地苍茫之中，也就找不到了。

真是个胆小鬼。

我搜肠刮肚想说点儿什么以便打破这种安静：“我们怎么去？”我问大家。

“走着去。”温斯顿答道。

与他的回应相伴的是大家咚咚作响的脚步声。

“多数老百姓是没有汽车的，”健二解释道，“我们也完全肯定，大家都不想被人堵在坦克里头。如果想混进去，就只能看别人怎么样自己也怎么样。所以，步行。”

卡斯特带我们往出口走的时候，我已经晕头转向，不知道哪条通道分叉到哪个方向。我越来越意识到自己对这个地方有多么缺乏了解，我所看到的东西有多么有限。如果我够诚实的话，我就得承认，我从来没下多少功夫去探个究竟。

就这件事，我得想办法做点儿什么。

只有脚下的路况出现变化的时候，我才注意到我们离外面已经越来越近了。我们在往上爬，一阶一阶登着石梯，从这儿往上看去，已经可以看到一扇像小方块一样的金属门，上面有个门闩。

我发现自己略微有点儿紧张。

还有些焦虑。

既渴望又害怕。

今天，我可以以一个老百姓的身份来亲眼去看这个世界了，这将是我平生第一次真真切切地近观世事，我要看看新社会里的人们此时正忍受着怎样的折磨。

我要看看我父母的境遇，不管他们身在何处。

卡斯特在门的旁边停了下来，这扇门看起来小得跟窗户似的。他转过身来面对着我们：“你们是谁？”他问道。

没人吱声。

卡斯特挺直了身板儿，胳膊交叉着一抱。“莉莉，”他喊道，“姓名，身份证号码，年龄，区属以及职业。现在回答。”

莉莉拉了一下盖在嘴上的围巾，回答起来声音多少有些呆板：“我叫埃里卡 · 方丹，身份证号码是 117–52QZ，26 岁，住在 45 区。”

“职业。”卡斯特再次问道，声音里隐约透出一丝不快。

“纺织工，厂号 19A–XC2。”

“温斯顿。”卡斯特命令着。

“我叫基斯 · 亨特，身份证号 4556–65DS，34 岁，”温斯顿答道，“住 45 区，在冶金厂工作，厂号 15B–XC2。”

健二不等话音落下便说道：“希罗 · 山崎，8891–11DX 号，年龄 20，住 45 区，火炮制造，厂号 13A–XC2。”

每个人都照此轮流复述了一遍刻在自己假 RR 卡上的个人信息，卡斯特边听边点着头，脸上微笑着，表示满意。接下来他把目光移到了我身上，所有人都转向我，望着我，等着看我会不会掉链子。

“迪莉娅 · 杜邦。”我说道，声音一下子脱口而出，比我预想的要容易得多。

我们不愿被人拦下来，而这么做算是特别预防措施，为了防止有人要求我们确认自己的身份，我们不得不对自己 RR 卡上的信息做到了如指掌，尽管这些信息并不是我们自己的。健二还说，即使监视大院的士兵来自 45 区，但他们跟基地来的士兵也总是不一样的，他认为我们碰不到能认出我们的人。

不过。

还是要以防万一。

我清了清嗓子：“身份证号码 1223–99SX，17 岁，住 45 区，在冶金厂工作，厂号 15A–XC2。”

卡斯特盯着我看了一会儿，只一小会儿，我却觉得时间好长好长。

最后，他终于点了点头，朝我们所有人环视了一遍。“还有，”他说道，声音低沉、清晰而有磁性，“说话之前你们要问自己哪三个问题？”

这次还是没人吱声，尽管并不是我们不知道怎么回答。

卡斯特掰着手指头说道：“第一！这有必要说吗？第二！这有必要由我来说吗？第三！这有必要马上由我来说吗？”

大家还是一言不发。

“我们不用说话，除非迫不得已非说不可，”卡斯特说道，“我们不哈哈大笑，我们也不微笑。但凡忍得住，我们就不要彼此交换眼神，不要表现得好像彼此认识，千万不要做出引起别人朝我们这边多看一眼的举动，不要引起别人注意。”他顿了一下问道：“大家明白了吗，嗯？清楚了没有？”

我们点点头。

“要是出了什么问题呢？”

“我们就散开。”健二清了清嗓子说道。“我们就跑开，藏起来。我们只记得自己，决不泄露欧米迦之角的位置。”

好像所有人都同时深吸了一口气。

卡斯特推开小门，向外面偷偷张望了一下，然后示意我们跟上他，我们便跟着一个接一个地爬了出来，大家悄无声息，一言不发。

我差不多有三个星期没到地面上来过，感觉就像过了三个月。

在脸颊碰到空气的一瞬间，我感觉有股风在以一种熟悉的方式狂舔我的皮肤，似乎这风因为我久不露面而在责怪我。

我们站在一片冰冻的荒原中央，空气冰冷刺骨，枯枝败叶在我们周围乱飞，寥寥几棵还能站着的小树在风中摇晃，折断的树枝孤独地乞望着温情与怜爱。我朝左边瞅瞅，再朝右边看看，然后又朝前望了望。

什么都没有。

卡斯特曾经告诉过我们，这片区域以前覆盖着一层葱茏茂盛的植被。他说，在他当初为欧米迦之角寻找隐匿之处的时候，这片特殊地域属于理想之选。而这是很久以前了——十来年过去了——现在一切都变了。是自然界本身发生了变化，而要搬迁这个隐匿之处已经来不及了。

因此，我们在尽我们所能。

他说这里其实是最安全的地方，而从这儿一出去，我们就很容易受到攻击了。即使作为老百姓也很容易被发现，因为我们跟周围的环境格格不入。老百姓无权待在院落区之外的任何地方——他们不能离开重建院认为安全的管控区域。一旦在管控区之外的什么地方被抓到的话，会被看作违反现行伪政府法律的行为，后果会很严重。

因此，我们不得不尽快抵达大院。

按照计划，健二走在大伙的前面——他的异能可以让他在任何环境下都能循于无形——他把自己隐形起来先去打探打探，以确保路上通行无阻。其余的人尾随其后，小心翼翼，悄悄前行，无声无息。我们彼此之间拉开几英尺的距离，准备必要的时候随时跑开逃命。想想欧米迦之角里人们保持的那种亲密无间的氛围，而卡斯特现在又不鼓励大家待在一起，感觉总是怪怪的。而他对此的解释是，这么做是为了多数人着想，这是一种牺牲精神，我们当中得有人情愿被逮到，以便其他人得以逃脱。

为集体利益而牺牲个人。

我们一路通行无阻。

我们至少走了半个小时，好像没有人在这片荒凉的土地上实施警戒。很快，大院进入了我们的视线。一个个四四方方的金属盒子四处散落着，摆满了衰老而疲惫的大地。当寒风掀起衣角直往肉里钻的时候，我把身上的外套裹紧了些。

今天冷得要命。

我这件外套里面还穿了套装——它可以调控我的身上的温度——但还是感觉很冷。我想象不到其他人此时都有何感受。我不经意地瞄了布伦丹一眼，竟然发现他也做出了个和我完全相同的动作。我们四目相对了不到一秒钟，但我敢发誓，他冲我笑了一下，他的脸蛋儿被吹成了粉红色，那是由于寒风妒忌他那双顾盼流离的眼睛。

蓝汪汪的，蓝得透彻。

是那种有点儿不同、淡淡的、几近透明的蓝色，但依旧很蓝很蓝。蓝色的眼睛总会让我想起亚当，我思索着，疼痛又一次击中了我，异常猛烈，正中我的命门。

生疼生疼的。

“快点儿！”健二的声音透过风声传了过来，但一眼望去却不见他的身影。我们离踏入第一个大院散居区不到五英尺了，我却莫名其妙地站在原地发起了呆，鲜血、冰碴和折断的餐叉顺着我的后背往下掉。

“快走！”健二的声音再次传来。“向大院靠近，把脸都蒙好！三点钟方向有士兵！”

我们立刻行动，迅速前进，并尽量不引起别人的注意，很快，我们猫腰来到了一座铁皮房子的后面，大家低下身去，每个人都装成在垃圾堆里捡拾废铁的人。

这片院落坐落在一大片废弃物之中，垃圾、塑料和废金属像儿童游乐场里四处散落的五彩纸屑，所有东西上都覆着一层耀眼的雪，仿佛地球在我们到来之前稍稍费了点劲儿想把自己丑陋的一面掩盖起来。即便如此，整个世界还是一塌糊涂。

我抬起头来。

扭头张望着。

环顾了一下四周。

我本不应该这么做，但是没能忍住。我应该把目光始终盯在地上，就像一直在这儿生活，没什么新鲜事可看一样，就像我忍不住扬了扬脸结果把脸给冻伤了一样。我应该把自己缩成一团，耸着两个肩膀，就像其他所有想保存体温的陌生人一样。可是，周围有那么多可看的东西，那么多可以观察的东西，那么多我以前从未见过的东西。

所以我大着胆子抬起了头。

一阵冷风吹来，掐住了我的喉咙。

二十

华纳站在离我不到二十英尺的地方。

他身着定制的套装，套装很合身，从头到脚一袭黑色，黑得令人目眩。他身上披着件斗篷，颜色像长满苔藓的树干和落叶阔叶林，比他那双碧绿碧绿的眼睛还要深上五个色阶，斗篷上闪闪发光的金色纽扣与他金色的头发搭配得很完美。他还系着条黑色领带，戴着副黑色皮手套，脚蹬一双锃亮的黑色皮靴。

他看起来既精干又利索。

堪称完美无缺，尤其是他站在这么一片烂泥和瓦砾之中的时候，周围完全一副萧瑟凄凉的景象。他给人一种貌似金镶玉的幻觉，用最唬人的架势展现自己阳光下的剪影，光芒四射，好像头上有圣灵的光环一样。世间要举例证明什么是讽刺，也许可以用这种方式，因为华纳正在以亚当无法比拟的方式展现着自己的美。

因为华纳异于人类。

他身上没什么东西是正常的。

他环视着周围，眼睛迎着晨光眯了起来，冷风吹开了他的斗篷，他没扣扣子，这一吹对我来说已经足够了，我看清了他里面的那条胳膊，还绑着绷带，用吊带挂着。

近在咫尺啊。

我和他近在咫尺。

士兵们人头攒动着围在他周围等着他下命令，或许等着别的什么。此时，我舍不得移开自己的目光，心里不禁涌现出一股说不清的快感——距离他足够近，但又足够远，让我感觉好像占了某种优势——我可以在他察觉不到的情况下观察观察他。

他是个性情古怪而变态的家伙。

我不知道自己能不能忘记他对我的所作所为，还有我在他逼迫之下的所作所为，我险些被他逼到再次行凶，我会永远对此怀恨在心，尽管我知道自己还得再次面对他。

总会有那么一天。

我没想到会在大院见到华纳，没想到他竟然来到了一线——其实除了我和他在一起的时间以外，至于他在其他时间是怎么过的我一点儿也不了解。我不清楚他到这儿来干什么。

他最终朝士兵们说了句什么，他们点点头，随后便迅速各自散去了。

我假装正盯着他正右方的什么东西在看，小心翼翼地低着头，并略微歪向一边，这样即使他朝我这边看过来也看不到我的脸。我伸左手把帽子往下拉了拉，遮住了耳朵，右手假装在分拣垃圾，假装把维持今天生计的垃圾一点点挑出来。

这是好多人用来谋生的方式，一种悲惨的另类职业。

华纳把自己另外一只没有受伤的手放到了脸上，先在眼睛上捂了一小会儿，然后又捂在嘴上，用力压着嘴唇，好像有什么事儿忍不住要说出来。

他的眼神看起来可以说是……闷闷不乐，尽管我知道自己肯定误读了他的表情。

在他望向周围人群的时候，我也在望着他，近在咫尺地望着他，近得都能看到他的目光在孩子们身上徘徊，看他们天真无邪地彼此追逐打闹，这份天真无邪说明他们不知道自己失去了什么样的世界，此处凄凉而暗淡的地方是他们唯一知道的东西。

华纳观察他们的时候我试图读懂他的表情，但他脸上保持着一种毫无表情的神态，没有流露出哪怕一丁点儿的情感，跟尊雕塑一样在风中静静地站着，除了眨眨眼睛，别无其他动作。

有条流浪狗朝他径直冲了过去。

我一下子石化了，开始对这只落魄的生命充满担心，这个瘦弱的快要冻僵的小家伙也许正在寻找食物，找到以后在接下来的几个小时里就不用再继续忍饥挨饿了。看着它，我的心开始在胸口狂跳起来，血流加快，血脉贲张。

我不知道自己怎么会预感将有可怕的事儿发生。

这条狗直接冲向了华纳的腿肚子，它好像眼神不大好，看不清往哪走，它哈哧哈哧地喘着气，舌头朝外耷拉着，好像不知道怎么把它收回嘴里似的。它低沉地呜呜叫着，把华纳十分考究的裤子搞得到处都是口水，在黄毛男转身的一刹那，我一下子屏住了呼吸，以为他会掏出枪来对着狗头上去就是一枪。

我曾经见他对一个人这么干过。

可是华纳一看到这条小狗，脸上立即有了表情，造型完美的酷劲儿立刻换了样子，他眉毛高抬，惊讶万分，眼睛圆睁了好一会儿，这种表情也维持了好一会儿，让我看得一清二楚。

他目光机警地环顾了一下四周，然后把这个小家伙抄起来抱在怀里，消失在了一段低矮的篱笆后面——这是诸多矮篱笆当中的一段，主要用来把每个院落区按方格一一隔开。我突然急切地想看看他接下来会干什么，我很想看看，很想很想，想得有些喘不过气来。

我见过华纳对人的所作所为。我见过他冷血地杀人之后所表现出的铁石心肠和冷峻眼神，以及那种孤傲冷漠和镇定自若的表情。我可以想象得到他会对一条无辜的小狗做什么打算。

我必须亲眼看看。

我得把他的嘴脸从我的脑海中剔出去，而此事正是我所需要的，它可以进一步证明他有病，可以进一步证明他变态，可以进一步证明他错了，并将一错再错。

真希望我可以站起来，那样便可以看到他，可以看到他在如何对待那只可怜的小家伙，而且还可能来得及想办法阻止他，正在此时，我听到了卡斯特的声音，他在小声招呼大家，告诉我们既然华纳离开了，那前进的道路也就畅通了。“大家赶快，我们分头行动，”他说道。“严格按计划行事！谁也不许跟着别人。我们在前面陡坡处会合。届时如果有谁没赶到，只能把他丢在这儿不管了。大家有三十分钟时间。”

健二用力拽了一下我的胳膊，叫我站起来，让我集中精力往该看的方向看。我抬起头，发现大伙都已经散了，健二却没挪半步。他嘴里嘟囔着脏话，直到我终于站了起来。我点了点头，告诉他我清楚计划的内容，并示意他不要管我，赶快走。我提醒他不能让别人发现我们在一起。我们不能成群结队地走在一起。我们不能引起别人的注意。

最后，他终于转身走了。

我望着健二离开之后，朝前走了几步，随即又转身跑回了院墙的角落处，后背靠着墙，躲起来不让人发现。

我往周围细细观察了一番，终于找到了刚才看到华纳时所在的那个篱笆，我踮起脚尖偷偷望过去。

我要捂着嘴巴，防止自己呼吸声太大。

华纳这会儿正蹲在地上，用他那只没受伤的手给小狗喂东西吃。小家伙正微微颤抖着，骨瘦如柴的身子在华纳敞开的外套里缩成了一团，四条粗短的腿被冻得够呛，现在正哆嗦着寻找着暖和的地方。小狗奋力摇着尾巴，伸出头来望了一眼华纳，然后又拱回了他的夹克。我听到了华纳的笑声。

我看到了他的笑。

是一种把他完全变成另外一个人的笑，是一种眼睛里放了星星、嘴唇上装了炫目镜的笑，此前我从来没见过这样的他，此前我也从来没见过他的牙齿——整齐，洁白，简直无与伦比。一张相貌堂堂、完美无缺的面孔之下，却藏着一副冷酷无情、蛇蝎一般的恶毒心肠。很难相信，眼前这个人的身体里居然还流动着热血。他看上去温柔而脆弱——充满了人性。他两只眼睛眯起来，满脸堆着笑，脸颊冻得红红的。

他有两个酒窝。

他多半是我见过的最漂亮的家伙。

我宁愿从来没见过他。

因为我心里有个东西在解体，感觉像害怕，像恐惧，很折磨人，味道咂摸起来又像惊慌，像焦虑，像绝望，我不知道如何来描述自己眼前的这个形象，我不想见到这种样子的华纳，我不想把他看成除怪物之外的其他东西。

这么想是不对的。

我往错误的方向转变得太快太远了，我突然变得愚蠢极了，以至于都找不到自己的立场，我恨自己在浪费时间，要放在过去，我早该逃之夭夭了。我很清楚，卡斯特和健二知道我冒这种风险非杀了我不可，但他们不明白我此时此刻脑子里是怎么想的，他们不明白我——

“嗨！”他大叫了一声，“你在那边干什么——”

我不自觉地抬起头，没意识到自己对华纳的声音做出了反应，等发现的时候已经太迟了。他直起身，定在原处，眼睛直勾勾地望着我，那只没受伤的手停了下来，然后有气无力地垂了下去，下巴松松地张着；他蒙了，一时没反应过来。

我望着他，他有话卡住了喉咙。

我也给吓呆了，他正站在那儿，胸脯剧烈地起伏着，嘴巴半张着，是要准备说点儿判我死刑的话了，都怪我愚蠢、无知、白痴——

“干什么都行，就是别乱叫。”

有人用手捂住了我的嘴。

二十一

我没有动。

“我要松手了，OK ？我要你抓着我的手。”

我伸出手去，没有低头，凭感觉让我俩戴着手套的手握在了一起，健二这才松开了捂在我嘴上的手。

“你可真够傻的。”他对我说道，而我还在瞅着华纳。华纳四下张望着，怀疑刚才见到了幽灵；他眼睛眨了眨，又用手揉了揉，一副大惑不解的样子；他又扫了一眼那条狗，就好像在怀疑这只小动物刚才对自己施了魔法。他拽了拽自己金色的头发，凌乱的头发立马让他的完美形象大打折扣，顷刻间，他从我的视线里消失了，我的目光没能跟上。

“你有病吧你？”健二对我说道，“你在听我说话吗？你疯啦？”

“你刚才要干什么？他怎么没有——噢，我的天。”我惊诧道，不经意间扫了一眼自己的身体。

我完全隐形了。

“不用客气，”健二一边训斥着，一边把我拽出了院子，“把声音放低点儿，人家看不见你并不代表也听不见你。”

“你有这本事？”我试图找到他的脸，但我完全是在跟空气说话。

“当然，这叫投射，记得吗？卡斯特没跟你解释过吗？”他急切地想三言两语把我打发了，然后好回过头来再冲我嚷嚷。“这不是谁都能做到——不是所有的异能都是一样的——不过，你如果可以不总是蠢得跟驴一样的话，也许有一天我还可以教你。”

“你为了我又跑回来，”我一边对他说着，一边努力跟上他轻快的步伐，一点儿没有被他的怒气冒犯的感觉。“你为什么回来找我？”

“因为你是头蠢驴。”他再次说道。

“我知道，很抱歉，我没忍住。”

“你要忍住，”他拉着我胳膊，声音嘶哑地说道。“我们得快点儿跑，不然补不回你刚才浪费的时间了。”

“你为什么回来，健二？”我又问道，“你怎么知道我还在这儿？”

“我一直盯着你呢。”他说道。

“什么？你什么——”

“我盯着你，”他答道，话说得很冲，“这是我职责的一部分，是我从第一天起就一直在做的事。为了你，为了你一个人，我应征加入了华纳的军队。这是卡斯特派给我的任务，你就是我的任务。”他的话清晰而简洁，没带任何情绪，“我已经告诉过你了。”

“等等，你什么意思，你监视我？”我踌躇着，使劲拉了拉他那条看不见的胳膊，想让他跑慢一点儿，“我到哪儿你都跟着我？即便是现在？甚至在欧米迦之角的时候？”

他没有立刻回答我的问题。等开始回答了，语气也有些不情愿：“差不多吧。”

“为什么？我都到这里了，你的任务结束了，不是吗？”

“我们曾经有过这样的对话，”他说道，“记得吗？卡斯特想让我确保你的安全，他告诉我让我对你留点儿心——没什么大不了的——就这么回事儿，你知道的，要确保你不会精神崩溃什么的。”我听他叹息了一声。“你已经经历了太多太多，他有些担心你，尤其是现在——刚刚发生了那么多事儿。你看上去不怎么好，好像准备把自己扔到坦克履带底下。”

“我永远也不会干这种傻事。”我对他说道，我怀疑自己说的是不是实话。

“对，”他说道，“很好。不管怎样，我刚才已经说得很明白了。你只在两种情况下发功：要么是在闷闷不乐的时候，要么是在跟亚当腻歪的时候——而我不得不说，我宁愿是你闷闷不乐的时候。”

“健二！”我差点把手从他手里抽出来，他却把我的手指攥得更紧了。

“别松手。”他再一次厉声说道，“你不能松手，不然就断了连接。”健二拖着我过了一小块空地，现在已经离院子越来越远，谁也找不到我们的踪影了，但是现在离集合的地方还很远，还不能算安全。幸亏大雪还没有厚得让我们认不清路。

“我不敢相信你竟然在监视我们！”

“我不是在监视你们，OK？见鬼了！冷静点儿，你们两个都得冷静点儿，亚当已经为这事儿打得我鼻青脸肿了——”

“什么？”我发现拼图正在一块一块地拼接起来，“这就是为什么他上周吃早餐时一直对你心怀不满的原因吧？”

健二脚步放缓了一些。他深深地吸了一口长气。“他以为我当时，呃，在趁机占你便宜。”他把“占便宜”这个词说得跟脏话似的，“他以为我隐身就是为了看看你不穿衣服的样子或者诸如此类的龌龊事。听着——我当时哪知道你要脱衣服，OK？他在这件事上始终是个笨蛋，我不过是在履行自己的职责而已。”

“但是——你没有，对不对？你没有打算看看我赤身裸体的样子？”

健二鼻子哼了一声，笑得呛了一口。“听着，朱丽叶，”他说着说着又笑了，“我不瞎，好不好。从纯粹生理的角度来说吗？是的，你非常性感——你必须穿的那套衣服也无损你的性感。但是，即使你不让‘碰谁谁死’之类的事情发生，你也绝不会是我的菜。更重要的是，我不是什么下三烂的浑蛋，”他继续道，“我对自己的工作非常认真，也确实为这个世界做了不少事，我很乐于享受人们为此给我的尊敬。但是你那小子亚当有点儿被裤裆蒙住了眼睛，考虑问题不会拐弯。也许你该为这件事做点儿什么。”

我垂下眼帘去，沉默了好一会儿，然后说道：“我觉得你不用再发愁了。”

“唉！真见鬼，”健二叹了口气，好像不相信自己居然鬼使神差地聆听起了我的情感问题，“我不小心哪壶不开提哪壶了，是不是？”

“我们走吧，健二。我们没必要谈这些。”

健二哼了一声。“并不是我不关心你现在在经历什么，”他说道，“也不是我想看你们情绪低落的样子或别的什么。只不过生活看起来已经够乱套了，”他说着，口气很严肃，“你俩还一天到晚沉浸于自己的二人世界，这让我觉得特别烦。你们表现得好像所有这一切——我们做的每件事——都是在瞎胡闹。你们一点儿也不认真对待——”

“什么？”我打断了他，“不是这么回事——我确实是认真的——”

“扯淡吧。”他大笑起来，声音很响，是那种生气的笑，“你只会闲坐在那儿，冥思苦想自己的感受：你碰到了问题，觉得自己是个怪胎，”他说道，“父母不待见，而且只能戴着手套度过余生，很难受但又没办法，因为一碰别人就会把别人给杀了。可有谁在乎呢？”他呼吸声重得我都能听到了，“我这么跟你说吧，不管你什么时候想了，你总能有东西吃，有衣服穿，有地方可以不被打扰地嘘嘘，这些都不是问题，这就叫帝王般的生活。你要是能懂点儿事，不要再这样晃来晃去，就像这个世界在你唯一一卷卫生纸上大便一样，那我真是不胜感激。因为这么做很愚蠢，”他说着，情绪有些失控，“不但愚蠢，而且还忘恩负义。你一点儿也不知道世上其他人现在在经历什么，你一点儿也不知道，朱丽叶。看样子你毫不在乎。”

我使劲儿咽了口唾沫。

“现在，”他继续说道，“我在尽量给你机会去纠正这一切，我一直在给你机会，让你换一种思考问题的方式，去回头看看过去那个自怨自艾的自己——一个总是自怨自艾的小女孩——然后自己站起来，不再哭泣，不再坐在黑暗里想自己的个人感受，什么多悲伤啊多孤独啊之类的。醒醒吧。”他说道，“你不是世上唯一想早晨睡懒觉的人，也不是唯一一个没爹妈疼，而且DNA严重错乱的人。你现在可以想怎么样就怎么样，你已经不和自己的混蛋父母在一起了，不用待在狗屎精神病院了，也不用被华纳恶心的实验搞得不知所措了。所以，做个选择吧，”他说道，“做个选择，别再浪费大家的时间，也别浪费你自己的时间，OK？”

我浑身上下无处不感到羞愧。

我感觉身上热得发烫，快要把我从里至外烧焦了。听他道出真相，我感到惊恐万分，惊慌失措。

“我们走吧，”他说道，但口气稍稍缓和了一些，“我们只好跑步前进了。”

我点了点头，尽管他看不到我。

我点了点头，又点了点头，不停地点头，我高兴极了，因为现在没人能看到我的脸。

二十二

“别冲我扔盒子，蠢货，还得干活呢。”温斯顿正大笑着，抓起一个用厚厚的玻璃纸裹着的盒子，竟然朝另一位伙计的头上直接砸了过去，这老兄正好站在我旁边。

我往旁边一闪。

这位老兄伸手接住了盒子，嘴里发着牢骚，然后冲温斯顿挥了挥拳头，呵呵地笑着。

“正经点儿，桑切斯。”温斯顿说话间又扔了个盒子给他。

桑切斯，他叫伊安·桑切斯，这是我几分钟前刚知道的名字。几分钟以前，他和我们几个人被分到了一组，大伙一起形成了一条“流水线”。

此时此刻，我们正在重建院的一间官办仓库里头。

我和健二此前及时赶上了大家。全体人员在落脚处（实践证明这里顶多算是个被吹嘘过头的壕沟而已）集合完之后，健二狡黠地瞅了我一眼，用手指着我，呵呵地笑了，接下来他让我和别人待在一起，自己与卡斯特去沟通下一步行动去了。

下一步就是要进入这座地下仓库。

具有讽刺意味的是，为了找到补给我们跑到了地上，没承想为了拿到补给又不得不回到了地下。所有仓库不管出于什么原因或目的，外表上都是看不出来的。

地下仓库里堆满了你能想到的所有东西，包括食物、药品和武器等生存所需的东西。今天早上出发前，卡斯特在简报室就所有情况向我们做了说明。他说，虽然把补给埋在地下是隐瞒老百姓的明智之举，而实际上却反过来帮了他的忙。卡斯特说，他可以感知——并可以移动——远处的物体，即使这个距离在地下二十五英尺的深处也不在话下。他还说，在他接近了仓储设施时，会立刻感觉到有所不同，因为他能分辨出每种物质不同的能量。这样一来，他解释说，他便能够随意挪动物体了，因为他能感受到每个物体的内在能量。卡斯特和健二只不过到周围转了转，便探寻到了欧米迦之角二十英里范围内的五座地下仓库；卡斯特负责感知，健二负责他俩的隐形。后来他们又在五十英里范围内发现了另外五座仓库。

他们每次都进入不同的仓库，从来不拿重样的东西，量上也从来不同，而且尽量从不同设施上拿取。地下仓库离得越远，任务完成起来也就越复杂。地下仓库离得越近，任务相对而言也就越容易。这就解释清楚了我这次允许跟着来的原因。

所有外出搜集情报的活儿都已经完成了。

布伦丹知道如何干扰电力系统，以使所有传感器和摄像头都失灵；健二通过隐身在一个正输入密码的士兵身后获取到了通行密码。这些工作为我们赢得了三十分钟时间，我们尽量麻利地把所需物品搬到了落脚处，在那里，我们又花了大半天才把偷来的补给搬上运输车。

运输的方法很有迷惑性。

总共有六辆货车，每辆车从外观上看都略有不同，所有车辆均按计划在不同时间到达。这种做法减少了被一锅端的概率，至少能有个把车辆不出任何差错地回到欧米迦之角。卡斯特将其形容成危险情况下的一百种应急预案。

然而，我成了这里唯一一个看上去对我们的所作所为略显紧张的人。事实上，除了我和另外三个人以外，其他人都曾经到过这间地下仓库好几次了，所以他们四处走动的时候好像对这里非常熟悉。每个人都既小心又高效，但还是非常自在地说笑着。他们完全明白自己在做什么。我们进去以后，自动分成了两组：一组负责“流水作业”，另一组负责寻找所需物品。

其余的人还有更重要的任务。

莉莉有一种令相机都无地自容的准确记忆能力。她走在大伙前面，扫视一下四周，寻找并整理每一个微小细节。她是负责确保我们撤退时不留下任何蛛丝马迹的人，要确保除了我们带走的东西，没有任何东西不见了或者离开了原来的位置。布伦丹是我们的后备电源。他想办法关掉了安全系统的电源，但同时又能把漆黑的屋子照亮。温斯顿负责监督我们两个组的情况，在传递方与接收方之间进行协调，确保我们拿对了东西并且数量恰好。他的胳膊和大腿能随心所欲地伸缩，这能让他迅速轻易地接触到房间的两端。

卡斯特是负责在外面搬运物品的人之一。他站在“流水线”的最末端，不时用无线电跟健二通话。只要那边的壕沟一空，卡斯特就一只手把我们堆好的数百磅物品搬进壕沟。

健二嘛，当然是站在那里负责望风和警戒了。

如果没有健二，这一切都不能成行。他是我们隐形的眼睛和耳朵。没有他，我们没办法做到这么安全，也不能确保能否安全顺利地执行这样的危险任务。

今天已经不是我第一次意识到他为什么这么重要了。

“嗨，温斯顿，你能否让谁过来查查，看他们这儿还有没有巧克力？”埃默里——我们流水线上的另一位伙计——正冲着温斯顿微笑着，像是在盼着好消息。不过话又说回来，埃默里总是这么微笑着的。我刚刚认识他不过几小时，但是他从今天早上六点我们在简报室碰头开始，就一直在笑。他个头超高，体型超壮，圆篷式的发型也超大，不知怎么回事，老有头发掉进眼睛里。他沿着线路搬运着盒子，好像盒子里头装的仅仅是棉花。

温斯顿摇着头，一边尽量克制着不笑出来，一边问道：“真要查？”他望着埃默里，推了推架在鼻梁上的眼镜。“所有东西都在这儿了，你还想要巧克力？”

埃默里的笑容消失了：“闭嘴，小子，你知道我妈妈喜欢那玩意儿。”

“你每次都这么说。”

“因为每次我说的都是事实。”

温斯顿朝着另外一个人说了一句再拿一盒肥皂，然后才转身望向埃默里，“你知道吗，我感觉以前从来没见你妈妈吃过巧克力。”

埃默里让温斯顿做了一些与其无比灵活的四肢极不相称的事。我则眼睛朝下看了一眼伊安刚刚递给我的盒子，在把它递出去之前，我停下来仔细研究了一下手中的盒子。

“嗨，你知道为什么这些盒子都打上了 RNW 字样的标记吗？”

伊安转过身来，一脸的错愕，看我的表情就好像我正要求他脱掉衣服一样。“嘎！我的个老天，”他说道，“她会说话。”

“我当然会说话。”我说着，没兴趣再说什么了。

伊安又递了个盒子给我，耸了耸肩膀，说道：“好吧，我现在知道了。”

“现在你确实知道了。”

“谜底揭开了。”

“你真的以为我不会说话？”我过了一会儿问道，“看样子，你以为我是哑巴？”我感到好奇，不知道这儿的人还会怎么说我。伊安看了我一眼，脸上浮现出来的笑容看上去似乎是在憋着不大笑出来。他晃了晃脑袋，并没有回答我。“这些标记，”他说道，“只是规定罢了。他们在所有东西上都标了 RNW 字样，这样一来他们便可以跟踪它了。没什么好玩的。”

“那 RNW 是什么意思呢？谁戳上去的？”

“RNW，”他重复了一遍这三个字母，好像我应该明白它们的意思似的，“世上重建之国。所有东西都变得全球化了，你知道的。他们都进行商品贸易，这是怎么回事没有人真正明白。这就是为什么所有重建的东西全都是垃圾的另一个原因。他们已经垄断了全球的资源，他们完全是为了一己私利。”

我有点儿想起来了。我记得我和亚当一起被关在精神病院的时候，曾经和他讨论过这个问题。那是在我知道碰他是什么滋味之前。那是在我和他来到一起之前。那是在我伤害他之前。重建始终是个全球性运动，只是我没有意识到它还有个名字。

“对。”在跟伊安说话间，我突然被钻进我脑子里的事情分了心，而这些事是我不想谈论的，“当然。”

伊安又递了个盒子后顿了顿。“哦？真的？”他一边问一边打量着我的脸，“你真的一点儿也不知道所发生的一切？”

“我知道一些。”我有些愠怒，“我只是不清楚当中的细节。”

“好吧，”伊安回道，“等回到欧米迦之角后，你如果还记得怎么说话的话，也许可以找个时间和我们一起吃个午餐，我们会让你了解更多情况。”

“真的？”我转身面朝他。

“当然，孩子。”他笑着又扔了个盒子给我，“真的，我不会食言的。”

二十三

有时候，我会对胶水感到好奇。

从来没有人停下来问问胶水，它是如何将物品粘在一起的，是否会厌倦粘来粘去的活儿，或者是否会担心自己粘起来的东西裂开，去不去想如何支付下周账单的问题。

健二就有点儿这种范儿。

他就跟胶水一样，在幕后工作，任务是把各类事项融合到一起。我一直在想，他身上会有什么样的故事，为什么要用各种各样的玩笑和冷嘲热讽把自己隐藏起来。

但他是对的。他对我说的每件事都是对的。

昨天的主意真不错。我必须振作起来，必须走出来，必须有所作为。我现在要接受健二的建议，克服自身的障碍。我要厘清头绪，专注于自己的优先事项。我要搞明白自己来这儿是干什么的，怎么样才能有所助益。如果我真的关心亚当，那就要努力远离他的生活。

我一方面希望能看到他，希望他真的没事，恢复得好，吃得香，睡得甜。但另一方面又害怕现在看到他。因为看到他就意味着要跟他说再见，意味着我只能承认，自己再也不能和他在一起了，意味着我必须明白，我不得不给自己寻找一种新的生活了。一种孤独的生活。

不过，至少在欧米迦之角，我还是有选择的。也许我能找到摆脱害怕的办法，我实际上会知道如何交朋友，如何变得强壮，如何不再沉迷于自己的私人问题。

现在，一切都变得不同了。

我抓起我的食物，努力抬起我的头；我冲着我昨天才认识的人点头打招呼。并不是所有人都知道我参与了昨天那场行动——参加欧米迦外出任务的请柬并不是每个人都有的——但是，人们，总体看来，似乎对我出现在他们周围并不那么紧张了。我想。

这也许是我自己的想象。

我想找个地方坐下来，然后我就看见健二在招手让我过去。布伦丹、温斯顿和埃默里也坐在他那张桌子旁边。我朝他们走去，嘴角尽力扯出一个微笑。

布伦丹在长凳上挪了挪，给我腾了个位置出来。温斯顿和埃默里一边往嘴巴里送食物一边冲我点头示意。健二似笑非笑地扫了我一眼，他的眼神在嘲笑我居然诧异于自己在这张桌子上还受欢迎。

我觉得不错。好像事情都会好的。

“朱丽叶？”

我猝不及防地踉跄了一下。

我非常非常慢地转身，半信半疑地想着我听到的那个声音是不是幻听，因为亚当不可能这么快就从医疗队里出来了。我从未预想过会这么快就面对他。我以为我们还要再等一段时间才会进行这场对话。不是在这儿。不是在餐厅的正中央。

我还没有准备好。我没有准备好。

亚当看起来很可怕。他脸色苍白。摇摇欲坠。他的手塞在衣服口袋里，双唇紧抿，眼睛里透着深不见底的疲倦与痛苦。他的头发乱蓬蓬的。他的T恤皱巴巴的，前臂的文身比以前显得更突出了。

我唯一的念想就是扑进他的怀抱。

但事实上，我只是站在那儿，提醒自己吸气。

“我能和你谈谈吗？”他说道，看起来就好像有点儿害怕听到我的答案，“单独的？”

我点点头，仍旧无法说话。我放下了食物，也没有回头看一眼健二、温斯顿、布伦丹或埃默里，所以我完全不知道他们现在会怎么想。我一点儿也不在乎。

亚当。

亚当在这儿，他就站在我的面前，他想和我谈谈，而我不得不告诉他那些一定会让我痛不欲生的事情。

但我跟着他走出了大门。来到了大厅走廊里，进入了一个黑暗的走廊。

最后，我们停了下来。

亚当看着我，就好像他知道我打算说什么，所以我不用去烦恼怎么说出来。除非有必要，我不想说什么。我宁愿就这样站在这儿，看着他，最后一次这样厚脸皮地贪婪地看着他，根本不需要任何言语。

他重重地咽了口气，抬起头。看着别处。呼出一口气，使劲儿搓了搓他的后颈，然后双手抱着后脑，转过身去，这样我无法看到他的脸。但是，他的这一举动拉高了他的上衣，露出了他的一小部分身体。我不得不紧紧攥拳，才能阻止自己不去碰触他腰下暴露出来的肌肤。

他开始说话，眼睛仍看着别处："我真的——我真的需要你说些什么。"他的声音——是如此哀伤，如此痛苦——让我想跪下来。

然而，我没有说话。

他转过身来。

面对我。

"一定有什么要说的，"他说道，他的手现在插进了他的头发里，紧贴着他的头骨，"某种折中方案——一些我可以说服你，可以让你相信这会有用的东西。跟我说些什么，我——"

我很害怕。我害怕我会在他面前哭。

"拜托，"他说道，看起来就像马上要崩溃了，就好像他已经崩溃了，就好像就在这一刻，他要崩溃了，然后他说道："说些什么，我求你——"

我紧咬着颤抖的唇。

他站在那儿一动不动，看着我，等待着。

"亚当，"我呼出一口气，努力想保持声音的平稳，"我将永远，永，永远爱你——”

“别，”他说道，“别那样说——别那样说——”

我摇摇头，迅速而猛烈地摇摇头，猛烈得我都觉得眩晕了，但我无法停下来。我无法再说一个字，不然我会开始尖叫，我无法看他的脸，我无法忍受看见他在我对他这样做以后露出来的表情——

“不，朱丽叶——朱丽叶——”

我后退，跌跌撞撞地，踉踉跄跄地，盲目地摸索着墙壁前行，然后我感觉到他的胳膊抱住了我。我试图拉开他的手臂，但他太强壮了，他紧紧地抱着我，哽咽地说道：“这是我的错——这是我的错——我不应该吻你——你一直在努力地告诉我，但是我没有听，我很——我很抱歉。”他喘了一口气，继续说道：“我应该听你的。我还不够强壮。但是这次会不一样。我发誓。”他把脸埋在我的肩膀上，“因为这个，我永远也不会原谅自己。你曾经愿意试试的，可我搞砸了一切，我很抱歉，我真的很抱歉——”

我的内心完完全全崩塌。

因为过去发生的事情，我恨我自己；因为我将不得不做的事情，我恨我自己，我恨自己无法带走他的苦痛，恨自己不能跟他说“我们可以试试，这会很难，但我们无论如何都要成功”，因为这不是正常的关系。因为我们的问题无解。

因为我的皮肤永远也不会改变。

这个世界上的所有训练都没有一丁点儿可能让我可以不伤害他。如果我们陷入意乱情迷，我会杀死他。我对他来说，永远都是一个威胁。尤其是在最温柔的时刻，最重要最脆弱的时刻。在我最渴望的时刻。那些都是我永远也不能和他共享的东西，他比我值得拥有更多，比我这个只会制造痛苦却什么也提供不了的人值得拥有更多。

但是我宁愿站在这儿，感受着他的胳膊环绕着我而一言不发。因为我很脆弱，我如此脆弱，我如此想念他，那种感觉强烈得让我窒息。我情不自禁地颤抖，我看不清东西，我无法透过那模糊我视野的泪帘看清物体。

而他不会让我走。

他不断地呢喃着“求你”，而我想就此死去。

但我想，如果我们再在这儿待着，我实际上会疯掉。

所以，我抬起一只颤抖的手，放到他的胸前，感觉到他的身体开始紧绷，然后抽回手。我不敢看他的眼睛，我无法忍受看他充满希望的神情，哪怕一分一秒。

趁着他惊讶地松开胳膊的那一瞬间，我迅速滑开，离开他温暖的怀抱，离开他跳动的心。我伸出手，阻止他再次靠近我。

“亚当，”我低语道，“拜托，我不能——我，不，不能——”

“从来就没有别的人，”他说道，不再费心地压低音量，不再在乎他的声音在这些隧道里回响。他的手颤抖着捂上嘴唇，然后又抹过他的脸，他的头发，“再也不会有别的人——我永远不会想要其他人——”

“停下来——你必须停下来——”我无法呼吸我无法呼吸我无法呼吸，“你会不想要这样的——你不会想和我这样的人在一起的——我这样的人最终只会伤，伤害你——”

“去他妈的，朱丽叶”——他转身，一掌击在墙上，胸口剧烈地起伏着，头低垂着，声音嘶哑，努力地发出其他音节——“你现在就在伤害我，”他说道，“你现在就在杀我——”

“亚当——”

“别走开。”他说道，声音紧绷，眼睛紧紧地闭着就好像他已经知道我打算走。就好像他无法忍受看着它发生，“求你，”他呢喃道，痛苦无比，“别这样离开。”

“我，我希望，”我对他说道，声音现在剧烈地颤抖着，“我希望，我不，我希望我不必这样做。我希望我能少爱你一点儿。”

随后我立刻朝走廊外奔去，我听到他在后面喊我。我听到他叫着我的名字，但我只是跑，奔跑着，跑过那些聚集在餐厅外面的，正在旁观和“偷听”的人群。我想跑到某个地方躲起来，即使我知道这不可能。

每一天，我都不得不见到他。

在遥远的距离之外想念着他。

我记得健二的话，他要求我清醒过来，停止哭泣，做出改变，我意识到我实践自己的新诺言所需的时间比预期的要长一些。

因为我无法思考任何我现在应当做的事情，只想找个黑暗的角落哭泣。

二十四

健二最先找到我。

他站在我的训练室的中央。环顾四周，就好像他以前从未见过这个地方，即使我肯定这不可能是真的。我还是不能准确地知道他是做什么的，但是对我来说，至少有一点是很明确的，那就是他是欧米迦的最重要人物之一。他总是在行动中，总是很繁忙。除了我以外，其他人能看到他的时间总是很短，而我也是最近才有机会有较长时间和他在一起。

仿佛他一天的大部分时间都是……隐形的。

“所以，”他说道，缓慢地点了点头，在房间里来回地踱步，手在背后交握着，“那后面他妈的上演了一出精彩大戏哈。那可是我们这地下从未有过的娱乐呢。”

羞愧。

我颜面尽失。满脸愧色。深陷其中。

“我的意思是，我只是不得不说——那最后一句什么‘我希望我能少爱你一点儿’？真是天才啊。真的，非常漂亮。我想温斯顿真的是掉了一滴眼泪——”

“闭嘴，健二。”

“我是认真的！”他对我说道，被我触怒了，“那确实是的，我不知道怎么形容。那很美好。我不知道你们两个家伙这么深情。”

我把我的膝盖顶在胸前，更深地蜷缩在房间的一个角落里，脸埋在胳膊里。“我无意冒犯，但我现在真的不想和你谈，OK？”

“不行，不好，”他说道，“你和我，我们还有活儿要干呢。”

“不。”

“得了吧，”他说道，“起！来！”他拽住我的手肘，在我试图猛打他的时候用力拉我站起来。

我愤怒地擦着我的脸，想抹掉眼泪留下的痕迹：“我没心情听你开玩笑，健二。拜托你走开。让我一个人待会儿。”

“没人，”他说道，“在开玩笑。”健二从墙边垒的一摞砖中拾起一块。“这个世界不会因为你和你的男朋友分手了就停止战争。”

我瞪着他，双拳颤抖着，想尖叫。

他看起来一点儿也不担心。“所以，你在这里干什么？”他问道，“你就干巴巴地坐在这里，想咋地？”他掂了掂手里的砖，“打碎这玩意儿？”

我放弃，我被击败了。瘫到地板上。

“我不知道，”我对他说道。我抽着鼻子。试图擦擦我的鼻子，“卡斯特一直在告诉我‘专注’和‘控制我的能量’。”我边说边用双手在空中比画了个兔耳手势，当作引用卡斯特话的双引号，目的是为了表达我的立场。“但是我对自己所知道的一切就是我能搞破坏——我不知道它为什么会发生。所以我不知道他怎么期望我重复我曾经做过的事儿。我对自己当时的所作所为完全没有概念，我对自己现在做的事儿也不了解。什么也没有改变。”

“打住，”健二说道，把手上的那块砖放回原位，然后在我面前的训练垫子上倒下来。他躺在地上，身体舒展，胳膊叠在脑后，眼睛望着天花板。“我们又在说什么呢？要你重复做什么事情？”

我也躺到垫子上；模仿着健二的姿势。我们两人的头就隔着几英寸。“记得吗？我在华纳的刑讯室打穿的那面水泥墙。我找亚，亚当，当时击穿的那扇金属门。”我的声音卡住了，我不得不紧紧地闭上眼睛，以减轻痛苦。

我现在甚至连他的名字都无法顺利说出口。

健二咕哝了一声。我感觉他躺在垫子上的头点了一下，“不错。好吧，卡斯特曾告诉我，他觉得你的能力不仅仅是‘接触’。你也许还有不可思议的超人力量或什么的。”他停顿了一下，“这么说你没错吧？”

“我猜差不多。”

“所以，发生什么事儿了？”他问道，头朝旁边斜了斜以便能更好地看到我，“当你冲着那变态怪物发威的时候？你记得吗？是不是有什么触发点之类的？”

我摇摇头：“我真不知道。当它发生时，那就像——就像我真的完全脱离我的意志。”我对他说道，“我头脑中有什么发生了变化，然后它让我……它让我疯狂。就像，真的，精神失常。”我瞟了他一眼，但他面无表情。他只是眨了眨眼，等着我继续。所以，我深吸一口气，继续往下说，“就好像我无法思考。肾上腺素完全控制了我，我无法停下来，我控制不了它。一旦那种疯狂的感觉接管我的意志，它就需要有一个出口。我必须碰触什么。我必须释放它。”

健二半抬起身，用一个手肘支撑着他的身体，看着我。“所以，什么让你变得这么疯狂呢？”他问道，“你当时的感觉是什么？是不是只有你被彻底激怒的时候它才会发生？”

我快速想了一下，然后才开口道：“不，不总是这样。”我有些犹豫。“第一次，”我对他说道，声音有些不稳，“我第一次想杀华纳是因为他要我对付那个孩子。我非常震惊。我非常生气——我当时是真的气极了——但是我也非常……难过。”我的声音降低了，“后来就是我寻找亚当的时候？”我深吸了一口气，“我当时觉得绝望，真的绝望。我必须救他。”

“那当你把你的超人力量用到我身上的时候呢？把我一掌甩到墙上的那次？”

“我很害怕。”

“然后呢，在实验室的那次？”

“生气，”我低语道，眼睛看着天花板，却没有焦点，回想着那天的离奇愤怒，“我这辈子还没这么愤怒过。我从来不知道我会有那样的感觉。如此疯狂。我觉得无比内疚，”我平静地补充道，“内疚亚当完全是因为我才在这里的。”

健二长长地吸了口气。坐了起来，倚靠在了墙上。一言不发。

“你怎么想……”我问道，也和他一样，坐了起来。

“我不知道，”健二终于说道，“但是显而易见的是，所有这些事情都源于激烈的情绪。这让我觉得这整件事都是相当明了的。”

“你什么意思？”

“就好像一定有什么触发器之类的，”他说道，“比如，当你失控的时候，你的身体会自动进入自我保护模式，明白吗？”

“不明白。”

健二转过身来，这样他就面对我了。他两腿盘坐，双手后撑在地上。“听着，知道我第一次发现自己能隐形时是个什么情形吗？我的意思是，那很偶然。我那会儿九岁。当时惊慌失措。我快速过滤当时所有该死的细节，然后得出一个结论：我必须找个地方藏起来，可是我找不到。但是我被我的身体吓坏了，我的身体，就好像自动为我找了个藏身之处。我就这样消失在墙里了。或是融进墙里了，随便怎么说。”他笑道，“把我吓得魂飞魄散，因为我有足足十分钟不知道到底发生了什么事儿。然后，我也不知道如何让身体回到正常状态。真是疯了。我真的以为我已经死了好多天了。”

“门都没有。”我喘着气说道。

“是啊。”

“那真是疯狂。”

“对，我就是那意思。”

“所以……所以，怎么说？你认为当我反应强烈的时候，我的身体就会进入防御模式？”

“相当有可能。”

“OK。”我想了想，说道，“好吧，我应该怎样进入我的默认模式？你是怎么搞清楚你的情况的？”

他耸耸肩，说道：“一旦我意识到自己不是什么魔鬼之类的，那确实不是我的幻觉以后，我觉得酷毙了。我当时还是个孩子，不是吗？我很兴奋，就好像我可以身系斗篷，然后把坏蛋们统统杀死。我喜欢这种感觉。它成为我的一部分，我可以获得任何我想要的东西。但是，”他补充说道，“直到我开始训练如何控制它并长时间保持以后，我才知道这不容易。那需要付出巨大的努力。需要高度集中。”

“巨大的努力。”

“对，我的意思是，你需要付出巨大努力才能搞明白。但是，一旦我接纳它作为我身体的一部分，那么控制它就容易多了。”

“那么，”我边说边靠在了墙上，有些愤怒地呼出一口气，“我已经接纳它了。但是事情绝对没有变得更容易。”

健二哈哈大笑：“去你的已经接纳它了，你什么也没接纳。”

“我的整个生活就一直是这样的，健二，我非常确定我已经接纳它了——”

“没有。”他打断我，“该死的没有。你憎恨你自己的皮肤。你无法忍受它。那不叫接纳。那叫——我不知道——接纳的反义词。你，”他边说着边用一根手指指着我，“你现在正好处于‘接纳’的对立面。”

“你到底想说什么？”我反击道，“难道我必须喜欢这种情况？”我没有给他回话的机会，立刻接着说道，“你根本不知道被困在我的皮肤下——被困在我的身体里是什么样子，从来不敢用力呼吸，不敢靠近任何有心跳的东西。如果你知道那是什么样子，你就永远也不会要我欣然接受这样的生活。”

“得了，朱丽叶——我只是说——”

“不。让我跟你讲清楚，健二。我杀人。我杀死他们。这就是我的特殊能力。我没有能力融入背景中隐形，或是用的我意志力移动物体或是随意伸展我的四肢。你要是接触我的时间太久，你就会死翘翘了。你试试这样生活十七年，然后告诉我接纳这样的自己有多容易。”

我的舌尖觉得很苦。

这对我来说是新体验。

“听着，”他的声音出奇的温柔，“我并不是在批判，好吗？我只是试图告诉你，因为你不想要这种能力，所以你可能无意中放弃了把这种能力搞明白的努力。”他高举双手就像投降一样，“不过这是我的个人看法而已。我的意思是，显然你有某种离奇的威力。你接触他人，然后砰，搞定。然后，你他妈的还能把墙碾碎，对吧？我的意思是，见鬼，我只是想了解你怎么做到的，你在跟我开玩笑吗？那可真是疯狂。”

“对，”我说道，突然又靠在墙上，“我猜那部分不算太坏。”

“真的？”健二活跃起来，“那可真牛哈。那么——你知道，如果你戴着手套的话——你可能只是把随便什么玩意儿碾压而没有真正杀死谁。那样的话，你就不会觉得太糟糕，对吧？”

“我猜是的。”

“那好极了。你只是需要放松一下。”他站了起来。抓起那块他刚刚把玩的砖头，“来吧，”他说道，“起来。过来这儿。”

我走到他那边，瞪着他手里的砖。他把砖头递给我，就好像他在交接什么传家宝。“现在，”他说道，“你必须让自己放松下来，OK？让你的身体随心所欲。不要封锁你自己的能量。你可能有上百万个心理障碍。你不能再犹豫了。”

“我没有心理障碍——”

“不，你有。”他哼哧道，“你绝对有。你有非常严重的心理便秘。”

“心理什么——”

“把你的能量集中在砖头上。砖头，”他对我说道，“记住。放开你的思想。你想要压碎那块砖头。不断地提醒自己这就是你想做的。这是你的选择。你这么做不是为了卡斯特，不是为了我，你这么做不是为了要对抗某人。这纯粹就是你想做而已。纯粹是为了好玩。因为你觉得你喜欢。让你的意识和你的身体接管。OK？”

我深吸一口气。一而再再而三地点了点头：“OK。我想我——”

“真——见——鬼。”他吹了一声口哨。

“怎么了？”我环顾四周，“发生什么事儿了——”

“你刚才怎么就没感觉到？”

“感觉什么——”

“看看你手里！”

我倒抽一口气。踉跄地后退。我的手里满是红沙和灰土一样的小颗粒。较大一点儿的碎砖掉在了地上，砖头的碎屑从我的指缝下滑落，我把那只罪恶的手抬到我的面前。

我抬起头。

健二正在摇头，边摇边大笑着：“我现在真是对你嫉妒得你无法想象。”

“噢，我的天。”

“我知道。我知道。真他妈酷。现在想想看：如果你对一块砖头能这样，想象一下你能对人体做什么——”

这不是现在该谈的事儿。

不是现在。不是在亚当之后。不是在我努力拾起我希望与梦想的碎片并费劲地想把它们重新黏合起来之后。因为现在什么也没有了。因为现在我知道，在某个地方，我内心深处的某个地方，我曾经珍藏着一丝希望，希望亚当和我能够找到解决问题的办法。

在某个地方，内心深处的某个地方，我曾经一直抱有希望。

而现在，它已经消失了。

因为现在，亚当不仅仅要害怕我的皮肤。不仅仅要担心我的碰触，还要担心我的紧握，我的拥抱和我的吻——我做的任何动作都有可能伤害他。我不得不非常小心地只握着他的手。而这个新认知，这条新信息——我具有致命的杀伤力——

它让我别无选择。

我将永远永远永远孤独，因为无人能幸免于我的伤害。

我瘫倒在地上，意识狂乱，我自己的大脑再也不是一个可以栖息的安全之地，因为我无法停止思考，无法停止质疑，我什么也阻止不了，就好像我困在了一场正面碰撞中，而我并不是无辜的路人。

我是一列火车。

我是一列正失去控制将要翻车的火车。

因为，有的时候，你自己能看到——你自己能看到你可能成为什么人——如果一切有所不同，你可能会成为什么样的人。而如果你看得更仔细一些，你所看到的会把你吓到，它会让你质疑如果有机会，你会做什么。你知道自己有完全不同的另一面，一个你不想承认的另一面，你不想在光天化日之下看到的另一面。你耗费毕生精力想把它推开，把它推离你的视线，推出你的脑海。你假装你的那一面是不存在的。

你就那样活了很长时间。

很长一段时间，你是安全的。

然后，你不再安全。

二十五

又一个清晨。

另一顿饭。

我去餐厅吃早饭，与健二碰面，然后去训练室。

他昨天对我的能力得出了一个结论：他认为我的碰触带来的超人类力量只不过是我的能力的一种衍生形态。皮肤与皮肤的接触只不过是我拥有的能力的最原始形式——我真正的天赋是某种通吃型力量——它已经在我身体里无处不在地证明了自己。

我的骨头，我的血液，我的皮肤。

我告诉他这真是一个很有趣的理论。我对他说，我一直将自己视为捕蝇草的恶心变异版。他说："噢，我的天。对对对。你完全就像那样。噢，他妈的，真是对极了。"

漂亮得足以引诱你的猎物，他说。

强大得足以消灭和摧毁，他说。

当肉体接触时，毒性强到足以消化你的受害者。

"你消化你的猎物。"他对我说道，哈哈大笑，仿佛这很好笑，很滑稽，好像将一个女孩儿比作肉食植物是完全可以接受的。甚至还有点儿吹捧的味道，"对不对？你说当你碰触别人时，那就像，就像你在吸取他们的能量，对不对？这让你觉得更强壮？"

我没有回应。

"所以你完全就像一株捕蝇草。你把猎物卷进来，夹紧它们，然后吃掉它们。"

我没有回应。

“嗯……”他说道，“你就像一株性感的超级可怕的植物。”

我闭上眼睛。惊恐地掩住唇。

“为什么这个样子？”他问道。弯下腰来凝视着我。拽了拽我的一小撮头发，让我抬起头来，“为什么它就必须非常恐怖？为什么你就不能看到这有多棒？”他冲着我摇头，“你错得离谱了，你知道吗？你拥有它，那可真是酷毙了。”

拥有它。

是的。

把我周遭的世界打倒会是件多么容易的事儿。汲取它的生命力，然后让它死在街头——我这么做完全是因为有人告诉我应该这样。因为有人伸出一根手指头并对我说：“那些人是坏人。那边的那些人。”杀！他们说道。杀死那些人，因为他们是坏人，我们是好人。杀死那些人，因为我们告诉你这么做。因为有人如此蠢笨，他们真的以为有一条粗粗的霓虹灯线将好人与坏人区分开来。区分好坏真容易哈，然后毫无愧疚，良心满满地去睡觉。因为一切顺利。

如果还有人被认定不该活着，那就杀了他好了。

我真正想说的是，你是哪根葱啊，凭什么你可以决定谁该死。凭什么你可以决定谁应该被杀掉。凭什么由你来告诉我我应当把哪个当爹的给消灭掉，哪个孩子就应该成为孤儿，哪个母亲应该失去她的儿子，哪个兄弟应该失去姐妹，哪个祖母就应该在她余生的每一个清晨因为她逝去的孙子白发人送黑发人而哭泣。

我真正想说的是，你算老几啊，就可以这么随意地告诉我拥有这种杀伤能力是件很酷的事儿，说什么诱捕其他的灵魂真有趣，说什么选择受害者很轻松，就因为我能杀人不用枪。我想说卑鄙、愤怒和一些伤感情的话，我想爆粗口，然后远远地跑开；我想消失在地平线，我想把自己扔到路的尽头，只要它能带给我表面的自由，但我不知道去哪里。我无处可去。

而我觉得负有责任。

因为有好几次，当愤怒远离我的思绪，只剩下胸口的刺痛时，当我看着这个世界，对这个世界上居住的人及这个世界本身感到好奇时，我想到了希望，也许还有可能性和潜力。我想要一副眼镜，将这个世界看清楚。我想到了牺牲，想到了妥协。我想着如果没有人反击，那将会发生什么。我想着一个没有人站出来维护正义的世界。

我怀疑这儿的每一个人是否都是对的。

怀疑现在是否是战斗的时候。

我怀疑杀戮是否真的有可能是最后的终结手段，然后我想到了健二。我想到了他所说的一切。我怀疑，如果我将他作为我的猎物，他是否仍会说酷毙了。

我猜他不会。

二十六

健二已经在等我了。

他、温斯顿和布伦丹再次在同一张桌子边坐着，我胡乱地点了个头就哧溜一下滑到了我的座位上，眼睛也拒绝注视我的正前方。

“他不在这儿。”健二边说边用调羹往自己嘴里送食物。

“什么？”哈，这桌子上的叉子和调羹真是好看啊，“你说——”

“不在这儿。”他的嘴里仍旧还有东西。

温斯顿清了清喉咙，挠了挠后脑勺。布伦丹则挪到了我身边。

“噢，我——我，呃——”我环顾着这三个坐在桌边的家伙，后颈开始发热。我想问问健二亚当在哪儿，他为什么不在这儿，他怎么样了，他是否安好，是否定时吃饭了。我有一百万个不应该问的问题，但显而易见他们没人会想讨论我的个人生活。而我也不想当一个悲伤的可怜女孩儿。我不想要怜悯。我不想看到他们眼里让人不舒服的同情。

所以，我坐直了身体。清了清喉咙。

“巡逻怎么样了？”我向温斯顿问道，“是不是越来越厉害了？”

温斯顿惊讶地抬起了头，嘴巴里还有食物。他迅速把嘴里的食物咽了下去，咳嗽了几下，呷了一口咖啡，然后身体朝前倚，看起来一脸热切。“越来越古怪了。”他说道。

“真的？”

“是啊，那个，记得我跟你们说过的吗，华纳每晚都出现来着？”

华纳。我无法将他微笑、哈哈大笑的样子赶出我的脑海。

我们点点头。

“好极了。”他往后靠在了椅背上，举起他的双手，“昨天晚上呢？

没了。”

“没了？”布伦丹的眉毛高高挑起，“你什么意思？没了？”

“我的意思是，那儿一个人也没有。”他耸耸肩，拿起了他的叉子，叉了一块食物，“华纳没在，一个士兵也没有。前天晚上呢？”他的眼睛巡视了我们一圈，接着说道：“五十个，也许是七十五个士兵。昨天晚上呢？零。”

“你跟卡斯特说了这事吗？”健二没再吃东西。他盯着温斯顿，眼神专注而严肃。这让我感到担忧。

“当然。”温斯顿点点头，又喝了口咖啡，“我大概一个小时前上交了我的报告。”

“你是说你还没睡觉？”我问道，眼睛睁得大大的。

“我昨天睡了，”他说道，冲着我随意挥了挥手，“或是前天睡过了。我不记得了。天哪，这咖啡真难喝。”他说着把咖啡大口吞了下去。

“是挺难喝的。也许你不应该再喝咖啡了。”布伦丹试图抢过温斯顿的杯子。

温斯顿拍掉他的手，扫了他一眼。“不是我们所有人的血管里都有电流的，”他说道，“我可不像你一样是一个稀奇古怪的发电站。”

“我只做过一次——”

“两次！”

“——那是紧急情况。”他说道，看上去有点儿羞怯。

“你们在说什么呢？”我问道。

“这家伙——”健二伸出大拇指冲着布伦丹指了指，“——能够，就好比，字面上讲，就是能给他自己的身体充电。他不需要睡觉。真是疯狂。”

“这不公平。”温斯顿嘟哝道，把一片面包撕下一半。

我转向布伦丹，嘴巴因为吃惊而张得大大的：“这不可能。”

他点了点头，然后耸耸肩，说道：“我只试过一次。”

“两次！”温斯顿再次说道，“而且他是个古怪的小毛娃，”他对我说道，“他已经有很多能量了——他妈的，你们这帮小鬼都有——而他居然还可以充电。”

“我不是小毛娃。”布伦丹急促地说道，凝视着我，脸上因激动而起了红晕，“他是——那不是——你疯了。”他说道，瞪着温斯顿。

“是啊，”温斯顿边说着，边点了点头，嘴巴里再次填满了食物，“我是疯了。我火冒三丈。”他咽下食物，“而且我现在绝对不正常，因为我累坏了。我很饿。我需要更多的咖啡。”他猛地推了一下桌子，站了起来，“我要再去搞点儿咖啡。”

“我以为你刚才说咖啡很难喝。”

他瞟了我一眼：“是难喝，但是我现在很惨很惨，所以标准也降低了。”

“那倒是真的。”布伦丹说道。

“闭嘴，小毛娃。”

“你只准喝一杯咖啡。”健二出声了，抬头直视温斯顿的眼睛。

“别担心，我总是告诉他们我是帮你拿。”他说道，大踏步地离开了。

健二哈哈大笑，肩膀不停地抖动。

布伦丹则不停地咕哝着“我不是小毛娃”，用力戳着他盘里的食物。

“你几岁了？”我好奇地问道。他的头发是极浅极浅的黄色，眼睛里的蓝色也很淡很淡，整个五官看起来就不像真的。他看起来就像永远永远也不会老，永远保持着这种天使般的形态。

“二十四，”他说道，看起来非常感激有机会证明他不是小毛娃，“刚到二十四，真的。我上周刚刚过的生日。”

“哇噢。”我大吃一惊。他看上去像还没到十八岁呢。我好奇在欧米迦之角会怎样庆祝生日。“好吧，生日快乐，”我微笑地对他说道，“我祝你，祝你这一年顺顺利利。然后——”我试图想一些吉利话说，“然后天天快乐。”

他现在转为看着我了，满脸的愉悦，直视着我的眼睛，咧嘴笑着。他说：“谢谢。非常感谢。”他的笑容更深了，眼睛始终看着我。

我觉得脸在发热。

我努力想搞明白他为什么一直对着我笑，为什么他最终掉转了视线，脸上却还是在笑，为什么健二一直瞟着我，就好像他在努力克制着不笑出声，我有些局促，感觉莫名其妙的窘迫，脑子里努力搜寻着该说些什么。

“好了，我们今天打算做什么？”我向健二问道，希望自己的声音很自然很正常。

健二一口喝干了水杯里的水。他擦了擦嘴，然后说道：“今天，我打算教你如何射击。”

“用枪？”

“对。”他拿起他的托盘，还有我的托盘，“等着，我去把这些倒掉。”他边说着边移动脚步，随即又停下来，转身瞟了布伦丹一眼，说道：“放弃你脑袋瓜里的那个念头，兄弟。”

布伦丹抬起头来，一脸的困惑：“什么？”

“那是不可能的。”

“什——”

健二瞪着他，眉毛挑得高高的。

布伦丹的嘴巴闭上了。他的脸再次泛红：“我知道。”

“啊哈。”健二晃了晃脑袋，离开。

这一天，布伦丹突然变得忙碌不堪。

二十七

“朱丽叶？朱丽叶！”

“拜托醒醒——”

我一下子从床上坐起，喘息着，心跳如雷，眼睛拼命地眨着，试图寻找焦距。我眨啊眨啊眨啊。“怎么了？发生什么事了？”

“健二在门外。”索尼娅说道。

“他说他需要你。”莎拉补充道，“发生什么事儿了——”

我迅速跳下床，连带着把被子也扯了下来。我在黑暗中摸索着，想找到我的衣服——我穿着一套从莎拉那里借来的睡衣——并努力不那么惊慌。“你知道发生什么事了吗？”我问道，“你知道吗——他告诉你什么了吗——”

索尼娅边把我的衣服套进我的胳膊边说道：“没，他只是说很紧急，有事情发生了，要我们立即把你喊醒。”

“好了。我确定会好的。”我对她们说道，虽然我并不知道我为什么要这样说，或者我凭什么向她们做出这样的保证。我希望我能打开灯，但是这地底下所有的灯都是由同一个开关控制的。这是他们节约电力的方法之一——他们确保这地下也有黑夜和白天之分的方法之一——就是只在特定时间段使用电灯。

我终于穿好了我的衣服，我一边拉拉链一边朝门口走去，然后听到莎拉喊我的名字。她正拿着我的靴子。

“谢谢——谢谢你们俩。”我说道。

她们点了点头。

我随即穿上靴子，然后冲出了门。

我迎面撞上了某个固体东西。

一个人。男性。

我听到他倒抽了一口气，感觉到他手稳住我的身体，感觉到我体内的血液汹涌奔流。“亚当。”我喘息道。

他没有放开我。我能听到他快速而有力的心跳声，在我们俩的静默中怦怦作响，他是如此的安静又如此的紧绷，仿佛是在努力控制着自己的身体。

“嗨。”他低语道，但听起来就好像他无法呼吸一样。

我的心塌陷了。

“亚当，我——”

“我无法放开，”他说道，我感觉到他的手有一些颤抖，似乎他很难让双手保持稳定，“我无法放开你。我一直努力来着，但是我——”

“啊，我在这儿还真不赖，对不对？”健二把我从亚当的怀里拉出来，深吸了一口气，“天啊。你俩有完没完？我们得快走。”

“什么——发生什么事儿了？”我结结巴巴地说道，试图掩盖我的尴尬。我真心希望健二不会总是在我脆弱的当口逮到我。我希望他能看到我正变得强壮而自信。但另一方面，我纳闷我何时开始在乎健二对我的看法了。“一切都还好吧？”

“我不知道。”健二边说着边大步迈向黑暗的过道。他一定已经把这些隧道清清楚楚地记在脑子里了，我想，因为我什么也看不见。我实际上不得不跑起来才能跟上他的步伐。“但是，”他说道，“我估计出麻烦事儿了。卡斯特十五分钟前发了个信息——让我、你和肯特尽快到他办公室去。所以，这就是我现在在做的事情。”

“但是——现在？半夜？”

“那该死的麻烦事儿可不会按你的日程表走，公主。”

我决定闭嘴。

我们跟着健二走到一个狭窄的隧道的尽头，到了一扇独立的门前。

他敲两下，停下来。再敲三下，停下。再敲一下。

我纳闷我是否有必要记住他的动作。

门自动打开，卡斯特招手让我们进去。

“请关上门。”他在书桌后对我们说道。我不得不眨了好几下眼睛才能适应这里的光线。卡斯特的书桌上放着一个老式的台灯，瓦数刚好足够照亮他那一小块空间。我花了一会儿时间环顾四周。

卡斯特的房间里除了几个书柜和一张简单的桌子——这张桌子还充当工作台——以外，什么也没有。所有物品都是用可循环利用的金属制造。他的书桌看起来就像曾经是一辆小型轻便卡车。

地上随意地堆放着几摞书和纸张；书柜里也零乱地放一些图表、机器和计算机零部件，无数的电线和电器装置；它们要么就是破了，要么就是坏了，或者可能是卡斯特正在做的某个项目。

换句话说，卡斯特的办公室是一团糟。

我完全没想到一个那么严谨的人会有这样的一面。

“坐下来。”他对我们说道，我四周看了看，但只看到两个翻转过来的垃圾筒和一张凳子，“我马上就好。给我两分钟时间。”

我们点点头。坐下来，等待。环顾四周。

只有在这时，我才意识到为什么卡斯特不在乎他的办公室乱七八糟。

他看起来正沉浸于某件事中，但是我看不清楚是什么，不过这没关系。我非常专注地看着他工作。他的手抬上抬下，从这边挪到那边，他需要的或想要的每个物品就这样直直地被他移过去。一张纸？一本便条簿？一个被埋在那一摞离书桌最远的书堆里的钟？他要找一支笔，然后抬起手就抓到了一支笔。他要找他的笔记本，然后动动手指就找到了。

他根本不需要有组织有条理。他有一套属于他自己的体系。

不可思议。

他终于抬起头来。放下他的笔。点点头。再点点头：“好极了。好极了。你们都在这儿。”

“是的，先生，”健二说道，“你说你要和我们谈话。”

“事实上，我确实要和你们谈谈。”卡斯特双手叠放在他的书桌上，“我确实要和你们谈谈。”他深吸了一口气，“最高司令官，”他说道，“已经抵达了 45 区总部。”

健二出声咒骂。

亚当呆住了。

我则觉得迷惑：“谁是最高司令官？”

卡斯特盯着我看。“华纳的父亲，”他的眼睛眯了眯，审视着我，“你以前不知道华纳的父亲是重建院的最高司令官？”

“噢。”我抽了口气，无法想象那个魔鬼是华纳的父亲，“我——是的——我知道，”我对他说道，“我只是不知道他的头衔是什么。”

“是的，”卡斯特说道，“世界上一共有六个最高司令官，一人负责一个大区：北美、南美、欧洲、亚洲、非洲和大洋洲。每个大区又分为五百五十五个区，这样全球一共有三千三百三十个区。华纳的父亲只是负责我们这块大洲，但他也是重建院的创始人之一，目前是我们最大的威胁。”

“但是我以为有三千三百三十三个区，”我对卡斯特说道，“不是三千三百三十个。难道我记错了？”

“另外三个是议会区，”健二对我说道，“我们非常确定其中有一个在北美，但是没人知道这三个议会区的具体位置。所以，是的，”他补充道，“你没记错。重建院在数字精确性方面有着不可思议的魔力。三千三百三十三个区，每个大区有五百五十五个区。每个人都得到同样的东西，不管大小。他们认为这显示出他们是多么地均分一切，但这纯属瞎扯淡。”

“噢。”每一天，我都因为要学的东西始终很多很多而感到不知所措。我看向卡斯特：“所以，这是紧急事件吗？就是华纳的爸爸到了这里，没有在任何议会区里待着？”

卡斯特点了点头：“是的，他……”他有些踌躇。他清了清嗓子，接着说道：“那个，让我从头说起吧。现在非常有必要让你们了解所有细节。”

“我们听着呢。”健二说道，背挺得直直的，眼睛里透露着警觉，肌肉紧绷，蓄势待发，“继续。”

“显然，”卡斯特说道，“他在城里待了有一段时间了——几个星期前，他非常低调，非常隐秘地抵达这里。好像是他听说了他儿子最近在忙什么，他对此并不感到兴奋。他……”卡斯特深吸了一口气，“他……对你的事儿，费拉斯女士，尤其生气。”

“我？”心脏怦怦直跳。怦怦直跳。怦怦怦直跳。

“是的，”卡斯特说道，“我们的消息来源说他非常生气华纳让你逃跑了。而且，当然他生气的另一个原因是在这个过程中，他还损失了两个兵。”他说着冲健二和亚当的方向点了点头，“更糟糕的是，现在民众中到处都散播着关于这个叛逃女孩的传闻，包括她的奇异能力。他们现在开始把一个个碎片拼凑起来了；他们开始意识到还有另一股势力——我们的运动——在准备反击。这导致民众中出现了骚乱与抵抗，他们都渴望加入这场运动。”

“就这样，”卡斯特握紧了双手，“华纳的父亲毫无疑问到这儿是为了领导这场战争，消灭所有质疑重建院权威的声音。”他顿了顿，看了看我们每一个人，“换句话说，他来这儿是为了对付我们，同时还有他的儿子。”

“但是这并不会改变我们的计划，对吧？”健二问道。

“不完全会。我们一开始就知道这场战斗不可避免，但是，也有一些变化。现在，既然华纳的父亲已经在城里了，那么这场战争将比我们希望的要提前许多，”卡斯特说道，“而且它将比我们预期的规模要大得多。”他的眼睛打量着我，面色沉重，“费拉斯女士，我恐怕我们会需要你的帮助。”

我盯着他，愣住了：“我？”

“是的。”

“你不是——你不是还对我很生气吗？”

“你不是孩子了，费拉斯女士。我不会因为一个反应过度的行为而批评你。健二说他认为你最近的行为是不了解情况导致的结果，没有恶意，而我相信他的判断。我相信他的话。但是，我确实希望你明白，我们是一个团队，”他说道，“而我们需要你的能力。你所能做的——你的力量——是无人可比的。尤其是现在你一直在与健二训练，对你自己的能力多多少少是有一些了解了，我们将需要你的帮助。我们会尽我们所能地支持你——我们会加固你的套装，给你提供武器和装甲。而温斯顿——”他顿了顿，吸了口气。“温斯顿，”他的声音现在更平静了，“刚刚给你制作了一副新的手套。”他审视着我的脸，“我们希望你加入我们的队伍，”他说道，“而你如果和我合作，我向你许诺，你会看到成果的。”

“当然，”我低语道，我以同样平静而严肃的眼神看着他，“我当然会帮忙。”

“很好，”卡斯特说道，“好极了。”他向后朝椅背靠上去的时候，看上去有点儿分心，伸出一只手摸了一把脸，“谢谢。”

“先生，”健二说道，“恕我直言，你能否告诉我他妈的到底怎么回事儿吗？”

卡斯特点了点头：“好啊，”他说道，“好的，好的，当然。我——原谅我。这真是一个难熬的夜晚。”

健二的声音变得紧绷：“发生什么事了？”

“他……已经送了话。”

“华纳的父亲？”我问道，“华纳的父亲送了话？给我们？”我看了看亚当和健二。亚当的眼睛快速地眨着，嘴巴因为吃惊而大张着。健二看起来就好像生病了。

我开始觉得恐慌。

“是的，”卡斯特对我说道，“华纳的父亲。他希望会晤。他想……谈判。”

健二从凳子上跳起来。他的脸色五彩斑斓：“不行——先生，这是个陷阱——他不会想谈判的，你一定知道他是在撒谎——”

“他抓了我们四个人做人质，健二。恐怕我们别无选择。”

二十八

“什么？”健二趔趄了一下，他的声音因为惊讶而听得有些刺耳，“谁？怎么搞的——”

“温斯顿和布伦丹今晚在最上层巡逻。”卡斯特摇了摇头，“我不知道发生了什么事儿。他们一定是被伏击了。他们远远超出指定范围之外，我们只能从安保摄像头里看到埃默里和伊安注意到骚乱，然后试图调查。关于那之后的事情，我们在录像带里什么也没看到。埃默里和伊安，”他说道，“也没有再回来。”

健二再次退回到他的椅子上，把脸埋在了手中。他抬起头，脸上带着突然迸发的希望：“但是，温斯顿和布伦丹——也许他们找到出路了——对吗？他们可以做些什么的——他们有足够的能力，他们俩总有一个人能想出办法吧？”

卡斯特朝健二露出了一个同情的微笑：“我不知道他是从哪儿把他们带走的，也不知道他们会受到什么待遇。如果他狠揍了他们，或者如果他已经——”他犹豫了一下，“——他已经对他们施加了酷刑，射杀了他们——如果他们失血过多——他们无疑无法反击。即使他们俩能自救，”他停顿了一会儿，接着说道，“他们也不会丢下其他人。”

健二的拳头狠狠地按在大腿上。

“所以，你想谈判。”这是亚当首次出声。

卡斯特点了点头：“莉莉在他们消失的地方找到了这个包裹。”他朝我们扔过来一个小型背包。我们将背包翻过来倒过去搜寻了一番。里面只有温斯顿的一副破掉的眼镜和布伦丹的无线电。还有斑斑血迹。

我不得不紧紧握住自己的双手以防它们颤抖。

我才刚刚认识这些人。我才刚刚见过埃默里和伊安。我才刚刚学会结交朋友，学会与欧米迦之角的人轻松交往。我前不久刚和温斯顿以及布伦丹共进早餐。我瞟了一眼卡斯特墙上的钟，现在是凌晨三点三十一分。我最后一次见到他们是二十小时前。

布伦丹的生日是上周。

“温斯顿知道，”我听到自己开口，声音很大，“他知道有些事情不对劲。他知道周遭的士兵有些古怪——”

“我知道，”卡斯特说道，摇了摇头，“我一直在读，在读他的报告。”他用大拇指和食指捏着自己的鼻梁，同时闭上眼睛，“我才刚刚开始把一切细节拼凑到一起。但是太晚了。我太晚了。”

“你觉得他们在谋划什么？”健二问道，“你有什么推测？”

卡斯特叹了口气，把手从他的脸上放下来：“现在，我们知道华纳为什么每晚都和他的士兵外出了——知道他为什么能离开基地这么多天了。”

“他的父亲。”健二说道。

卡斯特点点头：“是的。我的看法是最高司令官亲自派华纳外出的。他想让华纳开始更积极地追踪我们。他一直都了解我们，”卡斯特对我说道，“这个最高司令官，他一直都是个聪明人。他始终相信关于我们的传闻，一直知道我们在这里。但是，我们以前从未被他视为威胁。直到现在，”他说道，“因为现在民众都在讨论我们，这打破了力量平衡。人们受到了鼓舞——他们在我们的抵抗中寻找希望。这是重建院现在承担不起的。”

“不管怎样，”他继续道，“我认为，很显然，他们找不到欧米迦的入口，所以转为劫持人质，然后寄希望于以挑衅我们的方式让我们自己走出去。”卡斯特从他那一摞文件中抽出一张纸，把它举起来，那是一张便条，“但是，有一些条件，”他说道，“关于下一步如何做，最高司令官给了我们一些非常具体的指令。”

“然后？”健二的声音异常严肃。

“你们三个人前往。单独的。”

靠!

“什么？”亚当目瞪口呆地看着卡斯特，“为什么是我们？”

“他没有要求见我，”卡斯特说道，“我不是他感兴趣的人。”

“而你就打算同意了？”亚当问道，“你就打算把我们扔给他了？”

卡斯特的身体朝前倾了倾：“当然不。”

“你有计划？”我问道。

“最高司令官想在明天中午，呃，从技术上讲，是今天中午十二点整与你们会面——在非管制区的某个地方。具体细节在便条上。”他深吸了一口气，“另外，即使我知道他想要的就是你们三人，但我认为我们全都应做好准备。我们应当一起行动。毕竟，这就是我们一直训练的目的。我肯定他居心不良，而且我绝不相信他邀请你们只是为了喝咖啡聊天。所以，我认为我们应当准备好抵御一场进攻战。我估计他的人会全副武装，而我也充分准备好领导我的人战斗。”

“所以，我们是诱饵？”健二问道，他的眉毛紧蹙，“我们甚至不用参战——我们只是分散他们的注意力？”

“健二——”

“这是胡扯蛋，”亚当说道，我非常惊异于他如此情绪外露，“必定有其他办法。我们不应该按照他的规则玩儿。我们应该利用这次机会埋伏他们或者——我不知道，或者是调虎离山，转移他们的注意力，然后我们就可以发动袭击！我的意思是，见鬼，就没有人能纵火什么的吗？我们就没有人能做些什么离奇的事，给我们制造有利形势什么的？”

卡斯特转为看着我。

亚当看上去就像他想揍卡斯特的脸：“你疯了——”

“那就没有了，”他说道，“没有。我们没有其他人能做如此——惊天动地的事儿。”

“你觉得那很好笑？”亚当厉声说道。

“我恐怕我不会试图搞笑，肯特先生。而你的愤怒无助于我们目前的形势。如果你想，你可以选择退出，但我将——非常诚恳地——请求费拉斯帮忙解决这件事。她是最高司令官唯一真正想见的人。派你们两个人去是我的主意。”

“什么？”

我们三人都震惊了。

“为什么是我？”

“我真心希望我能告诉你答案，”卡斯特对我说道，“我希望我知道更多。截至目前，我只能尽我全力分析我手头的信息，而迄今为止，我能得出的结论就是华纳犯了一个非常明显的错误，而这个错误必须纠正。不知怎么，你被卷入其中。”他停顿了一下，“华纳的父亲，”他接着说道，“已经非常明确地提出了让你交换人质。他说如果你不按指定时间抵达，他就会杀了我们的人。而我没有任何理由怀疑他的话。杀害无辜人对他来说再自然不过。”

“而你刚才就打算让她这样自投罗网！”亚当站起来了并随后敲着他那张垃圾筒凳子，“你刚才甚至不打算说什么？你打算让我们以为她不是目标？你脑子进水了吗？”

卡斯特摸了摸他的额头。冷静地吸了几口气。“不，”他说道，他的声音透着谨慎，“我没打算让她自投罗网。我说的是我们所有人将一起战斗，但是你们俩将和费拉斯女士一起去。你们三个人以前合作共事过，你们两个和健二都接受了军事训练。你们更熟悉他们的规则以及他们可能使用的伎俩和战略。你们可以保障她的安全，而且可以制造某些震惊——你们的出现可能给我们创造有利时机。如果他极想要她的话，他就必须想办法和你们三个过招——”

“或者——你知道，我不知道，”健二冷淡地说道，“也许他只想当面射杀我们，然后趁着我们忙于冒死阻止他的时候，把朱丽叶拖走。”

“没事儿，”我说道，“我会做的。我会去的。”

“什么？”亚当看着我，恐慌让他的眼睛睁得大大的，“朱丽叶——

不——”

“好吧，你也许需要想一想。”健二打断道，声音听起来有一点点紧张。

“如果你们不想去，你们不必去，”我对他们说道，“但是我会去。”

卡斯特笑了，他的身体明显如释重负。

“这就是我们来这儿的原因，对吧？”我边环顾四周边说道，“我们应该反击。这是我们的机会。”

卡斯特面露喜色，他的眼睛绽放出可称之为骄傲的光芒：“我们将时刻在你身边，费拉斯女士。你可以放心。”

我点点头。

然后我意识到这可能就是我应做的事。也许这就是我在这里的准确原因。

也许我就应该死亡。

二十九

早晨一片朦胧。

有这么多的事儿要做，这么多的事儿要准备；有这么多的人在准备。但是我知道，这终究是我的战斗；我有未完的事要处理。我知道这次会晤与最高司令官无关。他没有理由如此关注我。我从没有见过这个人，对他来说，我完全就是一个炮灰。

这是华纳的动作。

一定是华纳想要我。这件事与他有关，完全与他有关；这就是个烟雾信号，目的是告诉我他仍想要我，他还没有放弃。而我必须面对他。

我只是好奇，他是怎么让他父亲为他操纵这些事儿的。

我猜我很快就会找到答案。

有人在叫我的名字。

我停下来。

转身。

詹姆斯。

他从餐厅那儿朝我跑来。他金黄色的头发，如此绚烂；他蓝色的眼睛，如此湛亮；就和他的哥哥一样。但是，我想念他的脸庞，虽然我一看到他的脸就想起亚当，但我想念他的原因与此无关。

詹姆斯是一个特别的孩子。一个敏感的孩子。一个总是被低估的十岁孩子。他问我能否谈谈。他指了指前面的一条隧道。

我点点头。跟着他进了一条空旷的隧道。

他停下来，转过脸去好一会儿。站在那儿，看上去很不安。我惊异于他想和我谈谈。三周内，我没有和他说过一个字。在我们抵达欧米迦之角后不久，他的时间都花在与其他孩子一起了，然后不知怎么，我们彼此之间就变得有些别扭了。当他看到我的时候，不再微笑，经过餐厅时也不再招手问候。我料想他已经从其他孩子那里听说了我的传闻，所以决定最好离我远一点儿。而现在，在我和亚当之间发生这一切后——在我们在隧道里公开恋情之后——我震惊于他还想和我说话。

他开始低声说话，头仍旧低垂着："我之前真的，真的，对你很生气。"

我内心本已缝合的伤疤开始破裂。一个接一个。

他抬起头，看着我，就好像在努力判断他的开场白是否让我沮丧，我是否会因为他的诚实而冲他喊叫。我不知道他在我的脸上看到了什么，但它似乎让他卸下了武装。他把手插进衣服口袋里，用他的运动鞋在地板上画着圈："你没告诉过我你以前杀死过人。"

我的呼吸不稳，考虑是否有适当的方式回应。我质疑，除了詹姆斯以外，其他人是否会对我说这样的话。我想不会。所以，我只是点点头并说道："我真的很抱歉。我本应该告诉你——"

"那你为什么没有？"他咆哮道，让我震惊，"你为什么没有告诉我？为什么每个人都知道，除了我？"

有那么一会儿，我感到不知所措，因为他声音里透露出的受伤情绪和眼睛里显现的愤怒之情而不知所措。我从来不知道他将我视为朋友，然后我意识到我应该告诉他的。在詹姆斯的生活里，他认识的人并不多；亚当就是他全部的世界。在我们到欧米迦之角之前，健二和我是他唯一真正接触过的两个人。对于一个处于他这种情况下的孤儿来说，拥有新朋友必定是件极为重要的事。但是，我是如此专注于我自己的问题，以至于我从未想过詹姆斯会如此在乎。我从没有意识到，我的无意隐瞒对他来说就是背叛。他从其他孩子那里听到传闻对他造成的伤害必定如对我造成的伤害一样多。

所以我决定坐下来，直接在隧道的地上坐下来。我在身边给他留了个空地儿。我告诉他真相："我当时是不想让你恨我。"

他盯着地板，说道："我没有恨你。"

"没有？"

他扯着他的鞋带，叹了口气，摇了摇头："我不喜欢他们说的关于你的事儿，"他说道，声音现在平静了一点儿，"其他孩子。他们说你卑鄙下流。我对他们说你不是。我对他们说你很安静很亲切。对他们说你有漂亮的头发。然后他们说我撒谎。"

我艰难地咽了口唾沫，心脏怦怦直跳："你觉得我的头发很漂亮？"

"你为什么杀他？"詹姆斯向我问道，眼睛睁得大大的，准备好理解我，"他是不是图谋伤害你？你害怕吗？"

我吸了几口气，然后才回答他的问题。

"你记得吗，"我向他说道，觉得自己的口气现在有些不稳，"亚当曾跟你说过的，关于我的事儿？关于我为什么不能碰触他人而不伤害他们？"

詹姆斯点点头。

"瞧，就是那么回事，"我说道，"我碰了他，然后他就死了。"

"但是为什么？"他问道，"为什么你要碰他？因为你想他死吗？"

我的脸就像有裂缝的瓷器。"不是，"我边摇着头边对他说道，"我当时太小——实际上只比你大几岁。我不知道我在做什么。我不知道我碰触他们，他们就会死。他在小店门口摔倒了，我只是想帮他站起来。"我停顿了好一会儿，才接着说道，"那是场意外。"

詹姆斯沉默了良久。

他转过脸来，看着我，看着他的鞋，他屈在胸前的膝盖。他终于开始小声说话，眼睛凝视着地板："我很抱歉对你生气。"

"我很抱歉没有告诉你真相。"我也低语回复道。

他点点头，在自己的鼻子上刮了一下，看着我："所以我们可以再次做朋友了？"

"你想和我做朋友？"我拼命地眨着眼睛，想平抚我眼中的刺痛，"你不怕我？"

“你想对我使坏吗？”

“绝不。”

“那我为什么要怕你？”

我哈哈大笑起来，因为我不想哭。我点了好多下头。“是的，”我对他说道，“让我们再次做朋友吧。”

“好极了，”他说道，站了起来，“因为我再也不想和其他孩子一起吃午饭了。”

我站起来，拍掉衣服上的灰尘。“和我们一起吃吧，”我对他说道，“你可以一直坐我们这张桌子。”

“好的。”他点点头，再次看向其他地方，拽了拽自己的耳朵，“所以，你不知道亚当这段时间真的很难受吧？”他蓝色的眼眸看着我。

我无法说话。根本无法说话。

“亚当说他是因为你而难受。”詹姆斯看着我，就好像他在等着我否认，“你也因为意外而伤了他，是不是？他在医疗队里。你当时不知道？他病了。”

我想我要崩溃了，就在这儿，但是不知怎么，我没有。我无法对他撒谎。“是的，”我对詹姆斯说道，“我意外伤了他，但是现在——现，现在，我和他保持距离。所以，我不会再伤到他了。”

“那为什么他依旧难受？如果你不会再伤到他了？”

我摇着头，紧闭双唇，因为我不想哭，我不知道该说什么。詹姆斯似乎理解了。

他伸出胳膊抱住我。

他的手环住我的腰，抱着我，对我说不要哭，因为他相信我。他相信我完全是因为意外而伤到了亚当。还有那个小男孩。然后，他说：“但是，今天小心点儿，好吗？再干点不一样的事儿！”

我是如此震惊，以至于我花了好一会儿时间才意识到这个小男孩在安慰我之后还第一次碰了我。我尽我所能地保持不动，以免我们两人之间出现尴尬，但是我想我的心脏仍在地上的某个地方扑腾扑腾。

然后在那一刻，我意识到：每一个人都知道。

詹姆斯和我一起走进餐厅，我现在已经能看出其他人的目光有所不同了。当他们看着我时，他们的脸上充满了骄傲、坚定与认可。没有怀疑。我正式成为他们中的一员。我将与他们一起战斗，为他们而战，面对同样的敌人。

我可以看清他们眼睛里的东西，因为我开始想起那种感觉是什么。

希望。

它就像一滴蜂蜜，就像春天里绚丽绽放的郁金香。这就是清新的雨露，低声说出的诺言，万里无云的天空，句子后面完美的句号。

这是这个世界上唯一让我不会沉沦的东西。

三十

“我们不希望发生这些事情，”卡斯特对我说道，“但是事情并不总是按计划走。”亚当、健二和我正在为战斗做准备。我们和另外五个我以前从未见过的人被召集到一个较大的训练室中。他们负责武器和装甲。真不可思议，在欧米迦之角的每一个人都有一份工作。每一个人都能有所贡献。每一个人都有任务。

他们所有人通力合作。

“现在，我们仍不能准确地了解你为什么有那样的能力，不知道你怎么做到那些事儿的，或者你还能做什么，费拉斯女士，但是我希望当时机来临时，你的能力能施展出来。这种高压形势最有利于激发我们的能力——事实上，欧米迦百分之七十的人都报告说，他们最开始发现自己的能力，就是在非常紧急、非常危险的情况下。”

不错，我没有对他说。那听起来很对。

卡斯特从这个房间里的一个女人——阿莉雅，我想这是她的名字——手里接过一个东西。“而你也不用担心，”他说道，“我们就会在那儿，以防意外。”

我没有向他指出，我从来就没有说过我会担心。不管怎样，从没有大声说过。

“这是你的新手套，”卡斯特边说边把手中的东西递给我，“试试吧。”

这双新手套更短，更柔软：它们恰好戴到我的手腕处，用一个按扣系牢。感觉它们更厚、更重一些，但是它们非常完美地贴合我的手指。我把手指握成拳头，笑了笑。“这手套真不可思议，”我对他说道，“你是不是跟我说过，是温斯顿设计的？”

卡斯特的脸低了下来。“是的，”他平静地说道，“他昨天制作完成的。”

温斯顿。

他的脸是我在欧米迦醒来后见到的第一张脸。他的鹰钩鼻，他的塑胶眼镜，他的金色头发以及他的心理学背景。他对难喝的咖啡的需求。

我记得我们在背包里找到他那副被摔碎的眼镜。

我完全不知道他身上发生了什么。

阿莉雅手里又拿了个奇妙的皮革装置过来。它看起来像一个背带。她让我抬起胳膊，然后帮助我套上那个物件，然后我认出这是一个枪套。厚厚的皮革肩带从我的后背中心位置横穿而过，然后有五十根不同的非常薄的黑色皮带重叠着绕过我的腰部最上方——就在我的胸下——就像某种未制作完成的紧身胸衣。它就好像没有罩杯的胸罩。阿莉雅帮我把身上的东西用搭扣扣紧，而我仍旧不明白我穿的到底是什么。我等着某人给我解释。

然后，我看到了枪。

“那便条上可没说不得携带武器，”卡斯特边说着边接过阿莉雅递给他的两把自动手枪——这是我从形状与大小上判断出来的。我昨天才用这种手枪练习过射击。

我对这东西犯怵。

“而且我也看不出你有什么理由不带武器。”卡斯特说道。他指给我看了看我身体两侧的枪套位置，教我如何把枪放进去，如何迅速合上弹夹，其他子弹在哪里。

我没有费神提醒他我完全不知道如何重新装弹。在健二和我的课程里，我从没有接触过这个部分。他总是忙于提醒我不要在问问题的时候用枪做手势。

“我始终希望枪是最后的手段，”卡斯特对我说道，“在你的私人武器库里，你已经拥有足够的武器了——你不需要射杀任何人。另外，只是为了万一你突然搞明白了如何利用你的天赋摧毁事物，我建议你戴上这些。”他拿起几个东西，看起来像是指节铜套的精巧变异版，“阿莉雅为你设计的。”

我看了看她，再看了看卡斯特和他手上的那个陌生物体。他笑容满面。我感谢阿莉雅花时间为我制造东西，她结结巴巴地，语无伦次地表示不用谢，满脸通红，就好像她无法相信我会和她说话。

我迷惑了。

我从卡斯特手中拿过那东西，然后检查它们。底下是四个焊在一起的同心圆环，每个圆环的直径长短正好相称，看起来就像一套指环。我把手指套进那些圆中，把手举到眼前，审视着这东西的上端。它就像一个小型盾牌，无数个青铜片覆在我的指节、手指乃至整个手背上。我可以握起拳头，那金属随着我的动作而动作。它并没有看上去的那样重。

我把另一只套上。弯起手指。抓住现在系在我身体上的手枪。

容易。

我能做到。

“你喜欢吗？”卡斯特问道。我以前从未看到过他笑得如此灿烂。

“我爱它，”我对他说道，“一切都很完美。谢谢你。”

“非常好。我真高兴。现在，”他说道，“恕我冒昧，在我们离开之前，我还必须去了解其他一些细节。我很快就会回来。”他随意地冲我点了点头，然后就朝门走去。除了我、健二和亚当外，其他人都离开了房间。

现在我的注意力转为想知道这两个人在做什么，我的嘴巴张开，有无数的话还未说出口。

健二正在穿一件外套。

某种和我的外套一点儿也不像的连体衣。他从头到脚都是黑色的，他黑玉般的头发和眼睛与他合体的服装非常相配。这外套似乎是合成的，几乎就像塑料；在荧光灯的照耀下闪闪发光，看上去很硬，穿着好像无法动弹。但随后，我就看到他伸展着胳膊并以前脚掌为支点来回转动着脚掌，他的那件外套突然间就仿佛变成了流状体，随着他的动作而动。他穿着靴子，但是没有戴手套；他也戴了一个枪套，和我一样。但是，他的枪套有所不同：那枪套很简单，上面悬挂着他的武器，就像一个背包带。

然后是亚当。

亚当真是光彩夺目，他穿着一件长袖T恤，深蓝色，紧紧地贴着他的胸膛。我情不自禁地仔细打量他的上上下下，情不自禁地想起被他抱着，在他的怀里是什么情形。他就站在我的面前，我想念他就好像我已经有数年没见过他一般。他黑色工装裤的裤脚塞在他那双黑色的靴子里，我在精神病院里第一次见到他时，他穿的就是这双靴子。靴子是中帮的，皮质光滑，非常适合他，给人感觉它们就是为他量身定做的。但是，他身上没有带武器。

我非常好奇地想问一问。

"亚当？"

他抬起头，怔住了。眨眼，挑眉，唇张着。他的眼睛上上下下打量着我，研究着我身上的枪套，紧贴着我腰部的手枪。

他一言不发。只是盯着我良久，最后终于掉转视线，看上去就好像没有呼吸一样，就好像被人一拳打在了腹部。他一只手插进了头发里，手后掌用力压在前额上，说了句什么马上回来。然后离开了房间。

我觉得难受。

健二清了清喉咙，很大声，摇了摇头，说道："哇哦。我的意思是，真的，你想杀了这家伙吗？"

"什么？"

健二看着我就像在看一个白痴："你不能就这么晃荡着，无声地叫嚣着'噢，亚当，看看我，看看我穿着这件新外套多性感'，然后挑逗般地眨着你的睫毛——"

"挑逗般地眨着我的睫毛？"我杵在他面前，"你在说什么呢？我没有冲着他眨我的睫毛！这身衣服就是我每天穿的同一件衣服——"

健二咕哝了一声，耸耸肩，说道：“好吧，是的，它看起来有些不同了。”

“你疯了。”

“我只是说，”他说道，手举起来，做投降状，“如果我是他，你是我的女孩，然后你四处晃悠，看起来就像，那样，然后我还不能碰你？”他掉转了视线，再次耸耸肩，说道，“我只是说，我不嫉妒那个可怜的小子。”

“我不知道怎么办，”我低语道，“我在努力不伤害他——”

“噢，天啊。忘了我说的话吧，”他说道，朝空中挥了挥手，“真的。这不关我的事儿。”他扫了我一眼，“别以为我这是在邀请你现在跟我聊你的私密感情。”

我眯着眼盯着他：“我没打算跟你聊我的感情。”

“好极了。因为我也不想知道。”

“你交过女朋友吗，健二？”

“什么？”他看起来就像被侮辱了，“我看起来像那种从没交过女朋友的人吗？你以前见过我？”

我翻了个白眼：“忘了我的问题吧。”

“我真不敢相信你竟会那样说。”

“你才是那个总是在无休止地说不想讨论你的感情的人。”我哧声说道。

“不对，”他说道，“我说的是我不想讨论你的感情。”他指着我，“关于讨论我自己的感情，我一点儿问题也没有。”

“所以你想讨论你的感情了？”

“见鬼的不。”

“扯——”

“不。”

“好吧。”我看向别处，拉了拉我身上的带子，“你的外套是怎么回事儿？”我向他问道。

“什么你的外套是怎么回事儿？”他皱眉，他的手在自己的外套上从上至下比画了一下，“这衣服不值钱。”

我克制自己发笑：“我只是说，为什么你要穿着这么一件外套？为什么你有而亚当没有？”

他耸耸肩道：“亚当不需要。没几个人要——这完全取决于我们有哪种天赋。对我来说，这外套让我的生活他妈的更轻松些。我不经常用，但当我需要执行重大任务时，它真的有用。比如，当我需要融进某个背景里时，”他解释道，“如果我转换成某一种单一颜色的话，事情就不会那么复杂——因此，黑色——如果我身上有太多的涂层，太多其他色调，我就不得不花费更多的精力确保我融进了所有细微之处。如果我只是完整的一块，只有一种颜色，我就是一个相当不错的变色龙了。此外，”他一边补充，一边伸展着他的胳膊，炫耀着他的肌肉，“我穿着这套衣服，看起来真他妈的性感。”

我要用尽我所有的自制力才能不让自己大笑起来。

“这样啊，但是亚当怎么办？”我向他问道，“亚当不需要一件什么外套或手枪之类的？这好像不行啊。”

“我有枪，”亚当边走回房间边说道，他的眼睛盯着自己的拳头，他的手正一张一收着，“你只是看不到而已。”

我忍不住看着他，忍不住打量。

“隐形枪，呃？”健二傻呵呵地笑着，“酷啊。我想我从未通过那个阶段。”

亚当看了健二一眼：“我现在有九种不同的武器隐藏在我的身体里。你想挑一样出来，让我打你的脸吗？或者我来挑？”

“开个玩笑而已，肯特。妈的，我是在开玩笑——”

“好了，各位。”

我们全都朝着卡斯特的声音望去。

他审视着我们三个：“你们准备好了？”

我说："是的。"

亚当点点头。

健二说："让我们开干吧！"

卡斯特说："跟我来。"

三十一

现在是上午十点三十二分。

距离与最高司令官约定的会晤时间还有一个小时二十八分钟。

计划是这样的：

卡斯特和欧米迦之角里的所有能人事先就位。他们半小时前就出发了。他们藏在指定会晤地点附近的一个废弃建筑里。一旦卡斯特发出信号，他们就会发动攻击——卡斯特只有在感觉到我们面临危险时，才会发出信号。

亚当、健二和我步行前往。

健二和亚当非常熟悉非管制区，因为他们当过兵，根据规定，他们必须知道哪个地方是禁止进入的。任何人都不得擅自进入我们过去生活的地盘。陌生的小巷和小街、老旧的餐馆、办公大楼都是禁止入内的地方。

健二说我们的会晤地点是仍旧在用的为数不多的几个郊区住宅地之一，他说他很熟悉那里。显然，作为一名士兵，他曾到这个地方出过好几次公差。每一次，都被要求将一个没有任何标记的包裹放到一个邮箱里。他的上司从未解释过那个包裹是什么，他也没有蠢到去问。

他说，这些旧房子甚至还在发挥功用，这很奇怪，尤其是在重建院严格确保所有百姓绝不会试图回来的情况下。事实上，大部分居民区一旦被接管后，就被立即拆毁了。所以，还能找到未被拆毁的居民区是一件非常非常奇怪的事儿。但是，这里就是便条上写的地方：

西卡莫尔 1542 号

我们将在曾经是某个人的家的房子里，与最高司令官会晤。

“你觉得我们应该怎么做？按门铃？”健二领着我们走向欧米迦之角

的出口。在隧道昏暗的光线下，我直视前方，试图不去想我胃里的不停发出嗒嗒声的啄木鸟。“你觉得呢？”健二再次问道，“会不会太过了？也许我们只要敲门就好了？”

我想笑，但没有笑出来。

亚当一言不发。

“好吧，好吧，”健二说道，转为一副严肃的样子，“一旦我们到了那儿，你们知道该怎么做的。我们联手。我计划把我们三个人融合。你们俩一人站我一边。明白了？”

我点点头，同时努力不去看亚当一眼。

这将是他以及他的能力接受的第一次检验；一旦他与健二连接上，他就必须能够关掉他的天赋。如果他做不到，健二的“投射”在亚当身上就会失效，亚当就会暴露。就会面临危险。

“肯特，”健二说道，“你知道危险的，对吧？如果你不能关掉你的能力的话？”

亚当点点头。他的脸坚定无畏。他说他每天都在训练，与卡斯特合作控制自己的能力。他说他没事儿。

当他说这些的时候，他看着我。

我的情绪就像是在跳飞机。

当健二提醒我们跟着他上一个梯子的时候，我甚至没有注意到我们已经接近地面了。我边爬梯子边思考，一遍又一遍地在脑子里重温今天凌晨订下的战略计划。

到那儿是计划中很简单的一部分。

进去以后才要保持机警。

我们应当假装我们在交换人质——我们的人质应该是与最高司令官在一起的，而我应当监督他们被释放。这应当是一场交换。

用我交换他们。

但是，事实是，我们完全不知道实际上会发生什么。比如，我们不知道谁将应门。我们不知道，是否会有人应门。我们甚至不知道是否真的就在那栋房子里面会晤，还是我们会在房子外面见面。我们也不知道，他们看到亚当和健二以及我们身上的武器后会有何反应。

我们不知道，他们是否会立刻开枪射击。

这一部分内容令我害怕。我不担心我自己，我更担心的是亚当和健二。他们是这个计划中的转机。他们是制造出其不意的人。他们就是制造意外的要素——在目前情况下，他们要么能够给我们制造唯一的有利时机，要么在被发现的那一瞬间死翘翘。我开始觉得这真是个非常糟糕的主意。

我开始质疑自己是否错了。也许我没有能力处理这件事儿。

但是，现在转身已经太晚了。

三十二

“在这儿等着。”

健二一边把头朝出口外探了探，一边叫我们把身体趴低。他已经从我们的视线中消失，他的身体已经融入背景中了。一旦我们可以露出地面，他会让我们知道。

亚当和我在等待的过程中，完全就是沉默的化身。

我是因为太紧张而无法说话。

太紧张而无法思考。

我能做到我们能做到我们没有选择只能这么做，这些就是我一直在不停地对自己说的话。

“出发。”我听到健二的声音从我们的头顶上传来。亚当和我尾随他上了最后一段梯子。我们是从欧米迦之角的一个备用出口出来的——据卡斯特说，这个出口只有七个人知道。我们必须尽可能地保持必要的小心谨慎。

亚当和我上到地面以后就检查我们的身体，我立即觉得冷，健二的手环到了我的腰上。冷冷冷。冷风刺骨，就像有一千把小刀在切割着我们的皮肤。我低头看着我的脚，却什么也没看见，只勉强觉得有一丝微光，那应该是我的靴子散发出来的一点儿光亮。我把手掌放在眼前晃了晃。

什么也没有

我环顾四周。

没有亚当，没有健二，只能感觉到他那看不见的手现在正放在我的一小部分背上。

它发挥作用了。亚当让它发挥作用了。我是如此如释重负，激动得想唱歌。

“你们两个家伙能听到我说话吗？”我低语道，非常高兴现在没有人能看到我微笑。

“能。”

“可以，我就在这儿。”亚当说道。

“干得不错，肯特，”健二对他说道，“我知道这对你来说不是件容易的事儿。”

“没事儿，”亚当说道，“我没事儿。让我们出发吧。”

“好的。”

我们就像一条人链。

健二在我和亚当中间，我们彼此相连，手拉着手，健二引导着我们穿过这片被遗弃的区域。我不知道我们在哪儿，我开始意识到这种经历对我来说很难得。这个世界对我来说仍旧十分陌生，仍旧新鲜。我一生中的大部分时间都被隔离，同时这个星球也分崩离析，没有给我任何帮助。

我们走得越远，就越接近主干道，越接近那个距离这儿不到一英里远的大院。我能看到它的矩形钢铁架构。

健二突然停下来。

什么也没说。

“我们为什么不走了？”我问道。

健二嘘了一声，让我别说话：“你没听到吗？”

“什么？”

亚当抽了口气：“见鬼。有人来了。”

“一辆坦克。”健二明确说道。

“不只一辆。”亚当补充道。

“那我们为什么还站在这里——”

“等着，朱丽叶，等一会儿——”

然后，我看到了。一列坦克沿着主干道而来。我数了一下，一共有六辆。

一串咒骂从健二的口中溜出来。

“怎么了？”我问道，“什么问题？”

“华纳以前警示我们在同一条路线上一次出动两辆以上坦克巡逻，只有一个原因。”亚当对我说道。

“什么——”

“他们准备打仗。”

我倒抽口气。

“他知道，”健二说道，“他妈的！他当然知道。卡斯特是对的。他知道我们会带后援。见鬼。”

“几点了，健二？”

“我们大约还有四十五分钟。”

“那我们快走，”我对他说道，“我们没有时间去担心后面会发生什么事。卡斯特准备——他预计到了这类事情。我们会没事的。但是，如果我们不及时抵达那个房子，温斯顿和布伦丹以及其他人今晚都会死。”

“我们今天可能也会死。”他指出。

“对，”我说道，“没错。”

我们现在快速穿过街道，飞奔着穿过一小块空地，向看似居民区的地方前进。当我看到它时，一股熟悉的刺痛感穿过全身。小小的房子加上一个小小的院子，里面什么也没有，只有遍地的杂草在风中凋零。枯草在我们脚下发出声响，冰冷且了无生机。我们数着房子。

西卡莫尔 1542 号

就是这栋房子了。不可能错过。

这是整条街上唯一看上去还在用的房子。墙上的漆是新的，很干净，有一个漂亮的遮阳棚，颜色是知更鸟鸟蛋的蓝色。几个小台阶延伸到前面的门廊里，我注意到那里有两张白色的柳条摇椅和一大片植物，开满了我以前从未见过的湛蓝色的花。我看到一块橡胶质地的地垫。木头横梁上挂着一个风铃，角落里放着几个陶罐和一把铲子。这里的每一样东西每一样东西我们再也无法拥有。

有人住在这儿。

这是不可能的。

我拉着健二和亚当朝那栋屋子走去，压制着心里的激动，几乎忘了我们再也不准居住在这个老式的、美丽的世界里。

有人在后面猛拉着我。

“这不是那栋房子，”健二对我们说道，“这条街不对。妈的。这条街不是——我们应该再走两条街——”

“但是这房子——它——我的意思是，健二，有人住在这儿——”

“没人住在这儿，”他说道，“可能有人在这儿设了陷阱，为了把我们炸飞——事实上，我打赌这房子里埋了 C4 炸药。它可能就是一个陷阱，用来诱捕那些对非管制区好奇的人。现在，过来——”他再次猛拉我的手，“——我们得赶快了。我们还有七分钟！”

即使我们在朝前跑，我仍旧不停地回头看，希望能看到生命的迹象，等着看到有人出来查看邮箱，等着一只鸟儿飞过。

也许是我的幻觉。

也许我精神错乱了。

但是，我想发誓我刚刚看到楼上的窗帘在飘动。

三十三

九十秒。

真正的西卡莫尔 1542 号如我原先想象的一样破旧。这里脏乱不堪，屋顶因为年久失修而发出吱嘎声。亚当、健二和我站在角落里，远在视线之外，不过从技术上讲，我们仍是隐形的。这儿一个人也没有，整个房子看上去是废弃的。我开始好奇这一切是否纯粹就是一个精心制作的笑话。

七十五秒。

"你们两个照旧隐藏，"我对健二和亚当说道，灵感突如其来，"我想让他以为我是一个人。如果有什么不对劲儿，你们就闯进来，好吗？你们出现风险更大，会立马把事情搞砸。"

他们俩都沉默了一会儿。

"妈的。这是个好主意，"健二说道，"我应该想到的。"

我忍不住咧嘴笑了，只有一点点："我现在要进去了。"

"嗨——祝你好运，"健二说道，他的声音出奇的温柔，"我们就在你后面。"

"朱丽叶——"

亚当的声音让我踌躇。

他几乎就要开口说什么了，但随后看起来又改变了想法。他清了清喉咙，低语道："你保证你会小心。"

"我保证。"我对着风说道，努力压制自己的情绪。不是现在。我现在无法应付这种情感。我必须集中精神。

所以，我深呼吸。

迈步向前。

出发。

十秒，我努力呼吸。

九秒

我努力表现得勇敢。

八秒

但真相是我吓得要死。

七秒

我完全不清楚那扇门背后有什么在等着我。

六秒

我非常肯定我将心脏病发作。

五秒

但是我现在无法转身了。

四秒

因为那里有

三秒

一扇门在我面前。

二秒

我所要做的就是敲门。

一秒

但是门突然先打开了。

“噢，好极了，”他对我说道，“你按时到了。”

三十四

“这令人振奋，真的，”他说道，“看到年轻人仍旧看重守时之类的事情，真是令人振奋啊。当人们浪费我的时间的时候，真令我沮丧。”

我的脑海里充斥着丢失的纽扣、玻璃杯的碎片和破烂的铅笔头。我慢慢地，缓缓地点点头，眨着眼睛，就好像白痴一样，无法在我的嘴巴里找到只言片语，因为它们迷路了，或者因为它们从来就没有存在过，或者只是因为我根本不知道该说什么。

我不知道我刚才在期待着什么。

我以为他应该很老了，弯腰驼背，有点儿瞎。也许他一只眼睛上戴着眼罩，不得不拄着一根拐杖走路。也许他应该牙齿腐烂，皮肤粗糙，头发稀疏，也许他就应该是个半人半马的怪物，一头独角兽，一个戴着尖角帽的老巫师，也许是其他任何样子，但绝对不会是现在这个样子。因为这不可能。这太反常了。这对我来说很难理解,无论我之前期待过什么,我完全错了，彻头彻尾地错了。

我盯着这个绝对帅得让人透不过气来的人。

他是一个人。

他至少有四十五岁了，高大，强壮，外套非常合体，非常完美。他的头发很厚，他的下巴很有棱角，他的脸部线条非常对称，他的颧骨因为生活和年龄而显得坚毅无比。但是他的眼睛又使得他的气质变得不同。他的眼睛是我见过的最让人惊艳的眼睛。

它们几乎就是海蓝色的宝石。

他对我展现出一个不可思议的微笑，说道：“请进。”

就在这一刻，我突然清醒过来，因为每一件事突然有了意义。他的外表，他的身形，他温和而优雅的举止，他的轻松姿态让我差点忘了他是一个恶棍——这个男人。

这是华纳的父亲。

我走进那间看起来是客厅的屋子。有一组破旧的长沙发围绕着一张小小的咖啡桌。墙纸是黄色的，因为时间太久而有些脱落。这个房子充斥着一股浓浓的陌生的霉味，这说明那几扇有裂缝的窗户已经有多年没有打开过了。我脚下的地毯是森林绿，墙壁用了一些劣质的木板做装饰，这种装饰我压根儿欣赏不了。这栋房子，一言以蔽之，真是不咋样。在一栋内部装修如此糟糕的屋子里发现这样一个容貌如此出众的男人，真是荒谬可笑。

"噢，等等，"他说道，"就一件事儿。"

"什——"

他一手卡住我的喉咙，把我按在墙上，他的手非常谨慎地戴了一双皮手套，他已经准备好了碰触我的皮肤，切断我的氧气，让我窒息而亡，我非常确定我要死了，我非常确定这就是死亡的感觉，完全不能动弹，从脖子往下都没有一丝力气。我试图抓他，用我最后的力气踢他的身体，直到我不得不放弃，屈服于我自己的愚蠢，我最后的想法就是责骂自己，因为我表现得像个白痴，因为我想到我本来可以走进来，并做些什么的，直到我意识到他已经卸下了我的枪套，偷走了我的枪，并把它们放到了他自己口袋里。

他放开了我。

我瘫在地板上。

他叫我坐下来。

我摇摇头，用力咳嗽着以舒缓我肺部的痛苦，呼哧呼哧地吸入肮脏发霉的空气，重重地喘息着，我的整个身体因为疼痛而痉挛。我到这屋子里面还不到两分钟，他就已经击败了我。我必须搞清楚如何行事，如何活着解决这件事儿。现在不是退缩的时候。

我闭了闭眼睛。试图让我的气管畅通，试图找到我的脑袋。当我最终抬起头来，我看到他已经坐在了其中一张椅子上，盯着我，就好像非常开心。

我几乎无法说话："人质在哪儿？"

"他们很好。"这个我还不知道名字的男人冷漠地朝空中挥了挥手，"他们会很好的。你确定你不想坐下来？"

"什么——"我试图清清我的嗓子，随即就觉得懊悔，我强迫自己把眼睛里的那暴露我心理的眼泪憋回去，"你想从我这儿得到什么？"

他坐在椅子上，朝前倾，双手交握："你知道，我现在也不完全肯定了。"

"什么？"

"哈，你当然已经明白所有这一切了"他冲着我点了点头，然后朝四周晃了晃头，"这只是个转移注意力的策略，对吧？"他又展现一个不可思议的笑容，"显然你已经意识到我的最终目标是引诱你的人到我的地盘上来。我的人已经在待命了，就等我一句话了。就等我一句话，他们就会找出并消灭你的那些正在这半英里范围内耐心等待的小朋友们。"

恐惧在向我打招呼。

他哈哈大笑了一会儿。"如果你以为我一点儿也不知道我自己的地盘上正在发生什么事儿，年轻的女士，你就大错特错了，"他晃了晃他的头，"我已经让这些怪胎在我们中间自由自在地活得太久了，这是我的错。他们给我制造了太多麻烦，现在是时候消灭他们了。"

"我就是那怪胎之一，"我对他说道，试图控制我嗓音里的颤抖，"如果你杀掉我们所有人，你又为什么要把我带到这里来？为什么是我？你不必把我单独挑出来。"

"你说得没错。"他点点头，站起来，双手插进他的口袋里，"我来这里有一个目的：清理我儿子制造的麻烦，最终解决掉你们这群白痴怪胎，将你们这帮幼稚的人从这可怜的世界上消除掉。但随后，"他笑了一会儿，接着说道，"就在我开始起草我的计划的时候，我儿子过来找我，恳求我不要杀你。就只有你。"他停下来，抬起头，"他实际上是在乞求我不要杀你。"他再次大笑，"这真是让人又同情，又吃惊。"

“于是，我知道我必须见见你，”他说道，微笑着，看着我就像我娱乐了他，“我必须见见这个耍心机迷惑了我儿子的女孩！我这样对自己说道。这个女孩想方设法地让他失去了他的骄傲——他的尊严——他久久地乞求我帮忙。”他停顿了一下，“你知道吗？我的儿子从未乞求过我帮忙。”他点了点头，等着我的回答。

我摇摇头。

“从没有，”他吸了口气，“从没有过，在他十九年的生命里，他从来没有向我要过什么。真难以置信，是不是？”他的笑容更大了，灿烂夺目，“当然，我非常肯定，我将他培养得很好。我教会他完全自立，沉着冷静，不受需求的支配——需求让大部分人折腰。所以，听到他的嘴巴里吐出这些可耻的、乞求的话来，”他摇了摇头，“很自然的，引发了我的关注。我必须亲自见见你。我必须了解他看到了什么，你到底有什么特别的，这种特别可能会导致一个人的判断出现重大疏忽。不过，坦白地讲，”他说，“我真的以为你不会出现。”他的一只手从口袋里拿了出来，当他讲话的时候，这只手就跟着做着手势，“我的意思是，我当然希望你会来。但是我以为你如果来了，你至少会有支援——某种形式的后援。但是，你来了这儿，戴着这个氨纶材质的怪玩意儿——”他大笑着，“而且你一个人来。”他研究着我，“非常愚蠢，”他说道，“但是很勇敢。我喜欢这样。我赞美勇敢。不管怎样，我把你带到这儿来，是为了给我儿子上一课。我非常非常想杀了你。”他说道，在房间里缓慢而坚定地踱着步子，“而我倾向于在他能看到的地方这样做。战争是肮脏的，”他补充道，挥了挥手，“抹掉一个人被杀的痕迹很容易，他们是怎么死的，谁杀了谁，等等，这些都很容易掩盖掉。我希望这次死亡干净利落，就如死亡本身传递的信息那么明了。毕竟，这种情感依恋对他不好。作为他的父亲，我有责任结束这类胡闹行为。”

我的舌头下就好像有个犹如我拳头大小的石头，我没有办法把它吐出来。我觉得不舒服，非常不舒服，那种难受直抵我的胃。这个男人恶劣的程度超出我的想象。

我艰难地呼出一口气，我以为自己说话的声音非常大，但实际上却很小："那你为什么不干脆杀了我得了？"

他有些踌躇，然后说道："我不知道。我之前没想到你会如此可爱。我恐怕我的儿子从来没有跟我提过你是如此漂亮。杀死这样一个美丽的东西，总是很难的。"他叹息道，"更何况，你让我吃惊。你按时抵达了。一个人。你真的愿意牺牲你自己来营救那些愚蠢到自投罗网的无用生物。"

他吸了口气："也许我们可以留着你。如果你不能证明你自己有用，你至少可以证明你可以带来愉悦。"他歪了歪头，作深思状，"即使我们留下你，我恐怕你也不得不和我一道回议会区，因为我再也不信任我的儿子会做什么事儿了。我已经给了他太多机会了。"

"谢谢你的提议，"我对他说道，努力想忽视在我血液里游走的蛇，沿着颈脖滴下来的糖浆，"但是我真的宁愿跳崖。"

他的大笑声就好像一百个铃铛在响，欢快，生机勃勃，很有感染力。"噢，我的天。"他笑着，灿烂、温暖，绝对真诚。他摇摇头，扬声朝着另外一个房间——也许是厨房，我不敢确定——喊了一声，并说道："儿子，请到这儿来。"

我所能想到的一切就是：当有人将打火机油浇在你的头发里，并在你脸上燃起一根火柴时，你或者奄奄一息，或者快要爆炸，或者在六英尺之下[①]，急切地搜寻着一扇窗户。

我觉得我的骨头在燃烧。

华纳在这里。

---

① 英语国家中死人通常被埋在地下六英尺的深度，因此，六英尺之下就是被埋葬的意思。——译者注

三十五

他出现在一个走道里，那里直通我现在站的地方，他看起来和我记忆中的完全一样。金黄色的头发，完美的肌肤，祖母绿一样颜色的眼眸闪着耀眼的光芒。他有一张非常英俊的脸庞，我现在知道这张脸庞遗传自他的父亲。那是张让人再也没有信仰的脸；它的线条和棱角非常匀称，完美得几乎令人讨厌。任何人都不应该想要这样一张脸。这是一张注定会惹麻烦和危险的脸，因为这是补偿从其他轻信的无辜者那里偷来超额量的方式。

它太过了。

它太夸张了。

它吓到了我。

黑色、绿色和金色似乎就是他全部的颜色。他那身墨黑的外套完美地贴合他的身材，与他里面白色的衬衣相映衬，系在喉结下的简单的黑色领带让他的装扮添了不少分。他笔直地站着，高大挺直。对其他任何人来说，他都令人印象深刻，即使他的右胳膊现在还吊着绷带。他是那种从小就被教育要做男子汉的男孩，他从小就被要求不要在生活预期中有童年的概念。他的唇不可以微笑，他的前额不能因为悲伤而紧蹙。他被教导要掩饰自己的情绪，不能让外界知道他的想法，不能相信任何人任何事儿。要不择手段地夺取他想要的东西。我非常清楚地看到这一切。

但是我觉得他看起来不同了。

他盯着我，没有任何敌意，这让人心慌。他的凝视太浓重，他的眼睛太深邃。他的表情充满着我不想明白的东西。他那样看着我，就好像我成功了，我开枪正中他的心脏，重重地打击了他，我在他告诉我他爱我后仍把他留在那儿等死，我拒绝去想这甚至是可能的。当我感到他脸上表现出来的痛苦时，我屏住呼吸。这不是我之前预料的表情，完全在我的预料之外。

我现在看到他与以往的不同之处了。我明白了变化在哪里。

他没有费心向我隐藏他的情绪。

我的肺是个说谎者，假装它们无法扩张，只为了嘲笑我；我的手指在颤抖，挣扎着想逃出我的骨架构成的牢笼，就好像它们已经为展翅高飞等了十七年。

逃跑，这是我的手指对我说的话。

呼吸，这是我不断对自己说的话。

华纳是一个孩子。华纳也是个儿子。华纳是一个对自己的生活没有多少控制权的男孩。华纳有这样一个父亲，他教训儿子的方式就是谋杀儿子长这么大以来首次愿意乞求的东西。

华纳是一个人，这是最让我恐慌的事儿。

最高司令官没有耐心了。"坐下。"他对他儿子说道，指了指他刚刚坐的沙发。

华纳没有对我说一个字。

他目不转睛地盯着我的脸，我的身体，我腰间的枪套；他的眼睛徘徊在我的颈上，那里可能有他父亲留下的痕迹，我看到他的喉结在动，我看到他极其艰难地消化他眼前的场景，最终他突然动作迅速地步入起居室。我开始意识到，他真像他的父亲。他走路的方式，他穿衣的方式以及他极度重视个人卫生的方式。然而，我心里毫不怀疑他憎恶这个他不得不努力模仿的男人。

"现在，我想知道，"最高司令官说道，"你到底是怎样逃脱的？"他看着我，"我突然很好奇，我的儿子把事情搞得让我很难了解这些细节。"

我冲他眨了眨眼。

"告诉我，"他说道，"你当时是怎么逃脱的？"

我迷惑了："第一次还是第二次？"

"两次！你成功逃脱了两次！"他现在笑得极为狰狞，他在膝盖上重重地拍了一下，“不可思议，两次。你怎么能两次得逞？”

我纳闷他为什么要拖延时间。我不明白，在这么多人在等待着战争一触即发的时候，他为什么想谈话，我只能希望亚当、健二、卡斯特和其他每一个人没有在外面冻死。虽然我没有计划，但我确实有预感。我觉得我们的人质可能被藏在厨房里。所以，我揣摩我要拖延他一会儿。

我告诉他，我第一次是从窗子里跳出来的。第二次是开枪打了华纳。

最高司令官没有再笑：“你开枪打他？”

我瞥了一眼华纳，看到他的眼睛依旧牢牢地盯在我的脸上，他的嘴唇依旧一动不动地闭着。我完全不知道他在想什么，我突然非常好奇，我想挑衅他。

“是的，”我说道，迎向了华纳的注视，“我开枪打了他，用他的枪。”他的下巴突然绷紧，眼睛下垂，视线落到了他放在膝盖上的握得紧紧的手——他看起来就好像在努力用他自己的五指将身体里的子弹挖出来。

最高司令官一只手挠了挠头发，又捏了捏自己的下巴。我注意到他从我进了这间屋子以后，第一次显得心神不宁，我纳闷他怎么可能不知道我逃脱的方式。

我揣摩，华纳一定跟他父亲讲过他胳膊上的枪伤。

“你叫什么名字？”我不受控制地脱口而出。我不应该问这个愚蠢的问题的，但是我讨厌我一直将他称为“最高司令官”，就好像他就是某种高不可攀的东西。

华纳的父亲看着我，他的眉毛高高挑起：“我的名字？”

我点头。

“你可以叫我安德森司令，”他说道，依旧迷惑的样子，“这有什么关系？”

“安德森？可是，我以为你的姓是华纳？”我以为他会提供他的名，这样我就可以把他和那个我日益了解的华纳区分开来。

安德森深吸了一口气，厌烦地瞟了一眼他的儿子。“大错特错，”他对我说道，“我的儿子以为用他母亲的姓是个不错的主意，这就是他会做的那种蠢事儿。错误，”他说道，口气几乎是郑重宣告了，“他总是犯错误，一而再，再而三——让他的情感阻碍了他的职责——真是可悲。”他朝着华纳的方向叱声说道，“这就是我为什么非常希望让你活着的原因，亲爱的，我恐怕你是让他心烦意乱的重要因素。我不允许他保护一个试图杀死他的人。”他晃了晃他的头，“我真不敢相信我还不得不进行这场谈话。他已经证明了自己是个耻辱。”

安德森的手伸进他的口袋，掏出一支手枪，对准我的前额。

他改变了主意。

“我厌倦了总是替你擦屁股。”他冲着华纳叫着，抓住他的胳膊，把他从沙发上拉起来。他把他的儿子直接推到了我的面前，强行把手枪塞进了他没有受伤的那只手中。

“开枪打她，”他说道，“现在射她。”

三十六

华纳的眼睛牢牢地锁住我。

他看着我，眼睛里流露着不加掩饰的情感，我不确定自己是否还了解他。我不确定我是否还理解他，我不确定他打算做什么，在他的手坚定而有力地拿着一把枪直抵我脸庞的时候。

“快点，”安德森说道，“你越快搞定这事儿，你就能越快地前进。现在，把这事儿搞定——”

但是，华纳摇了摇头，转过身。

用枪指着他的父亲。

我猛然倒抽一口气。

安德森看起来恼怒无比。他一只手不耐烦地抹过他的脸，随后从口袋里掏出另一支枪——我的枪。真让人难以置信。

父亲和儿子，都在威胁着要杀掉对方。

“把枪指向正确的方向，亚伦。这真是荒谬。”

亚伦。

在这疯狂的当口，我几乎大笑。

华纳的名字是亚伦。

“我没兴趣杀她。”华纳·亚伦对他父亲说道。

“好啊。”安德森再次把枪指向我，“那我来吧。”

“开枪打她吧，”华纳说道，“而我会一枪打穿你的脑门。”

这是个死亡三角。华纳拿枪指着他的父亲，他的父亲拿着另一支枪指着我。我是唯一一个没有武器的人，我不知道该做什么。

如果我移动，我就会死。如果我不动，我也会死。

安德森笑了。

“真迷人啊。”他说道。脸上露出了轻松而慵懒的笑容，他紧握着枪的手摆出令人迷惑的休闲姿势。“是什么？她让你觉得勇敢，孩子？”他停顿了一下，“她让你觉得坚强？”

华纳一言不发。

“她是不是让你盼望自己做一个更好的人？”安德森轻声笑了一下，“她是不是让你满脑子都充满了对未来的梦想？”他发出了更凌厉的笑声。

“你失去理智了，”他说道，“对这样一个笨小孩，这样一个懦弱得都不敢保护自己的孩子，甚至在一支枪直抵她的脸的时候。这是一个，”他用枪朝我的方向用力指了指，“让你陷入痴恋的傻妞。”他短促地吐出一口气，“我不明白我怎么还会惊讶。”

华纳的呼吸里首次出现了一丝紧绷。他握住枪的手也同样如此。这些是华纳多多少少被他父亲的话影响的唯一迹象。

“多少次，”安德森问道，“你威胁要杀我？多少次我在半夜醒来，发现你，甚至在你还是个小男孩的时候，试图把我枪杀于睡梦中？”他摇了摇他的头，“十次？也许十五次？我不得不承认，我已经记不清多少次了。”他盯着华纳，再次微笑，“然后，有多少次，”他说道，声音比刚才更大些，“你能把它进行到底？你成功了多少次？多少次，你爆出眼泪，道歉，紧紧地抓住我，精神错乱一般——”

“闭嘴，”华纳说道，他的声音很低，很平稳，他的身形一如既往地可怕。

“你很软弱，”安德森厌恶地啐了一口唾沫，“多愁善感得让人觉得可悲。不想杀死你自己的父亲吗？很害怕会伤了你那可怜的心？”

华纳的下巴紧绷。

“开枪啊，”安德森说道，他的眼神肆意张扬，灼灼发亮，充满了戏谑。“我说开枪射我啊！”他咆哮道，这一次他的手直接朝华纳受伤的胳膊伸去，他的手指紧紧抓住华纳受伤的地方，将他的胳膊使劲儿向后扭，华纳因为疼痛发出喘息声，眼睛拼命地眨着，试图尽全力压制着不尖叫出来。他那只没有受伤的，正拿着枪的手稍稍晃了一下。

安德森放开了他的儿子。用力推了他一把，华纳踉跄着保持身体的平衡。他的脸惨白。胳膊上的绷带已经出现了血迹。

“讲得太多了，”安德森边说边摇了摇头，“讲了这么多，却永远也不足以让你坚持到底。你真让我难堪，”他对华纳说道，脸部因为露出厌恶的表情而扭曲着，“你让我恶心。”

一声尖锐的重击声音。

安德森反手一掌挥在了华纳的脸上，如此用力，华纳已经因为失血过多而不稳的身体在那一刻狠狠地晃了一下。但是，他一言不发。

他没有发出一丝声音。

他站在那儿，承受着疼痛，眼睛飞快地眨着，下巴仍旧紧绷，盯着他的父亲，面无表情；只有他脸颊、太阳穴和部分前额上红红的印记才能显示出他刚刚被扇了一耳光。他吊着的胳膊上现在有更多的血溢出绷带，他看起来已经虚弱得快站不住了。

他仍旧不发一言。

“你还想再次威胁我？”安德森厉声说道，“你还认为你可以保护你的小女朋友？你以为我会让你这愚蠢的迷恋妨碍我建立的这一切？我努力奋斗的一切？”安德森的枪没有再指着我。他已经忘了我，他只顾着把手中的枪压在华纳的前额上，来回扭动着，边说话边拿枪戳着华纳的肌肤，“我什么都没教会你吗？”他咆哮道，“你从我这儿什么也没学会——”

我不知道如何解释下面发生的事儿。

我所知道的就是我的手缠上了他的喉咙，我把他摁在墙上，一种盲目的、沸腾的、强烈的愤怒之情战胜了我的理智，我想我的大脑已经燃起熊熊大火了，已经要熔化成灰烬了。

我摁得更用力了。

他唾沫飞溅。不停地喘息。他试图攀上我的胳膊，用他无力的手抓住我的身体，他的脸色由红变紫，我对此感到愉悦。我感到非常非常愉快。

我想我在微笑。

我把脸凑到离他耳朵不足一英寸的地方，低声说道："放下枪。"

他放下了枪。

我放开了他，同时抓住了枪。

安德森在地上呼哧呼哧地喘息着，努力呼吸，费劲地想说话，想抓住什么东西来保卫自己，他的痛苦让我很开心。我在一朵无拘无束的、纯粹的、没有掺杂任何杂质的憎恶的云朵上自由飘浮着，这云朵源于对他这个人，他的所作所为的憎恶，我想坐下来放声大笑，直到眼泪噎得我无法放声，只能沉默。我现在很清楚了。非常清楚。

"朱丽叶——"

"华纳，"我说道，非常温柔，眼睛始终盯着跌倒在我面前的安德森，"我要你现在暂时不要干涉我。"

我掂了掂手中的枪，将我的手指放在扳机上试了试。努力回忆健二教我的瞄准的方法。他教导我要保持手和胳膊的平稳。当心后坐力——这是枪击的反冲力。

我歪了歪头。仔细扫了一眼他身体各个部位。

"你，"安德森最后费劲地喘息道，"你——"

我朝他的腿开了一枪。

他尖叫。我觉得他是在尖叫。我实际上再也听不到其他任何声音了。我的耳朵里仿佛塞满了棉花，好像有人在试图和我说话，有人在冲我大叫，但一切声音都听不太清，我现在的注意力过于专注于眼前发生的所有恼人的事儿。我只知道我手中的这把枪引发了巨大的回响。我所能听到的就只有穿透我大脑的回音。我决定，我要再开一次枪。

我朝他的另一只腿又开了一枪。

尖叫声太多了。

他眼睛里透露出的恐惧娱乐了我。鲜血毁掉了他昂贵的外套。我想告诉他，他嘴巴大张的样子让他看起来没那么吸引人了，但随后，我想到他可能根本不在乎我的看法。对他来说，我不过就是个傻妞。就是个傻妞。一个有着漂亮脸蛋，却过于懦弱的笨小孩，他说，懦弱得都不敢保护她自己。噢，还有，他不会留下我。他不会把我留下当他的小宠物。我意识到“不”。我不应费心地与他交流我的想法。没道理为一个快要死的人浪费言语。

我拿枪指着他的胸口。努力回忆心脏在哪里。

不是很左。也不完全在中心。

就在——那儿。

完全正确。

三十七

我是一个小偷。

我从一个医生那里，趁他不注意的时候，从他的一件白大褂里偷了这个笔记本和这支笔，我迅速把它们塞进我的裤子口袋里。就在他命令那些人进来抓我之前。那些穿着奇怪衣服、戴着厚厚的手套和防毒面具的人，他们的眼睛藏在雾气蒙蒙的塑料视窗后面。他们是外星人，我当时还记得思考。我想他们一定是外星人，因为他们不可能是人类，他们把我的手拷在背后，他们把我捆在我的座位上。他们毫无理由地一遍又一遍地往我皮肤上发射电击枪，只为了让我尖叫，但我没有。我啜泣着，但没有说一个字。我觉得眼泪流下我的脸庞，但我没有哭。

我想这让他们生气。

当我们抵达目的地时，他们甩手把我扇醒，即使我眼睛当时是睁着的。有人给我松了绑，但没有撤掉我的手铐，踢了我的两个膝盖骨，然后才命令我站起来。我努力了。我努力了，但我没有办法，最后有六只手把我推出门，我脸上的血流到了水泥地上。我真的记不起来他们把我拖到了里面的什么地方。

我总是觉得冷。

我觉得空洞，就好像我的身体里什么也没有，只有这破碎的心脏，它是这副躯壳里唯一的器官。我觉得我的躯壳里回响着颤抖的哭诉声，我觉得骨骼里环绕着巨大的回声。我有一颗心脏，科学这样说道。但是我是一个魔鬼，社会这样说道。我知道。我当然知道。我知道我做了什么。我不会乞求同情。

但有时，我想——有时，我纳闷——如果我是一个魔鬼——一定是的，那我现在会感觉到吗？

我能感觉生气，感觉邪恶，感觉报复心理。我知道盲目的愤怒之情，知道嗜血的感觉以及希望澄清的渴求。

事实上，我觉得我的内心有一个无底洞，它又深又黑，让我无法看清里面；我无法看清里面有什么。我不知道我是什么或什么事儿会发生在我身上。

我不知道我还会做什么。

三十八

一声爆炸。

玻璃碎裂的声音。

就在我扣扳机的时候，有人猛然将我向后拉，子弹击中了安德森头后面的窗户。

我转过身。

健二正在拉着我，摇着我，力量大得我觉得自己的头在前后来回地晃荡，他冲着我尖叫，告诉我，我们必须走，告诉我必须放下枪，他的呼吸很重，他在说："我要你离开，好吗？朱丽叶？你听明白我说的话了吗？我要你现在后退。你会好的——你会好起来的——你会没事儿的，你只需要——"

"不，健二——"我试图阻止他把我拉开，试图保持我的双脚不离开原位，因为他不明白。他必须明白。"我必须杀了他。我必须肯定他死了，"我对他说道，"我只需要你再给我一点点时间——"

"不，"他说道，"还不行，不是现在，"他看着我，就好像他的勇气快要丧失了，就好像他在我脸上看到他永远也不希望看到的东西；然后，他说："我们不能。我们还不能杀他。太快了，好吗？"

但是，这不好，我不明白发生什么事儿了，但是健二的手正伸向我的手，他撬开我紧紧握枪的手，我都没有意识到我握枪握得如此之紧。我眨着眼。我觉得困惑，失望。我低头看着我的手。好一会儿，我都无法明白血是从哪儿来的。

我瞟了一眼安德森。

他的眼睛闭着。健二在检查他的脉搏。然后他看着我，说道："我想他晕过去了。”我的身体开始剧烈地颤抖，几乎无法站住。

我做了什么。

我后退，需要找一面墙靠着，需要有一个固体支撑住我，健二抓住了我，他用一只胳膊紧紧地抱住了我，另一只手轻轻捧着我的头，我觉得我想哭，但出于某种原因，我不能。我无法做任何事儿，只能忍受我整个身体的剧烈颤抖。

“我们必须走。”健二对我说道，一只手温柔地抚摸着我的头发，我知道这对他来说是很罕见的。我闭上眼睛，靠在他的肩膀上，想从他的温暖中汲取力量。“你好些了吗？”他向我问道，“我要你和我一起走，好吗？我们还必须跑起来。”

“华纳，”我喘息道，挣脱健二的怀抱，眼神狂乱，“他在哪——”

他昏迷了。

倒在地板上。胳膊被绑在背后，旁边的地毯上扔着一个空针管。

“我照看华纳。”健二说道。

突然，一切事情同时朝我扑面而来。我们在这儿的理由，我们应首先完成什么事情，我已经做了什么，我当时应该做什么。“健二，”我喘息着说道，“健二，亚当在哪儿？发生什么事儿了？人质在哪儿？其他人都好吧？”

“亚当很好，”他向我保证，“我们溜进了后门，找到了伊安和埃默里。”他向前看着厨房区域，“他们情况很糟糕，但是亚当把他们拖了出去，努力把他们弄醒了。”

“其他人呢？布伦丹？温斯顿？”

健二摇了摇头：“我不知道。但是我有种感觉，我们能把他们带回去。”

“怎么带？”

健二冲着华纳点了点头：“我们打算拿这个孩子做人质。”

“什么？”

“这是我们最好的赌注，”他对我说道，“另一笔交易。这一次，是真的交易。再说，会没事儿的。你拿走了他的枪，这个金发男孩没有伤害性。”他朝着华纳一动不动的身体走去，用他的鞋尖碰了碰华纳，然后把他拖起来，扛到了肩上。我不禁注意到华纳受伤的胳膊现在完全被血浸透了。

“快点，”健二对我说道，声音一点儿也不亲切，眼睛在评估着我的身体，就好像他不确定我是否稳定。“让我们离开这儿——这外面都疯了，我们没有多少时间了，要赶在他们冲进这街道之前离开——”

“什么？”我快速地眨着眼，“你什么意思——”

健二看着我，整个身体都写着难以置信：“战争，大小姐。他们在外面死战呢。”

“但是安德森没有发出号令——他说他们在等他发出号令——”

“他是没有，”健二说道。“安德森没有发出号令。卡斯特发出了号令。”

噢。

天啊。

“朱丽叶！”

亚当冲进屋里，慌乱地四处找我，直到我朝他跑去，他想也不想地一把抱住我，压根没有想到我们再也没有这样做过，我们不再在一起了，他根本不应该碰我。“你没事儿——你没事儿——”

“我们走，”健二最后一次大吼着，“我知道这是温情澎湃的时刻，但我们必须离开这鬼地方。我发誓，肯特——”

但是健二停下来了。

他的眼睛垂下。

亚当跪在地上，他脸上的每一根线条都写满着害怕、痛苦、恐惧、生气和憎恶。我试图摇晃他，试图让他告诉我出什么问题了，他无法动弹。他僵在地板上，他的眼睛胶着在安德森的身体上，他的手伸向安德森不久前还梳理完美的头发，我恳求他跟我说话，他眼睛里的世界好像已经颠覆，他以为是绿色的东西好像全部变成了棕色，他以为是朝上的东西好像全部都朝下了，这个世界上好像没有什么是正确的，再也没有什么东西是美好的了。他张开嘴。

他试图说话。

“我父亲，”他说道，“这男人是我的父亲。”

三十九

“见鬼。”

健二用力闭了闭了眼，仿佛他无法相信眼前发生的事情。“见鬼见鬼见鬼。”他动了动肩膀上华纳的身体，他既像个灵异能力者，又像个士兵。他说道：“亚当，伙计，我很抱歉，但我们真的得离开这儿——”

亚当站起来，眨巴着眼睛，无数的想法、回忆、担心与臆测从我脑中穿过，我叫他的名字，但他好像没听见。他陷入了迷惑之中，失去了方向，我纳闷这个男人怎么可能是他的父亲，因为他以前告诉过我他的父亲死了。

现在不是谈这些事情的时候。

远处有什么东西爆炸了，这个房子的地面、窗户和门都重重地震了一下，亚当似乎一下子回到了现实中。他朝前跃了一步，抓住我的胳膊，我们迅速从门里挤出去。

健二领头，尽管有华纳毫无生气的身体重重地压在他的肩上，他仍努力地奔跑着，他冲着我们大吼着，要我们紧跟其后。我左顾右盼了一下，分析着我们周围的混乱局面。枪声很近很近很近。

“伊安和埃默里在哪里？”我朝亚当问道，“你把他们弄出来了？”

“我们有几个人就在这儿不远处战斗，想法子强占了一辆坦克——我让他们把那两个人运回欧米迦之角了，”他对我大声吼叫道，以便我能听清楚他说什么，“这可能是最安全的运输方式了。”

我点点头，一边喘息着飞奔过一条条街道，我努力关注我们周围的声音，努力想搞清楚谁会赢，想搞清楚我们的人数是否大量减少。我们冲到了街角。

你可以想象这是一场大屠杀。

我们只有五十人，正在与安德森的五百名士兵战斗，他们的子弹打了一轮又一轮，朝任何可能的目标狂扫。卡斯特和其他人正坚守阵地，受伤流血，却依然尽他们所能地反击。我们的一些人，无论男女，都拿着武器，朝着对方的火力猛攻；还有一些人以只有他们自己知道的方式战斗：一个人将他的手放在地上，将对方士兵脚上的土地冰冻起来，让他们的身体失衡；另一个人则以无与伦比的速度在士兵中间穿梭，快得让士兵只能看见一团模糊的东西从他们眼前晃过，然后这个人就趁着士兵迷惑之际把他们打倒，偷走他们的枪。我抬头向上看，一个女人藏在树上，以极快的速度连续投掷小刀或箭一样的东西，那些士兵们还没反应过来就被击倒在地。

而卡斯特就位于他们中间，他的手向上伸展，越过他的头顶，仅利用他的手指聚集起一股由碎木料、碎片、散落的铁片和折断的树枝构成的旋风。其他人则在他周围构筑了一道人墙，在他努力将这么一大堆东西形成一道旋风的时候保护着他。甚至连我也能看出他在做这件事的时候，正在尽全力控制这么一大团旋风。

然后，

他出手。

士兵们大吼着，尖叫着，向后奔跑着，迅速低头想寻找掩护，但是大部分人都太慢了，没能逃过旋风毁灭性的力量，他们倒下，被尖锐的玻璃、石头、木头和金属片刺穿。但是，我知道，这种防御不会持续太久。

必须有人告诉卡斯特。

必须有人告诉他撤离这里，告诉他安德森倒下了，我们已经救出了两人，华纳被我们擒住了。在士兵们反应过来并扔一个足够大的炸弹炸掉一切之前，他必须将我们所有人撤回欧米迦之角。我们的人数无法支撑太久，现在是他们撤离到安全地点的最佳时机。

我跟亚当和健二说了我的想法。

“但是，怎么做？”健二在一片混乱中吼叫道，“我们怎么到他那儿去？如果我们这样穿过去，我们就死定了！我们需要一些分散注意力的东西。”

"什么？"我吼回去。

"分散注意力！"他咆哮道。"我们需要某个东西来分散士兵的注意力，然后让我们中的一个人能摆脱他们的视线，并有足够的时间到卡斯特那里去，告诉他可以撤了——我们没有多少时间了。"

亚当已经在试图抓住我，他已经在试图阻止我，他已经在乞求我不要做他想到的、我打算做的事儿。我跟他说没事儿。我跟他说不要担心。我跟他说把其他人搞到安全的地方去，我向他保证我一切都会好的，但是他伸过手来抓住我，他用他的眼睛乞求我，我被迷惑着呆在那儿，呆在他的身边，但随后，我突然清醒过来。我终于知道我必须做什么；我终于准备好贡献我的力量；我终于有一些相信，也许这一次，我能够控制它，我必须试一试。

所以，我朝后踉跄着退了退。

我闭上眼睛。

我释放能量。

我跪下，双手压在地面上，感觉到能量在我体内奔腾，感觉它凝聚在我的血液中，夹杂着我内心的愤懑、激情与怒火。我想着我的父母每一次都喊我魔鬼，说我是一个可怕的错误；我想着自己哭泣着入睡的每一个夜晚，回忆起所有想让我死去的人，然后就有一系列影像就像放幻灯片一样在我的脑子里闪过，男人、女人、小孩、无辜的抗议者在大街上奔跑；我看到了枪炮和炸弹，大火与废墟，如此多的苦难苦难苦难，我想尖叫，我想冲着天空大声尖叫，我让自己变得坚强。我的手弯曲成拳。我朝后抡起我的胳膊。

我

撕碎

这个星球剩下的东西。

四十

我仍在这儿。

我睁开眼睛，顷刻间，我惊呆了，迷惑了，有点儿期望发现自己死了，或大脑受损了，或至少倒在地上，但是眼前的现实拒绝消失。

我脚下的世界发出轰隆轰隆、吱嘎吱嘎的声音，剧烈晃动着，我的拳头仍压在地上，我害怕放手。我仍跪在地上，抬头看向战场的两边，我看到士兵们缓缓地倒下去，我看到他们的眼睛四处张望，我看到他们脚哆嗦得无法站稳，我看见他们尖叫，呻吟；人行道现在正发出不可能会弄错的开裂声，让人无法忽视，它就像有生命一般，正伸展着自己的关节，磨着自己的牙，然后打着呵欠醒来，亲眼见证我们人类的耻辱。

大地四周环顾，有些吃惊地看着眼前这一切不公平、暴力与算计阴谋，所有这一切都源于任何人任何事也无法阻止的权力争夺；大地厌烦了弱者的鲜血，不情愿者的尖叫。大地就好像只是匆匆地瞟了一眼我们所做的一切，它只是惊讶于自己的声音听起来如此失望。

亚当在奔跑。

他快速穿过一群仍喘息着呼吸着空气、试图搞明白这地震到底怎么回事的人群，他冲向卡斯特，把他摁倒在地，他冲着周围的男男女女咆哮，他低下头，躲过一颗不知从哪里打来的子弹，他拉起卡斯特，然后我们的人开始跑。

对面的士兵彼此碰撞着，相互绊跌，就好像他们在努力比谁跑得快，我纳闷自己还能支撑多久，这一切要持续多久才够，这时，健二咆哮道："朱丽叶！"

就在我转身之际，我听到他叫我放手。

所以我照做。

风、树和飘落的枯叶好像都被吸入某个巨大的洞中，一切都静止了，有那么一会儿，我想不起来居住在一个没有分裂的世界里是什么样子的。

健二猛拽着我的胳膊，我们开始奔跑，我们是最后离开的一组，他问我是否安好，我纳闷他怎么还扛着华纳，我想健二必定比他看起来要强壮得多，我想我有时候对他太凶了，他是我在这个星球上最喜欢的人之一，我很高兴他没事儿。

我很高兴他是我的朋友。

我紧握他的手，让他领着我奔向一辆废弃在我们阵地上的坦克，突然，我意识到我没有看到亚当，我不知道他去哪里了，我发疯似的尖叫着他的名字，直到我感觉他的手环上我的腰，他的声音在我耳边响起，我们仍低身前进，找掩护，因为远处还有枪声。

我们爬进那辆坦克。

我们关上门。

我们消失了。

四十一

华纳的头枕在我的膝盖上。

他的脸在我面前呈现出我以前从未见过的安详与平和，我差点儿就伸出手抚摸他的头发，然后我突然意识到这个举动真的很尴尬。

刽子手枕在我的膝盖上。

刽子手枕在我的膝盖上。

刽子手枕在我的膝盖上。

我看向我的右边。

华纳的腿正放在亚当的膝盖上，他看上去和我一样不自在。

“抓紧，伙计们，”健二一边说着一边开着坦克驶向欧米迦之角，“我知道这诡异透顶，但是我真没有多少时间去想出一个更好的计划。”

他瞟了我们三个一眼，但没人说话。最后，我终于开口：

“我很高兴你们没事儿。”我说话的时候，就好像这几个音节已经在我的嘴里待了很长时间了，就好像它们是被人从我的嘴巴里踢出来的，直到这一刻，我才意识到我是多么担心我们三个无法活着回来，“我真的，真的很高兴你们没事儿。”

周围弥漫着很深沉、很严肃也很稳定的气息。

“你怎么样？”亚当向我问道，“你的胳膊——你还好吧？”

“没事儿。”我扭了扭我的手腕，努力不露出吃痛的表情，“我可能要用什么东西包扎一下，就一小段时间，不过，是的，我很好。我想，这手套和这金属玩意儿真的很有帮助。”我动了动手指，研究着我的手套。“一点儿也没破。”

“你可真他妈的牛，”健二对我说道，“你刚才救了我们。”

我摇摇头：“健二，关于在那个屋子里——发生的事情——我真的很抱歉，我——”

“嗨，我们现在不谈这个，好吗？”

“怎么了？”亚当问道，声音透露着一丝警觉，“发生什么事儿了？”

“没什么。”健二迅速说道。

亚当没理他。他看着我：“发生什么事儿了？你还好吗？”

“我只是——我只是——”我费劲地说道，“发生在——华纳的父——”

健二大声咒骂着。

我半张的嘴巴冻住了。

当我意识到我在说什么时，我的脸开始觉得发烫。因为，我记得就在我们冲出那屋子时，亚当说了什么。他的唇突然苍白且紧闭，他的视线转向别处，透过坦克那个小小的窗子看着外面。

“听着……”健二清了清喉咙，“我们不必现在讨论这些，成吗？事实上，我觉得我宁愿不谈这事儿了。因为这对我来说真是太他妈的诡异了——”

“我不知道这怎么可能。”亚当低语道。他的眼睛一眨一眨，现在直视着前方，一眨一眨的，一眨一眨的，一眨一眨的，“我一直在想，我一定是在做梦，”他说道，“这整件事儿只是我的幻觉。”但随后，他低下头，把头埋在手里，笑着，尖锐地大笑着，“——这是一张我永远也不会忘记的脸。”

“你以前没有——以前没有见过最高司令官？”我大胆地问道，“甚至连他的照片也没有？你在部队里也没有看到过他？”

亚当摇摇头。

健二说话了：“他整个人总是，就好像，隐形的。他有些变态地热衷于这种隐形的力量。”

“害怕未知数？”

“有点儿那意思，对，我听说他不想让他的照片到处都是——也从不发表公开演讲，因为他认为如果人们看到他的脸，他就容易受到攻击。人啊。他总是热衷于让每一个人感到恐惧。掌握最终的生杀大权。终极威胁。就好比——你怎么才能和你看不见的东西战斗？在你甚至找都找不到它们的情况下？”

“这就是为什么对他来说，到这里来是件大事儿。”我恍然大悟地说道。

“非常正确。”

“但是，你原以为你的父亲死了，”我对亚当说道，“我想，你是说过你父亲死了吧？”

“我只是想让你们知道啊，”健二打断道，“我是投票赞成我们现在不谈这个的。你们知道的。那个，我就是想让你们知道这一点啊，好了，现在不再打扰你们了。”

“我以为他死了，”亚当说道，仍旧没有看着我，“他们是这样告诉我的。”

“谁告诉你的？”健二迅速瞟了他一眼，“见鬼。好吧。好吧。好吧。我好奇嘛。”

亚当耸耸肩：“现在所有事情都拼凑起来了。所有我没明白的事儿。我和詹姆斯的生活真是一团糟。在我妈妈死后，我爸爸再也没在我们周围出现，一出现，就是醉醺醺的样子，然后就对其他人大打出手。我猜他在其他地方过着一种完全不同的生活。这就是他总是把我和詹姆斯丢下的原因。”

“但是，这说不通啊，”健二说道，“我的意思是，不是你老爸是个恶棍这件事说不通，而是，这整件事儿说不通。因为，如果你和华纳是兄弟的话，你十八岁了，华纳十九岁，安德森始终只和华纳的妈妈结过婚——”

“我父母从没有结过婚。”亚当说道，在他说出最后一字时，眼睛睁得大大的，仿佛丢失的最后几片拼图终于回归了原位。

“你是私生子？”健二有些反感地说道，“我的意思是——你知道，我不是想冒犯你——只是，我不想琢磨安德森的什么风流韵事。那真是很恶心。”

亚当看起来就像僵住了一样："真是见鬼。"他低语道。

"但是，我的意思是，怎么会有风流韵事呢？"健二说道，"我永远也搞不明白。如果你不开心，那就离开好了。干吗要出轨。对不对？"他轻声笑了笑，"我当然是对的。连白痴都知道。我是说"——他有些犹豫地说道——"我假设这是场风流韵事，"健二边说边开着坦克，透过挡风玻璃朝外看，无法看着亚当的脸。"也许这不算风流韵事。也许它不过是另一场花花公子之类的——"他发觉自己讲错了，突然住嘴，顿了顿。"该死，这就是为什么我不和别人讨论他们的情感问题——"

"那个，"亚当没什么力气地说道，"我不知道他为什么没有和她结婚，但是我知道他爱我妈妈。他一丁点儿都不在乎我们其他人，"他说道，"只在乎她。总是围着她转。每一件事儿都是关于她。他每个月在家的次数不多，而每次他在家的时候，我就被要求待在自己的房间里。我被要求保持安静。我必须敲自己的房门，得到许可后才可以出来，即使只是为了用一下卫生间。只要我妈妈让我出来，他就发脾气。除非必要，他根本不想看到我。我妈妈不得不偷偷地藏起我的晚餐，这样他就不会疯狂暴怒地说她为什么给我吃这么多东西而不给她自己留一些，"他说着摇了摇头，"詹姆斯出生后，他变得更恶劣了。"

亚当眨眨眼，就好像他要瞎了一样。

"之后，我妈妈死时，"他说道，深吸了一口气，"她死时，他做的所有事情就是谴责我要对妈妈的死负责。他总是跟我说，妈妈生病是我的错，她死了是我的错。总是说我吃得太多，而妈妈总没吃饱，她生病是因为总是忙于照顾我们，忙于给我们弄吃的，她把所有东西都给了我们……给了我和詹姆斯。"他的眉头紧蹙，"而我信他的话信了很久。我想这就是他总是离开我们的原因。我认为这是某种惩罚。我觉得自己活该如此。"

我过于震惊而无法说话。

"然后，他就……我的意思是他从未出现在我的成长过程中。"亚当说道，"他是一个浑蛋。但自我妈妈死后，他只是……失去了理智。他常常醉醺醺地过来串个门。他总是强迫我站在他面前，这样他就能用空酒瓶子扔我。而如果我退缩——如果我退缩——”

他艰难地咽了口唾沫。

“这就是他所做的一切。”亚当说道，声音现在平静了许多，“他会过来串个门，喝得醉醺醺。死命揍我。我十四岁的时候，他不再回来。”亚当低头盯着自己的手，掌心朝上。“他每个月会寄些生活费来，然后——”亚当顿了顿，“两年后，我收到了一封来自我们这个新政府的信，上面说我的父亲已经死了。我想他可能又酗酒了，然后做了什么蠢事。被车撞了，掉进水里。不管怎样，没关系。我当时很高兴他死了，但是我不得不辍学。我因为没钱了才应征入伍，我必须照顾詹姆斯，我知道我无法找到别的工作。”

亚当摇了摇头：“他什么也没有给我们留下，一个子儿也没有，甚至一块食物也没有，而现在，我坐在这里，在他的坦克里，在一场我自己的父亲参与策划的全球战争里奔波着——”他大笑着，声音里透露着空洞，“——而这星球上另一个根本一无是处的人正昏迷着躺在我的膝盖上。”亚当现在是真的在笑，大声地笑，一脸难以置信的表情，他用手抓了抓自己的头发，使劲地拽了拽他发根，直贴着他的头皮，“他是我的兄弟。与我血脉相连。”

“我的父亲过着一种我完全不知道的另外一种生活，他本应该死掉，但事实上却活着，他给了我一个兄弟，而这个人在一个酷刑室差点儿把我折磨至死——”他的手颤抖着抚过自己的脸，他的手突然下滑，突然失去控制，他的双手剧烈颤抖着，他不得不把手握成拳，努力地压在自己的前额，他说道：“他必须死。”

当他说这话时，我屏住呼吸，完完全全屏住了呼吸。

“我的父亲，”他说道，“我必须杀了他。”

四十二

我打算告诉你一个秘密。

我不后悔我做过的事儿。我一点儿也不觉得抱歉。

事实上，如果我有机会再做一次，我知道这一次我还会这么做。我冲着安德森的心脏开了一枪。

而我很享受这么做。

四十三

我甚至不知道从哪儿开始。

亚当的痛苦就像一连串子弹打在脸上，就像一把干草塞进了我的喉咙里。他没有父母，只有一个打他、虐待他、丢弃他，让他在这个世界上自生自灭的父亲，这个父亲什么也没有给他，只给他留下这样一个无所不用其极地与之对立的兄弟。

华纳的姓不再是个秘密，亚当的姓实际上也不是肯特。

亚当跟我说，肯特是他的中间名。他说他不想和他的父亲有任何联系，所以他从来没有跟别人说过他真正的姓。在这一点上，他至少和他的兄弟是相同的。

还有，他们两个人对我的碰触有某种免疫力。

亚当·安德森和亚伦·安德森。

兄弟。

我坐在自己的房间里，坐在黑暗中，费劲地想调解亚当和他的新手足之间的关系。他的这个新手足也不过是个男孩，一个憎恨自己父亲的孩子，因此也在他一生中做出了一系列令人遗憾的决定。两兄弟。两种完全不同的选择。

两种完全不同的生活。

卡斯特今天早上来了我这儿——现在所有伤员都被安排在了医疗队里，昨天的疯狂已经回归至正常状态——他走过来，对我说道："费拉斯女士，你昨天真是非常勇敢。我想向你表示感谢，谢谢你所做的一切——谢谢你表现出来的支持。如果没有你，我不知道我们当时怎么脱身。"

我笑了，努力地接下他的赞赏，就在我以为他讲完了的时候，他又开口了：“事实上，我非常感动，所以我想给交给你一项任务，你在欧米迦之角的第一份正式任务。”

我的第一份正式任务。

“你有兴趣吗？”他问道。

我说有有有，我当然有兴趣，我绝对有兴趣，我非常非常有兴趣终于有事儿做了——有任务可执行——他笑了，说道：“我非常高兴听到你这么说。因为我想不出还有谁比你更适合这个特殊的职位。”

我满脸放光。

太阳、月亮和星星都在叫着：“把那光关掉，拜托，因为你让我们看不清东西了。”而我没有听他们的，我仍旧放着光。然后我详细询问了卡斯特有关这份正式任务的细节。一个非常适合我的任务。

然后他说了。

“我想请你负责护理并问询我们的新访客。”

我停止放光。

我瞪着卡斯特。

“当然，我会监督整个过程，”卡斯特继续说道，“所以，如果有任何问题和担忧，尽管来找我。但是我们必须利用他现在在这里的机会，也就是努力让他说话。”卡斯特安静了一会儿，“他似乎对你有一种奇怪的依恋，费拉斯女士，而且——请原谅我——但是我认为这适合我们利用一下。我觉得我们现在承担不起放过任何可能的机会。他跟我们讲的任何事儿，任何有关他父亲的计划，或我们的人质可能在哪里的信息，对我们来说都是非常有价值的。我们没有很多时间，”他说道，“我恐怕我需要你立刻着手这件事儿。”

我请求大地在我面前张开它的怀抱，我说，大地啊，请张开你的怀抱吧，因为我很愿意落入岩浆，死去，张开一点点就行，但是大地没有听到我的请求，因为卡斯特仍在说话，他说：“也许你跟他谈谈会有点儿用？告诉他我们无意伤害他？说服他帮助我们找到其他人质？”

“噢，”我肯定地说道，“他被关在某个拘留室里？关在栅栏或什么的后面？”

但是卡斯特的反应是哈哈大笑，他被我突如其来的玩笑给逗乐了，他说：“别傻帽了，费拉斯女士，我们这儿没有那种东西。我从没想过我们在欧米迦之角还需要关押什么人。但是，是的，他在他自己的房间里，是的，门被锁上了。”

“所以你想让我进到他房间里去？”我问道，“和他在一起？一个人？”

冷静！我当然要冷静！我现在的心情绝对是冷静的对立面。

随后，卡斯特的眉头紧皱，一脸担心的表情。“这有问题吗？”他向我问道，“我以为——因为他不能碰你——我实际上以为你可能不会像其他人一样觉得自己会被他威胁。他很清楚你的能力，难道不是吗？我想他会非常明智地远离你以保安全。”

这真好笑，因为我觉得有一大桶冰，倒在了我的头上，然后那寒意一点点地渗透进我的骨子里，但实际上没有。这一点儿也不好笑，因为我不得不说：“对，没错。是的，当然。我差点儿忘了。他当然不能碰我，你完全正确，卡斯特先生，长官，我到底在想什么啊。”

卡斯特释然了，如此如释重负，就好像他要去温水池泡个澡了，以确保自己不会被冻僵。

然后，我现在就坐在了这儿，坐在我两个小时前就坐下的同一个位置上，我开始纳闷

我能保有这个秘密多长时间！

四十四

这是那扇门。

这扇在我面前的门，就是华纳待的那个房间的门。没有窗户，没有办法看到他房间的里面，我开始觉得这种情形糟糕透顶。

是的。

我打算走进他的房间，完全没有任何武装，因为枪被放在戒备森严的军械库里，因为我本身就有杀伤力，所以我为什么还需要一把枪？没有一个心智正常的人会对我动手，没有一个人，当然，除了华纳，他曾经半疯狂地阻止我从窗户逃走，结果他发现，他发现他能碰触我而不会受伤。

我没有对任何人说过这件事儿，一个字也没有。

我真的以为这也许是我的想象，直到华纳吻上我，对我说他爱我，然后，然后我知道我再也不能假装这件事儿没有发生过。但是，自那一天以来只过了四周时间，我还不知道如何提起这件事儿。我以为我也许不必再提这件事儿。我真的，非常非常不想提起它。

现在，告诉一个人，告诉亚当，让他知道，这个世界上他最恨的人之一——仅次于他父亲——也是能够碰触我的人之一？告诉他华纳曾经碰过我，他的手已经了解我的身体，他的唇已经尝过我嘴唇的味道——尽管它不是我真正想要的——我就是无法对亚当说。

不是现在。不是在这一切事情发生之后。

所以，现在这种状况完全是我的错。而我不得不应对它。

我武装好自己，迈步向前。

有两个我以前从未见过的人站在华纳门前守卫。这并没有多大意义，但这确实让我平静了一些。我朝守卫们点头示意，他们非常热情地向我问候，弄得我着实纳闷他们是不是把我和其他什么人搞混了。

“谢谢你来，”他们其中一个对我说道，他长长的、蓬松的金黄色头发滑到了他的眼前，“自打他醒了以后，一直就跟疯了一样——到处扔东西，试图捣烂墙壁——他一直在威胁着要杀了我们所有人。他说你是他唯一想说话的人，他刚刚才平静下来，只是因为我们告诉他你正在来的路上。”

“我们不得不搬走所有的家具，”另一个守卫说道，他棕色的眼睛大大的，透露着难以置信，“他刚刚把所有东西都打掉了。他甚至不吃我们给他的食物。”

糟糕透顶。

糟糕透顶。

糟糕透顶。

我挤出一个僵硬的微笑，并对他们说我会看看能做些什么来安抚他。他们点点头，非常热切地相信我能够做一些我知道我根本做不到的事儿，他们打开了门，“你准备离开时，敲敲门示意我们一声就行，”他们对我说道，“喊我们一下，我们就会开门。”

我点点头，表示明白。我确信，当然，也试图忽视这样一个事实，那就是我现在比见他父亲时还要紧张得多。单独和华纳待在一间屋子里——和他单独在一起，不知道他会做什么，或者他能做什么，我非常困惑，因为我甚至不知道他现在到底是谁。

他有一百种不同的性格。

他是那个曾不顾我意愿，强迫我折磨一个幼童的人。他是那个心理饱受折磨，曾试图将父亲杀死在睡梦中的孩子。他是那个将一个叛兵一枪爆头的男孩；一个被他以为可以信任的人训练成冷酷无情的刽子手的男孩。我看到华纳犹如孩子般不顾一切地乞求他父亲的许可。我看到他喂养一只迷途的小狗。我看到他几乎将亚当折磨至死。然后，我听到他跟我说他爱我，感觉到他以一种我从未预料到的激情与孤注一掷亲吻着我。我不知道我不知道我不知道我会走进什么样的世界。

我不知道，这一次，他会是谁。他今天会在我面前展现他的哪一面。

但随后，我想到，一定会有所不同。因为他现在在我的地盘上，如果有什么不对劲儿，我可以立即呼救。

他不会想伤害我的。

我希望。

四十五

我步入房间。

门在我后面关上，然后我发现我在这个房间里面找到的华纳根本不是我认识的那个人。他坐在地板上，背靠着墙，双腿前伸，两脚在踝骨那儿交叠。他只穿着一双袜子，一件简单的T恤，一条黑色的休闲长裤。他的外套，他的鞋子和他昂贵的衬衫四处散落在地板上。他的贴身T恤几乎掩盖不住他身上凸显的肌肉。他金黄色的头发凌乱不堪，这可能是他一生中第一次这个样子。

但是，他没有抬头看我。在我走近一步的时候，他还是没有抬头。他也没有退缩。

我忘了如何呼吸。

然后——

“你知不知道，”他说道，非常平静，“我读了多少遍这个东西？”他抬起了手，但没有抬起头，他的两个手指夹着一个小小的褪色的长方形东西。

我纳闷，同一时间怎么可能有这么多的拳头打在肚子上。

我的笔记本。

他正拿着我的笔记本。

他当然拿着。

我无法相信自己竟然忘记了。他是最后一个碰过我笔记本的人；最后一个看到它的人。当他发现我隐藏在衣服底下的笔记本后，他拿走了它。就在我逃走之前，在亚当和我跳出窗户逃离之前。就在华纳意识到他能碰我之前。

现在，我知道他已经读过我的最为痛苦的想法，我最为痛苦的忏悔——我写这些东西的时候，正处于完全隔离的状态，我当时很确定自己会死在那个小牢笼里，非常确定没有人会读到我写下的这些东西——现在我知道他已经读过了我深藏在脑海中的、绝望的私语。

我有一种完全的、无法忍受的赤裸感觉。

石化了。

如此的脆弱。

他随意打开了笔记本。扫了几眼，然后停了下来。他终于抬起头来，他的眼神清晰、明亮，展现出前所未有的迷人的绿色光芒，我的心跳得如此之快，快得我都感觉不到了。

然后他开始读。

“不——”我喘息道，但为时太晚。

“我每天坐在这儿，”他读道，“迄今为止，我坐在这儿已经有一百七十五天了。有些时候，我站起来，伸展四肢，感觉到我僵硬的骨头，嘎吱作响的关节，我体内被禁锢的灵魂。我转动我的肩膀，我眨眨我的眼睛，我数着在墙上爬行的秒针，在我的皮肤下哆嗦的分针，我必须记住要呼吸。我用我的舌头碰触着我的牙齿后面，我的唇角，我在这个小小的空间里四处走着，我的手指在水泥墙的裂缝处游走，我好奇大声说话会怎样，让别人听到我的声音会怎样。我屏住呼吸，仔细听着任何响动，任何生命的声音，想知道听到有人在旁边呼吸是多么美妙的事情，而这是不可能的。”

他把他的拳头压在自己的嘴上，停了好一会儿，才继续读道：

“我停下来。我安静地站着。我闭上眼睛，努力回忆着墙外面的世界。我纳闷如果我知道自己不是在做梦，那会是什么样子，如果我知道这个被孤立的存在并没有被禁锢在我自己的意识中时，那又会是什么样子。”

“而我着实，”他说道，援引着他记忆中的词汇，他的头靠在后面的墙上，眼睛紧闭，低声说道，“我着实好奇，我整天想着这事儿。如果我自杀会怎样。因为我真的一直都不知道，我仍旧无法说出不同，我一直都不确定我是否真的还活着。所以，我坐在这里。我一整天一整天地坐在这里。”

我呆若木鸡，无法向前移动或向后挪。我想象着自己在做梦，害怕醒来后发现这真的发生了。我觉得自己被这种隐私侵犯行为弄得尴尬得要死，我想跑，跑，跑，跑。

“跑，我对自己说道。”华纳再次拾起了我的笔记本。

“求你。”我开始乞求他，“求你停，停下来——”

他抬起头，看着我，就像他真的能看懂我，看透我，就像他也希望我能看透他；随后，他垂下眼睛，清了清喉咙，他再次开始，读着我笔记本上的文字。

“跑，我对自己说道。一直跑，直到你的肺萎陷，直到风撕裂你的衣服，直到你变得模糊不清，融入背景中再也看不见。

“跑啊，朱丽叶，再快一点儿，直到你的骨头碎裂，你的小腿折断，你的肌肉萎缩，你的心跳停止，因为它对你的胸膛来说太大了，它跳得太快了，太久了。跑啊。

“跑啊，跑啊，跑啊，直到你再也听不见你后面的脚步声。跑啊，直到他们放下手中的武器，直到他们的咆哮声消逝在风中。跑啊，睁大你的双眼，闭上你的嘴唇，遏制住在你眼中急速泛滥的河流。跑啊，朱丽叶。

“跑啊，直到你暴毙身亡。

“确保他们再次找到你之前你的心脏已经停止跳动。在他们再次碰到你之前。

“跑，我说道。”

我不得不握紧自己的拳头，直到感觉到掌心传来痛感；不得不绷紧我的下巴直到那里传来拉扯感，有什么东西能把这些记忆赶走。我不想记起。我不愿意再次想起这些事儿。我不愿意再想起我在那些纸张上写下的任何文字，不愿意思考华纳现在还知道我其他什么隐私，不愿意想他会怎么想我。我唯一能想象的就是在他眼里，我看起来是多么的可怜，多么的孤独，又多么的绝望。我不知道我为什么会在意。

“你知道吗，”他边说着，边合上笔记本，并把手平摊在封皮上。保护它。凝视它，“在我读了整个笔记后，我一连数天都无法入睡。我一直想知道什么人在沿街追赶你，你想从谁身边跑开。我想找到他们，”他温柔地说道，“我想把他们的四肢卸下来，一个一个地卸下来。我想用你听了都觉得异常恐怖的方式杀了他们。”

我颤抖地低语道：“求你，求你把它还给我。”

他用他的手指轻触自己的唇，头稍稍朝后仰。脸上露出一个古怪的不开心的笑容。他说：“你一定知道我有多么抱歉。那个，我——”他咽了咽唾沫——“我那样吻你。我得承认，我完全不知道你会因为那个开枪打我。”

我突然意识到了什么。“你的胳膊，”我震惊道。他没有挂绷带。他行动自如。在我视线之处，没有任何瘀伤、肿胀或疤痕。

他笑了笑。“没错，”他说道，“当我在这间屋子里醒来时，发现自己的伤口已经痊愈了。”

索尼娅和莎拉。她们治愈了他。我纳闷这儿居然还有人对他如此友善。我强迫自己后退一步。“拜托，”我对他说道，“我的笔记本，我——”

“我向你保证，”他说道，“如果我感觉到你不想我吻你，我就绝不会吻你。”

我愣住了，惊呆了好一会儿，完全忘了我的笔记本。我迎上他深沉的视线，努力想稳住自己的声音：“我告诉过你，我恨你。”

“没错，”他边说边点点头，“好吧，如果你知道有多少人对我说过那样的话，你一定会很惊讶。”

“我想我不会。”

他嘴角抽了抽：“你曾试图杀我。”

“那取乐了你。”

“噢，是的，”他说道，嘴角的笑容在扩大，“我发现那很有趣。”他顿了顿，接着说道，“你想知道为什么吗？”

我瞪着他。

“因为你过去一直跟我说的是，”他解释道，“你不想伤害任何人。你不想杀人。”

“我是不想。”

“除了我？”

我觉得词穷了。有人抢走了我所有的词汇。

棍棒和石头在打断我的骨头，但这些言语，这些言语会杀死我。

“你是如此轻松地做出了那个决定，”他说道，“如此简单。你有一把枪。你想逃跑。你扣了扳机。就这样。”

我是个伪君子。他是对的。

我一直不停地告诉自己，我不想杀人。但不知怎的，当我想这么做时，我就能找到理由，让杀人行为合理化。

华纳。卡斯特。安德森。

我曾经想杀掉他们每一个人。而我会杀了他们。

我身上发生了什么。

我来这儿真是一个巨大的错误。接受这项任务真是个巨大的错误。因为我根本无法和华纳单独待在一起。无法像这样待在一起。与他单独在一起让我的内心以一种我不想理解的方式受伤。

我必须离开。

“别走，”他低声说道，眼睛再次看着我的笔记本。“拜托，”他说道，“坐到我身边来。和我在一起。我只是想看看你。你甚至什么也不用说。”

我的大脑中真的有那么一部分疯狂而迷乱的意识让我想在他身边坐下来，真的想坐下来，听听他有什么要说的——在我想起亚当之前。如果亚当知道，如果亚当在这儿，并且看到我有兴趣花时间与那个开枪打伤他的腿，打断他的肋骨，并将他吊在一个废弃的屠宰场的传送带上，让他慢慢流血至死的人坐在一起，他会怎么想？他会说什么？

我一定疯了。

然而，我没有动。

华纳全身松弛地靠在墙上："你想让我给你朗读吗？"

我摇摇头，一再地摇头，低语道："你为什么要这样对我？"

然后，他看起来打算回答我的问题，但随后又改变了主意。看向了别处。他抬起眼睛，望向天花板，微微笑了笑。"你知道吗，"他说道，"在我遇到你的第一天，我就明白。你身上有种东西让我感觉你与众与同。你眼睛里透露出来的神情是如此纤弱，如此质朴。就好像你还没有学会如何向这个世界隐藏你的内心。"他点着头，因为某件事而自我赞同地点着头，而我想象不出会是什么事儿。"发现这一点，"他一边温柔地说着话，一边轻轻拍打着我的笔记本封皮，"真是——"他的眉头紧蹙，就好像他觉得困惑且心烦意乱，"——那真是刻骨铭心。"他终于看向我，那样子就像完全变了个人。就好像他在挣扎着咽下什么极苦的东西，就好像他在努力解决一个巨难的方程式，"那就好像第一次遇见了一个朋友。"

为什么我的手在颤抖。

他深吸了一口气。低下头。低语道："我真的很累了，亲爱的。我非常，非常累。"

为什么我的心脏不停止跳动。

"多少时间，"过了一会儿，他接着说道，"在他们杀掉我之前，我还有多少时间？"

"杀掉你？"

他凝视着我。

我惊恐地说道："我们没打算杀掉你，"我对他说道，"我们没有任何想伤害你的想法。我们只是想利用你换回我们的人。我们把你当作人质。"

华纳的眼睛睁得大大的，他的肩膀挺直："什么？"

"我们没有理由杀你，"我解释道，"我们只是需要拿你的命交易——"

华纳大笑起来，笑得浑身乱颤。他摇摇头。以一种我以前从未见过的方式冲着我笑，他看着我，就好像我是他终于决定品尝的最美味的食物。

那两个酒窝。

“亲爱的，甜心，漂亮女孩，”他说道，“你们的队伍大大高估了我父亲对我的情感。我很抱歉不得不告诉你这一点，但是把我扣在这儿不会给你们带来任何你们想要的优势。我怀疑我的父亲甚至都没注意到我不在了。所以，我想非常诚恳地请求你们，要么杀了我，要么让我走。而我也请求你不要在这儿说服我，不要再浪费我的时间。”

我检查我的口袋，想看看还有没有可说的词语和句子。但是我什么也没找到，一个副词也没有，一个介词也没有，甚至连个垂悬分词也没有，因为这种古怪的问题根本连个答案也没有。

华纳仍然微笑地看着我。

“但是，那说不通，”我对他说道，“没人喜欢当人质。”

他吸了口气。一只手伸进头发里扒了扒。耸耸肩。“你们的人在浪费时间，绑架我不会给你们带来任何好处。就这么多，”他说道，“我可以保证。”

四十六

午饭时间到了。

健二和我坐在桌子的一边，亚当和詹姆斯坐在另一边。

我们坐在这里已经半个小时了，商讨着我和华纳的对话。我简单地略过了有关我的笔记本的那个部分，不过我现在开始怀疑我是否应该提一提。我还开始怀疑我是否应该明确坦白华纳也能碰我。但是，每次我看到亚当，我就无法这么做。我甚至不知道为什么华纳能碰我。也许华纳是侥幸，就像我原以为亚当也是侥幸一样。也许所有这一切就是某种以我为嘲弄对象的笑话而已。

我还不知道怎么做。

但是，不知道怎么回事儿，我与华纳的谈话有许多细节太私人了，太令人尴尬了，不适合与他人分享。比如，我不想别人知道，华纳曾告诉过我他爱我。我不想别人知道他有我的笔记本，或他读了我的笔记。亚当是知道这本笔记本存在的唯一另外一个人。而他至少非常体贴地尊重了我的隐私。他是那个把我的笔记本从精神病院里拿出来的人，那个在第一时间就把笔记本还给我的人。但是他说他从未看过我写的东西。他说他知道那些一定是非常隐私的想法，而他不想冒犯。

而另一方面，华纳，彻底地搜查了我的思想。

我现在觉得，只要我在华纳周围，我就变得极度忧虑。只要想到在他附近，我就觉得焦虑、紧张、极度脆弱。我恨他知道我的秘密。我隐秘的思想。

那个了解我一切的人，根本就不应该是他。

应该是他。那个正坐在我对面的人。那个有一双深蓝色眼睛，深棕色头发的人，那个双手曾经触及我的心脏、我的身体的人。我想要他。我将永远想要他。

而他现在看起来不好。

亚当的头低垂着，眉眼憔悴，双手交握着放在桌上。他没有碰眼前的食物，自打我简单介绍了我与华纳的会面以来，他一个字也没说。健二同样很安静。自我们最近的战斗以来，每一个人都多少有些严肃。欧米迦损失了几个人。

我深吸一口气，再次努力。

“所以，你们怎么看？”我向他们问道，“关于他说的安德森的情况？”我很谨慎地不再使用爸爸或父亲之类的词，尤其是詹姆斯在场的情况下。我不知道，亚当就这件事儿对詹姆斯说了些什么——如果他确实说了的话。我不是个喜欢四处窥探的人。情况依旧糟糕，自我们回来以后，亚当对这件事儿一个字也没有说，现在已经两天了，“他说安德森不在乎他是不是被挟持为人质了，你们觉得他说得对吗？”

詹姆斯在他的座位上扭动着，嘴里咀嚼食物的时候，眼睛眯起来了，看着我们这群人，就好像他在等着记住我们说的每件事儿。

亚当抚着他的额头。“那个，”他终于说道，“实际上是有些可信的。”

健二皱眉，双臂交叉，向桌前靠了靠。“没错。这真是有点儿奇怪。我们还没有听到他们那边有一丁点儿消息呢，现在已经超过四十八个小时了。”

我问道：“卡斯特怎么想？”

健二耸耸肩：“他承受着极大的压力。当我们找到伊安和埃默里的时候，他们的情况真是很糟糕。我想他们到现在还没苏醒，即使索尼娅和莎拉已经没日没夜地在帮助他们了。我想他很担心我们根本带不回温斯顿和布伦丹。”

亚当对健二说道：“也许，他们的沉默与你开枪打了安德森的双腿有关。也许他刚刚苏醒。”

亚当说这话时我正在喝水，结果我差点儿被水呛到。我借机看了健二一眼，想知道他是否打算纠正亚当的假设，但是他甚至连眉头也没皱一下。所以我什么也没说。

健二点点头，说道："没错，对，我差点儿忘了，"他停顿了一下，"有道理。"

"你开枪打他的腿了？"詹姆斯问道，眼睛睁得大大的，望着健二的方向。

健二清了清喉咙，但是非常小心地没有看我。我纳闷他为什么要这样帮我撇开这件事儿。为什么他认为最好不要说出真相。"对。"他说着咬了一口食物。

亚当深吸一口气。把他的衬衫袖子往上撸，研究着印染在他前臂上的一串同心圆，那是他过去军队生涯留下的纪念品。

"但是，为什么？"亚当向健二问道。

"什么为什么，小子？"

"为什么你不杀掉他？为什么只是射伤他的腿？你不是说他是人渣吗？不是说他就是我们现在所有问题的根源吗？"

健二沉默了好一会儿。他握着他的调羹，翻动着自己的食物。最后，他把调羹放下来。示意詹姆斯坐到我们这边来。我朝边上挪了挪以给詹姆斯腾出地方。"过来。"他对詹姆斯说道，把他拉到自己的右边，紧紧挨着自己。詹姆斯的胳膊抱上健二的腰，健二把手放到詹姆斯的头上，把他的头发搞乱。

我不知道他们已经这么亲近了。

我一直忘了他们三个是室友来着。

"好吧。准备洗耳恭听了？"他对詹姆斯说道。

詹姆斯点点头。

"情况是这样的：你们知道的吧？卡斯特总是教导我们说，我们不能仅仅是把他们脑袋砍掉就行了。"他踌躇了一会儿，整理着自己的思路，"就比如，如果我们只是杀掉敌人的首脑，然后怎么样？会发生什么事儿？”

“世界和平。”詹姆斯说道。

“错。将会发生大规模骚乱。”健二摇摇他的头，摸了摸自己的鼻子，“而骚乱会比战斗要难对付得多。”

“那你们怎么赢？”

“对，”健二说道，“就是这个问题。我们只能在我们准备好接管的时候才可以清除敌方首脑——只有在有一位新的领导人出现，并准备好取代旧领导人的时候，才可以这么做。民众需要有人把他们团结起来，对吧？而我们还没有准备好。”他耸耸肩，“这本应该是一场对华纳的战斗——除掉他从来就不是问题。但是，除掉安德森，就会导致整个国家都陷入混乱的无政府状态。这种混乱状态就会让其他人有机可乘——可能是某个更差劲的人——他们可能在我们之前就夺取控制权。”

詹姆斯回应了健二什么，但我没有听到。

亚当凝视着我。

他正凝视着我，他毫不掩饰地凝视着我。他没有看向别处。他一言不发。他的目光从我眼睛打量到我的嘴，有好一会儿时间专注在我的唇上。最后，他终于转过脸去，然而几秒钟之后，他的眼睛又转过来盯着我。更深邃，更饥渴。

我的心开始燃烧。

我看到他的喉结上下剧烈运动着。他的胸膛快速起伏着。他下颚紧绷的线条以及他目前的坐姿仍旧非常完美。他什么也没说，一点儿也没有。

我如此渴望触摸他。

“小鬼聪明啊。”健二在听了詹姆斯刚刚说的话后，一边摇着头，一边笑着说道，“你明白那不是我的意思。不管怎样，”他叹息道，“我们还没准备好接管。这么做是现在唯一的办法。”

亚当突然站起来。他推开他那压根就没碰过的食物，清了清喉咙。看着健二：“所以，那就是他就在你面前的时候，你不杀了他的原因。”

健二挠了挠他的后脑勺，一脸不舒服的样子：“听着，老弟，我当时如果还有办法——”

“忘了它。”亚当打断道，“你帮了我一个忙。”

“你什么意思？”健二问道，“嗨，老弟——你去哪——”

但是亚当已经走开了。

四十七

我跟上他。

在亚当走出餐厅后，我跟着亚当走进一个空空的走廊，即使我知道我不应该这样。我知道我不应该这样和他说话，不应该放纵我对他的感情，但是我很担心。我情不自禁。他在隐藏自己，退到一个我无法进入的世界里，我甚至不能因此而责备他。我只能想象他现在在经历着什么样的煎熬。最近发生的这些事足以让一个有些虚弱的人完全疯掉。即使我们后来已经在非常努力地共同解决了，但是在这种高压情况下，在我们几乎没有什么时间细想我们个人情感问题的情况下，那种感觉始终存在。

我必须知道他是否没事儿。

我只是无法不关心他。

“亚当？”

他听到我的声音，停下来。他的脊背出奇的僵硬。他转过身来，我看到他脸上的表情瞬间由希望变成迷惑变成担忧。“怎么了？”他问道，“一切都好吧？”

他突然站到了我的面前，那个六英尺高的身躯完完整整地站到了我的面前，我沉溺在我从未曾试图忘却的记忆与感觉中。我努力回忆我刚才为什么想和他说话。为什么曾告诉他我们不能在一起。为什么不给自己一个机会，甚至只是在他的怀抱里待上五秒钟时间。他叫着我的名字。他问：“朱丽叶——怎么了？发生什么事儿了？”

我非常想说，是的，是的，发生了可怕的事儿。我病了，我病得很厉害，我非常疲倦，我真的只是想倒在你的怀抱里，忘记这世上的一切。事实上，我努力地抬起头，努力迎向他的眼睛。它们的颜色是那么深，萦绕着少许蓝色。“我担心你。”我对他说道。

他的眼睛立即显得不同了，看上去不安。他挤出了一个弱弱的笑容，说道：“你担心我。”他重重地呼出一口气。一只手插进了他的头发。

“我只是想确定你没事儿——”

他不相信地摇了摇头。“你在做什么？”他说道，“你在挖苦我吗？”

“什么？”

他的一只手握成拳头，抵在了唇上。抬起头，看起来就像他不确信该说什么。随后，他开始说话，声音显得紧绷，受伤且困惑，“你和我分手了。你放弃了我们——放弃了我们在一起的未来。你进入我的心，然后把我的心撕裂，而现在你问我好不好？我难道应该好吗，朱丽叶？那是什么问题？”

我站立不稳。

“我没有说——”我艰难地咽了口气，“我——我是说你的——你的爸爸——我以为也许——噢，天，我很抱歉——你是对的，我真蠢——我不应该来，我，不，不应该——”

“朱丽叶。”他喊道，如此地绝望，在我后退的时候，一把揽住我的腰。他的眼睛紧闭。“拜托，”他说道，“告诉我该怎么做。我该怎么想？见鬼的事一件接着一件，我一直在努力表现得没事——天，我一直在非常努力，但真的很难，我想念——”他的声音顿了一下，“——我想念你，”他说道，就好像这几个字在向他捅刀子，“我是如此想念你，那种感觉要杀了我。”

我的手指在他的衬衫上揪紧。

我的心脏在沉默中怦怦直跳，泄露我所有的秘密。

我看见他极其困难地对上我的双眼，极其困难地说出：“你还爱我吗？”

我浑身紧绷，只为了阻止自己碰触他，吻他，拥住他：“亚当——我当然仍旧爱你——”

“你知道吗？”他激动地说道，“我以前从没有像这样拥有过什么东西。我几乎记不起我的妈妈了，只有我、詹姆斯和我的狗屎爸爸。詹姆斯一直以他自己的方式爱着我，但是你——和你一起——”他的声音颤抖，头也低了下来。“我怎么能再回到过去？”他问道，非常平静，“我怎样能忘掉和你在一起的感觉？被你爱的感觉？”

我甚至没有意识到自己哭了，直到我尝到自己的眼泪。

“你说你爱我，”他说道，“我也知道我爱你。”他抬起头，对上我的视线，“所以为什么我们不能在一起？”

我不知道说什么，只能说：“我很抱歉，我非常抱歉，你不知道我有多抱歉——”

“为什么我们就不能试试？”他现在抓着我的肩了，他的声音急切，痛苦；我们非常危险地靠近，“我愿意尽我一切所能，我发誓，我只是希望我的生活里有你——”

“我们不能。”我对他说道，用力擦着自己的脸，试图阻止眼泪奔流。“那行不通的，亚当，你知道的。总有一天，我们会冒不必要的风险，或是碰我们不应该有的运气。有一天，我们会想那会没事儿的，但它不会，不会有好结果的。”

“但是，看看我们现在，”他说道，“我们可以搞定的——我可以靠近你而不吻你——我只是需要多花几个月的时间训练——”

“你的训练不会有帮助的，”我打断他道，知道我现在必须告诉他一切事情了。知道他有权知道我知道的同一件事儿。“因为，我训练得越多，我就越准确地知道我有多危险。而且，你不能再靠近我。不再仅仅是皮肤的问题。我可能因为握你的手而伤害你。”

“什么？”他眨了数次眼睛，“你在说什么？”

我深吸一口气。把手掌平贴在旁边的隧道墙上，然后我把手指直直地抠进石头里。我一拳击在墙上，抓起一块粗糙的石头，并把它在手里碾碎，让它像沙子一样穿过我的指缝落到地上。

亚当瞪着我。震惊了。

“我才是那个朝你父亲开枪的人，”我对他说道，“我不知道健二为什么要为我隐瞒。我不知道他为什么不告诉你真相。但是，我被这个——这所有的——熊熊的怒火——给搞蒙了——我就是想杀了他。而且我还折磨他，”我低语道，“我朝他的腿开枪是因为我不着急。因为我想享受最后那一刻，将最后一颗子弹射入他胸膛的那一刻。我差点儿就成了。我差点儿就成了，然后，健二，健二把我拉开。因为他觉得我快疯了。”

“我失去了控制。”我的声音刺耳，带着断断续续的辩解，“我不知道自己怎么了，发生什么事儿了。我甚至不知道我还能做什么。我不知道这样下去会有多糟糕。每天，我都从自己身上知道一些新东西，每一天，这些新东西都吓到我。我已经对别人做了非常可怕的事儿。”我低语道。我将哽噎声咽回我的喉咙。“我不好，”我对他说道，“我不好，亚当，我不好，你在我身边不安全。”

他凝视着我，震惊得忘了怎么说话。

“现在你知道传闻是真的了，”我低语道，“我是疯子。我是魔鬼。”

“不是，”他喘息道，“不是——”

“是。”

“不是，”他急切地说道，“那不是真的——你很坚强——我知道你是——我了解你，”他说道，“我了解你的心已经有十年了，而我也看到了你不得不经历什么，你不得不忍受什么，我现在不会放弃你的，不会因为这个放弃你，不会因为这样的事儿放弃你——”

“你怎么能这么说？你怎么还能相信，在所有事情——所有这些事情——”

“你，”他对我说道，他的手现在握得更紧了，“是我遇到过的最勇敢最坚强的人之一。你有最美好的心，最善良的意愿——”他停下来，颤悠悠地吸了口气，“你是我所知道的最好的人，”他对我说道，“你熬过了可能是最糟糕的经历，你活了下来，你的人性始终完好无损。我到底——”他的声音顿了顿，“我怎么能放开你？我怎么能离你而去？”

“亚当——”

“不，”他边摇头边说道，“我不相信这就是我们的终点。如果你还爱我，这就不是我们的最终结果。因为你会撑过去的，”他说道，“而我会等着你，直到你准备好。我哪儿也不会去。再也不会有其他适合我的人了。你就是我唯一想要的，这一点永远，永远也不会改变。”

“多么令人感动啊。”

亚当和我愣住了。慢慢转身，面向那个不受欢迎的声音。

他在这儿。

华纳正站在我们的右前方，他的手被绑在后面，他的眼睛因为愤怒、受伤和厌恶而发出炽热的光芒。卡斯特出现在他后面，正领着他前往某个地方，他看到华纳卡在那里，仍旧盯着我们，亚当就像一块大理石，一动不动，没有呼吸，没有说话，也没有望向别处。我非常确定自己在熊熊燃烧，已经燃烧得快脆了。

“当你脸红时，你看起来真是可爱极了，”华纳对我说道，“但是，我真心希望你不会将你的感情浪费在某个不得不乞求你的爱的人身上。”他冲亚当歪了歪头，“这对你来说多悲伤啊，”他说道，“这一定尴尬极了。”

“你他妈的浑蛋。”亚当对他说道，声音又冷又硬。

“至少我还有我的尊严。”

卡斯特摇摇头，一脸的愤怒。他把华纳朝前推了推。“请回去工作——你们两个，”他一边冲我们叫嚷，一边和华纳从我们身边走过，“你们浪费宝贵的时间站在这儿无所事事。”

“你可以去死了。”亚当冲着华纳喊道。

“就算我去死了，”华纳说道，“也不表示你就能拥有她。”

亚当没有回答。

他只是看着，眼神集中地看着华纳和卡斯特消失在转角。

四十八

詹姆斯在晚饭前，加入了我们的训练课。

自我们回来以后，他一直跟着我们晃荡，而当他在周围时，我们看起来都更开心些。他的存在让人平心静气，他非常受欢迎。看他回来真是好极了。

我现在一直在向他展示我能非常轻松地破坏东西。

砖头根本不算什么，那就是小菜一碟。金属管在我手里，就像塑料吸管一样变弯。木头有点儿复杂，因为我劈开它的时候搞错了方式，结果我只抓到一两块碎片，但是，现在，对我来说，没有什么东西很困难了。健二一直在考虑用新办法来测试我的能力；最后，他一直在试图探究我是否能投射——就是我是否能远距离集中我的能量。

显然，不是所有能力都适于投射的。比如，莉莉，她有不可思议的非常精准的记忆力。但是她从来都不能将这种能力投射到其他人身上。

迄今为止，投射是我试图做到的最为困难的事儿。这种本领非常复杂，体力和脑力的消耗都非常大。我必须完完全全地控制我的意识，我必须准确地知道我的大脑怎么和我身体系统中那个隐形的、掌控我这种天赋的部分进行沟通与交流。这意味着我必须知道如何定位我的能力源——如何将其集中到某一个我能从任何地方接入的能量点上。

这很伤我的大脑。

“我也能试试打破什么东西吗？”詹姆斯问道。他从一堆砖头里抓起一块，在手里掂了掂，“我也许像你一样有超能力。”

“你以前感觉到超能力了吗？”健二向他问道，“比如，你知道的，超乎寻常的能力？”

“没有，”詹姆斯说道，“但是，我对于破坏东西，从来没觉得累过。”他冲着健二眨了眨眼睛，“你觉得我有没有可能也像你们一样？也许我也有某种能力？”

健二研究着他。看起来他的脑海里正在梳理着什么。他说道：“这绝对有可能。你的兄弟显然从他的DNA中遗传了一些东西，这意味着你也可能有。”

“真的？”詹姆斯实际上都要跳起来了。

健二咧嘴笑了。“我不知道。我只是说这有可能——不，”他咆哮道，“詹姆斯——”

“哎哟！”詹姆斯赶紧避开，他手中的砖头掉在了地上，随后用一只手按住另一只正在流血的手。“我想我压得太用力，它打滑了。”他说道，极力不哭出来。

“你想干什么？”健二摇了摇头，呼吸急促，“该死的，小子，你不能就这样随意地把手掌张开，然后切下去。你把我心脏病都吓出来了。过来，”他现在的声音温柔一些了，“让我看看。”

“没事，”詹姆斯说道，脸红了，把他的手藏在背后，“没什么大不了的。它很快就会消失的。”

“那种伤口不会一下子就好的，”健二说道，“让我看看——”

“等等。”我打断他道，被詹姆斯脸上紧张的表情吸引住了，他看起来非常专注于他隐藏在背后的紧握的拳头，“詹姆斯——你说它很快就会消失的，是什么意思？你是说它会康复？它自己？”

詹姆斯朝我眨着眼。“是的，”他说道，“它总是很快就会康复。”

“什么？什么会很快康复？”健二也开始发问了，他已经明白了我的推测，他冲我扫了一眼，不断地露出“我靠”的神情。

“当我受伤时，”詹姆斯说道，看着我们两个人，那神情就好像觉得我们俩人疯了一样，“就好比，如果你割伤了你自己，”他对健二说道，“它不会康复？”

“那要取决于伤口的大小，”健二对他说道，“但是，如果是你现在手上的那道伤口？”他摇了摇头。“我必须清洗伤口，以确保不会感染。然后，我必须用纱布把它包扎起来，并涂上一些药膏，以防止它留疤。而且，”他说道，“至少要花好几天的时间结痂。然后，它才开始康复。”

詹姆斯眨着眼睛，就好像他的生活中从没有听过这么荒谬的事儿。

“让我看看你的手。”健二说道。

詹姆斯有些犹豫。

“没关系的，”我对他说道，“真的。我们只是好奇。”

慢慢地，非常缓慢地，詹姆斯把他紧握的拳头递到我们眼前。然后，更慢地，张开他的手指，眼睛始终看着我们的反应。就在刚刚不久之前，那儿有一个很大的伤口，而现在，那里什么也没有了，只有完好无损的皮肤和一点点血迹。

“我靠。”健二的声音里充满了敬畏，“抱歉，”他对我说道，箭步上前，一把抓住詹姆斯的胳膊，脸上是抑制不住的笑容，“但是我必须把这小子带到医疗队去。好吗？我们可以明天再训练——”

“但是我不疼了，”詹姆斯抗议道，“我很好——”

“我知道，小子，但是你会想和我一起来的。”

“为什么？”

“你想不想，”他边对詹姆斯说道，边领着他朝门口走去，“花些时间和两个美女在一起……”

然后，他们走了。

我哈哈大笑。

当我听到两声熟悉的敲门声时，我正一个人坐在训练室的中间。

我已经知道那会是谁了。

“费拉斯女士。”

我迅速转身，不是因为我惊异于听到卡斯特的声音，而是惊异于他的语调。他的眼睛眯着，嘴唇闭着，他的眼神犀利而且熠熠发光。

他非常非常非常生气。

见鬼。

“我对走廊里的事儿很抱歉，”我对他说道，“我不——”

“我们可以稍后再讨论你们在大庭广众之下不合时宜的情感表露，费拉斯女士，但是，现在，我有一个非常重要的问题要问你，我建议你诚实回答我，完完全全的诚实。”

“什么，”我几乎不能呼吸了，“什么问题？”

卡斯特眯着眼睛盯着我。“我刚刚和一个叫亚伦·华纳的人谈过话，他说他能碰你而不会有任何不良后果，而且，这个信息你很清楚。”

我想，哇哦，我真希望自己能尽一切可能地在十七岁的年纪上死于中风。

“我必须知道，”卡斯特急切地说道，“这个信息是否是真的，我现在就必须知道。”

我的舌头上像抹上了胶水，粘住了我的牙齿，我的嘴唇，我的整个嘴巴，我无法说话。我无法动弹。我非常确定我刚得了突发性疾病，或是动脉瘤，或是心力衰竭，或其他同样严重的病，但是我无法向卡斯特解释，因为我的下巴一下也动不了。

“费拉斯女士，”他如此咬牙切齿，以至我担心他的嘴巴会被咬破，“我想你不明白这个问题有多重要。我需要你的回答，而且我三十秒钟之前就需要你的回答了。”

“我——我——”

“今天，我今天就要一个答案，现在，这一刻——”

“是的，”我哽咽道，羞赧穿越我的全身，无比羞耻，无比尴尬，无比恐慌，我唯一能想到的就是亚当，亚当，亚当，亚当听到这个信息会如何反应，为什么现在发生这件事儿，为什么华纳要说？我想杀了他，因为他告诉了别人的秘密本应该由我自己说出，他告诉了别人我想要隐藏的秘密。

卡斯特看起来就像一个正与图钉陷入热恋之中的气球，那图钉靠得太近了，将他永久地毁灭了：“所以，那是真的了？”

我垂下双眼：“是的，是真的。”

他立刻瘫在我面前的地板上，无比震惊：“你觉得，这怎么可能呢？”

因为华纳是亚当的兄弟。我没告诉他。

我没告诉他，是因为这是应该由亚当说出的秘密，在他说出来之前，我不会谈论这个秘密，即使我非常渴望告诉卡斯特那种关系必定存在于他们的血脉之中。他们都拥有类似的天赋或能量，噢，噢，噢，

噢，天啊。

噢，天啊。

华纳是我们中的一员。

四十九

“这改变了一切。”

卡斯特甚至看都没看我一眼。“这——我的意思是——这意味着很多事儿，”他说道，“我们必须告诉他所有事情，我们不得不对他进行测试以验证，但是，我非常肯定这是唯一的解释。如果他想，这儿会欢迎他在这儿避难——我必须给他一间正规的房间，让他和其他人一样生活在我们中间。我不能把他当囚犯一样押在这儿，至少——”

“什么——但是，卡斯特——为什么？他是那个差点儿杀死亚当的人！还有健二！”

“你必须理解——这个消息可能会改变他的整个人生观。”卡斯特摇摇头，一只手几乎完全覆盖在他的嘴上，眼睛睁得大大的，“他不一定接受它——他可能会激动——他可能完全失去理智——他可能在早晨醒来，成为一个全新的人。你可能会惊异于所有这些事情被揭露出来后对大家会产生什么影响。”

“欧米迦始终都是我们这类人的避难所，”他继续道，“这是我多年前对自己立下的誓言。我不能不给他提供食物和避难所，如果，比如，他的父亲打算完全驱逐他的话。”

这不可能发生。

“但是，我不明白，”卡斯特突然说道，抬头看向我，“为什么你什么也没说？为什么不报告这条信息？你知道这条信息对我们很重要，不管怎样，我不是要谴责你——”

“我不想让亚当知道。”我第一次大声承认道，我的声音带着深深的羞耻感，“我只是……”我摇摇头，“我不想让亚当知道。”

卡斯特怜悯地看着我。他说：“我希望我能帮你保守秘密，费拉斯女士，但是即使我想，我不确定华纳也会保守秘密。”

我愣愣地盯着地板上的垫子。我低声问道：“他为什么告诉你？他怎么会在谈话中提起这件事儿的？”

卡斯特揉了揉他的脸颊，一脸沉思的样子。“他主动跟我讲的。我自愿带他做一些例行的事儿——带他到休息室，等等——因为我想跟着他，问他一些有关他父亲的事儿，看看他是否了解我们人质的情况。他看起来非常好。事实上，他看起来比他第一次露面时要好很多。他很顺从，有礼貌。但是，当我们偶然碰见你和亚当在走廊上之后，他的态度来了个大转弯……”他的声音变小，眼睛向上瞟，大脑在快速地工作着，似乎是要将所有碎片拼凑起来，他瞪着我，以一种我完全陌生的眼神看着我，就好像他被彻彻底底地难住了。

我不确定，我是否应该觉得被冒犯了。

“他爱上你了。”卡斯特低语道，声音里透着恍然大悟的味道。他大笑了一下，摇了摇头，“他禁锢了你，然后在扣押你期间，爱上了你。”

我盯着那个地垫，就好像那地垫是我一生中见过的最迷人的物件。

“噢，费拉斯女士，”卡斯特对我说道，“我不会羡慕你现在的窘况的。我现在很明白这种情况对你来说一定不舒服。”

我想对他说，你什么也不知道，卡斯特。你什么也不知道，因为你甚至都不知道整个故事是怎样的。你不知道他们是兄弟，一对彼此憎恨的兄弟，一对看来只对一件事儿达成一致的兄弟，而那件事儿碰巧就是杀死他们自己的父亲。

但是，我没有说这些事儿。事实上，我什么也没说。

我坐在地垫上，头埋在自己的手里，我试图搞清楚还有什么地方可能出错了。我纳闷在事情最终有条不紊之前，我还会犯多少错。

如果事情会有条不紊的话。

五十

我感到无比羞愧。

我整晚都在想这件事儿，然后，到早上，我终于意识到，华纳告诉卡斯特这件事儿一定是有目的的。因为他在和我玩游戏，因为他不想改变，因为他仍旧在努力让我服从他的命令。他仍在试图把我拉进他的计划，他在试图伤害我。

我不会允许的。

我不会允许华纳对我撒谎，不会允许他操纵我的情绪，得到他想要的东西。我无法相信我曾经还同情过他——当我看到他和他的父亲在一起时，我还为他柔弱而心伤——当他告诉我他如何看待我笔记本里的想法时，我还相信了他。我真是个容易受骗上当的傻瓜。

我真是蠢到家了，才会以为他可能会有一些人性。

我跟卡斯特说，现在既然他知道了华纳能碰我，那么也许他应该让别人来执行这一任务；我告诉他，现在也许很危险了。但是他哈哈大笑，他说："噢，费拉斯女士，我非常，非常肯定，你有能力自卫。事实上，对付他，你的装备比我们任何一个人都好。再说，"他补充道，"这是一个很不错的形势。如果他真的爱上你，你就一定能利用这一点给我们争取一定好处。我们需要你的帮助，"他对我说道，再次变得严肃，"我们需要利用我们能找到的所有有助益的东西，而现在，你就是那个能帮我们找到答案的人。拜托了，"他说道，"尽你所能试试，看能发现点儿什么，任何东西。温斯顿和布伦丹的生命已经危在旦夕。"

他是对的。

所以，我要把自己的担心撇到一边，因为温斯顿和布伦丹现在还不知所踪，还在某个地方受苦，我们必须找到他们。我打算尽我所能提供帮助。

这就意味着我必须再次与华纳对话。

我对待他，必须如同对待囚犯一样。再也不会有其他与主题无关的对话。再也不会让他困扰我。再也不会，再也不会。我打算再机警一些，再聪明一些。

而且，我想要回我的笔记本。

守卫帮我打开了他的门，我步伐稳健地走进去，关上背后的门，当我站定时，我打算给他来一场我事先准备好的演讲。

我不知道我原先的预期是什么。

也许我以为，我会抓到他正试图在墙上打一个洞，或者他正密谋欧米迦之角所有人的死亡，我不知道，我不知道，我什么也不知道，因为我只知道如何对抗一个愤怒的身体，一个无礼的怪物，一个傲慢的魔鬼，我不知道怎么应付这个。

他在睡觉。

有人放了一个床垫在这儿，一个简单的矩形床垫，薄且破旧，但是至少比地板好多了，他躺在上面，除了一条黑色的平角内裤，什么也没穿。

他的衣服在地板上。

他的外裤、衬衫，袜子有些潮，有些皱，显然经过了手洗，正摊开晾干；他的大衣整齐地叠放在靴子上，他的手套并排放在大衣上面。

自我步入他的房间，他一下也没动。

他侧躺着，他的背朝着墙，他的左胳膊蜷在头下，他的右胳膊搭在腹部，他的整个身体非常完美地裸露着，强壮、光滑，有一股淡淡的香皂味。我不知道为什么忍不住凝视他。我不知道为什么睡眠会让我们的脸看上去如此温柔、无邪、平和而脆弱，我努力想看向他处，但我不能。我忘记了自己的目的，忘记了我在进入这个房间之前对自己说过的要鼓起勇气做的事儿。因为，他身上有某种东西——他身上始终有某种东西让我好奇，而我不明白那是什么。我希望自己能忽略它，但做不到。

因为我看到他，就质疑那个身体是否就是我？也许我太天真了？

但是，我看到了层层叠叠深深浅浅的金色和绿色构成的一具躯体；我看到的这副躯体，它从未获得过任何长大成人的机会；我怀疑我是否和我自己的压迫者一样冷酷，我是否就确定这个社会是公正的，有些人是否已经走得太远；有时，你是否就是无法转过身去；在这世上，有些人是不是根本不值得第二次机会。但是我不能。我不能。我不能。

我情不自禁地反对。

我情不自禁地想，十九岁太年轻了，不能随意放弃；十九岁只是开始，还不能就这么快地断定这些人除了作恶，什么也不会。现在还为时尚早。

我情不自禁地纳闷，如果有人曾给我一次机会，我的生活会是什么样子。

所以，我后退。我转身离开。

我让他睡觉。

我突然停下。

我瞟到了我的笔记本，它就在床垫上，在他的手边，他的手指看上去就好像刚刚松开笔记本。如果我够小心，这是将笔记本偷回来的绝佳机会。

我踮脚向前，无比感激我脚上的靴子设计得非常轻巧，没有发出一点儿声音。但是，我越靠近他的身体，我的注意力越专注于他背上的某个东西。

一个小小的黑乎乎的矩形图案。

我又朝前蠕动了几步。

眨眨眼。

眯起眼。

屈身。

那是一个文身。

不是图案。就一个词。一个词，在他背部上方的正中间。是墨印的。

燃烧

他的皮肤上有一些疤痕。

血液迅速冲上我的大脑，我开始觉得头晕。我觉得不舒服。就好像我胃里的东西在翻江倒海。我想尖叫，我想摇晃某人，我想知道如何理解那种让我透不过气来的情绪，因为我甚至无法想象，甚至无法想象，甚至无法想象他到底经受了什么，才会留下这么恐怖的疤痕。

他的整个背部就是一幅由痛苦绘制的地图。

深深浅浅，凹凸不平，恐怖吓人。那些伤痕就像不知向哪里延伸的道路。它们纵横交错，坑坑洼洼，留下我无法想象的酷刑痕迹。它们是他整个身躯上唯一不完美的地方，被隐藏在外人看不见的地方，也隐藏着它们自己的秘密。

然后，我意识到，我再次意识到，我完全不知道真正的华纳到底是什么样子的。

"朱丽叶？"

我呆住了。

"你在这儿做什么？"他的眼睛睁开，露出警觉。

"我——我来和你谈谈——"

"天啊，"他吃惊地说道，从我身边快速挪开，"我真是受宠若惊，亲爱的，但是你至少该给我个机会先穿上我的裤子。"他背靠在墙上站起来，但并没费心地去拿他的衣服。他的眼睛在我和地板上的裤子之间来回转动着，似乎不知道该做什么。他看起来意志坚决地不想将他的背暴露在我的面前。

"帮个忙？"他边说着，边冲着我脚边的衣服点了点头，同时装出一副若无其事的样子，却掩饰不了他眼中的不安，"这儿很冷呢。"

但我一直盯着他，上上下下地打量他，惊异于他的整个身体从正面看起来毫无瑕疵。强壮，精瘦，肌肉健硕又不显笨重。他面色红润，皮肤闪耀着自然的光泽，看起来非常健康。整个身体非常完美。

表象真是一个巨大的谎言啊。

一个非常可怕、可怕的谎言。

他的眼神一动不动地盯在我的身上，他的眸子透着永不熄灭的绿色光芒，他的胸膛快速，快速，快速地起伏着。

“你背上是怎么回事儿？”我听到自己低语道。

我看到他脸上的表情发生了变化。他的视线转向别处，一只手捂了一下唇，脸，然后滑到他的颈后。

“是谁伤了你？”我非常平静地问道。我开始意识到一股陌生情绪从我体内升起，我想做一些可怕的事儿。就是现在。就是现在，我觉得我可以为此而杀人。

“朱丽叶，拜托，我的衣服——”

“是你父亲干的？”我继续问道，声音比刚才犀利了一些，“是不是他把你伤成这样——”

“没关系。”华纳打断了我，声音透着沮丧。

“当然有关系！”

他只字未发。

“那个文身，”我对他说道，“那个词——”

“是的。”他清了清嗓子，平静地说道。

“我不……”我眨了眨眼，“它是什么意思？”

“是摘自书上吗？”

“你为什么在乎？”他问道，视线再次望向他处，“你为什么突然对我的生活这么感兴趣？”

我想告诉他我不知道。我想告诉他我不知道，但这不是真的。

因为我能感觉到。我感觉到我的脑海里有无数把钥匙在吱嘎吱嘎地打开无数扇门。我终于允许自己去直面我真正的想法，我真实地感觉到，我第一次在发掘我自己的秘密。然后，我搜寻着他的眼睛，搜寻着他的面貌，只为发现我甚至说不出所以然的东西。我发现自己再也不想成为他的敌人。

“结束了，”我对他说道，“这一次，我不会和你站在一边。我不会成为你的武器，而且你也永远无法改变我对此的想法。我想你现在应该已经很清楚这一点了。”我凝视着地板，“那么，我们为什么还要互斗？你为什么还要试图操控我？你为什么还要试图让我掉进你的计谋中？”

“我不知道，”他说道，看着我的表情就像他不确定我是否是真的，“我不知道你在说什么。”

“你为什么告诉卡斯特你可以碰我？那不是你的秘密，凭什么说出去？”

“没错，”他深吸了一口气，“当然。”他看来又恢复了原样，“听着，亲爱的，如果你打算待在这儿，你是否至少把我的夹克扔过来给我，然后再问我这些问题？”

我把他的夹克扔给他。他抓住夹克。一哧溜滑到地上，坐下来。他并没有把夹克穿上，而是放到他的大腿上。最后，他开口道：“对，我告诉卡斯特我能碰你。他有权知道。”

“这根本不关他的事儿。”

“当然关他的事儿，”华纳说道，“他在这地下创建的整个世界就是靠着这类信息发展壮大的。你在这儿，住在他们中间。他应该知道。”

“他不必知道。”

“这有什么大不了的？”他仔细研究着我的眼睛，“为什么让你这么烦恼？就因为有人知道了我能碰你？为什么就得保密，不得告诉他人？”

我努力想说些什么，却失败了。

“你是担心肯特？你觉得如果他知道了我能碰你，他会出问题？”

“我不想让他知道这个——”

“但是，这有什么关系？”他坚持问道，“你看起来过于在乎一些对你的个人生活不会产生任何影响的东西。它不会，”他说道，“让你的生活有任何不同。只要你依旧声称你对我除了恨以外其他什么也没有。就如你说的那样，不是吗？你恨我来着？”

我当着华纳的面坐到了地上，双膝抵在胸前。专注地看着我脚下的石砖：“我不恨你。”

华纳看起来像停止了呼吸。

“我想，我有时候是懂你的，”我对他说道，“我真的懂。但是，就在我觉得我终于彻底搞懂你的时候，你又让我惊讶了。我从来都没有真正了解你是谁，或你将成为谁。”我抬起头来，“但是，我知道，我不再恨你了。我累了，非常累。因为你做了那么多残忍可怕的事儿。对那些无辜的人。对我。但是，我现在对你有不少了解了。我已经看得很清楚了。你也是人。”

他金黄色的头发亮晶晶的。他的眼眸那么绿。他说话的时候，声音显得痛苦：“你是说，你想做我的朋友？”

“我——我不知道。”我非常惊讶，惊讶于这种可能性，“我以前从未想过。我只是说，我不知道——”我有些犹豫地说道，吸了口气——“我不知道如何再恨你。即使我想。我真的想，我也知道我应该恨你，但我就是做不到。”

他看向别处。

然后，他笑了。

就是这种笑容，让我不知所措，只是不停地眨眼，眨眼。我不明白我怎么了。我不知道，为什么我就没办法让我的眼睛专注于别的什么东西。

我不知道为什么我的心跳失去了它自己的意识。

他抚摸着我的笔记本，那样子就好像他也不知道自己在做什么。他的手指一次又一次地抚摸着笔记本的轮廓，然后他注意到我视线停留的地方，他停下来。

“这些文字是你写的？”他再次抚摸笔记本，“每一个字？”

我点点头。

他说：“朱丽叶。”

我屏住呼吸。

他说：“我非常愿意，成为你的朋友。我愿意。”

我真不知道我在想什么。

也许是因为他“损坏了”，而我笨到以为我可以“修”好他。也许是因为我看到了我自己，我看到三岁的，四岁，五岁的，六岁和十七岁的朱丽叶因为一些自己无法掌控的事情而被抛弃，被忽略，被虐待，被侮辱，我觉得华纳就是和我一样的人，一个在生活中从没有被给予过任何机会的人。我揣测所有人会如何恨他，然后“恨他”这件事儿怎么就成了一个被广为接受的事实。

华纳是可怕的。

无须任何辩护，没有任何余地，也没有任何疑问。这个世界已经认定，他就是一个喜欢谋杀、权力和折磨他人的卑鄙浑蛋。

但是，我想知道，我需要知道。我必须知道。

事实是否真的那么简单。

因为，如果有一天我失足了呢？如果有一天，我掉进了裂缝里，没人愿意把我拉出来呢？那我身上会发生什么事儿？

所以，我对上他的视线。我深呼一口气。

然后，我开始跑。

我跑到了门外。

五十一

就一会儿时间。

就一秒钟，就再多一分钟，就给我一小时，也许一个周末的时间，让我仔细想想，这要求并不多，也没有那么高，我们所要求的只有这个，这是一个简单的请求。

但是，这一会儿时间，几秒、几分钟、几个小时、几天以及几年的时间会变成一个巨大的错误，意外而来的机会从我们指间溜走，因为我们无法决定，我们无法理解，我们需要更多的时间，我们不知道该做什么。

我们甚至不知道我们已经做了什么。

我们不知道我们是怎么到这儿的——我们所希望的一切就只是在清晨醒来，在夜间睡去，在回家的路上吃个冰淇淋什么的；然后，一个决定，一个选择，一个偶然的机会又是如何瓦解了我们一度了解且一度相信的事物，我们要做什么？

在这里

我们要做什么？

五十二

情况越来越糟了。

欧米迦居民中弥漫的紧张情绪随着时间的流逝越来越高涨。我们试图与安德森的人接触，但毫无效果——我们没有收到他们的任何信息，我们没有人质的最新情况。但是，华纳一度掌管的第45区爆发了平民骚乱，这种骚乱有愈演愈烈之势。有关我们以及抵抗运动的传闻也迅速传播开来。

重建院试图掩饰我们近期发生的战斗，声称这不过是对叛党分子的一次常规打击，但是民众越来越聪明了。他们发出了抗议声，一些人拒绝工作，勇敢对抗当局，试图从管制区逃出去，试图回到非管制区。

结果始终不妙。

损失太大，卡斯特急切地想做些什么。我们都有一种感觉，那就是，我们要再次出击，很快。我们还没有收到安德森死亡的报告，这就意味着他可能在赌时间——或者，亚当也许是对的，他只是还处在康复过程中。但是，不管是何种理由，安德森的沉默并不是什么好事儿。

"你在这儿做什么？"卡斯特对我说道。

我刚刚取来我的晚餐。我刚刚在平时和亚当、健二以及詹姆斯一起坐的桌子旁边坐下。我朝卡斯特眨了眨眼，迷惑不已。

健二说道："情况怎么样了？"

亚当说道："一切都还好吧？"

卡斯特说道："抱歉，费拉斯女士，我无意冒犯。我得承认，看到你在这儿我只是有些惊讶。我以为你现在还在执行你的任务呢。"

"噢。"我吓了一跳。瞟了瞟我的食物，再看了看卡斯特，"我——是的，我现在——但是我已经和华纳谈了两次了——我实际上昨天刚刚见过他——”

“啊，那可真是好消息，费拉斯女士。好消息。”卡斯特的双手扣在了一起，脸上露出一副宽慰的表情，“那么，你有什么发现没有？”他如此充满希望地看着我，这让我觉得羞愧。

所有人都盯着我，我不知道该做什么了。我不知道该说什么。

我摇摇头。

“噢。”卡斯特放下手，视线朝下。头无意识地点着。“那么，你是不是觉得和他谈两次话就已经足够了？”他没有看着我，“你的专业意见是什么呢？费拉斯女士？你是否觉得在当前这一特殊情况下，你最好要抓紧时间呢？你不觉得温斯顿和布伦丹将无法安心地放松下来，除非你能从你繁忙的安排中找到一个机会质询那个唯一可能帮我们找到他们的人？你不觉得你——”

“我现在就去。”我抓起我的餐盘，从桌边跳开，差点儿绊着我自己，“我很抱歉——我只是——我现在就去。我们早餐时见。”我低语道，冲出了门。

布伦丹和温斯顿

布伦丹和温斯顿

布伦丹和温斯顿，我喃喃自语道。

我离开的时候，听到健二的大笑声。

显然，我并不十分擅长质询。

我对华纳有很多问题要问，但这些问题没有一个与我们的人质有关。每当我对自己说，我要提一些正确的问题时，华纳就有办法分散我的注意力。就好像他知道我打算问他什么，随时准备好了将我们的对话引至别的方向。

真令人困惑。

“你有文身吗？”他笑着向我问道，倚靠在墙上；他身上穿着背心、外裤和袜子，没有穿鞋子，“这年头，好像每个人都有文身。”

与华纳的对话不是我原先预想的应该有的样子。

“没有，”我说道，“我从来没机会刻一个。再说，我觉得不会有人想靠近我的皮肤。”

他研究着他的手。笑着说：“也许有一天。”

“也许。”我表示赞同。

停顿。

“所以,你的文身是怎么回事儿？”我问道,“为什么是燃烧这两个字？”

他的笑容更大了。再次露出了酒窝。他边摇着头边说道：“为什么不能是？”

“我不明白，”我歪着脑袋看着他，有些迷惑，“你想时刻提醒自己记住烈火焚烧的样子？”

他笑了，随即爆发出哈哈大笑：“多个字母放在一起，并不总是要拼成单词的，亲爱的。”

“我……不知道你在说什么。”

他深吸一口气。坐直了一些。“那么，”他说道,“你以前读过很多书？”

他的问题让我猝不及防。这是一个很奇怪的问题，有那么一会儿，我情不自禁地质疑这是不是一个恶作剧。承认这件事可能会让我陷入麻烦之中。然后,我想起来华纳是我的人质,而不是相反:“是,我曾经读过很多书。”

他的笑容隐去，转为较为严肃的面容，一脸算计的模样。然后，他的面孔小心地抹去了所有表情：“你什么时候有机会阅读的？”

“你什么意思？”

他缓慢地耸了耸肩，眼睛随意地看了看房间四周。“就是看起来很奇怪，一个被完全隔离的女孩怎么会有这么多机会接触文学。尤其是在这个世界上。”

我一言不发。

他一言不发。

在我回答他之前，我猛吸了几口气。

“我…… 我从没有机会挑选我自己想看的书。”我对他说道，我不知道为什么大声说出这些让我如此紧张，为什么我必须提醒自己不要低声。“我能得到什么书，我就读什么书。我学校里总有一些小的图书馆，我的父母在房子的四周也经常放着一些书。后来……”我有些踌躇，“后来，我有数年时间在医院和精神病院和少管所。”我的脸发烫，好像每次都是在这种时候，它都准备好了为我的过去，为我曾经是什么样的人以及今后继续做这样的人感到羞愧。

但是，这很奇怪。

虽然有一部分的我挣扎着不要这么坦白，但另一部分的我又真的觉得这样和华纳说话，是件很舒心的事儿。安全。随意。

因为他知道我所有的事情。

他知道我十七年来的每一个细节。他拥有我所有的医疗记录，知道我与警察之间发生的所有事情，知道我曾经与我父母之间的痛苦关系。现在，他还读了我的笔记本。

我的过去再也没有什么会让他惊讶，我曾经做过的事情再也没有什么会吓到他。我不担心他会如何审判我或从我身边逃开。

也许没有其他任何东西，比这一认识，更让我震彻心骨。

给我某种解脱的感觉。

“周围总是会有些书的。”我继续说道，有一点儿停不下来的感觉。我的眼睛盯着地上，“在拘留所里。很多书又旧又破，连封面都没有了，所以我并不完全知道书名是什么，作者是谁。我阅读所有我能看到的东西。童话、推理小说、历史和诗集。不管是什么，都没关系。我会一遍又一遍，反反复复地读。那些书…… 它们帮助了我，阻止我失去理智。”我退缩了，突然住嘴，没有说出更多的。当我意识到我是多么希望信赖他的时候，我吓到了。信赖华纳。

那个试图杀死亚当和健二的恐怖的、恐怖的华纳。那个把我当成玩偶的华纳。

我讨厌在他身边觉得非常安全，可以无所顾忌地说话。我憎恨在所有人当中，华纳是我可以完全坦白以待的那一个。我总是觉得我不得不保护亚当免受我的伤害，远离我的可以称之为恐怖的生活。我从来都不想吓到他或告诉他太多东西以免他会因此害怕并改变他对我的想法，以免让他觉得信任我、向我表达情感是一个错误。

但是，和华纳在一起，我没有什么需要隐藏的。

我想了解他的表情；我想知道他现在在想什么，想将我过去很私人的一面展现给他看，但是我无法直面他。所以，我坐在这里，一动不动，羞辱感漫上我的肩膀，他一言不发，纹丝不动，悄无声息。秒针在上空乱跑，充斥着整个房间，我想把它们全部拍走；我想抓住它们，然后把它们一股脑儿装进我的口袋，只为了让时间停止。

终于，他打破了沉默。

“我也喜欢阅读。”他说。

我抬起头，吃了一惊。

他倚靠在墙上，一只手伸进头发里。他的手指穿过他金色的头发，然后垂下。他凝视着我的眼睛。他的眼睛如此，如此翠绿。

“你喜欢阅读？”我问道。

“你很吃惊啊。”

“我以为重建院打算销毁所有这些东西。我以为这是非法的。”

“它们是非法的，将会是，”他说道，稍微动了动，“不管怎样，很快就会是。实际上，他们已经销毁了一部分了。”他首次露出一个不太自在的表情。“这真是很讽刺，”他说道，“我真正开始阅读的时间，正好就是这个旨在销毁一切事物的计划开始实施的时候。我奉命罗列一些清单——就哪些东西我们应该保留，哪些东西我们最好销毁，哪些东西我们可以在运动中以及未来的课程中循环使用等提供我的意见。”

“你觉得那样好吗？”我向他问道，“销毁文化遗产——所有的语言——所有的文字？你同意？”

他再次把玩我的笔记本。“有…… 很多事儿，我会以另一种方式去做，”他说道，“如果是我掌权的话。”他深吸一口气，“但是，士兵并不总是会服从命令的。”

“哪些事儿会让你以另一种方式去做？”我问道，“如果是你掌权的话。”

他笑起来，随后叹息一声，看着我，眼角充满着笑意：“你的问题太多了。”

“我忍不住，”我对他说道，“你现在看起来如此不同。你说的每一件事儿都让我吃惊。”

“怎么会？”

“我不知道，你就是…… 很平和。少了点儿疯狂。”

他笑了，是那种闷笑，就是他的胸膛在震动，却没有发出一点儿声音。他说道，“摆脱职务和责任。死亡，”他的视线落在墙上，“就像度假一样。我不必时刻思考。不必做任何事儿，或和什么人说话，或去哪儿。我从来没有这么多时间可以简单地睡一觉。”他微笑着，“这真是一种奢侈。我觉得我多数时候喜欢当人质吧。”他补充道。

我情不自禁地研究他。

以一种我以前从来不敢的方式研究着他的脸，然后我意识到我完完全全不知道他那样的生活会是什么样子。他曾经跟我说过，他说我对他世界里奇怪的生活法则一点儿头绪都没有，我是不可能理解的。我现在才明白他有多么正确。因为，我对这种血腥的、严格管制的生活方式没有任何概念。但是，我突然很想知道。

我突然很想去了解。

我看着他小心翼翼的神情，他努力表现得无忧无虑，轻松自在。但是，我明白他的这些神情是精心算计的。他身体的每一个动作，每一次的调整都是有理由的。他总是在听，一只手不是放在地板上就是墙上，他的眼睛始终盯着门，研究着门的轮廓，门上的铰链和门把手。我看出他的紧张——只有一点点——只要有一点点响声，金属的刮擦声，门外模模糊糊的讲话声，都会影响到他。显然，他时刻保持警觉，随时准备战斗，随时准备做出反应。这让我好奇他是否体会过安宁、安全。他是否能够一觉睡到大天亮。他是否能够随意到任何地方而不必打量四周。

他的双手扣在了一起。

他把玩着左手小指上的一个戒指，把它转来转去。我难以相信我居然花了这么长时间才注意到他戴的那个戒指；那是一个玉戒，散发着与他的眼睛相映衬的绿光。然后，我突然想起来，我以前见过这枚戒指。

就一次。

在我伤害杰金斯的那个早晨。当时，华纳到我房间里来，把我从房间里带走。他抓到我正盯着他的戒指，就迅速把手套戴上。

它似曾相识。

他抓到我看他的手，于是迅速将左手握成拳，并用右手盖住了左手。

“什——”

“只是一枚戒指，”他说道，“没什么。”

“如果没什么，你干吗要藏起来？”我比前一刻更好奇了，非常渴望找到一个机会撬开他的脑袋，以搞明白他的脑袋里到底装着什么。

他叹息了一声。

他的手指曲曲张张。眼睛盯着自己的手，平摊，手指张开。他把戒指从小指上退下来，举到荧光灯前；看着它。那是一个小小的绿环。最后，他看着我。把戒指放到自己的手掌上，收拢拳头。

“你不打算告诉我吗？”我问道。

他摇摇头。

“为什么不？”

他摸了摸他的颈侧，揉捏着颈脖最下端的肌肉紧绷之处，就是他背部顶端的那个地方。我情不自禁地观察着。忍不住想象，有人帮我揉捏身体的酸痛之处会是什么样子。他的手看起来非常强壮。

当他开口说话的时候，我都忘了我们谈到哪儿了。他说：“我戴这个戒指差不多有十年了。它曾经适合我的食指。”他瞟了我一眼，然后看向别处，“我从没和别人谈论过它。”

“从没有？”

“没有。”

“噢。”我咬了咬下唇。有些失望。

“你喜欢莎士比亚吗？”他问我。

一个奇怪的话题转移。

我摇摇头：“我对他所知道的一切就是他偷了我的名字，然后把它拼错了。”

华纳足足盯了我一秒钟，然后爆发出一阵大笑——猛烈的、毫无克制的大笑——他试图克制，但是失败了。

在这个奇怪的、戴着神秘的戒指、和我谈论书籍与诗歌的哈哈大笑的男孩面前，我突然觉得不自在，觉得紧张。“我无意搞笑。”我努力告诉他。

他开始说话，但眼睛里仍充满着笑意：“别担心。我对他也了解不多，直至一年前。他说的东西，我到现在还有一半不明白，所以，我想，他的大部分作品，我们要销毁，但是他确实写了一些我非常喜欢的东西。”

“是什么？”

“你想看看吗？”

“看？”

华纳已经站起身，解开他的裤子，我好奇可能会发生什么，正担心自己又被他诱骗进什么新的变态游戏中时，他停了下来。捕捉到我脸上惊恐的表情。他说道：“别担心，亲爱的。我不会裸体的，我保证。只是另一个文身。”

“哪儿？”我问道。僵在原地，又想又不想掉转视线。

他没有回答。

他的裤子拉链已经拉开，低低地挂在他的腰上。他里面的平角裤已经能看见了。他将他的平角裤向下拽了拽，直至它刚刚挂在他的髋骨下。

红晕一直爬上我的发际。

我以前从未见过任何男孩如此私密的部位，我无法让自己掉转视线。我和亚当之间的互动总是在黑暗中进行的，总是被打断；我从没见过他这么私密的地方，不是因为我不想，而是因为我从没有机会。现在，灯光大亮，华纳正直直地站在我面前，他的身体线条着实吸引了我，让我如此着迷。我情不自禁地注意到他的腰窄窄地向下延伸至他的臀，然后消失在一小块布料中。我想知道另外一个人没有这些布料障碍的样子。

如此彻底、私下地了解一个人。

我想研究他手肘间揣着的秘密，他膝盖弯后隐藏的私语。我想用我的眼睛和我的指尖勾画他身体的轮廓。我想探索他身体上起起伏伏的肌肉构成的河流与山谷。

我的想法吓到了我。

我的胸口涌动着一股我希望能忽视的炽热。我的胸膛里飞舞着无数只我希望能声辩的蝴蝶。我的内心有着我不愿明说的疼痛。

美丽

他是如此美丽。

我一定是疯了。

“这些文字很有趣，”他说道，“一直让人觉得非常……贴切，我想。即使这些文字已写上去很长时间了。”

“什么？”我把我的眼睛扯离他的下半身，极力阻止自己通过想象描绘他身体的细节。我回头看着他皮肤上的文身，这一次，我集中了精神。“噢，”我说道，“是的。”

那是两行字。字体像是用打印机打印在他的腹部底端。

地狱空荡荡。

众魔在人间。

是的，很有趣。是的，确实有趣。

我想我必须躺下来。

“书籍，”他边说着，边把他的平角裤向上拉了拉，重新拉上他的外裤拉链，“是很容易被销毁的。但是文字却永生，只要人们能记住它们。比如，文身，就很难忘掉。”他扣上他的裤扣，“我认为，这年头，有些生命短暂的东西，有必要把它们刻进我们的皮肤里，”他说道，“它提醒我们，我们已经被这个世界打下了印记，提醒我们仍活着。提醒我们永远不要忘记。”

“你是谁？”

我不知道这个华纳。我永远也无法认识这个华纳。

他笑了笑，再次坐下，说道：“其他人没必要知道。”

“你什么意思？”

“我知道我是谁，”他说道，“这对我来说就足够了。”

我沉默了一会儿。我坐在地板上皱眉：“能这么自信地生活，一定很棒。”

“你也自信，”他对我说道，“你很固执，也很有恢复力。如此勇敢。如此坚强。如此天仙般的美丽。你可以征服世界。”

我着实大笑起来，抬头迎上他的眼睛：“我总是哭。而且我没有兴趣征服世界。”

“那是，”他说道，“我永远也不会理解的东西。”他摇摇他的头。

“你只是吓到了。你害怕你不熟悉的东西。你过于担心你会让别人失望。你遏制你的潜能，”他说道，“因为你按照别人对你的期望思考——因为你仍旧遵循你被要求遵循的规则。”他热烈地看着我，“我希望你不这样。”

“我希望你不再期望我利用我的能力杀人。”

他耸耸肩：“我从来没有说过你必须这样做。但是，它会意外到来；在战争中，这是不可避免的。从统计学角度讲，杀戮是不可避免的。”

“你在开玩笑，对吧？”

“绝对没有。”

“总是能避免杀人的，华纳。你可以不打仗，这样就可以避免杀戮了。”

但是，他只是咧嘴笑了，如此灿烂，甚至不加任何掩饰，“我喜欢你说我的名字，”他说道，“我甚至不明白为什么。”

“华纳是你的姓，”我指出，“你的名字是亚伦。”

他的笑容更大了，更灿烂了：“天啊，我爱死了。”

“你的名字？”

“当你说的时候。”

“亚伦？还是华纳？”

他的眼睛闭上。他的头歪歪地靠在墙上。酒窝展现。

我突然对自己当前在这儿的所作所为感到窘迫。坐在这里，和华纳在一起打发时光，就好像我们有很多时间可以浪费。就好像这些墙壁之外并不存在一个可怕的世界。我不知道自己如何才能不分心。我向自己保证这一次我不会再让对话失去控制。但是，当我开口时，他说话了。

“我不会把你的笔记本还给你的。”

我的嘴巴闭上了。

“我知道你想把它要回去，”他说道，“但是，恐怕我要保留它一辈子。”他把笔记本举起来，展示给我看。咧嘴笑着。然后他把它放进自己的夹克口袋里。那个地方我永远也不敢去碰。

“为什么？”我忍不住问道，“你为什么这么想要它？”

他花了很长一段时间凝视着我。没有回答我的问题，然后，他说道：

“在最黑暗的日子里，你不得不努力搜寻着一点点光亮；在最寒冷的日子里，你不得不寻找一丝温暖；在最惨淡的日子里，你不得不让你的眼睛一直向前盯着，向上看着；在最悲伤的日子里，你不得不让眼睛睁着，让它们哭泣。让它们干涸。给它们一个机会洗尽痛苦，只为了再次看清楚看明白。”

“我真不敢相信你居然记住了。”我低语道。

他再次倚靠在墙上。再次闭上眼睛。他说道：“对我来说，这世上没有什么东西是有意义的，但我忍不住想收藏着各种变化，希望这足以补偿我们犯下的错误。”

“那也是我写的？”我向他问道，无法相信他能一字不落地援引我的话，我的那些从我的嘴里流到我的指尖，然后流入纸上的话。我仍然无法相信，他现在知悉了我饱受折磨的心灵产生的私密想法与感觉，这些想法与感觉被我锤打进了句子里，融进了段落中，我用标点符号把那些想法拼到了一起，这些标点符号没有其他任何作用，只是用于明确一个想法从哪里开始，又到哪里结束。

这个金发男孩的嘴里拥有我的秘密。

“你写了很多东西，”他说道，没有看我，“关于你的父母，你的童年，你与其他人打交道的经历。你谈到了希望和救赎，以及看到一只小鸟飞过会是什么样子。你写到了痛苦。以及把自己想成魔鬼会怎样。描绘了所有人在你开口和他们说两句话之前就对你做出了判断是什么样子。”他深吸一口气。“看到纸上的这些文字，就好像看到了我自己，”他低语道，“就好像我正在读着我从来不知道该怎样说出来的东西。”

我希望我的心脏安静下来，安静下来，安静下来。

“每一天，我都感到抱歉，”他的声音低得几乎听不见了，“抱歉我听信了关于你的传闻。然后，我伤害了你，还以为自己是在帮你。我不会为我自己是谁道歉。”他说道。“我的这一部分已经完蛋了；已经被毁了。我很久以前就放弃我自己了。但是，我确实抱歉我没有更进一步地理解你。我所做的每一件事儿，因为我当时是想帮你更加坚强。我当时希望你能将你的愤怒当作一个工具，一项武器，来开发你内心的力量；我希望你能对抗这个世界。我有意挑衅你，”他说道，“我把你推得太远了，逼得太紧了，做了一些让你害怕让你恶心的事儿，我做这些都是有目的的。因为那就是我学会让自己坚强地对抗这个恐怖世界的方式。那就是我接受反击训练的方式。我当时希望能传授给你。我知道你有更大的潜力。我可以看到你内在的力量。”

他看着我。真心真意地看着我。

“你将会做一些不可思议的事情，”他说道，“我一直知道这一点。我觉得，我想成为其中的一分子。”

我努力了。我非常努力地想记起我应该恨他的理由，我努力回忆我看到过的他做下的所有恐怖的事情。但是我很受折磨，我太了解受折磨是什么滋味了。做这些事情只是因为你不知道还有什么更好的事情可做，因为你觉得做这些事情是对的，因为从没有人教过你什么是错的。

因为当你所有的感受都是恨的时候，你很难对这世界表现仁慈。

因为当你所知道的一切就只有恐惧的时候，你很难在这个世界上看到善良。

我想跟他说些什么。一些深刻的、值得纪念的东西，但是他看起来已经理解了。他给我一个生疏、若隐若现的笑，那笑意未及他的眼底，却充满了很多含义。

然后

“告诉你的团队，”他说道，“做好战争准备吧。除非我父亲改变计划，否则他后天将下令攻击平民，这将是一场屠杀。这也是把你们的人救出来的唯一机会。他们被关在45区总部低层的某个地方。恐怕这就是我能告诉你的所有信息了。”

“你怎么——”

“我知道你为什么在这儿，亲爱的。我不是傻子。我知道你是被迫花时间和我待在一起的，我知道原因。”

“但是，你为什么如此随意地就提供了情报？”我向他问道，“你为什么要帮我们？”

他的眼里闪过一丝变化，但很快就恢复了正常，让我没来得及领悟它的含义。而且，虽然他小心翼翼地表现出中立，但我们之间有某种东西突然感觉不一样了。很强烈。

“走，”他说道，他的眼睛闭上了，“你必须现在就告诉他们。”

五十三

亚当、健二、卡斯特和我都窝在他的办公室里，绞尽脑汁地讨论战略。

昨晚，我直奔健二——他随后带着我去见了卡斯特——将华纳跟我说的事情告诉了他。卡斯特松了一口气的同时又惊骇不已，我想他还没有完全消化完这些信息。

他跟我说，他打算早上见见华纳，只是想继续跟进，想看看华纳是否愿意全心加入（他没有），然后让健二、亚当和我在他办公室碰头。

所以，现在，我们几个和另外七个人窝在他那小小的办公室里。这个房间里的许多面孔都是我们当时参加重建院仓库大院行动时见过的；这意味着他们是重要人物，是这场运动的中坚分子。这让我纳闷我何时也成为卡斯特核心队伍中的一员了。

我忍不住觉得有点儿骄傲。有点儿激动有人愿意依靠我。我可以有所贡献。

这也让我好奇我在这么短的时间里变了多少。我的生活发生了多大的变化，我现在觉得更坚强了，不那么软弱了。它让我纳闷，如果亚当和我找到了在一起的办法，结果是不是就会有所不同。如果我冒险走出他引入我生活中的安全感，结果会是怎样呢。

我纳闷很多事情。

但是，当我抬起头，正好看到他注视着我时，我的所有纳闷立刻消失不见；我的所有感觉只有一个，那就是思念他的痛苦；希望在我抬起头的那一刻，他不会掉转他的视线。

这是我自己做出的痛苦选择。我自找的。

卡斯特坐在他的桌旁，两个手肘支在桌子上，下巴搁在交握的手背上。

他眉头紧蹙，双唇噘起，两眼紧盯着他面前的纸张。

他已经有五分钟未发一言了。

终于，他抬起了头。看向健二，健二坐在他的右手边，在我和亚当之间。“你怎么看？”他说道，“进攻还是防御？”

“游击战，”健二毫不犹豫地说道，“没别的。”

卡斯特深吸一口气，说道：“是的，我也这么想。”

“我们必须分头行动，”健二说道，“是你分派队伍，还是我来？”

“我做初期分派。然后，我想让你再检查一遍，看看有没有需要调整的地方。”

健二点点头。

“好极了。关于武器——”

“我会检查，”亚当说道，“我会确保所有东西整装待发。我对武器库已经非常熟悉了。”

我没有概念。

“好。非常好。我们会派一组人进去找温斯顿和布伦丹的下落；其他人分散在大院的周围。我们的任务很明确：尽可能多地救出平民。除非完全必要，否则不要杀掉那些士兵。我们的战斗不是针对他们的，而是针对他们的首脑——我们决不能忘掉这一点。健二，”他说道，“我要你监督进入大院的队伍。你觉得行吗？”

健二点点头。

卡斯特继续说道：“我将率队到低层去，同时你和肯特先生最好能潜进45区，我希望你们和费拉斯女士在一起；你们三个合作得很好，我们作战时可以利用你们的优势。现在，”他边说着，边摊开眼前的纸张，“我整个晚上都在研究这些设计图——”

有人在敲卡斯特房门上的玻璃窗。

那是一个我以前从未见过的年轻人，他有一双明亮的浅棕色眼睛，头发修剪得很短，短到我几乎都看不出头发颜色了。他眉头紧蹙，神情紧张。

“长官。”他大叫着，我意识到他一直在大叫，但是他的声音很含糊，这时，我才突然意识到这个房间一定是隔音的。

健二跳起来，冲过去拉开了门。

“长官！”那个青年大口喘着气。显然，他是全程跑过来的，“长官，请——”

“塞缪尔？”卡斯特站起来，绕过桌子，冲过去抓住那男孩的肩膀，试图让他集中。“什么事儿——出什么事儿了？”

“长官，”塞缪尔再次说道，这一次正常多了，他的呼吸平稳多了，“我们有——一个情况。”

“告诉我所有事儿——现在不是有保留的时候，如果真有什么事发生的话——”

“跟地面上没什么关系，长官，就是——”他的眼睛有那么一瞬间扫向我的方向。“我们的……客人——他——他不合作，长官，他在——他给守卫制造了很多麻烦——”

“什么样的麻烦？”卡斯特的眼睛眯成了两条缝。

塞缪尔降低了音调：“他试图把门砸出一个洞，长官。他试图把那铁门砸出一个洞来，长官，他威胁守卫，他们开始担心——”

“朱丽叶。”

不。

“我需要你的帮助，”卡斯特看也没看我地说道，“我知道你不想，但是你的话是他唯一听得进去的，我们现在不能分心，现在不行。”他的声音如此细微，就好像被无限拉长，快要断了一样，“请你尽你所能地控制住他，在你觉得情况好转，足以让索尼娅和莎拉安全进入时，我们也许就可以找到办法让他安静下来，同时又不会威胁到姑娘们的安全。”

我的眼睛无意中瞟过亚当。他看起来不高兴。

“朱丽叶。”卡斯特下巴紧绷，“拜托。现在就去。”

我点点头，转身离开。

“准备好。”卡斯特在我朝门走去的同时说道，他的声音与他下面要说的话相比，太温柔了。他说：“除非我们被骗了，否则最高司令官明天将大肆屠杀手无寸铁的平民，我们不能假设华纳给我们提供的是虚拟情报，其后果我们承担不起。我们黎明出发。”

五十四

守卫一语未发地让我进了华纳的房间。

我的眼睛扫过这间现在放了部分家具的房间，心脏怦怦直跳，拳头紧握，血液奔流。有什么不对劲儿。有什么事儿发生了。在我昨晚离开的时候，华纳看起来很好。我无法想象什么东西刺激了他，让他这样失去理智，但是我害怕。

有人给了他一张椅子。我现在知道他为什么能砸铁门了。不该给他一把椅子。

华纳坐在上面，他背对着我。从我站着的地方看，我只能看到他的头。

“你回来了。”他说道。

“我当然要回来，”我说着，朝他走近了几步，“怎么了？有什么不对吗？”

他笑起来。一只手扒了扒头发。抬头看着天花板。

“发生什么事儿了？”我现在非常担忧，“你——你出什么事儿了？你还好吧？”

“我必须出去，”他说道，“我必须离开。我不能再待在这儿了。”

“华纳——”

“你知道他对我说了什么吗？他告诉你他跟我说了什么吗？”

沉默。

“他今天早上，就这么走进我的房间。他径直走到这里，说他想和我谈谈。”华纳再次笑了，大声地笑，非常大声地笑。摇着他的头，“他跟我说，我可以改变。他说我可能和这里的其他人一样有着某种天赋——我可能有一种能力。他说我可以变得不同，亲爱的。他说他相信如果我想，我可以改变。”

卡斯特告诉他了。

华纳站起来，但没有转身，我看到他没有穿衬衫。他看起来不介意我看到他背上的伤疤，他身上刻的那个“燃烧”文身。他的头发乱糟糟的，不安分地垂到他的眼前，他的裤子拉着拉链，但没有扣上裤扣，我以前从未见过他这样凌乱。他双手平撑在墙壁上，胳膊伸展；他的身体弓着，他的头低垂，仿佛在祈祷。他的整个身体都处于紧绷状态，肌肉贲张。他的衣服堆在地板上，他的垫子在屋子中央，他刚刚坐着的椅子面对墙壁，然后我意识到他是在这里开始失控的。

“你能相信吗？”他向我问道，仍没有看向我的方向，“你能相信吗，他觉得我可以早晨一觉醒来，然后就变得不同了。唱着欢快的歌曲，给穷人施舍钱财，并乞求这世界原谅我曾经做过的事儿？你觉得那可能吗？你觉得我能改变吗？”

他终于转身，面向我，他的眼睛在笑，他的眼睛就像在阳光下熠熠发亮的绿宝石，他的唇抽动着，压制着笑容。“你觉得我可以不同吗？”他朝我走近了几步，我不知道那为什么会影响我的呼吸。为什么我找不到自己的嘴巴了。

“这是个问题。”他说道，他站在我的面前，我甚至不知道他是怎么到我面前的。他仍旧看着我，他的眼神是如此专注，又如此紧张、耀眼，有一种我无法言说的东西在燃烧。

我的心无法停止怦怦乱跳，它拒绝停止怦怦乱跳。

“告诉我，朱丽叶。我很想知道你到底是怎么看我的。”

“为什么？”我勉强低声说道，只为了争取一些时间。

华纳的唇动了动，绽出一个笑容，然后张开了嘴，只有一点点，但足以展现出一种陌生的、奇怪的表情。他没有回答。他一言不发。他只是又朝我靠近了一些，审视着我，我僵在原地，他没说话，我努力地与我全身上下的每一个分子、每一个愚蠢细胞做斗争，因为它们如此受他吸引。

噢。

上帝。

我如此受他吸引。

我体内的罪恶感层层叠叠，攀上我的骨头，把我撕成两半。它是缠绕在我脖子上的电线，是爬进我肚子里的毛毛虫。我一直处于犹豫不决的两难境地。有太多的秘密，我再也承受不了。

我不明白我为什么想这样。

我是一个可怕的人。

他好像明白我在想什么，他好像能够感觉到我头脑里变化的思绪，因为他突然变得不同了。他慢慢平静下来，他的眼神深邃，担忧，又温柔；他的唇非常柔软，仍旧微微张开，现在，这个房间里的空气太稀薄了，充满了棉花，我觉得血液直冲大脑，冲出我大脑的每一片理性区域。

我希望有人能提醒我如何呼吸。

“你为什么不能回答我的问题呢？”他的眼睛深沉地注视着我，我非常惊讶我居然没有在如此热烈的眼神下却步，然后，我意识到，就在这一刻，我意识到与他有关的所有事物都是紧张而热烈的。他没有一样东西是可控制的，或是容易区分的。他有太多的面。与他有关的每一件事儿都有太多面。他的情感、他的行为、他的愤懑、他的侵略性。

他的爱。

他太危险，浑身带电，无法控制。他的身体汩汩流淌着巨大的气势，即使他平静下来，这种气势也很明显。它无处不在。

但是，我对真正的华纳有了一种奇怪的可怕的信念。我想找到那个会喂养流浪小狗的十九岁男孩。我相信这个男孩有一个饱受折磨的童年，一个暴虐的父亲。我想了解他。我想剖析他。

我想相信，他被迫塑造出来的模样并不是他的全部。

“我想，你可以改变，”我听到自己说道，“我觉得任何人都可以改变。”

他笑了。

这是一个慢慢展开的笑容。这个笑容随后绽放成哈哈大笑，照亮了他的整个身体，最后他舒了一口气。他闭上眼睛。他的脸庞是如此激动，又如此愉悦。“真是太美好了，”他说道，“美好得无以复加。因为你真的相信这一点。”

“我当然相信。”

他终于睁开眼，看着我，低语道：“但是你错了。”

“什么？”

“我是没有心的。”他对我说道，他的言辞很冷，很空，直抵本质，“我是个无情的杂种，一个冷酷邪恶的人。我根本不在乎别人的感觉。我不在乎他们是否害怕，也不在乎他们的未来。我不在乎他们想要什么，或他们有没有家。我不会感到抱歉，”他说道，“我从来不会对我曾经做过的事儿感到抱歉。”

我花了好一会儿才找到自己的思维。“但是你向我道歉了，”我对他说道，“就在昨天晚上，你向我道歉了——”

“你是不同的，”他打断我，“你不算。”

“我没有不同，”我对他说道，“我不过是另一个人，和其他每一个人一样。而且，你已经证明你会自责。有怜悯之心。我知道你可以做仁慈的人——”

“那不是我。”他的声音突然变得严厉，突然变得非常强硬，“而我也不打算改变。我无法抹去我十九年来悲惨的日子。我无法忘记我曾经做过什么。我没有办法在某个早晨醒来，然后就决定凭靠着虚无的希望与梦想活下去。借着别人许诺的光明未来活下去。我不想对你撒谎，我从来就不在乎他人死活，我不会做出牺牲，我不会退让。我不是好人，我也不是什么公平或正派的人，我永远也不会做这样的人。我做不到。因为努力做那些事情，会让人很尴尬。”

“你怎么能那么想？”我想摇醒他，“你怎么能觉得努力做一个更好的人是件羞耻的事儿？”

但是他没有听进去。他哈哈大笑。他说：“甚至于你，你能想象我那个样子吗？冲着一个小孩微笑？在生日宴会上分发礼物？你能想象我帮助陌生人的样子？和邻居家小狗玩耍的样子？”

“是的，”我对他说道，“是的，我能。”我已经看到过这个场景，但是我没有对他说。

“不能。”

“为什么不能？”我坚持道，“为什么就这么难以相信？”

“那种生活，”他说道，“对我来说，是不可能的。”

“但是为什么？”

华纳聚拢了五指，又张开，然后扒了扒头发。“因为，我能感觉到，”他现在的声音平静多了，“我总是能感觉到。”

“感觉到什么？”我低语。

“人们怎么看我。”

“什么？”

“他们的感觉——他们的怒气——那种——我不知道那是什么。”他说道，有些挫败地向后踉跄了几步，摇着头，“我总是能感觉出来。我知道每一个人有多恨我。我知道我的父亲有多么不在乎我。我知道我母亲内心的痛苦。我知道你和其他人不一样。”他的声音噎了一下。“我知道，当你说你不恨我时，你说的是真的。你说你希望怎样，你不能怎样时，你说的都是真心话。因为你的内心没有恶意，对我没有恶意，如果你有，我一定会知道。就像我知道，”他的声音因为克制而显得嘶哑，“当我们亲吻时，你是有感觉的。你和我有一样的感觉，而你为此感到害羞。”

我完全惊慌失措。

“你怎么可能知道？”我向他问道，“你怎么——怎么——怎么就知道情况是那样的？”

“没有人会像你那样看着我，”他低语道，“没有人会像你那样和我说话，朱丽叶。你是不同的。”他说道。“你是如此与众不同。你能理解我。但是，这世上其他人不会想和我意气相投。他们不会想要我的笑容。卡斯特是这个星球上这一法则的唯一例外，他渴望信任我并接纳我只能表明这场抵抗运动有多么不中用。这儿没人知道他们在做什么，他们只会让自己陷于屠杀之中——”

“那不是真的——那不可能是真的——”

“听我说，”华纳现在的声音很急切，“你必须明白——只有一种人，能够对这个悲惨的世界产生重大影响，那就是掌握真正实力的人。而你，”他说道，“你拥有实力。你拥有可以震撼这个星球——征服这个星球——的实力。也许现在太快了，也许你需要更多的时间去发现你自己的潜能，但是我会耐心等待。我始终希望你在我这边。因为，我们两个人——我们两个人，”他顿了顿。他听起来有些气喘，“你能想象吗？”他的眼睛热切地注视着我，眉头紧蹙。研究着我。“你当然能，”他低语道，“你总是在思考。”

我倒抽一口气。

“你不属于这儿，”他说道，“你不属于这些人。他们会拖你后腿，会拖累你被杀——”

“我没有其他选择！”我现在生气了，愤怒不已，“我宁愿待在这里，和这些努力提供帮助的人——努力制造不同的人——在一起！至少他们不会杀害无辜的人——”

“你以为你这些新朋友以前就从没有杀过人？”华纳咆哮道，手指着门，“你以为肯特就没有杀过人？健二就从没有开枪打过人？他们都是我的士兵！”他说道，“我亲眼看到他们干过！”

“他们只是想努力活下来，”我对他说道，颤抖着，努力忽略掉自己的想象带来的恐怖感，“他们的忠诚与重建院无关——”

“我的忠诚，”他说道，“与重建院无关。我的忠诚属于那些知道如何生存的人。在这场游戏中，我只有两个选择，亲爱的。”他的呼吸声粗重，“杀，或被杀。”

“不，”我对他说道，身体后退，觉得恶心，“不一定非得那样。你不一定非得那样生活。你可以离开你的父亲，远离那种生活。你不必按他的想法去做——”

“损害，”他说道，“已经造成。对我来说，已经太晚了。我已经认命。”

“不——华纳——”

“我不是在让你担忧我，”他说道，“我完全知道我的未来是什么样子的，我欣然接受。我很高兴一个人生活。我不害怕余生独自度过。我不害怕孤独。”

“你不必过那样的生活，”我对他说道，“你不必孤独。”

“我不会待在这儿，”他说道，“我只是想让你知道。我打算想办法出去，只要一有机会，我就会尽快离开这儿。我的假期，正式结束。”

五十五

时间飞逝。

卡斯特召集了一次临时会议，目的是向所有人介绍明天战斗的基本情况；距离我们出发还有不到十二个小时。我们聚集在餐厅里，因为这里最便于所有人立即就座。

我们吃了出发前的最后一顿饭，进行了一些强制性对话，花了两个小时的时间简报，间或说了一些好笑的事儿，可这些玩笑更让人觉得紧张得透不过气来。莎拉和索尼娅是最后两个进入餐厅的人，她们都看到了我，朝我快速地招手示意了一下，然后在餐厅的另一头坐下。随后，卡斯特开始讲话。

每一个人都必须战斗。

所有体格健全的男人和女人。没有战斗能力的老人和小孩留在后方，这些小孩包括詹姆斯和他的一群老友。

詹姆斯正紧紧拽着亚当的手。

卡斯特说安德森将猎杀民众。民众一直在闹事儿，比以往更猛烈地反对重建院。卡斯特跟我们说，我们的战斗给了他们希望。他们只是听说了抵抗运动的传闻，之前发生的战斗让这些传闻坐实了。他们指望我们提供支持，指望我们与他们并肩战斗；而现在，我们将首次公开利用我们的天赋来战斗。

在重建院的大院。

在那里，民众将亲眼看到我们的能力。

卡斯特跟我们说，我们要准备来自两方的攻击。他说，有时候，尤其是在被吓到的时候，人们看到我们这类人，通常不会做出肯定的反应。相较于那些未知的，或无法解释的东西，他们更能接受平常较为熟悉的恐怖景象。我们的存在，我们公开展示我们的异能，可能会给我们树立新的敌人。

我们必须为此做好准备。

“那我们为什么要在乎他们？”餐厅后头有人大声嚷道。那是名女子。她站起来，我注意到她有一头光亮的黑发，犹如油墨瀑布般垂在她的腰际。她的眼睛在荧光灯下熠熠发亮，“如果他们只会恨我们的话，我们为什么要保护他们？这真是荒谬！”

卡斯特深吸一口气，说道：“我们不能因为一个人的愚蠢而打翻一船的人。”

“但是，并不只有一个人，不是吗？”另一个声音插了进来，“他们有多少人会突然转为对付我们？”

“我们无法知道，”卡斯特说道，“可能只有一个。也可能没有。我只是建议你们保持警惕。你们绝不能忘记，这些平民是无辜的，他们手无寸铁。他们因为反抗而被杀——仅仅因为他们大声说出了自己的诉求，仅仅因为他们要求公平待遇。他们吃不饱，失去了自己的家园，自己的亲人。显然，你们一定有同感。你们当中许多人的家人也不知所踪，不是吗？”

人群中出现了嗡嗡声。

“你们一定能想象到，那些人中，也许有你的母亲，你的父亲，你的兄弟姐妹。他们正饱受伤害，他们被打倒。我们必须尽我们所能提供帮助，哪怕只有一点点。这是唯一的选择。我们是他们唯一的希望。”

“那我们的人怎么办？”另一个人站进来。他有四十多岁了，肥胖而健硕，在房间里显得特别突出，“如何保证我们能把温斯顿和布伦丹救回来？”

卡斯特的眼睛垂下，又瞬间抬起。我怀疑是否只有我一个人注意到他眼睛里闪过的痛苦：“没有保证，我的朋友。从来就没有。但是我们要尽全力。我们不能放弃。”

“那把那个孩子当人质有什么好处？”他抗议道，“干吗不把他杀了算了？我们为什么还要让他活着？他对我们一点儿好处也没有，还吃我们的，用我们的！”

人群开始激动，显得狂怒、愤懑与疯狂。一时间，所有人都在咆哮，叫嚣着“杀了他！”“让那最高司令官看看！”“我们必须发表一个严正声明！”“他该死！”

我突然觉得心脏紧缩。我几乎高度紧张，然后，我意识到，第一次意识到，我没有一点点让华纳死的念头。

这个认知吓坏了我。

我留神亚当有什么不同的反应，但是我不知道我到底在期望什么。我非常愚蠢，居然会惊讶于他紧张的眼睛和抿紧的双唇。我真是笨得居然还期望亚当除了恨还有别的反应。亚当当然恨华纳。他当然恨。

华纳曾试图杀死他。

他当然，也，希望华纳死。

我觉得自己要晕了。

“拜托！”卡斯特大声喊道，“我知道你们不痛快！明天将面临一场硬仗，但是我们不能将我们的攻击力发泄到一个人身上。我们必须将这种攻击力用到我们的战斗中，我们必须团结。我们绝不能让任何事儿分裂我们。现在绝对不能！”

六秒钟的沉默。

“除非他死，不然我不会参战！”

“我们今晚就杀了他！”

“我们现在就去对付他！”

整个人群变成了一具具肆意咆哮的愤怒的身体，一张张毅然决然的丑陋的脸，野蛮的怒火让他们的表情看上去如此可怕，如此凶残，如此扭曲。

“停下来！”卡斯特的手在空中挥舞着，他的眼睛充满了怒火。餐厅里的每一张桌子和每一把椅子都开始发出嘎吱声。大家环顾四周，四处散开，惊慌不已，焦虑失常。

他们仍旧不愿意冒犯卡斯特的权威。至少不是现在。

“我们的人质，”卡斯特说道，“不再是人质。”

不可能。

那是不可能的。

那绝对不可能。

“他来找我了，就在今天晚上，”卡斯特说道，“请求欧米迦之角提供庇护。”

我的大脑在尖叫，被卡斯特刚刚说出的话搞疯了。

这不可能是真的。华纳说他打算离开。他说他打算想办法出去。

但是，欧米迦之角的人们比我还震惊。甚至站在我旁边的亚当也在愤怒地发抖。我不敢看他的脸。

“请安静！”卡斯特伸出另一只手，试图压住大家爆发出的抗议声。

他说：“我们最近发现，他也有异能。他说他希望加入我们。他说他明天将和我们一起战斗。他说他会对抗他的父亲，并帮助我们找到布伦丹和温斯顿。”

混乱。

混乱。

混乱。

餐厅的每一个角落都爆发混乱。

“他是个骗子！”

“拿出证据来！”

“你怎么能相信他？”

“他背叛了他自己的人！他也会背叛我们的！”

“我绝不会和他并肩战斗！”

“我要先杀了他！”

卡斯特眯起了眼，眸子在荧光灯下闪闪发亮，他的手像扫帚一样在空中挥舞，收集起这个房间里的每一个盘子，每一把勺子，每一个玻璃杯，他把它们聚集到半空中，挑衅那些大声说话、咆哮、持反对意见的人。

“你们不能碰他，”他平静地说道，“我发过誓要保护我们的同类，我不会违背我的诺言。想想你们自己！”他大声说道，“想想你们自己的异能刚被发现的那些日子！想想那些让你们不能忍受的寂寞、孤独与恐惧！想想你们当初是如何被你的家人和朋友抛弃的！你们认为他不能洗心革面吗？你们是怎么改变的，朋友们？你们现在开始批判他！你们批判一个和你们一样乞求赦免的人！”

卡斯特露出厌恶的表情。

“如果他做了任何不利于我们的事儿，如果他做了一点点有损于他对我们的忠诚的事儿——只要发生了这种事儿，你们就可以随意对他这个人做出审判。但是，我们首先应给他一个机会，不可以吗？”卡斯特不再费心掩盖他的怒气，“他说他会帮助我们找到我们的人！他说他会对抗他的父亲！他不过是个十九岁的孩子！他只有一个人，而我们却有很多人！”

大家平静下来，说话声音降低了，我只能听到诸如“幼稚，荒谬，他会让我们全部没命”之类的只言片语，但是没有人再大声说话，我放下心来。我无法相信我现在居然觉得松了一口气，我希望我没有那么在乎华纳的遭遇。

我希望我会想他死。我希望我对他没有任何感觉。

但是，我不能。我没有办法。我做不到。

“你怎么知道的？”有人问道。这个声音之前一直没有出声，它很平静，在努力地保持理性。

这个声音就来自我身边。

亚当站起来。他用力咽了咽口水，然后开口说道：“你怎么知道他有异能的？你测试过他了？”

然后，他看着我。卡斯特看着我。他看着我，就仿佛希望我说话。我觉得自己好像吸走了这个房间里的所有空气，我好像掉入一桶沸腾的水中，我再也找不到自己的心跳，我开始祈祷，企求，期望他不要说下面的话。但是，他开口了。

他当然会说。

“是的，”卡斯特说道，“我们知道，他，和你一样，能够碰触朱丽叶。”

五十六

那种感觉就好像花了六个月的时间吸气。

就好像忘记了如何动弹，就好像再次经历你生活中最悲惨的一刻，挣扎着想拔出你皮肤下所有的尖刺。就好像你一觉醒来，却一头栽进了一个兔子洞里，一个穿着蓝色连衣裙的金发女孩儿向你问路，你却无法告诉她，你完全没有概念，你一直试图说话，喉咙里却塞满了积雨云；就好像有人搬来了海洋，把它填满了沉默，然后全部倾倒在这间屋子里。

就是这样。

没有人说话。没有人移动。每一个人都注视着。

注视着我。

注视着亚当。

注视着亚当注视着我。

他的眼睛睁大，迅速地眨着，他的整个身体陷入困惑与迷乱之中，夹杂着生气与痛苦，流露出被背叛与质疑的神情，更多的混乱，还有更多的痛苦，我张大嘴巴，就像濒死的鱼。

我希望他能说些什么。我希望他会问一问，或指责或要求什么，但是他什么也没有说，他只是研究着我，凝视着我，我看到他的眸子失去光亮，痛苦取代了生气。他坐下来。

他没有再朝我看一眼。

"亚当——"

他站起来。他站起来。他站起来，然后直冲出餐厅。我匆忙抬脚，我追着他出了餐厅门，我听到身后爆发出一片混乱，人群再次陷入愤怒之中。我几乎撞到亚当，我喘息着，他迅速转过身来，他说：

“我不明白。”他的眼睛露出受伤的神情，如此强烈，如此忧郁。

“亚当，我——”

“他碰过你。”这不是个问句。他几乎是严厉地看着我，然后他接下来说的话似乎让他无比难堪，“他碰过你的皮肤。”

如果这就是全部。如果就只有这么简单。如果我能把血液中的电流剔除出去，如果我能将华纳赶出我的脑子。为什么我如此迷惑。

“朱丽叶。”

“是的。”我应道，我几乎张不开嘴。他这个不是问题的问题的答案是“是的”。

亚当用手碰了碰自己的嘴巴，抬头望了望天，又看向其他地方，以一种奇怪而又怀疑的语调问道：“什么时候的事儿？”

我跟他说了。

我跟他说了那是何时发生的，怎么开始的，我告诉他我当时穿了一件华纳一直强迫我穿的连衣裙，以及他在我跳出窗外时如何奋力阻止我，他的手如何抓住我的腿，他碰到了我，却什么事儿也没有。

我告诉他我是如何疲于假装这只是我的一个幻觉，直到华纳再次抓住我们。

我没有告诉亚当华纳跟我说他非常思念我，他爱我以及他吻了我，他是如何狂野而胆大妄为地吻了我。我没有告诉亚当我曾假装对华纳的情感有反应，只是为了能偷偷把手伸进他的大衣口袋并拿到他的枪。我没有告诉亚当我是如此诧异、震惊于被他揽在怀里的感觉，我把所有这些奇怪的感觉推开，因为我恨华纳，因为他向亚当开枪让我惊骇，我当时想杀了他。

亚当所知道的就是我差点儿成功。我差点儿杀掉了华纳。

亚当眨着眼，消化着我告诉他的所有事情，对我没有说出的事情依旧一无所知。

我真是一个魔鬼。

“我不想让你知道，”我费劲儿地说道，“我觉得这会让我们之间的关系更复杂——在我们不得不努力应付现在所有这些事情之后——我只是觉得最好无视它，我不知道。”我词穷了，不知道该说什么，“真蠢。我真是蠢。我应该告诉你的，我很抱歉。我真是非常抱歉。我无意以这种方式让你知道这件事儿。”

亚当的呼吸粗重，用手擦了擦后脑勺，然后手指伸进了头发里挠了挠。他说：“我不——我不明白——我的意思是——我们知道他为什么能碰你吗？就像我一样？他能做我做的事情吗？我不——天啊，朱丽叶，你这段时间一直和他单独待在一起——”

“什么也没发生，”我对他说道，“我所做的一切就是和他谈话，他也从未试图碰过我。我不知道他为什么能碰我——我觉得其他人是不能碰我的。他还没有到卡斯特那儿测试过。”

亚当叹了口气，一只手抹了把脸，然后以极低的声音开口说道，声音小得只有我能听到，“我甚至不知道我为什么会觉得惊讶。我们拥有同样的DNA。”他低声咒骂着。一遍又一遍。“我还能喘口气吗？”他问道，音量提高，对着空气说话。“这些狗屁倒霉的事情就没有消停的时候吗，老让我碰上？真是见鬼。就好像这种疯狂永无止境一样。”

我想告诉他我觉得这种疯狂还没有结束。

“朱丽叶。”

他的声音让我愣住了。

我紧紧地闭上了眼睛，非常紧，拒绝相信自己的耳朵。华纳不可能在这儿。他不应该在这儿。他甚至都不可能出他的房间，但随后我想起来，卡斯特说过他不再是人质了。

一定是卡斯特让他出房间的。

噢。

噢，不。

这不会发生的。华纳不会如此近地站在我身边，亚当正在这里，不要再来一次，在所有这些事情之后，不要像现在这样，这不可能发生的。

但是，亚当越过我的肩膀看过来，看向我身后的那个人，那个我非常努力想忽略的人，我无法抬眼。我不想看到将要发生的事儿。

亚当开口说话，声音有些尖刻："你他妈的在这儿做什么？"

"再次见到你真好啊，肯特。"我实际上能听出华纳的笑意，"我们应该抓紧了，你知道。尤其是有了这一新发现的情况下。我以前不知道我们还有这么多共同点。"

你真的，真的什么也不知道，我想大声说道。

"你这浑蛋。"亚当对他说道，声音低沉而缓慢。

"这么不恰当的语言。"华纳摇摇头。"只有那些不会聪明地表达自己想法的人才会使用这类粗鲁的词汇。"一个停顿，"是因为我吓到你了，肯特？我让你紧张？"他大笑，"你看起来在非常努力地保持振作嘛。"

"我杀了你——"亚当直冲到华纳的面前，掐住华纳的喉咙，与此同时，健二迅速冲进他们两人中间，把他们分开，脸上反感的表情一览无余。

"你们两个他妈的想干吗？"他的眼神愤怒，"我不知道你们是不是注意到了，但是你们可是站在走道里，你们大叫大嚷的样子吓到孩子了，肯特，我要你冷静下来。"亚当试图说话，但健二打断了他，"听着，我也不知道华纳出房间干什么，但这不是我下的令。卡斯特负责这儿，而我们必须尊重他的命令。你不能随心所欲地杀人。"

"就是这家伙，他曾企图把我折磨致死！"亚当咆哮道，"他让他的人暴打你！我必须和他在一起生活？和他一起战斗？粉饰太平？卡斯特疯了吗——"

"卡斯特知道自己在做什么，"健二厉声说话，"你不需要发表意见。你只要遵从他的判断。"

亚当的手在空中愤怒地挥舞着。"真不敢相信。这是个笑话！谁干的？谁对待人质就像他们是在静养一样？"他再次大叫道，丝毫没有压低音量。"他有可能回去后就泄露这个地方的所有细节——他可能把我们的准确地点泄露出去！"

“那是不可能的，”华纳说道，“我根本不知道我们身在何处。”

亚当迅速转向华纳，我也以同样速度转了个身。亚当在咆哮，在说着什么，看起来像是要攻击华纳，就在这里，就在这一刻，而健二在努力地制止他，但我几乎听不见我周遭的声音。我的大脑充血得厉害，我的眼睛都忘记眨了，因为华纳正看着我，只盯着我，他的眼神如此专注，如此专心，深邃得让人心痛，它让我完全失去活力。

华纳的胸膛起起伏伏，剧烈得从我站的地方都能看得清清楚楚。他没有注意他旁边的喧闹，餐厅里的混乱或亚当试图将他一拳打倒在地；他一动也没动。他不打算掉转视线，我知道我必须为他掉转视线。

我转过了头。

健二正冲着亚当叫喊着，让他冷静下来。我伸出手，抓住了亚当的胳膊，我冲他微微笑了笑，他安静下来。我对他说道：“拜托，让我们回到里面去。卡斯特还没有讲完呢，我们必须听听他说什么。”

亚当努力重新控制了自己。他深吸一口气。朝我迅速点了点头，让我先行。我强迫自己专注于亚当，这样我就可以假装华纳不在这儿。

华纳并不支持我的计划。

他站在我们面前，挡住了我们的路，我看着他，我看到了一些我以前从未见过的情绪。从没有这样浓烈过，从没有这样过。

痛苦。

“让开。”亚当厉声对他说道，但是华纳看起来根本没听到。

他看着我。他看着我的手拽着亚当穿着衣服的胳膊，他眼睛里的痛苦击中了我的膝盖，我无法说话，我不应说话，就算我能说话，我也不知道该说什么。然后，他叫着我的名字。他一再地叫着我的名字。他叫着：“朱丽叶——”

“让开！”亚当再次厉声说道，这一次，他失去了自制力，用力想把华纳摔到地上。但华纳没有摔倒。他向后踉跄了一下，就一点点，但是这一举动激怒了他，他急切地想释放他体内蛰伏的怒火，他朝前直冲过去，准备大打出手，我努力想搞明白该怎么制止这一切，我努力想拟出一个计划。我真蠢。

我站在中间真是蠢到家了。

亚当抓住我，试图把我向后拉，但是我准备用手掌抵住华纳的胸膛，我不知道我在想什么，我根本没有想，这真是个问题。我在这里，在那千钧一发之间，我被困在了这两个非常愿意摧毁彼此的兄弟俩之间，而那个试图做些什么来制止这一切的人甚至不是我。

是健二。

他拽住这两个男孩的胳膊，试图把他们两个拉开，但是一声突如其来的撕裂般的声音从他喉咙里冒出来，一阵我希望自己能一把撇开的恐惧感升起。

他倒下了。

他倒在地板上。

他呼吸不畅，喘着气，在地板上痛苦地翻滚着，然后他瘫软下来，他几乎不能呼吸，接着他安静下来，太安静了，我觉得自己在尖叫，我捂着自己的嘴，想知道这声音是从哪里发出来的，我跪了下来。我试图把他摇醒，但是他一动不动，他没有任何回应，我不知道刚刚发生了什么。

我不知道健二是否死了。

五十七

我爆发出彻底的尖叫。

有人将我从地板上拉起来，我听到无数的声音，我不在乎是谁的声音，因为我只知道这不能发生，不能是健二，不能是我的这位好玩又深沉的朋友，这个笑容背后隐藏着秘密的朋友，我从那个把我向后拽的人的手里挣脱，我什么也看不见，我奔向餐厅，无数张模糊的面孔都融成了背景，因为我唯一想见到的人是那个穿着海军蓝运动上衣、扎着马尾辫的男人。

“卡斯特！”我尖叫道。我仍在尖叫。我可能摔倒在地上了，我不知道，但是我清楚地感觉到我的膝盖开始疼，我不在乎我不在乎我不在乎——“卡斯特！健二——他——拜托——”

我以前从未见过卡斯特飞奔。

他以非人的迅速直奔过餐厅，奔过我身边，冲进走道里。房间里的每一个人都站起来，疯了一般，有人在叫嚷，声音里带着惊慌，我追在卡斯特后面，回到了走道里，健二仍一动不动地躺在那里。毫无生气。安安静静。

太安静了。

“姑娘们在哪儿？”卡斯特大叫道，“来人——带姑娘们过来！”他把健二的头抱在怀里，试图将健二沉重的身体拉进他的臂弯，我以前从没听到过他这样说话，甚至是在讲我们的人质的时候，在讲安德森对平民做了什么的时候。我环顾四周，看到欧米迦之角的许多成员站在我们周围，悲伤爬上了他们的身体，他们当中已经有许多人开始哭泣，彼此抱在一起，我意识到我从未真正认识健二。我以前没有发现他的威信如此之高。我从没真正看到他对这个房间里的人来说有多重要。

他们有多爱他。

我眨了眨眼，亚当加入其他几十个人，正努力帮着抬起健二，现在他们在跑，他们抱着一线希望，有人说："她们已经去了医疗队了！她们正在为他准备床铺！"那声音就像逃窜的号角，所有人都跟着他们冲出去，试图搞明白出什么事儿了，没有人愿意看我，没有人迎向我的眼睛，我让自己站开，离开视线，站在角落里，黑暗中。我的嘴里尝到了泪水的味道，我数着每一滴咸湿的泪水，因为我无法明白发生了什么，它是怎么发生的，这怎么可能，因为我没有碰到他，我不可能碰到他，拜托拜托拜托，我不可能碰到他。但是，随后，我僵住了。我的胳膊结成了冰，我意识到：

我没有戴我的手套。

我忘了我的手套。我今天晚上一洗完澡就急匆匆地到赶到这里来，我把我的手套落在了房间里，这看起来不像是真的，这看起来不可能，我不可能做了这事儿，我不可能忘记，我要为另一条生命负责，我只是只是只是——

我倒在地板上。

"朱丽叶。"

我抬起头。我跳起来。

我说："离我远点儿。"我浑身颤抖，我试图将眼泪抑回去，但是我最终畏缩着什么也没做，因为我觉得这是注定的。这注定是我最终的惩罚。我活该痛苦，我杀了我在这个世界上为数不多的几个朋友之一，我想让自己枯干萎缩，永远消失，"走开——"

"朱丽叶，拜托。"华纳说道，更靠近了。他的脸蒙在阴影中。这个走道里灯光只有半亮，我不知道它通向哪里。我所知道的就是我不想和他单独待在一起。

不是现在。再也不想。

"我说离我远点儿，"我的声音在颤抖，"我不想和你说话。求你，让我一个人待一会儿！"

“我不能这样丢下你！”他说道，“在你哭的时候，不能！”

“你也许根本不了解那种情感，”我厉声对他说道，“你也许根本不在乎，因为杀人对你来说没什么大不了的！”

他呼吸沉重。很快：“你在说什么呢！”

“我在说健二！”我爆发了，“我干的！我的错！你和亚当打斗是我的错，健二出来阻止你，是我的错，我的错——”我的声音断断续续，“他死了，全是我的错！”

华纳的眼睛睁得大大的。“别傻了，”他说道，“他没死。”

我痛苦不堪。

我哽咽着说着我做了什么，为什么肯定他死了，你没看到他吗，他甚至一动不动，我杀了他。华纳始终保持沉默。当我恨恨地辱骂他的时候，指责他冷酷无情根本不知道什么是悲伤的时候，他始终保持沉默。我甚至没有意识到他将我拉进他的怀里，直至我依偎在他的胸前，我没有抗拒。我一点儿也没有抗拒。我紧挨着他，因为我需要温暖，我想念强壮有力的胳膊拥抱我的感觉，我刚刚开始意识到我是如此快地依赖上了这个拥抱带来的疗效。

我是如此绝望地想念这种拥抱。

他只是拥着我。他安抚地抚摸着我的头发，他的手温柔地滑到我的背上，我听到他的心跳声，奇怪而又疯狂的心跳，听起来快得就不像是人类的心脏。

他的胳膊完全拥住了我，他说道：“你没有杀死他，亲爱的。”

我说道：“你可能没有看到我看到的状况。”

“你完全搞错了状况。你没有做任何伤害他的事。”

我倚在他的胸前，再次摇了摇头：“你在说什么？”

“不是你。我知道不是你。”

我后退，抬头看着他的眼睛：“你怎么知道？”

“因为，”他说道，“不是你伤了健二。是我。”

五十八

“什么？”

“他没死，”华纳说道，“不过他伤得很重，我怀疑她们能不能治好他。”

“什么！”我很惊慌，浑身上下都很惊慌，“你在说什么——”

“拜托，”华纳说道，“坐下来。我会解释的。”他在地上坐下来，拍拍他旁边的地板。我不知道还能做什么，我的腿现在抖得厉害，根本无法站立。

我的身体滑到地上，我们两个都靠着墙，他的右边和我的左边只有一点点缝隙。

一秒，

二秒，

三秒过去了。

“当卡斯特告诉我，我可能有某种……天赋的时候，我不想相信他。”华纳说道，他的声音很低，尽管我距他只有几英寸的距离，我仍不得不竖起耳朵仔细聆听，“一方面，我希望他只是在试图把我逼疯，然后达到他自己的目的。”他微微叹息了一声，“但是，如果我真的仔细想想，他说的是有点儿道理的。卡斯特还跟我讲了肯特，讲了他如何能碰你，他们是如何发现原因的。有那么一会儿，我怀疑自己也许有类似的能力。让人觉得可怜又无用的能力，”他大笑道，“我极度不愿意相信。”

“那不是无用的能力。”我听到自己说道。

“真的吗？”他转过脸来面对我，我们的肩膀几乎要挨在一起了，“告诉我，亲爱的。他能做什么？”

“他能让异能失效。”

"没错，"他说道，"但是那对他有什么帮助？那能力帮助他瓦解掉他自己人的威力。这很荒谬。一点儿用没有。在这场战争中，它压根一点儿用没有。"

我生气了，决定无视他的话："这又和健二有什么关系？"

他的视线又从我脸上转开。他再次开口说话的时候，声音柔和了许多："如果我告诉你我现在能感觉到你的异能，你信吗？感觉到它的气息与分量？"

我瞪着他，研究着他的外表，他的声音里透着真诚与试探："信，我觉得我相信你。"

华纳笑了，但那种笑好像是伤心的笑。"我能感觉到，"他深吸了一口气，继续说道，"你情绪最激烈的时候，我能感觉到。然后，因为我了解你，我能够设身处地地了解那种感觉。比如，我知道你现在害怕，不是对我，而是对你自己，对你以为自己对健二犯下的过错。我能感觉到你的犹豫——你不愿意相信那不是你的错。我感觉到你的悲伤，你的忧愁。"

"你真的能感觉到？"我问道。

他点点头，并没有看着我。

"我以前从来不知道那是有可能的。"我对他说道。

"我也没有——我以前也没意识到，"他说道，"很长时间都没有意识到。我实际上以为如此敏锐地感觉到人类的情绪是再正常不过的事情。我以为也许我不过是比大部分人敏锐一些罢了。这也是我父亲允许我掌管45区的很大一部分原因。"他对我说道，"因为我有一种可怕的能力，我能够随时说出一个人隐藏了什么，或有罪恶感，或者，最重要的是，我能说出这个人是不是在撒谎，"他顿了顿，"而且，如果形势需要，我不惧怕后果。"

"直到卡斯特对我说，事情可能没那么简单之后，我才开始真正分析这件事儿。我几乎要疯了，"他摇了摇头说道，"我翻来覆去地想这个问题，想办法证明他的理论，又反驳他的理论。经过谨慎而充分的思考，我拒绝了他的说法。虽然我有一点儿抱歉——这是看在你的分儿上——不是我的分儿上——但健二今天晚上的干预举动真是蠢到家了，我实际上觉得这是一个意外收获。因为，我终于发现我找到证据了。它证明我是错的，而卡斯特是对的。”

“你什么意思？”

“我夺取了你的能量，”他对我说道，“我以前不知道我能做到。当我们四个人碰到一起时，我能真真切切地感觉到。亚当是不可渗透的，顺便说一下，这也解释了我为什么从不怀疑他的忠诚。他的情绪总是被隐藏得很好，我感觉不到，我的能力被他阻挡了；我真是天真，还以为他不过是太机械化了，没有什么个性或兴趣爱好。他躲过了我，那是我自己的错。我太自负了，没能够预测到我自己的能力体系也有瑕疵。”

我想说，不管怎样，亚当的能力也不是没用的，好不好？

但是我没有开口。

“而健二，”华纳过了一会儿又开口说道，一只手还擦了擦额头，微微笑了笑，“健二非常聪明。比我以为的要聪明得多——这最终证明了他的手段。”他吐出一口气，又继续说道，“健二反其道而行之，他非常刻意地成为一个非常明显的威胁。他总是制造麻烦——吃饭的时候要求额外的分量，与其他士兵打架，违背宵禁指令。他违规就是为了让自己引起注意。为了骗过我，让我以为他就是一个刺头，别无其他。我总是觉得他有什么问题，但我将之归咎为他大大咧咧的行为举止以及他没有能力遵守规则。我把他当一个孬兵打发掉。一个永远得不到晋升的可怜虫。废材一个。”他摇了摇头，挑了挑眉毛。“相当聪明，”他说道，看起来健二让他印象深刻，“非常聪明。他唯一的错误，”华纳停顿了一会儿又补充道，“就是过于公开地显示他与肯特的友好。这个错误几乎要了他的命。”

“那又怎样？你今天晚上企图把他结果掉？”我仍旧困惑不已，试图重新调整这场谈话的重点，“你今天晚上伤他是故意的？”

“不是故意的，”华纳摇了摇头，“我实际上不知道我做了什么。至少一开始不知道。我只是感觉到了能量；我以前从来不知道我可以攫取这种能量。但是我通过碰你而感觉到了你的能量——当时我们四个人都很激动，你实际上将那种因为激动而引发的能量直接打到了我的身上。而健二当时抓着我的胳膊，同时，你和我，我们之间仍连在一起。而我……不知怎么回事儿，我把你的能量转为投送到他的方向。这是个意外，但是我能感觉到它的发生。我能感觉到你的能量冲进我的体内。然后又冲出我的体外。”他抬起了头，看着我的眼睛，“这是我经历过的最奇异的事情。”

我想，要不是我正坐着的话，我肯定要倒下去了。

“所以，你能——你能攫取他人的能量？”我问道。

“显而易见。”

“你确定你不是故意伤害健二的？”

华纳大笑起来，他看着我，就好像我刚刚说了什么非常好笑的事情。“如果我想杀他的话，我早就杀了。我没必要搞得这么复杂。我对戏剧表演没兴趣，如果我想伤某人，我会用自己的双手解决。”

我目瞪口呆地陷入沉默。

“我真是吃惊，”华纳说道，“你怎么能容纳这么多东西而不想办法释放多余的能量呢。我几乎承受不住。从我的身体过渡到健二身上，不仅仅是直觉，也是必然。我无法长时间承受这么强大的能量。”

“所以，我伤不了你？”我眨着眼向他问道，很惊讶，“一点儿也不会？我的能量只是进入你的身体，然后你就吸收了？”

他点点头，说道：“你想见识见识吗？”

我用我的头、我的眼和我的唇表示我想，我出生以来还从没有这样兴奋过。“我该做什么？”我问道。

“什么也不用做，”他平静地说道，“碰我就行了。”

我的心脏犹如打鼓般在我体内怦怦直跳，我努力集中精神。努力保持平静。会没事儿的，我自言自语道。会没事儿的。这只是一个试验。没必要为再次能碰触他人而如此激动，我不停地对自己说。

但是，天哪，我如此，如此激动。

他伸出他裸露的手。

我握住了他的手。

我等待着感觉事情的发生，感觉我的能量变弱，耗尽；感觉我的能量从我的身体过渡到他的身体中的迹象，但是我根本什么也没感觉到。我的感觉丝毫未变。但是我看到华纳的脸，他闭着眼睛，他在努力集中精力。然后，我感觉到他的手握紧了我的手，他喘着气。

他的眼睛突然睁开，他空着的另一只手直接击到地板上。

我猛然退后，惊慌失措。我摔倒在一边，我的手从后面撑住了我。我一定是产生幻觉了。距华纳所在位置不到四英寸的地板上出现的那个洞一定是我的幻觉。他的手掌用力压在地上，然后击穿地板的景象一定是我的幻觉。这一切一定是我的幻觉。所有这一切。我在做梦，我肯定我很快就会醒来。一定会的。

“别害怕——”

“怎，怎么，”我结结巴巴地说道，“你怎么，怎么做，做到的——”

“别吓坏了，亲爱的，没事儿的，我保证——这对我来说也是新体验——”

“我的——我的能量？它没有——你没有感觉到任何痛苦？”

他摇摇他的头。“正相反，它是最不可思议的强心剂——它不像我所知道的任何东西。我真的感觉有一点点头晕，最多就是这样。”他哈哈大笑。他把头埋在了手间，过了一会儿，抬起头：“我们能再做一次吗？”

“不。”我迅速说道。

“我不能——我只是，我仍旧无法相信你能碰我。你真的——我的意思是——”我摇摇头，“——没有隐瞒？没有任何条件？你能碰我，不会受伤？不仅仅是不会受伤，你还能享受这种碰触？你真是喜欢碰触我的感觉？”

他冲我眨着眼睛，凝视着我，就仿佛他也不确定如何回答我的问题。

“怎样？”

“是的。”他回答道，但是他的语气有点儿喘不过气来的感觉。

“是什么？”

我可以听到他的心是如何跳动的。在我们的沉默中，我真的能听到。“是的，”他说道，“我喜欢那种感觉。”

不可能。

“你永远也不必害怕碰我，”他说道，“那不会伤害我。它只会给我力量。”

我想大笑。一种怪异的，疯狂的，刺耳的，预示着某人失心疯的大笑。因为我觉得，这个世界，有一种非常可怕的幽默感。它看起来总是在嘲笑我。拿我取乐。让我的生活陷入无止境的混乱。搞砸我最好的计划，让每一个选择都如此艰难。让每一件事都如此混乱不堪。

我不能碰我爱的男孩。

但是我能通过我的碰触赋予另外一个男孩以力量，那个试图杀死我的爱人的男孩。

没有人，我想告诉这个世界，在笑。

“华纳，”我抬起头来，突然有了一个认识，“你必须告诉卡斯特。”

“我为什么要告诉他？”

“因为他必须知道！那可以解释健二的状况，对我们明天的事儿也有帮助！你将要和我们一起战斗，它迟早有用——”

华纳大笑起来。

他大笑着，大笑着，大笑着，他目光灼灼，甚至在这昏暗的灯光下也闪闪发亮。他大笑着，直至变成粗重的呼吸，轻微的叹息，最终转为愉悦的微笑。然后，他冲着我咧嘴，随后他低下头，他的视线落在我的一只手上，我的那只手随意地放在我的大腿上，他踌躇了一会儿，然后他的手指轻柔地覆上了我的指关节。

我没有呼吸。

我没有说话。

我甚至没有动。

他犹豫着，就好像他在等着看我是不是会挣脱，我应该，我知道我应该挣脱，但是我没有。所以，他拿起了我的手。研究着它。他的手指抚过我手掌的线条，我指节上的皱褶，我拇指与食指之间的敏感点，他的碰触是如此温柔，如此细腻，如此文雅，这种感觉好得让人心痛，真的心痛。它让我的心脏承受不了。

我猛然笨拙地把我的手抽出来，脸红了，脉搏怦怦直跳。

华纳没有退缩。他也没有抬起头。他甚至没有显出惊讶。他只是凝视着他现在空空的手，开口说话。“你知道，”他的声音既奇怪又温柔，“我觉得卡斯特就是个乐观的傻瓜。他过于费心地对过多的人表示了欢迎，这会引发回火的，原因很简单，因为这不可能让每一个人都高兴。”他顿了一下，“他就是不知道游戏规则的典型例子。这种人过于感情用事，执着于虚无缥缈的希望与和平。这对他永远没有好处，”他叹息道，“事实上，它会要了他的命。我非常肯定这一点。”

“但是你有某种特质，”华纳说道，“你渴求事物的方式有某种特质，”他摇了摇头，“如此单纯地讨人喜欢。当人们说话时，你愿意相信他们。你倾向于与人为善。”他微微笑了笑，抬起头来，“这愉悦了我。”

我突然觉得自己就像个白痴：“你明天不会和我们一起战斗。”

华纳现在绽出一个灿烂的微笑，他的眼神是如此温暖：“我打算离开。”

“你打算离开。”我麻木了。

“我不属于这儿。”

我摇着头，说道：“我不明白——你怎么能离开呢？你跟卡斯特说过你明天会和我们一起战斗——他知道你要离开吗？有人知道吗？”我问道，询视着他的脸，“你计划了什么？你打算做什么？”

他没有回答。

“你打算做什么，华纳——”

“朱丽叶，”他低语道，他的眼睛突然流露出急切，“我必须问你——”

有人进了走道。

叫着我的名字。

亚当。

五十九

我跳起来，惊慌失措，告诉华纳我会回来的。

我说不要离开，不要去其他地方，我会回来的，但我没有等他的回应，因为我站起来就冲向走道那头有灯光的前方，我几乎是冲进亚当的怀中。他稳住了我，把我拉正，如此的近，总是像这样忘记不要碰我；他一脸的焦急，他说“你没事吧”，他说“我很抱歉，我在到处找你”，他说“我以为你跟着去了医疗队”“那不是你的错，我希望你知道——”

我突然意识到我有多么在乎他，他有多在乎我。这个认知直面而来，钻进我的头骨，我的脊椎。这样靠近他对我来说是一个痛苦的提醒，提醒我必须强迫自己远离他。我深吸一口气。

“亚当，”我问道，“健二好吗？”

“他还没苏醒，”他对我说道，“但是莎拉和索尼娅认为他会没事儿。她们打算在他边上守夜，只是为了确保他熬过这一关。”他顿了顿，“没人知道怎么回事儿，但不是你造成的。”他的眼睛牢牢地锁住我，“你知道的，对不对？你甚至都没有碰他。我知道你没有碰到他。”

我张了数次口，想说：“是华纳。华纳干的。是他伤了健二，你必须抓住他，阻止他，他对你们所有人都撒谎了！他打算明天逃走！”但我最终什么也没有说，我不知道为什么。

我不知道我为什么要保护他。

我想一部分的我害怕大声说出这些话，害怕这些话变成现实。我仍不知道华纳是否真的打算离开，不知道他打算如何逃跑；我不知道这是否可能。我不知道我是否能把华纳的异能告诉别人；我觉得，在亚当以及欧米迦之角其他人都偏向健二的时候，我不想和亚当解释；我和华纳——我们的敌人和人质——藏在某个隧道里，我握住他的手，测试出了他的新能力。

我希望自己没有这么迷惑。

我希望我与华纳之间的互动能阻止我的罪恶感。我和华纳在一起的每一刻，我与华纳进行的每一次对话，都让我觉得自己背叛了亚当，即使从技术上讲，我们甚至已经分手了。我的内心仍旧感觉与他紧紧联系在一起；我觉得和他绑在了一起，我觉得我必须为伤害他做一些补偿。我不想成为他的痛苦之源，不想再次成为他的痛苦；不知怎么，我已经确定，保守秘密是让他远离伤害的唯一办法。但是，在内心深处，我知道这是不对的。实际上，我知道结果可能会很糟。

但是，我不知道还能做什么。

"朱丽叶？你没事吧？"亚当依旧紧紧抱着我，仍旧这么亲近，这么温暖，这么美妙。

我不确定是什么让我问了下面的问题，但我突然就是想知道。

"你打算告诉他吗？"

亚当后撤了一点儿身子："什么？"

"华纳。你打算告诉他真相吗？关于你们俩的？"

亚当眨着眼睛，目瞪口呆，我的问题让他措手不及。"不，"他终于说道，"永远也不会。"

"为什么不？"

"因为成为一家人不是仅有血缘就够了的，而且我不想和他有任何关系。我情愿看着他死，我不会有任何同情与懊悔。他就是个不折不扣的魔鬼，就像我父亲一样。我死了也不会认他做兄弟。"

我突然觉得我可能要倒了。

亚当环住我的腰，努力盯着我的眼睛。"你还没缓过劲儿来，"他说道，"我们得让你吃点儿东西——或者喝点儿水——"

"没事儿，"我对他说道，"我没事儿。"我让自己享受着在他怀抱里的最后一秒钟，然后我就要退出他的怀抱，我需要呼吸。我一直在努力说服自己，让自己相信亚当是对的，华纳做了一些非常可怕、残忍的事情，我不应该原谅他。我不应该对他笑。我甚至不应该和他说话。但随后，我想尖叫，因为我的大脑无法处理我最近患上的这种人格分裂。

我告诉亚当我需要点儿时间。我告诉亚当在去医疗队之前，我要去一下卫生间。他说好，他会等我。

他说他会等我，直到我准备好。

我踮着脚回到了黑暗的隧道中，想告诉华纳我必须走了，我不会再回来，但是当我眯着眼睛看着眼前的这片黑暗时，我什么也没看见。

我向四周望了望。

他已经走了。

六十

我们根本什么也不必做，死亡就会找上门来。

我们可以一生都藏在楼梯下的一个密室里，可死亡仍会发现我们。死亡会穿着一件透明的斗篷现身，它会挥舞着一根魔杖，在我们最不期望的时候把我们轻轻带走。它会抹去我们在这个星球上存在的一切痕迹，它会免费做这一切。它会不求任何回报。它会在我们的葬礼上鞠躬致谢，为出色完成一项工作接受褒奖，然后它就消失不见。

生存是比较复杂的事儿。有一件事儿是我们不得不做的。

呼吸。

吸进和呼出，每一天，每一个小时，每一分钟，每一时刻，我们都必须吸气，不管我们是否喜欢。甚至我们在计划扼杀我们所有的希望与梦想的时候，我们仍旧要呼吸。在我们枯萎幻灭，出卖我们的尊严的时候，我们仍在呼吸。我们犯错的时候要呼吸。我们正确的时候也要呼吸。甚至在我们不知不觉滑过窗台，过早地迈向坟墓的时候，我们仍在呼吸。这是不能不做的事儿。

所以，我呼吸。

我数着在我朝着天花板上垂下来的用于绞死我的套索前进的路上，我已经攀过了多少阶梯，我数着我已经做过多少蠢事儿，然后我用完了所有的数字。

健二今天差点死掉。

因为我。

这仍旧是我的错，因为亚当和华纳打架是因为我。这还是我的错，因为我站在了他们俩中间。这始终是我的错，因为健二觉得有必要拉开他们两个，而如果我不是被他们困在中间的话，健二就不会受伤。

现在，我站在这里。凝视着他。

他的呼吸极其细微，我恳求他。我恳求他做一件至关重要的事儿。唯一一件至关重要的事儿。我需要他坚持住，但是他没有听到。他听不到我，我需要他没事儿。我需要他熬过去。我需要他呼吸。

我需要他。

卡斯特再没有什么要说的了。

所有人都站在周围，一些人挤进了医疗队里，其他人站在玻璃的另一边，安静地看着。卡斯特就我们必须团结一致做了一个简短的发言，他说我们是一家人，如果我们不拥有彼此，那么我们还有什么？他说我们所有人都害怕，这是肯定的，但是，现在是我们彼此扶持的时候。现在是我们联合起来反击的时候。现在，他说道，是我们夺回我们的世界的时候。

“现在是我们活下去的时候。”他说道。

“我们会推迟明早离开的时间，以确保大家能在一起吃最后一顿早餐。我们不能各自为战，”他说道，“我们必须对自己有信心，对彼此有信心。明天早上你们稍微多花一点儿时间去寻找自己内心的平和。早餐之后，我们就出发。作为一个整体。”

“健二怎么办？”有人问道，我惊讶地听到一个熟悉的声音。

詹姆斯。他就站在那里，双手握成拳，脸上画着油彩，他的下唇颤抖着，即使他已经很努力地在掩饰他声音里的痛苦。

我的心裂成两半。

“你是什么意思？”卡斯特问道。

“他明天会参战吗？”詹姆斯应道，抽着鼻子，想逼回他的眼泪，他的拳头开始颤抖，“他明天想参战。他告诉过我，他明天想参战。”

卡斯特的脸皱成了一团。他花了好一会儿时间才做出回应。“我……恐怕我认为健二明天不能和我们一起参战。但是，也许，也许你可以陪着他？”

詹姆斯没有回应。他只是盯着卡斯特。然后，他又凝视着健二。他眨了数次眼睛，然后突然冲过人群，来到了健二的床边。然后他蜷在了健二的身边，立即睡去。

我们都把这当作我们应该离开的信号。

很好。所有人，除了我、亚当、卡斯特和双胞胎姑娘们。我发现一件很有趣的事儿，那就是每一个人都称索尼娅和莎拉为“姑娘们”，就好像她们是这个地方仅有的女孩。她们不是。我甚至不知道她们是怎么获得这个昵称的，有一部分的我想知道，另一部分的我则累得不想问。

我蜷进椅子里，凝视着健二，他正在努力地呼吸。我把头支在自己的拳头上，努力把困意赶出我的意识。我没有理由睡觉。我应该整晚都待在这里，照看着他。如果我能，我还想触摸他。

“你们两个真的应该上床睡觉了。”

我晃醒了，猛然起来，没有意识到我实际上已经打了一个小盹。卡斯特正凝视着我，他的表情温柔而奇怪。

“我不累。”我撒谎道。

“去睡觉，”他说道，“我们明天有大事儿要做。你必须睡觉。”

“我送她去睡觉，”亚当说道，他站起来，“我会很快回来——”

“拜托，”卡斯特打断了他，“走吧。我和姑娘们在这儿就行了。”

“但是你比我们更需要睡觉。”我对他说道。

卡斯特露出了一个糟糕的笑容：“我恐怕今天晚上睡不着。”

他转过身去，望着健二，他的眼睛闪耀着快乐、痛苦或这两者之间的东西。“你们知道吗？健二还是个小男孩的时候，我就认识他了。我在建成欧米迦之角之后不久发现了他。他在这儿长大。当我第一次见到他的时候，他正窝在一个他在高速公路边发现的破旧的购物车里，”卡斯特顿了顿，“他跟你们说过这个故事吗？”

亚当又重新坐下来。我突然彻底清醒。“没有。”我们俩同时说道。

“啊，原谅我。”卡斯特摇摇头，“我不应该浪费你们的时间扯这些事情，”他说道，“我想，现在有太多的东西让我操心了。我都忘了哪些故事不能说。”

“不要——求你了——我想知道，”我对他说道，“真的。”

卡斯特盯着他的手，微微笑了笑。“没什么可说的，健二从没有跟我说过他父母的事儿，我也没问过。他所拥有的一切就是一个名字和年龄。我是非常偶然地发现他的。他当时就是一个坐在购物车里的小男孩。远离文明之外。那是一个寒冷的冬天，他只穿着一件旧T恤，一条对他来说太大的裤子。他看起来冻坏了。我无法就这样眼睁睁地走开。我不能丢下他一个人在那儿。所以我问他是不是饿了。”

卡斯特停下来，回忆着。

“有好一会儿，健二一个字也没有说。他只是瞪着我。我差点儿要走开了，想着我可能吓到他了。但随后，他终于伸出了手，抓住了我的手，把他的手放在我的手掌中，摇了摇，非常用力。然后，他说道：‘你好，先生。我的名字是岸下(山本)[①]健二。我九岁了。很高兴见到你。’卡斯特大笑起来，他的眼睛里闪烁着与他的笑容相悖的情感，“他一定是饿坏了。可怜的孩子。他总是，”卡斯特面朝天花板，眨了眨眼，“他总是表现出非常坚强、非常坚定的性格。非常骄傲，永不停歇，这孩子。”

我们都沉默了一会儿。

“我以前不知道，”亚当说道，“你们两个这么亲近。”

卡斯特站起来。看着我们，露出一个灿烂的微笑。他说：“是的，很亲近。好了，我确信他会好起来的。他早上就会好起来的，所以，你们两个绝对应该去睡觉了。”

“你确——”

“确信，拜托，去睡觉。我和姑娘们在这儿没事儿。我保证。”

所以，我们站起来。我们站起来，亚当费劲地从健二的床上把詹姆斯抱进怀里，没有吵醒他。然后，我们走了出去。

---

① 第一部里，健二的姓是山本，即Yamamoto，不是Kishimoto。——译注

我回头瞥了一眼。

我看到卡斯特坐回椅子上，头埋在手里，身体前倾，手肘支在膝盖上。我看到他颤抖地伸出一只手，放在健二的腿上，我纳闷，这些和我居住在一起的人，还有多少东西是我不了解的。我对允许自己成为他们这个世界的一员有多么吝啬啊。

现在，我知道我想改变这一点。

六十一

亚当和我朝我的房间走去。

现在过了熄灯时间大概有一个小时，除了隔几步有一盏应急灯发出微弱的光以外，确切地说，所有一切都关停了。周围漆黑一片，显得愈加宁静，巡逻的士兵认出了我们，警告我们直接各回各的住处。

直到走到女舍区的入口，亚当和我都没有说话。我俩之间有那么多紧张感，那么多无以言说的烦恼。对今天、明天以及许多共同度过的日子有那么多思绪。对在我们身上已经发生和终将发生的事儿有那么多我们都不知道。我只有看着他，感觉离他如此的近，却又那么的遥远——心里好痛。

我拼命想打破我们彼此身体之间的距离。我想用自己的唇吻遍他的全身，我想尽情享受他皮肤散发的体香，感受他四肢和心中蕴含的力量。我想把自己置身于已经形成依赖的温情与安全感之中。

但是。

从别的方面来说，我已经逐渐认识到，我远离他已经迫使我学会了依靠自我。允许自己吓得要命并找到自己的化解方式。他不在身边，我只有自己训练，他不在身边，我只有自己战斗，他不在身边，我只有自己面对华纳、安德森和自己内心的混乱。现在，我感觉不一样了。自从我们之间拉开了距离，我感觉更加紧张了。而我不知道这意味着什么。

我只知道，对我来说，再去依靠别人，必须不断从别人那里获得关于自己是谁和自己有一天会成为什么样子的安慰，我永远都不会安全。我可以爱他，但不能让他当自己的靠山。如果我一直需要别人帮忙才能振作起来，我就成不了自己的主人。我脑子里乱糟糟一团。我每一天都犯糊涂，犹犹豫豫，总担心自己又会犯错误，担心自己会失控，担心自己会迷失自我。而这都是我不得不闯过的一关。因为在我的余生之中，我永远都要比我周围的任何人更加坚强。

至少，我再也不用怕这怕那了。

“你没事儿吧？”亚当问道,他终于打破了我们之间的沉默。我抬起头，发现他目光里充满担心，正努力解读着我的表情。

“没事儿，”我告诉他，“没事儿的。我不会有事儿。”我冲他不自然地笑了笑，但总感觉不对劲儿，和他这么近，却一下都不能碰。

亚当点点头，迟疑了一下说道：“真是个糟糕透顶的夜晚。”

“明天也会是个糟糕透顶的白天。”我小声回应道。

“是啊。”他轻声说着，眼睛依旧望着我，好像打算找到点儿什么东西，又好像在为某个未说出口的问题寻找答案，我不知道他这会儿是不是从我的眼中看到了什么不一样的东西。他咧开嘴微微笑了笑，说道：“我也许该走了。”然后冲揽在怀里的詹姆斯点了点头。

我点点头，不知道还有什么别的可做，有什么别的可说。

好多事都是未知数。

“我们会度过这一关的。”亚当说着，回应了我默默思考着的问题。

“所有的一切。我们都会没事儿的。健二会好起来的。”他抓着我的肩膀，手指顺着我的胳膊往下滑，正好快到我裸露的手的地方停了下来。

我闭起双眼，想尽情享受这一刻。

紧接着，他的手指轻轻擦了一下我的皮肤，我飞快地睁开眼睛，心脏在胸腔里急速跳动起来。

他眼睛注视着我，好像如果不是因为他把詹姆斯抱在怀中的话，他也许不会只摸摸我的手了。

“亚当——”

“我要想个办法，”他对我说道，“我要想个起作用的办法。我发誓。只不过需要点儿时间。”

我害怕说话。害怕我要说的话，害怕我要做的事儿；害怕自己心中膨胀起来的希望。

“晚安。”他低声说道。

“晚安。”我说道。

我开始将希望想象成一件危险而恐怖的事情。

六十二

当我走进房间的时候，我感到筋疲力尽，等换上睡觉穿的背心和睡裤时，便只剩一半的知觉了。这套睡衣是莎拉送给我的礼物。这是她的建议，睡觉的时候要把我的套装换下来；她和索尼娅觉得，让我的皮肤直接接触一下新鲜空气很重要。

我正准备钻进被窝的时候，听到一声轻轻的敲门声。

亚当!

我首先想到了他。

然后把门打开。旋即又关上了。

我一定是在做梦。

“朱丽叶？”

哦，天哪。

“你在这儿干什么？”我透过紧闭的房门低声喊道。

“我要跟你说说话。”

“这会儿。你这会儿要跟我说说话？”

“是的。很重要。”华纳说道，“我听到肯特告诉你，说那一对双胞胎姐妹今天晚上会待在医疗部，我琢磨着这是咱们俩私下说说话的好时候。”

“你听到我跟亚当的对话了？”我开始慌乱起来，担心他听到了太多。

“我对你和肯特之间的对话没有一毛钱兴趣，”他说着，语气一下子变得平淡起来，不带什么色彩，“我一听说你今天晚上一个人的时候就离开了。”

“噢，”我松了口气，“你怎么进到这儿的，没有士兵阻拦你吗？”

“也许你该把门打开，那样我才可以跟你解释。”

我没挪动。

“拜托啦，亲爱的，我不会做任何伤害你的事儿。到如今你应该知道这一点了。”

“我给你五分钟时间。然后我得睡觉，可以吗？我很累了。”

“好的，”他说道，“五分钟。”

我深吸了口气，吱的一声把门打开，眯起眼睛瞥了他一眼。

他笑着，一副毫无歉意的样子。

我摇了摇头。

他从我身边钻了进来，一屁股坐在了我床上。

我把门关上，从他面前走过去，穿过房间，坐到索尼娅的床上，这时突然清醒地意识到自己所穿甚少，感觉极为暴露。我把胳膊交叉着抱起来，挡在紧绷着我胸部的薄薄织物上面——尽管我敢确定他根本看不清我——努力让自己不去理会空气的寒冷。我总是忘记，在如此深的地下，我那件套装帮我调节了多少体温。

在为我设计这套衣服方面，温斯顿真是个天才。

温斯顿。

温斯顿和布伦丹。

噢，我多希望他们没事儿。

“那……什么事儿？”我问华纳，在这一片漆黑之中，伸手不见五指，我几乎都搞不清他身体的大致轮廓，“你离开得有点儿早，在那条地道里。尽管我说了让你等等。”

几个节拍的沉默。

“你的床比我的舒服多了，”他静静地说道，“你有个枕头。还有条像样的毯子？”他笑着说道，“你在这片舍区里头过得跟个女王差不多。他们待你不薄嘛。”

“华纳。”我这会儿开始感觉紧张起来，很担心，有点儿发抖，但不是因为冷，“怎么回事儿？你为什么来这儿？”

一言不发。

还是一言不发。

突然。

一声紧迫的呼吸。

“我想让你跟我走。”

地球停止了转动。

“我明天离开的时候，”他说道，“我想让你跟我一起走。之前我从来没机会跟你说完一句话，我觉得明天早上再跟你说整个时机都不对头。”

“你想让我跟你一起走。”我不确定自己是不是还有呼吸。

“是的。”

“你想让我跟你一起逃走。”这是不可能的事儿。

他顿了顿：“是的。”

“我不敢相信。”我一而再再而三地摇着头。

“你真的神经错乱了。”

我几乎可以听到他在黑暗里的笑：“你的脸在哪儿？我感觉自己就像在跟鬼说话。”

“我就在这儿。”

“在哪儿？”

我站了起来：“我在这儿。”

“我还是看不到你，”他说道，但他的声音突然比刚才近了很多，“你能看到我吗？”

“看不到，”我撒着谎，尽量不理会这迫在眉睫的紧张，还有我们之间空气里嗡嗡作响的电流声。

我后退了一步。

我感觉他的手放在了我的胳膊上，我感觉他的皮肤贴住了我的皮肤，我屏住呼吸。我一动不动，一言不发，他的手到了我的腰际，摸到了勉强盖住我身体的薄薄衣料。他的手指轻抚着我腰部的皮肤，就在我的衬衫下摆，我心跳如雷。

我努力吸氧气。

我努力让自己的双手停留在身体的两侧。

“这是否可能呢，”他低语道，“你感觉不到我们之间的火花吗？”他的手再次游移到我的胳膊上，他的碰触如此轻柔，他的手指滑进了我背心的吊带，他的举动令我心碎，痛彻心扉，我的脉搏在剧烈跳动，当我感觉到背心带子滑下时，我努力说服自己不要失去理智，然后一切静止了。

空气静止了。

我的皮肤吓得起了鸡皮疙瘩。

甚至我的思维也吓得只敢小声低语。

二秒，

四秒，

六秒，我忘了呼吸。

然后，我感觉到他的双唇贴在了我的肩膀上，柔软，炽热而温柔，如此轻柔，我差点儿以为那是微风的吻，而不是一个男孩的吻。

再一次。

这一次，吻落在了我的锁骨上，我就像在做梦一样，重新感受着一度被遗忘的爱抚，那就像谋求被安抚的疼痛，就像热气腾腾的平底锅被扔进了冰水里，就像一张滚烫的脸在火热的夜晚压在凉爽的枕头上，我想着好极了，我想就是这个，我想谢谢你，谢谢你，谢谢你。

然后我想起他的唇在我的身上，我没有阻止他。

他后退。

我的眼睛拒绝睁开。

他的手指抚触着我的下唇。

他用手指描绘着我的唇形，我的双唇情不自禁地张开，他靠近了一步。我感觉到他更近了，他的气息充斥我周围的所有空间。我的周遭只有他和他的心跳，他身上散发出来的清晰的香皂味道还有一种我无法辨别的东西，一种似甜非甜，真实存在而炽热的气息，那是他独有的味道，只属于他，我淹没在他的气息中，我甚至没有发现自己正靠在他身上，我吸入来自他颈脖的气息，然后我发现他的手指已经不在我的唇上了，因为他的手正环在我的腰上，他说："你啊。"他的声音很低，一个音节一个音节地把他的声音压进我的皮肤，然后他在徘徊。

然后。

更温柔了。

这一次，他的胸膛剧烈起伏着。他的呼吸，几乎是在喘。

"你毁了我了。"

我在他怀里摔成碎片。

我的手里拽着一把可怜的硬币，我的心脏就是一个祈求着几个钢镚儿的自动点唱机，我的头就是一枚快速翻转着的钢镚儿，等着看是正面还是反面，正面还是反面，正面还是反面。

"朱丽叶。"他的唇喊着这个名字，根本不说别的，他把炽热的熔岩灌进我的四肢，我从不知道我可能会熔化至死。

"我想要你，"他说道，"我想要全部的你。我想要你的心，你的身体，你的呼吸，我希望你像我渴望你一样渴望我。"他说这些话的时候就好像有一根香烟在他的喉咙里点燃，就好像他想把我浸在暖暖的蜜糖里，他说，"这从来就不是秘密。我从没有想过要隐瞒你。我从没有假装过我不那么贪心。"

"你——你说过你想要友，友谊——"

"没错，"他咽了咽唾沫，"我是说过。我现在也这么说。我想成为你的朋友。"他点点头，我能感觉到我们之间的空气流动，"我想成为你不可救药爱上的朋友。你会揽进怀中，带上你的床的朋友，进入你头脑里那个私密空间的朋友。我想成为那样的朋友，"他说道，"那个朋友会记住你说过的所有的话，会记得那些话从你嘴里蹦出来时，你的唇形是什么样子的。我想知道你身体的每一条曲线，每一个雀斑，每一次的颤抖，朱丽叶——"

“别，”我喘气道，“别——别说，别那样说——”

我不知道如果他继续说下去的话，我会做什么，我不知道我会做什么，我不相信我自己。

“我想知道可以在哪儿碰你，怎么碰你。我想知道如何说服你只为我绽放你的微笑。”我感觉到他胸膛的起起伏伏，“是的，我想成为你的朋友。”他说，“我想成为这个世界上你最好的朋友。”

我无法思考。

我无法呼吸。

“我想要的东西这么多，”他低语道，“我想要你的心。你的力量。我想要你觉得我值得你花时间。”他的手指掠过我上衣的褶边，他说“我想把这个掀起来”。他拉了拉我的裤腰，说“我想把它拉下来”。他的指尖徘徊在我身体的两侧，他说“我想体会你皮肤着火的感觉。我想体验你的心紧贴着我剧烈跳动的感觉，我想知道它是因为我，因为想要我而怦怦直跳。我每一刻都想，每一寸的你。我想要你的全部”。

我死了。

“朱丽叶。”

我不明白我怎么还能听到他说的话，因为我死了啊，我已经死了啊，我已经死了无数次啊。

他用力地咽了咽口水，他的胸膛剧烈起伏着，他的话音断断续续，他呢喃着：“我是如此——如此不顾一切地深爱着你——”

我的脚犹如生了根一般扎在地上，虽然站在那里，却感觉在旋转，头晕目眩，我用力地呼吸着，就好像我是第一个学会飞翔的人，就好像我正在吸入只有在云中才有的氧气，我已经非常努力了，但是我仍不知道如何不让自己的身体对他，对他的话，对他声音里的渴望做出反应。

他摸着我的脸颊。

轻柔，如此轻柔，就好像他不确定我是否是真的，就好像他害怕如果他靠得太近，我就会，呃，就会离开，就会消失。他的四根手指拂过我的脸，慢慢地，慢慢地，然后滑到了我的脑后，握住了我后颈正上方中间的部分。他的大拇指轻刷着我的脸颊。

他一直看着我，看着我的眼睛，祈求着帮助与指引，寻找着我欲反抗的迹象，就好像他不确定我是不是会开始尖叫或哭泣，或逃跑。但是我没有。我觉得即使我能那样，我也不会，因为我根本不想。我想待在这里。就在这里。这一刻，我希望四肢麻痹。

他靠得更近了。他的另一只手托起了我另一侧的脸。

他捧着我，就好像我是羽毛做的一般。

他捧着我的脸，看着他自己的手，就好像他无法相信自己竟然抓住了这只总是不顾一切想飞走的小鸟。他贴在我皮肤上的手在抖，就一点点，但足以让我感觉到。那个手里拿着枪，壁橱里藏着骨架的男孩消失了。这双正捧着我的手从没有拿过武器。这双手从没有接触过死亡。这双手非常完美，非常仁慈，非常温柔。然后，他倚过来，小心翼翼。我们之间的呼吸若有若无，彼此的心脏怦怦直跳，他靠得如此近，如此近，我的双腿再也没有任何知觉。我无法感觉自己的手指，也感觉不到这个房间的冷或空洞，因为我所有的感觉就只有他，无处不在，充斥我的周围，他低声道：

“求你。”

他说：“求你不要因为这个而开枪杀我。”

然后，他吻了我。

他的唇比我知道的任何东西都要柔软，软得就像刚刚降下的白雪，就像一口咬在棉花糖上，就像会融化，毫无重量地漂浮在水中。它很甜，非常的甜。

然后，它变了。

“噢，天哪——”

他再次吻上了我，这一次更猛烈了，非常急切，就好像他必须拥住我，就好像他在拼命地记住我的唇贴着他的唇的感觉。他的味道让我疯狂；他就是火，就是渴望，我想要更多。就在我刚刚把他绕进来，把他拉进我的怀里之时，他突然退开。

他呼吸的样子就好像失去了理智，他看着我就好像他的内心有什么东西破了，就好像他醒过来，发现那只是他的梦魇，它们从不存在，它们只不过是噩梦罢了，是远离现实的存在，但是现在他醒了，他安全了，一切都正常，然后，

我在坠落。

我分崩离析，掉入他的心中，我是一个灾难。

他审视着我，在我的眼睛里寻找着什么，寻找着同意或不同意的迹象或某个可以让他继续的线索，而我所想的一切就是溺毙在他的怀中。我想要他吻我，直到我在他怀中瘫软，直到我的灵魂出窍，飘浮在空中，进入一个新的、完全属于我们自己的空间。

没有言语。

只有他的唇。

再一次。

深入而迫切，就好像他再也承受不起时间的浪费，就好像他有这么多的东西要感受，却没有足够的时间去体验所有这一切。他的手在我的背上游移，熟悉着我身体的每一条曲线，他吻着我的颈脖，我的喉咙，我的肩膀，他的呼吸越来越重，越来越快，他的手突然穿过我的头发，我在旋转，我觉得眼花缭乱，我的手抚上了他的后颈，我黏在他身上，只觉得水深火热，有一种渴望袭过我身体的每一个细胞。那渴望是如此决绝，那种需求是如此猛烈，它战胜了一切，超越我所知的所有快乐时光。

我贴着墙。

他吻着我，就仿佛这个世界马上就要掉下悬崖，就好像他在努力地支撑下去，他已经决定紧紧地和我连在一起，就好像他渴望着活下去，渴望着爱情，就好像他从来都不知道与另外一个人如此亲近的感觉会如此美好。就好像这是他第一次感觉到饥渴，他不知道如何控制自己的节奏，不知道如何一小口一小口吃，不知道如何举止适度地做事儿，任何事儿。

我的裤子掉在了地上，而他的手是责任方。

我在他的怀里，身上只有一条内裤和一件无济于我的体面的无袖背心，他后退了一些，只为了更好地看着我，好像无比陶醉。“你真美，”他说，“你真是美得难以置信。”然后他再次把我拉进怀中，他把我抱起来，他把我带到我的床前，一瞬间，我躺到了我的枕头上，他横跨在我的胯部，他的衬衫已经不在身上了，我不知道它丢在哪儿了。我所知道的就是我抬起头，看着他的眼睛，我想着，在这一刻，任何事情都不会让我改变主意。

他有无数吻，而他把这所有的吻都给了我。

他吻着我的上唇。

他吻着我的下唇。

他吻着我的下颚，我的鼻尖，我的前额，我的太阳穴，我的脸颊，我的下巴线条。然后我的颈脖，我的后耳，然后向下到我的喉咙，然后，

他的手，

向下

滑到我的身体。他的整个身体朝我的下方移动，逐渐消失，突然他的胸膛覆在了我的臀部，然后我就再也看不见他了。我只能辨别出他的头顶，他肩膀的线条，以及随着他的呼吸起起伏伏的后背。他的手向下游移，来到了我裸露的大腿上，上上下下，经过我的肋骨，我的后腰，然后再次向下，来到我的髋骨。他的手指勾住了我内裤的弹性裤腰，我喘息着。

他的唇落在我裸露的腹部。

那只是一个轻轻的吻，而我的身体里有什么东西坍塌了。他的唇犹如羽毛般拂过我自己看不太清楚的肌肤。我的大脑在诉说着上千种不同的、我听不懂的语言。

然后，我意识到他正在沿着我的身体向上爬行。

他在我的身体上留下一条着火的痕迹，一个吻接着另一个吻，我真的觉得我再也无法承受更多了；我真的觉得我无法从这无数的吻中幸存下来；我喉咙里的啜泣声正在祈求着释放，我的手紧紧地扣住他的头发，我把他

拉上来，在我的上方，我的正上方。

我需要吻他。

我的手滑到他的颈脖上，他的胸膛上，掠过他的身体曲线，我意识到我以前从没有体验过这种感觉，从没有过这种程度的感觉，就好像每一刻都要爆炸一样，就好像每一次呼吸都是我们最后一次呼吸，每一次的碰触都足以点燃整个世界。我忘记了一切，忘记了危险，忘记了恐惧，对明天的恐惧，我甚至想不起来我为什么会忘记，我忘记了什么，好像有什么东西我已经忘记了。要关注其他东西太难了，我所有的关注就只有他的眼睛，炙热的眼睛；他的皮肤，裸露的皮肤；他的身体，完美的身体。

他在我的碰触之下毫发无伤。

他小心翼翼地不压到我，他的手肘支撑在我头的两侧，我想我一定是笑了，因为他也在冲着我笑，但是他的笑看来有些僵硬；他好像忘了呼吸一样，他看着我，就好像他不确定如何做这件事儿，他踌躇的样子就好像他不确定如何让我看待他，就好像他不知道怎么会脆弱。

但是，他在这里。

我在这里。

华纳的前额抵住我的前额，他的皮肤炽热发烫，他的鼻子抵着我的鼻子。他把自己的重量移到一只胳膊上，然后用另一只空着的手轻抚着我的脸颊，捧着我的脸，就好像那是易碎的玻璃，我意识到我一直在屏住呼吸，我甚至都不记得我上一次吸气是什么时候。

他的视线向下移到我的唇上，然后再次向下。他的凝视是如此沉重，如此饥渴，夹杂着浓浓的情感，我以前从未想过他会有这么深厚的情感。我从来没有想到他有如此深的情感，如此人性化，如此真实。但是，它在那儿。它就在那儿。他的脸上写着最原始的情感，就好像它刚刚被拉出他的内心。他把我放在他的心中。

他说出一个词。他呢喃着同一个音节。如此的迫切。

他说："朱丽叶。"

我闭上眼睛。

"我希望你了解我，"他屏住呼吸说道，他用手指将我眼前的一缕头发撩开，"我不想作为华纳和你在一起，现在我希望有所不同。我想你叫我亚伦。"我打算说好，当然，我完全理解，但是我没有开口，那扩展开来的沉默令我困惑；这一刻有什么东西，我的舌尖吐出他名字的那种感觉开启了我大脑某个被锁住的地方，有什么东西在那儿，有什么东西在拉扯着我的皮肤，试图提醒我，试图告诉我，然后，

它扑面而来

它一拳击中我的下巴

它一脚把我踹到了大洋中。

"亚当。"

我突然浑身充满了冰块。我想吐。我从他身下挣脱出来，差点儿摔到地板上，这种感觉，这种感觉，这种势不可当的、自我厌恶的感觉在我的胃里翻滚，就好像一把锋利的刀朝我捅来，让我几乎无法站立，我把自己蜷缩成一团，我努力不哭出来，我一直说着不，不，不，这不可能发生的，这不可能发生的，我爱亚当，我的心是和亚当在一起的，我不能这么对他。

然后，华纳看着我的样子就像我又一次朝他开了枪，就好像我用我裸露的双手一枪打中了他的心脏，他站了起来，但摇摇欲坠。他的整个身体都在晃，他看着我，好像要说什么，但每次他试图开口说话时，他都失败了。

"我很抱，抱歉，"我结巴道，"我非常抱歉——我从来都无意让这些发生——我当时没有想——"

但是他没有在听。

他一而再，再而三地摇着头，他看着他的手，就好像他在等什么人告诉他这不是真的，他低语着："发生什么事儿了？我在做梦？"

我觉得无比虚弱，我觉得迷茫，因为我想要他，我想要他，而我也想要亚当，我想得厉害，我从未如今晚这样觉得自己像个魔鬼。

他脸上的痛苦是如此直白，那表情让我窒息。

我感觉到了。我感觉到它正在杀死我。

我非常艰难地掉转视线，为了忘记，为了搞明白怎样才能抹去刚刚发生的一切，但是我能想到的一切就是生活就像一个破旧的轮胎秋千，一个未出生的婴儿，一把如愿骨[①]。生活中充满着各种可能性，在我们迈向未来的时候，我们甚至无法保证我们跨出的每一步都是正确的。而我，我错得厉害。我的每一步都是错误的，总是错。我就是错误的化身。

因为这永远也不应该发生。

这是一个错误。

"你选择他？"华纳问道，呼吸几不可闻，看上去仍旧像要倒下一样，"这就是刚刚发生的事儿吗？你选择他放弃我？因为我觉得我搞不明白刚刚发生了什么，所以我需要你说些什么，我需要你现在告诉我他妈的到底发生了什么事儿——"

"不，"我喘息道，"没有，我没有选择任何人——我没有——我没，没有——"但是我选择了。我甚至不知道我是怎么到了这儿的。

"为什么？"他说道，"因为他对你而言是更安全的选择？因为你觉得你欠他的？你在犯错。"他说道，声音比刚才大了，"你吓坏了。你不想做出困难的选择，你在逃离我。"

"也许我就是不，不想和你在一起。"

"我知道你想和我在一起！"他爆发了。

"你搞错了。"

噢，天啊，我在说什么，我甚至不知道我是从哪儿找来这些词语的，它们是从哪里来的，或者我是从哪棵树上把它们摘下来的。它们就这样在

① 向如愿骨许愿是一项古老的习俗。这个习俗是指两个人各执如愿骨的一端将其折断，得到较大块骨头的那个人将如愿以偿。——译注

我的嘴里生长，有时我将某个动词或名词咬得太重，有时那些词汇很苦，有时它们又很甜，但是现在，所有的东西尝起来都有虚假、遗憾的味道，骗子，骗子在我火一般灼热的嗓子眼里徘徊。

华纳仍旧目不转睛。

“真的？”他在努力地克制着自己的脾气，他走近一步，非常近，我能非常清楚地看到他的脸，我能清楚地看到他的双唇，看到他身体散发出来的愤怒、痛苦与怀疑，我不确定我是否应该站着。我觉得我的腿再也支撑不住我的身体了。

“是——是的。”我从那棵长在我嘴里，长在我唇边的词汇树上摘下另一个词汇。

“那么是我错了。”他平静地说道，非常平静，“我以为你想要我，我以为你想和我在一起，是我搞错了。”他的手指拂过我的肩膀，我的胳膊；他的手滑下我身体的两侧，抚摸着我的每一寸轮廓，我紧闭双唇以防止说出真相，但是我正在失控，失控，失控，因为我现在知道的唯一真相就是我就要失去理智了。

“告诉我，亲爱的，”他的唇贴着我的下颚低语道，“我也瞎了吗？”

我实际上要死了。

“我不是你的小丑！”他突然抽身远离我，“我不会允许你耍弄我对你的感情！你决定开枪杀我，我尊重你的决定，朱丽叶，但做这件事儿——做——做你刚刚做过的这件事儿——”他几乎不能言语。他用一只手抹了一把脸，然后双手插进他的头发里，看起来他就好像想尖叫，想摔东西，他好像真的，真的要失去理智了。当他再次开口说话时，声音低沉而嘶哑：“这真是一场胆小鬼的闹剧，我以为你比胆小鬼强多了——”

“我不是胆小鬼——”

“那就对你自己诚实一点儿！对我诚实一点儿。告诉我真相！”

我只觉得头在不停地旋转，转啊转啊，我无法让它停下来。我无法让这个世界停止旋转，我的意识一片混乱，夹杂着罪恶感，然后这种罪恶感很快发展成怒气，突然它开始冒泡，膨胀，浮出表面，然后，我看到了他。我颤抖的手紧紧地握成了拳。“真相，”我对他说道，“真相就是我永远也不知道如何看你！你的行为，你的举止——你从来都不一致！你对我极不友好，然后对我又非常和善，你跟我说你爱我，然后你又伤害我最在乎的东西！你是个骗子。”我厉声说道，身体朝后退了一些，“你说你不在乎自己做了什么——你说你不在乎其他人，不在乎自己做过的事儿，但是我不相信。我认为你在隐瞒。我觉得，真正的你隐藏在所有残忍表象之后，我认为你比你为自己选择的这种生活形象更好。我认为你可以改变。我认为你可以变得不同。我为你感到难过！”

这些词，这些愚蠢的愚蠢的词，它们滔滔不绝地从我的嘴巴里倾泻而出。

“我为你有一个恐怖的童年感到难过。我为你有这样一个冷酷又一无是处的父亲感到难过。我为从来没有人给过你一个机会感到难过。我为你曾经做出了无数个可怕的决定感到难过。我为你觉得被这些东西禁锢感到难过，为你觉得自己是一个永远也无法从善的魔鬼感到难过。但是，让我最难过的是，你对自己也毫不留情！”

华纳退缩了一下，就好像我扇了他一记耳光似的。

我们俩之间的沉默持续了很长一段时间，当他最终开口说话时，他的声音低得几乎听不见，带着难以置信的口吻。

“你可怜我。”

我倒抽了一口气。我的决心动摇了。

“你觉得我就像某个摔坏了的东西，而你可以修好它。”

“不是——我没有——”

“你根本不知道我做过什么！”他一边暴怒地说道，一边朝前迈了几步，“你根本不知道我看到过什么，不知道我不得不参与什么。你根本不知道我能做什么或者我有多么值得同情。我知道我自己的心，”他厉声说道，“我知道我是谁。你怎么敢可怜我！”

噢，我的腿绝对无法支撑我的身体了。

“我以为你可以因为我这个人而爱我，”他说道，“我以为你是这个邪恶世界里那个唯一会接受我的人，接受现在这样的我！我以为，在所有人当中，只有你会了解。”他的脸现在一览无余地展现在我面前，“我错了。我真是大错特错。”

他后退。抓起他的衬衫，转身离开。我应该让他走的，我应该让他走出那扇门，走出我的生活的。但是，我不能，我抓住他的胳膊，我把他拉回来，我说：“拜托——我不是那个意思——”

他转过身来，对我说：“我不需要你的同情！”

“我无意伤害你——”

“真相，”他说着，“总是残忍地提醒我最好活在谎言中。”

我无法忍受他眼睛里流露出来的情绪，他没有费心掩藏他的痛苦与伤心。我不知道该说些什么才能纠正这一切。我不知道如何收回我说过的话。

我唯一知道的是，我不想让他离开。

不能像这样离开。

他看起来想说话；但随后又改变了主意。他深吸了一口气，双唇紧抿，就好像想阻止什么话从嘴里溜出来。我想说些什么，我想再试一次，而他颤抖地呼出一口气，开口说道：“再见，朱丽叶。”

我不知道他的话为什么会让我如此心痛，我不明白我为什么会突然如此焦虑，我必须知道答案，我必须说出来，我必须说出那个不是问题的问题，我说：“我不想再见到你。”

我看到他在努力地想找话说，我看着他转过身来面对我，然后掉转视线，就在那一瞬间，我看到了变化，我看到他眼里闪过不同的情绪，我从来都没有想到他竟然会有这样的情绪，而我知道，我知道他为什么不看着我，我无法相信。在他努力自我挣扎的时刻，努力想开口说话的时候，我只想瘫到地板上去。当他开口说话时，他一直在努力咽回声音中的颤抖：“我当然也不希望再见。”

到此为止。

他走了出去。

我被撕裂成两半，他走了。

他永远地走了。

六十三

早餐是一场严峻的考验。

华纳消失了，他转身离开，留下了一阵混乱。

没人知道他是怎么逃脱的，是怎么出房间并找到离开这儿的路的，每一个人都在责怪卡斯特。每一个人都说他真是愚蠢到家，才会信任华纳，才会给他机会，相信他可以改变。

此刻，就在这里，愤怒已经发展成攻击性的辱骂了。但是我无意告诉任何人华纳昨天晚上就已经离开他的房间了。我不打算告诉他们华纳可能没费什么劲儿就找到了出口。我不会向他们说明华纳不是个傻子。

我确信他非常轻松地就搞定了。我确信他想到办法避开了守卫。

现在，每一个人都做好了战斗准备，但都是出于错误的原因。他们想杀掉华纳：首先是因为他做过的事儿，其次是因为他背叛了他们的信任。更让人觉得恐惧的是，每一个人都担心他会泄露我们最敏感的信息。我不知道华纳离开前搞到了这个地方的什么信息，但是现在什么事儿也没发生，也许是件好事儿。

没人动自己的早餐。

我们都整装待发，准备好面对可能瞬间来临的死亡，除了麻木，我没有其他任何感觉。我昨晚一整晚都没有睡着，我的内心和我的脑子一直饱受折磨，我感觉不到我的四肢，我尝不出食物的味道，我什么也看不清楚，我无法集中精神去聆听我应该仔细听好的信息。我能想到的所有就是伤亡和华纳落在我颈脖上的唇，放在我身体上的手以及他的眼睛里流露出来的痛苦与激情，还有我今天可能遭遇的多种死亡方式。我唯一能想到的就是华纳用他的心抚摸着我，亲吻着我，折磨着我；亚当就坐在我的身边，对我的所作所为完全不知情。

不过，过了今天，这一切可能就无关紧要了。

也许我会被杀死，也许过去十七年来经历的巨大苦闷将会化作乌有。也许我会面朝大地，就这么直直地倒下去，从此烟消云散，我所有的青春期焦虑将会成为可笑的回忆。

但是，我也许能活下来。

也许我会活下来，我就不得不面对我的行为所造成的后果。我必须停止自我欺骗；我必须做出决定。我必须面对这样一个事实，那就是我要抗争对一个人的感情，这个人会毫无顾忌地将一颗子弹射入另一个人的头颅。我不得不考虑我真的会变成一个魔鬼的可能性。一个只知道在乎自己的、可怕的自私的生物。

也许华纳自始至终都是对的。

也许他和我真的是绝佳搭档。

大家几乎同时鱼贯走出餐厅。每一个人都向留守的老人和孩子做最后的道别。詹姆斯和亚当就在今天早上进行了一个非常冗长的道别。亚当和我必须在十分钟内启程。

“噢，他妈的。谁死了？”

我顺着声音转过身去。健二起来了。他在这间屋子里。他就站在我们桌子旁边，他看起来摇摇欲坠，但他醒过来了。他活着。

他正在呼吸。

“该死。”亚当张大嘴巴说道。

“很高兴见到你，肯特。”健二咧嘴笑道。他冲着我点了点头。

“你们今天准备去狂扁某些人了？”

我作势要推他。

“哇噢——嗨——谢谢你，好了——那个——呃——”他清了清嗓子，努力离我远一些，我畏缩了，朝后退了退。除了我的脸以外，我浑身上下没有一处是裸露在外的；我戴着我的手套，还有我的加固型指节，我的衣服拉链一直拉到我的颈脖下。健二通常不会躲避我。

“嗨，呃，也许你应该过一会儿再碰我？”健二努力挤出一个微笑，努力让自己的话听起来像是在开玩笑，但是我能从他的话语里感觉到他努力隐藏的沉重、紧张与不安。“我现在还站不稳呢。”我感觉浑身的血液奔涌着远离我的身体，让我膝盖发软，我需要坐下来。

“那不是她做的，”亚当说道，“你知道她当时没有碰到你。”

“我实际上不知道，”健二说道，“而且，我没有责怪她的意思——我只是说也许她投射了她的能量，自己却不知道好不好？因为我最终回想了一下，我觉得对于昨晚发生的事儿，我们找不出其他解释。我非常肯定那不是你干的，”他对亚当说道，“而且，他妈的，我们都知道，华纳能碰朱丽叶可能只是侥幸。我们对他还一无所知呢。”一个停顿。他环顾四周。“对吧？除非华纳在我昨晚忙着嗝屁的时候倒腾出了什么魔法？”亚当沉着脸。而我一言不发。

“好了，”健二说道，“这就是我的想法。那么，我想，除非完全必要，我最好还是躲远点儿。”他转向我，“对不对？没有冒犯你吧？我的意思是，我差点儿死掉。我想你能放我一马，对吧。”

当我开口说话时，声音低得几乎连我自己也听不清：“对，当然。”我试图一笑置之。我试图搞明白我为什么不告诉他们华纳的事儿。为什么我还在保护他。究其原因，可能是因为我和他一样有罪吧。

“所以，不管怎样，我们何时走？”健二说道。

“你疯了啊，”亚当对他说道，“你哪儿也不去。”

“去他的我哪儿也不去。”

“你连站都站不稳！”亚当叫道。

他是对的。健二显然要靠着桌子才能支撑住自己。

“我宁愿死也不要像个白痴一样坐在这里。”

“健二——”

“嗨，”健二打断我的话，“我听说华纳昨天晚上溜了。怎么回事儿？”

亚当发出一个奇怪的声音。不像是笑声。“是啊，”他说道，“甚至没人知道。我从来就没觉得把他扣为人质是个好主意。信任他真是个愚蠢的主意。”

“所以，你先贬低我的主意，然后再损损卡斯特的主意，嗯？”

健二的眉头挑得高高的。

“这两个命令真是不咋地，”亚当说道，“馊主意。现在，我们得为此付出代价了。”

“我怎么知道安德森会这么心甘情愿地不管他亲生儿子的死活？”

亚当退缩了一下，健二立刻改变了说法。

“哦，嗨——我很抱歉，兄弟——我无意那样说——”

“算了。”亚当打断了他，他的脸色瞬间变得冷硬，面无表情，“也许你该回医疗队去。我们很快就要启程了。”

“我要跟你们一起出发。”

“健二，拜托——”

“没门儿。”

“你真是不可理喻。这可不是玩笑，”我对他说道，“今天很多人会死的。”

而他只是冲着我笑。看我的样子，就好像我说了什么很搞笑的话。“抱歉，你是打算教导我什么才是战争吗？”他摇了摇头，“你忘了我曾在华纳军中当过兵？你知道我们看到过多么疯狂的景象吗？”他边说着，边在他自己和亚当之间比画着，“我对今天会发生什么事儿一清二楚。华纳本来就很疯狂。如果安德森比他儿子还过分的话，那么，我们就要直面一场大屠杀。我不能眼睁睁地看着你们在那儿拼命，却什么也不做。”

那句话，那个词，吸引了我的注意力。我只想问出来：“他真的很坏？”

“谁？”健二瞪着我。

“华纳。他真的很残忍吗？”

健二哈哈大笑。声音越来越大。开口说话时，都已经笑得喘不过气了。“残忍？朱丽叶，那家伙是个变态。他就是个禽兽。我觉得他甚至不知道人性是什么。如果真有个地狱，我猜那就是专门为他设计的。”

将这把利剑从我的腹部抽出来真是无比艰难。

一阵急促的脚步声传来。

我转身。

在我们准备离开这座地下世界时，所有人都应该一列纵队在隧道出口站好，以确保队伍整齐有序。健二、亚当和我是仅剩的几个还没有入列的战斗人员。

我们都站起来。

“嗨——那个，卡斯特知道你在做什么吗？”亚当看着健二说道。

“我觉得他不会赞同你今天出去。”

“卡斯特希望我开心，”健二就事论事地说道，“而如果我待在这儿的话，我就会不开心。我有活儿要干。有人要救。有美人要勾引。他很尊重这一点的。”

“那其他人呢？”我向他问道，“其他担心你的人呢——你甚至还没有看到他们吧？至少告诉他们你没事儿？”

“还没呢。”健二说道，“如果他们知道我起来了，他们可能会焦躁不安。我觉得保持安静会安全点儿。我不想让任何人大惊小怪。索尼娅和莎拉——可怜的娃——她们已经累得不行了。让她们如此精疲力竭是我的错，她们还在讨论今天出战的事儿呢。她们想参战，即使我们一旦与安德森的军队交火，她们就有很多事要做。我一直在努力说服她们留在这儿，不过她们真是倔得像驴。她们需要保留体力，”他说道，“她们已经为我浪费太多体力了。”

“那不是浪费——”我试图告诉他。

“随便怎么说了。”健二说道，“请问我们可以走了吗？我知道你们都在搜索安德森，”他对亚当说道，“但是，从个人角度讲，我更愿意去抓华纳。然后一枪搞定这个浑蛋。”

有什么东西直直打在我的肚子上，我担心我真的要病了。我的眼睛死盯着一处，努力让自己站好，努力忽略掉华纳死亡倒在血泊中的景象。“嗨——你没事儿吧？”亚当把我拉到一边，仔细地打量着我的脸。他的眉头紧皱着，一脸的担忧。

“我没事儿。”我对他撒谎道，不停地点头，又摇了一两次头，“我只是昨天晚上没有睡好，但是我会没事儿的。”

他犹豫着：“你确定？”

“我确定。”我再次撒谎道。停顿了一下，抓住他的衬衫，接着说道：“嗨，到外面一定要小心，好吗？”

他深吸了一口气，点了一下头：“知道。你也要小心。”

“出发，出发！”健二打断了我们，“今天是我们的死期，女士们。”

亚当轻轻地推了他一把。

“噢，你现在是在虐待跛脚儿童，知不知道？”健二费了好一会儿工夫才稳住自己的身体，然后用膀子顶了亚当一下，“把你的力气用到战场上去吧，兄弟。到时，你会需要的。”

尖锐的哨声从远处传来。

出发的时间到了。

六十四

天正在下雨。

整个世界在我们脚下流泪，它知道我们将要做什么。

我们所有人按事先的安排分成多个组，分组战斗，这样我们就不会一下子全军覆灭。我们没有足够的作战兵力，所以我们必须神不知鬼不觉地悄悄行事。虽然我愧于承认，但我真是很高兴健二决定和我们一起来。没有他，我们的兵力会很弱。

但是我们必须避开雨。

我们已经全身湿透了。虽然健二和我都穿着稍稍能防点儿雨的外套，亚当却只穿着棉质的衣服，我担心我们这样撑不了多久。欧米迦之角的所有人都分散了。欧米迦之角正上方是一片光秃秃的、什么也没有的区域，这让我们一出来就很容易受到攻击。幸运的是，我们有健二。我们三个人已经隐形了。

安德森的人离这儿不远。

我们所知道的就是自安德森来了以后，他就一直在不厌其烦地强调他的权威性，他以铁腕手段牢牢控制着重建院。任何反抗的声音，无论有多么弱小，无论多么无害，都被镇压掉。他对我们渴望反抗非常愤怒。现在，他在做出严正声明。他真正想要的是消灭我们所有人。

可怜的平民就被卷入了他这场“友好”的战火之中。

枪声。

我们下意识地朝远处枪声传来的方向移动。我们一言不发。我们知道必须做什么，怎么做。我们唯一的任务就是尽可能地制造破坏，尽己所能地清除安德森的人。我们保护无辜平民。我们要支援我们欧米迦之角的伙伴。

我们要努力确保自己不被干掉。

我能辨认出越来越近的重建院，但是大雨让我们很难看清楚。所有的颜色都融在了一起，消失在地平线上。我必须尽全力才能辨别出我们前方是什么东西。我本能地抓住腰上枪套里别着的枪，我立刻想起我上次与安德森对抗的场面——我很想知道他到底发生了什么事儿。我怀疑亚当关于安德森受重伤的说法也许是对的，或许他仍苦苦挣扎在康复线上。我质疑安德森是否会出现在战场上。我想知道他是不是非常懦弱地不敢打这场他自己的战争。

尖叫声告诉我们，我们越来越近了。

我们周围的世界就是一团由蓝色、灰色和其他斑斑点点的色彩构成的模糊景象，孤零零的几棵树从树干里伸展出无数根微微颤动的枝条，它们伸向天空，就像是在祈祷，乞求着能逃过眼前这场浩劫。这个景象足以让我对这些被迫见证我们所作所为的动物与植物感到抱歉。

它们从来没有要求过这个。

健二带领着我们来到了大院的外围，我们气喘吁吁地溜到一个小屋的墙边，挤在外凸的一小块屋檐下，贴墙站好，至少有那么一会儿时间，让我们能稍稍躲避一下来自老天的重拳。

风拍打得墙上的窗户嘎吱作响。大雨从屋檐上倾盆而下，就像爆米花打在玻璃上一样。

来自老天的信息清晰明了：我们被惹毛了。

我们被惹毛了，所以我们要惩罚你们，我们将让你们为随意泼洒鲜血付出代价。我们不会坐视不管，再也不会。

我们会摧毁你们，这就是老天对我们说的话。

你们怎么能这么对我？老天在风中低语。

我给了你们一切，它对我们说道。

以后再也没有同样的东西了。

我纳闷为什么还没有看到任何军队。我也没有看到欧米迦之角的人。我根本一个人也没看见。事实上，我开始觉得这个大院好像太平静了。

我正打算建议行动的时候，我听到了一扇门砰然打开的声音。

“这是最后一个了，”有人叫道，“她藏在这里。”一个士兵从大院里将一个哭泣的女人拖了出来，她在尖叫，向对方讨饶，询问她的丈夫怎样了，那个士兵大声叫她闭嘴。

我不得不控制我的眼睛、我的嘴巴溢出的情绪。

我不能说话。

我不能呼吸。

另一个士兵从另一个我看不见的地方慢慢跑来。他嘴里叫嚷着什么批准令，用他的手做着我看不懂的手势。我感觉到健二在我身边突然变得僵直。

有什么地方不对劲。

“把她跟其他人扔到一起，”第二个士兵叫道，“然后，我们要清理这片区域。”

那个女人变得歇斯底里。她尖叫着抓着那名士兵，告诉他她没有做错，她不明白，她的丈夫在哪儿，她一直在找她的女儿，发生什么事儿了，她哭泣着，尖叫着，她像个猛兽一般奋力地用拳头打着那名拽她的士兵。

他把枪压在她的颈脖上：“你再不闭嘴的话，我现在就杀了你。”

她低声呜咽着，然后瘫软下去，晕倒在那名士兵的怀里，那士兵一脸厌恶的表情，把她拉到了我们看不到的某个关押其他人的地方。我不知道发生什么事儿了。我不明白发生什么事儿了。

我们跟上了那些士兵。

风声、雨声交替层叠，空中有足够的噪音作掩护，我们和士兵之间也有一定的距离，这让我觉得开口说话不会有危险。我紧拽着健二的手。他仍是我和亚当之间的“胶水”，利用他的异能保护我们不被他人看见。“你觉得发生什么事儿了？”我问道。

他没有立刻回答。

“他们围捕那些人，”过了一会儿他才回答道，“他们在组织人，一次性把那些人全部杀掉。”

“那个女人——”

“对。”我听到他清了清嗓子，“是的，他们认为她和其他什么人可能与反抗者有联系。他们不仅仅是杀掉反抗者，”他对我说道，“他们还杀掉这些人的朋友与家属。这是让人们不越线的最好方式。用这招来吓阻剩下的人，屡试不爽。”

我必须努力咽下那个威胁着要压倒我的恶心感。

“一定有办法把他们弄出来，”亚当说道，“也许我们可以干掉负责看管的士兵。”

“对，但是，听着，你们知道我打算放开你们，对吧？我的体力已经不支了；我的能量比平常要消耗得快。所以，你们马上就不能隐形了，”健二说道，“你们将成为看得见的靶子。”

“但是，我们还有其他选择吗？”我问道。

“我们可以用狙击方式把他们干掉，”健二说道，“我们没必要直接对上他们。我们还是有选择的。”他顿了一下，“朱丽叶，你以前从没见过这种场面。我想让你知道的是，如果你决定待在火力范围之外，我会尊重你的决定。如果我们继续跟着这些士兵的话，不是每个人都能忍受我们接下来可能会看到的场面的。这没有什么羞于启齿的，也没什么好责怪的。”

在我撒谎的时候，我能尝到嘴里的金属味。我说：“我没事儿。”

他沉默了一会儿。“就是——好吧——但是别惧于利用你自己的能力保护自己，”他对我说道，“我知道你在不想伤害他人或别的什么东西方面一直有着奇怪的想法，但是这些家伙不是什么善茬儿。他们会尽全力杀你的。”

我点了点头，即使我知道他看不到我。“知道了，没错。”我说道。但我的内心充满着恐慌。

“我们走。”我低语道。

六十五

我感觉不到我的膝盖。

共有二十七人站在一排，肩并肩站在一个大大的、光秃秃的地盘中央。不同年龄的男人、女人和孩子。他们体型不一，大小不一。全部都站在那六名可以被称为行刑队的士兵面前。大雨倾盆而下，狂暴而愤怒，坚硬如我的骨头一般的雨点打在所有人、所有东西上。狂风肆虐。

士兵们正在决定做什么。如何杀了他们。如何处置那二十七双直瞪着前方的眼睛。有人在哭泣，有人因为恐惧、害怕和悲伤而摇摇欲坠，还有一些人则直挺挺地站着，视死如归。

第一个人倒在了地上，我觉得有条鞭子抽打着我的脊背。一刹那间，各种情绪朝我扑面而来，我担心自己可能会晕过去；我带着动物般本能的绝望，努力保持清醒，努力抑制着自己的眼泪，努力忽略那钻心的痛苦。

我不明白为什么没有人动，为什么我们不动，为什么就没有一个平民试图逃离，然后，我突然意识到，跑，试图逃跑，或试图反抗，根本不是可行的选择。他们被完全制服了。他们没有枪。没有任何火药类的东西。

但是，我有。

我有一把枪。

事实上，我有两把。

就在这一刻，就在这里，我们必须动手，在这里，我们要单独作战了，就我们三个。三个旧时代的孩子要么营救出二十六张面孔，要么死翘翘。我的眼睛紧紧地锁定一个小小的女孩，她的年龄不会比詹姆斯大多少，她的眼睛睁得大大的，充满恐惧，她的裤子已经因为害怕而尿湿了，这个景象把我撕成碎片，让我窒息，当我告诉健二，我准备好了时，我空着的那只手已经摸到了我的枪。

当健二放开我们两人的手时，我盯上了那个正将他的枪瞄准下一个受害者的士兵。

三把枪抬起来了，准备射击，在子弹即将破空而出之际，我听到了子弹咔嗒声；我看到有一颗子弹射进了一个士兵的脖子，我不知道那是不是我射出的子弹。

现在这无关紧要了。

面前还剩下五名士兵。现在，他们都能看见我。

我们开始跑。

我们躲开朝我们射来的子弹，我看到亚当倒在地上，我看到他完美的射击姿势，但是仍没有命中目标。我四周寻找着健二，却发现他消失了，对此我很高兴。有三名士兵几乎同时倒下。亚当趁其他士兵分心之际，干掉了第四名士兵。我紧随其后朝第五名士兵开枪。

我不知道我是否击毙了他。

我们尖叫着让那些平民跟着我们，我们带着他们撤回到院子里，叫喊着让他们蹲下，躲进来；我们告诉他们援兵就快来了，我们会尽全力保护他们，而他们也试图朝我们靠过来，碰触我们，谢谢我们，拉拉我们的手，但我们没有时间。我们必须尽快把他们带到某个看似安全的地方。

我仍旧没有忘记那个我们没能救出来的人。我不会忘记二十七这个数字。

我不想让这种事情再次发生。

我们跑了数英里的路，我们没有费心隐藏，也没有什么明确的计划。我们仍旧没有说话。我们没有讨论我们做了什么或我们可以做什么，我们只知道，我们不能停下来。

我们跟着健二。

他在一堆废弃的建筑里迂回穿行，我们知道情况该死的不对劲儿。到处都没有生命的迹象。用于安置平民的小小“金属盒”已经被完全摧毁了，我们不知道这些“金属盒”被摧毁时，里面有没有人。

健二跟我们说要仔细看。

我们更深入管制区了，这里的土地都曾经是有人居住的，然后我们听到一阵脚步声，还有机械的声音。

坦克。

它们是电力驱动的，所以在大街上行驶的时候，不那么引人注意，但是我太熟悉这些坦克了，所以我能分辨出那个声音。亚当和健二也一样。

我们尾随那噪音而去。

我们努力抵御着那试图把我们推开的狂风，就好像那风在试图保护我们不要碰上这个大院另一头正在等着我们的危险。它不想让我们看到这一切。它不让我们今天就死掉。

有什么东西爆炸了。

在距我们所站之处不到五十英尺的地方，一场大火腾空而起。那火焰拍打着地面，吞噬掉氧气，甚至连大雨也无法立刻扑灭它。大火在风中摇来晃去，然后变得越来越弱，直到最后消失在空中。我们必须到着火的地方去。有什么事儿发生了。

我们的脚在泥泞中奋力前行。在我们奔跑时，我都感觉不到冷了。我也感觉不到潮湿，我只觉得肾上腺素充斥着我的四肢，迫使我不断前行，我的手紧紧地握着枪，随时准备瞄准，随时准备开火。

但是，当我们抵达着火之处时，我几乎握不住我的枪。

我几乎要倒在地上。

我无法相信自己的眼睛。

六十六

死亡，死亡，死亡无处不在。

这么多的尸体，男男女女，横七竖八地纠缠在一起，我完全不知道哪些是我们的人，哪些是他们的人。我开始纳闷这意味着什么，我开始怀疑自己，怀疑我手中的武器，我情不自禁地对这些士兵感到好奇，我好奇他们怎么可能那么像亚当，像无数其他被折磨、被抛弃的灵魂，他们只是想生存下去，于是接受了他们唯一可以找到的工作。

我的良心在自我宣战。

我用力地将眼泪、雨水和恐惧眨回去，我知道我必须移动我的脚步，我知道我必须向前冲，必须勇敢，无论我喜欢与否，我不得不战斗，因为我们承担不起后果。

有人从后面袭击了我。

有人把我击倒，我的脸朝下直扑到了地上，我拼命用脚踢着，努力大叫，但是我感到手中紧握的枪被抢走了，我感觉到一只手肘顶在我的脊柱上，我知道亚当和健二已经走了，他们正在激战中，我知道我要死了。我知道要结束了，不知怎么，那显得不真实，那就好像是一个别的什么人正在诉说的故事，就好像死亡是一件非常奇怪而遥远的事儿，你只在你从来都不认识的人的身上看到过，你确定它不会发生在自己身上，不会发生在我身上以及我们剩下的其他人身上。

但是，它就在这儿。

我的后脑勺上顶着一支枪，一只靴子踩在我的背上，我的嘴巴里满是泥巴，我从来没有如此卑微过，它就在我的面前。我如此清楚地看到它。

有人突然将我翻过来。

这个拿枪指着我的头的人现在将枪直指我的脸。他审视着我，仿佛在试图解读我，我迷惑了，我看不懂他愤怒的灰色眼眸，还有他僵硬的嘴唇，因为他没有扣扳机。他没有杀我，这比其他任何事儿都令我目瞪口呆。

我需要脱掉我的手套。

俘虏我的那个人大声叫嚷着什么，我听不明白，因为他不是在对我说话，他也没有望着我的方向，因为他是冲着其他人喊叫，我利用他分心的这一瞬间猛然拉开我左手上的指套，我想迅速把它扔到地上。我必须脱掉我的手套。我必须脱掉我的手套，因为这是我逃生的唯一机会。但是大雨让我身上的皮革湿透了，粘在了我的皮肤上，很难轻易脱下来，那个士兵很快转过身来。他看穿了我的企图，他迅速把我拉起来，并把我的头锁定在他的腋下，枪顶上我的头骨。“我知道你想做什么，你这个小怪物，”他说道，“我听说过你。你再动一下，我就杀了你。”

不知为什么，我不信他说的话。

我觉得他不会杀我，因为如果他想的话，他早就做了。但是他在等着什么。他在等着什么我不明白的事儿，我必须快速行动。我需要一个计划，但我不知道该做什么，我只是抓着他那有衣服覆盖的胳膊，他胳膊上的肌肉紧紧地箍在我的脖子上，他摇晃着我，大嚷着叫我不要再扭动了，然后他把我箍得更紧了，切断了我的呼吸通道，我的手指紧紧地拽着他的前臂，试图挣脱他环在我脖子上的钢铁般的禁锢，我无法呼吸了，我慌了，我突然不确定他是不是不会杀我，我甚至没有意识到我做了什么，直到我听到他在尖叫。

我碾碎了他胳膊上的骨头。

他倒在了地上，他扔下枪，想抓住他的胳膊，他痛苦地尖叫着，如此的歇斯底里，引得我差点为我做下的事懊悔不已。

事实上，我跑了。

我只跑了几英尺，就有三个士兵朝我猛冲而来，我对他们的战友做下的事儿让他们警觉，他们看着我的脸，脸上露出认识的表情。他们其中一个人看起来有些熟悉，好像我以前曾经见过他那头蓬松的棕色头发，然后我意识到，他们认识我。在华纳囚禁我期间，这些士兵认识了我。华纳曾经让我壮观亮相。他们当然认得我的脸。

他们没有让我走。

他们三个人把我打倒在地，然后压住我的胳膊和腿，这时我非常确定他们决定把我的四肢给卸掉。我试图还击，我试图找回我的意志，试图集中我的能量，然而，就在我要反击的时候

我的头部遭到重重一击，我差点儿完全晕过去。

各种声音夹杂在一起，声音逐渐变成巨大的噪音，我看不清颜色，我不知道我身上发生了什么，因为我的腿再也没有知觉。我甚至不知道我是走着，还是被人扛着，但我感觉到了雨。我感觉到它快速落到我的脸上，直至我听到了金属碰撞发出的声音，我听到熟悉的电子咔嗒声，然后雨停了，它从天空中消失了，我只知道两件事儿，有一件事儿是我非常肯定的。

我在一辆坦克里。

我要死了。

六十七

我听到了风声奏出的韵律。

我听到猛烈的风将那和谐的韵律变成歇斯底里的呼啸，变成真正的威胁，我能想到的所有就是叮叮当当的声音听起来让我觉得不可思议的熟悉。我的头仍在晕眩，但我必须尽可能地保持清醒。我必须知道他们要把我带到哪里去。我必须对我的位置有一定的认识。我必须找到一个参照物，我挣扎着保持我的头脑清醒，同时确保没有人注意到我还有意识。

那些士兵没有说话。

我原本希望我至少能从他们可能的对话中获得一点儿信息，但是他们彼此之间一言不发。他们就像机器，就像机器人，根据程序执行具体的任务。我很纳闷，我非常好奇，我搞不明白为什么我会被拖到战场之外杀掉。我纳闷我的死亡非得这么特殊吗。我好奇他们为什么要把我带出坦克，进入呼啸的风中，我大胆地微微睁开了眼睛。我差点儿倒抽一口气。

这是那座房子。

这是那座房子，那座有着不规则草坪，墙上刷着新漆，有一个漂亮的知更鸟蛋颜色遮阳棚的房子，那个方圆五百英里内唯一一个传统的仍在使用的房子。这就是那座健二说一定有陷阱的房子，这就是那座我当时非常肯定华纳父亲会与我在这里碰面的房子，然后它击中了我。一个大锤。一列子弹头列车。一个突如其来的认知迅速冲进我的脑海。

安德森一定在这里。他一定想亲手杀了我。

我是一个特殊的快递。

他们甚至按了门铃。

我听到脚步声。我听到嘎吱声。我听到呼啸而过的风声，然后我看到了我的未来，我看到安德森对我施以酷刑，以各种可能的方式把我往死里整，我纳闷如何自救。安德森太聪明了。他可能会把我钉在地板上，一下一下地，慢条斯理地砍断我的手和脚。他可能会非常享受这一过程。

他打开了门。

“哈！先生们。非常感谢，”他说道，“请跟我来。”然后，我感觉到那个运送我的士兵将我潮湿、瘫软、突然变沉的身体倚在他的身上。我开始觉得寒意渗透到我的骨子里，我意识到我在大雨里待的时间太久了。

我在颤抖，但这不是因为害怕。

我在发热，但这不是因为愤怒。

我的大脑已经混乱，即使我有力量保护自己，我也不确定我能做对。我非常好奇我今天可能会遇到多少种死法。

安德森带着浓郁的尘土气息。即使我被某人的胳膊夹在怀里，我也能闻到他身上的味道，那气味令人不安地好闻。在建议待命的士兵回去干活之后，他关上了我们身后的门。他的提议本质上就是命令他们去杀更多的人。

我想我开始产生幻觉了。

我看到一个温暖的壁炉，就是那种我曾经只在书本上读到过的壁炉。我看到了一个温馨的起居室，里面有着软软的漂亮的长沙发，地板上铺着一张厚厚的东方风格的地毯。我看到一个壁炉台，上面摆放着一些照片，但我站的位置看不清到底是什么照片。安德森正在唤我醒来，他说你必须洗个澡，你真是把自己搞得脏兮兮的，好吧，以后再也不会这样了，对吗？我需要你清醒过来，意识清楚，否则就太糟了，他说道。我非常肯定我现在无法自制。

我感觉到楼梯那里传来沉重的脚步声，我意识到自己的身体随着这个声音移动。我听到门打开的声音，我听到其他脚步声，还有一些说话声，但是我听不清。有人在对另一个人说着什么，我被放到了冰冷、坚硬的地板上。

我听到自己的呻吟声。

“小心别碰她的皮肤。”这是我唯一分辨出来的完整的句子。其他话语都是断断续续的，什么“洗澡”“睡觉”“早上”“不，我不这么认为”和“非常好”，我听到另一声关门声。它就在我的脑袋边上。

有人试图把我的外套脱掉。

我迅速感觉到一阵刺痛；我感觉到什么东西让我全身灼痛，贯穿我的大脑，直插我的眼睛，我现在觉得五味杂陈。我记不起我最近一次吃东西是什么时候，吃的是什么；我已经超过二十四小时没好好睡一觉了。我浑身湿透，头痛欲裂，我的身体被人翻转过来，被人踩在下面，我浑身痛苦不堪。但，我不会让陌生人脱掉我的衣服。我宁愿死。

但是，我听到的声音不再是男声了。那个声音听起来很柔软，很温和，很慈祥。她用一种我听不懂的语言对我说话，但是也许是因为我的脑子现在根本什么也搞不清的缘故。她发出了慰藉的声音，她用她的手在我的背后一小圈一小圈地揉着。我听到水声，感觉到周遭的温度上升，真的很温暖，就像蒸汽一样，我想这一定是在浴室，或澡盆里，我情不自禁地想起我上次和华纳回到总部以来还没有洗过一个热水澡。

我试图睁开眼睛，但是没能成功。

就好像有两个铁砧压在我的眼皮上，好像所有东西都是黑色的，凌乱不堪的，混乱不清的，我无法搞清我周遭的环境是什么样子的。我的眼睛努力睁开一丝缝隙，我只能看到闪闪发亮的瓷砖，我估计是一个浴缸，我努力地爬过去，无视耳边一连串的反对声，然后我吃力地站起来。

我摔进热水中，身上的衣服、手套和靴子都还没有脱下来，我感觉到一种难以置信的压力，我从没想到会有这种体验。

我的骨头开始解冻，我的牙齿放慢了打战的速度，我的肌肉开始放松。我的头发漂在我的脸上，我感觉到它让我的鼻子发痒。

我沉到水中。

我要睡着了。

六十八

我是在天堂般的床上醒来的，身上穿的衣服应该属于某个男孩。

我的身体觉得很暖和，很舒适，但我仍能感觉到骨头里发出的嘎吱声，我的头很疼，脑子里一片模糊。我坐起来，环顾四周。

我在某人的卧室里。

我的床上是一床蓝橙相间的床单，上面是棒球手套的图案。旁边有一张小书桌和一把小椅子。桌子有数个抽屉，还有一排塑料纪念品整齐地摆放在桌上。我看到一扇木门，上面有一个传统的黄铜球形把手，这个门一定是通向外面的；我看到一排镜子，这排镜子后面一定有一个柜子。我看到我的右边有一个床头柜，上面有一个闹钟和一个玻璃杯。我抓起玻璃杯。

我几乎是狼狈地迅速喝下杯中的水。

我爬下床，发现自己穿着一条海军运动短裤，它低低的吊在我胯部，低得我都担心它会掉下来。我上身穿着一件灰色的T恤，上面还有一个类似徽标的图案，我的身体在这件超大的衣服中晃荡。我没穿袜子。没戴手套。也没有穿内衣。

我什么也没有。

我好奇我是否可以出门，我决定试试。我不知道我在这里做什么。我不知道我为什么还没有死。

我在镜子前愣住了。

我的头发已经被洗得干干净净，厚厚的头发，犹如波浪一样垂在我的脸庞周围。我的皮肤除了有伤痕的地方以外，其他没有受伤的地方润泽发亮。我的眼睛大大的；一双充满生机的、介于绿色与蓝色之间的眼眸正冲着我眨着，带着惊讶却又毫不意外的无所畏惧。

但是我的颈脖。

我的颈脖乌七八糟，有很大一块瘀伤，破坏了我的整个形象。我当时并没有意识到我的脖子昨天被人掐得如此紧，几乎要死掉——我想是昨天吧——我现在意识到，只要我做吞咽动作的时候，颈脖就很痛。我吸了一口气，从镜子边挤过去。我必须找到出去的办法。

那扇门在我的手中开了。

我在走道里左右望了望，想找到生命的迹象。我完全不知道现在是什么时候了，也不知道自己睡了多长时间。除了安德森——和那个在浴室里帮过我的女人——以外，我不知道这座房子里是否还有其他人，但是我必须对我所处的形势做一个评估。在我能拟订一个出逃计划之前，我必须搞明白我到底面临着多大的危险。

我努力踮起脚，想静悄悄地走下楼梯。

没有用。

那个楼梯在我的脚下嘎吱作响，我几乎没机会改变主意，因为我听到他在叫我的名字。他在楼下。

安德森在楼下。

"别害怕。"他说道。我听到沙沙声，像是纸张发出的声音，"我给你煮了吃的，我想你一定饿了。"

我的心脏一下子跳到嗓子眼。我纳闷我还有什么选择，我必须考虑哪些选择，最后，我确定，在他自己的藏身之所，我根本就不可能藏起来不被他发现。

我在楼下与他打了照面。

他还是以前那个帅气的男人。头发完美、光滑，衣服干净清爽，非常平整。他坐在起居室里的一个沙发椅上，膝盖上盖着一条毯子。我看到一根雕刻着一些复杂花纹的木制拐杖倚靠在椅子的扶手上。他的手上拿着一叠报纸。

我闻到了咖啡的味道。

“请坐。”他对我说道，一点儿也不诧异我这身奇怪而不文明的着装。

我坐下。

“你觉得怎么样？”他问道。

我抬起头。没有回答他。

他点点头：“好吧，我确信你很吃惊在这里看到我。这是座很可爱的房子，对不对？”他边说着，边环顾四周，“在我将我的家庭迁至现在居住的45区后不久，我就把这座房子保存了下来。毕竟，这个地方应该是我的。这里是安置我妻子的理想场所。”他挥了挥手，“显然她在大院里过得不好。”他说道，仿佛我应该知道他在说什么一样。

安置他妻子？

我不知道为什么他嘴巴里吐出的话会让我吃惊。

安德森看来意识到了我的迷惑。他看起来乐了：“我是否可以认为我那热恋中的儿子没有跟你说过他亲爱的妈妈？他没唠唠叨叨地讨论他是多么傻兮兮地挚爱着那个给他生命的人？”

“什么？”这是我说的第一个词。

“我真是惊讶不已啊，”安德森说道，微笑的表情看上去一点儿也不吃惊，“他没有提到他有一个生病的妈妈住在这个屋子里？他没有告诉你他为什么如此迫切地想驻扎在这里，驻扎在这个区？没有说过？他什么也没有跟你提过？”他歪了歪脑袋，“我真是吃惊啊。”他再次撒谎道。

我努力让自己的心跳频率缓下来，试图搞明白他到底在跟我说什么，试图待在距他一步之遥的前方，但是他是非常成功地把我弄糊涂了。

“当我被选为最高司令官时，”他继续道，“我打算让亚伦的妈妈留在这里，带他去议会区。可是那孩子不愿把他妈妈丢下。他想照顾她。他不想离开她。他就像个笨小孩一样想和她在一起。”他说道，说到最后时，音量提高了，有那么一会儿，好像忘了自己是谁一样。他咽口唾沫。再次平静下来。

我等待着。

等待着他准备好将铁砧砸在我头上。

“他没跟你说过有多少军人想掌管 45 区吗？我们不得不从诸多非常不错的候选人中挑选吗。他只有十八岁！”他大笑起来，“每一个人都觉得他疯了。但是我给了他一个机会。”安德森说道，“我觉得，让他承担起某种责任对他来说也许是件好事儿。”

仍旧等待。

一声重重的满意的叹息声。“他从没告诉过你，他必须做什么才能证明自己配得上这个职务？”

来了。

“他没告诉你我让他做什么来赢取资格吗？”

我心如死寂。

“是的，”安德森说道，眼睛亮闪闪的，非常亮，“我怀疑他不想提起，对吧？我打赌他没有提过他过去这一部分历史，对吧？”

我不想听这些。我不想知道这段历史。我不想再听下去了——

“别担心，”安德森说道，“我不会破坏了你对他的信任。最好让他本人告诉你这些细节。”

我再也不能保持平静了。我不平静，事实上，我已经开始恐慌了。

“我要回去做一点儿安排了，”安德森说道，整理着手中的报纸，看起来毫不介意和我进行一场完全单方面的对话，“我无法忍受和他妈妈在同一屋檐下待很长时间——很遗憾，我无法与疾病相处融洽——但是在目前情况下，这里还真是一个方便的小营地。我一直将这个地方当作一个基地，我可以从这里监督大院里发生的一切事情。”

战役。

战斗。

流血，健二、亚当和卡斯特以及所有被我丢下的人。

我怎么能忘记。

我的脑海里涌现无数个恐怖的可能性。我不知道发生什么事情了。他们是否安好。他们是否知道我还活着。卡斯特是否已经想办法救出了布伦丹和温斯顿。

有没有我认识的人死了。

我的眼睛狂乱地扫过四周。我站起来，说服自己相信这只是一个精心设计的陷阱，也许是某人打算从后面伤害我，或者某个人正拿着一把砍刀等在厨房里，我无法屏住呼吸，我喘着气，试图想弄清楚该做什么做什么做什么，我说："我在这儿做什么？你为什么把我带到这里来？你为什么还不杀掉我？"

安德森看着我。他歪了歪头。"我被你弄得很生气，朱丽叶。非常，非常不高兴，"他说道，"你做了一件非常糟糕的事儿。"

"什么？"听起来这是我唯一知道要问的问题，"你在说什么？"有那么一会儿，我纳闷他是否知道华纳身上发生了什么事儿。我差点觉得自己脸红了。

但是，他深吸一口气。抓住他椅子边的拐杖。他用尽了全身的力气才站了起来。即使有拐杖支撑着他，他仍颤颤巍巍。

他的脚跛了。

他说："这是你做的。你试图制服我。你朝我的大腿开枪。你差点儿就朝我的心脏开枪了。你绑架了我的儿子。"

"不，"我喘息道，"那不是——"

"是你让我这样的，"他打断我，"而我现在要补偿。"

六十九

呼吸。我必须记住保持呼吸。

“相当不同凡响啊，”安德森说道，“你竟然有能力一个人翻盘。当时那屋子里只有我们三个人，你、我和我的儿子。我的士兵正监视着整片区域以侦察还有谁跟你一起出现，他们说就你一人。”一个停顿，“我真的以为会有一个小队和你一同前来，你明白的。我以为你还没有勇敢到一个人来见我。但随后，你一个人来了，解除了我的武装，偷回了你们的人质。你必须把两个人——这还不包括我儿子——转移到安全的地方。你是怎么做到这些的，我完全搞不懂。”

我突然觉得：选择很简单。

我要么告诉他健二和亚当的事儿，然后他们就有被安德森猎杀的风险，或者我全部承担下来。

所以，我迎上了安德森的视线。

我点点头。我说：“你曾说过我是一个蠢笨的小女孩。你说我懦弱得都不敢保护自己。”

他脸上的表情一开始看上去极不自在。看上去好像意识到我可能会对他再次做同样的事儿，就是现在——如果我想的话。

然后，我想，是的，我有可能会这么做。这真是个绝妙的好主意。

但是，现在，我仍旧好奇地想了解他想从我这里得到什么。他为什么要和我说话。我现在并没有考虑攻击他的事儿，我知道我现在拥有凌驾于他之上的优势。我应该能够轻易制服他。

安德森清了清喉咙。

“我原计划返回议会区，”他说道，随后深吸了一口气，“但是，显然，我在这儿的工作还没有做完。你们的人把事情搞得麻烦无比，现在想要简单地杀死所有平民是越来越难了。”他顿了顿，“呃，实际上不对，不是这么回事儿。杀他们并不难，只是变得越来越不实际。”他看着我，“如果我把他们全杀掉的话，我就成光杆司令了，对吧？”

他哈哈大笑起来。就好像他说了什么好笑的事情一样。

“你想我做什么？”我问道。

他深吸了一口气。微笑着。“我得承认，朱丽叶——你真是让我印象深刻啊。你独自一人就制服了我。你还深谋远虑地拿我儿子当人质。你救走了你们的两个人。你制造了一场地震，救出了你们队伍中的其他人！”他大笑着，大笑着，大笑着，大笑着。

我无意告诉他这里面只有两件事儿是真的。

“我现在知道我儿子是正确的了。你对我们来说价值不可估量啊，尤其是现在这个时刻。亚伦记得他们总部内部的一些细节，但你肯定知道得更详细。”

所以，华纳已经见过他父亲了。

他说出了我们的秘密。他当然会这么做。我无法想象我为什么还会吃惊。

“你，”安德森对我说道，“可以帮助我们摧毁你的那些小朋友们。你可以告诉我我想知道的每一件事儿。你可以告诉我其他那些怪物的事情，他们有什么异能，他们的优势以及弱点是什么。你可以带我到他们的藏身处。你要按我说的做。”

我想朝他的脸上吐口水。

“我迟早要死的，”我对他说道，“我宁愿活活烧死。”

“噢，我非常怀疑这一点。”他说道。他把身体的重量转移到拐杖上以便能更好地支撑自己站起来，“我觉得，如果你真的感受过脸上的皮肤被熔化的感觉，你会改变主意的。但是，”他说道，“我也不是个不近人情的人。我肯定不会排除这个选择，如果你对此真有兴趣的话。”

非常可怕的一个人。

他灿烂地微笑着，非常满意于我的沉默："好吧，我没这么想过。"

前门突然打开了。

我没有动。我没有转身。我不知道我是否想知道自己将遭遇什么事儿，但随后，我听到安德森欢迎他的访客。邀请他进来。请他向他们的新客人问好。

华纳进入我的视线。

我突然感到透彻心骨的虚弱，恶心，还有一点点窘迫。华纳一言不发。他穿着得体的外套，头发梳理得非常完美，他看起来就和我第一次见到的华纳一模一样，唯一的区别就是他眼睛里的神情。他震惊地盯着我，看上去很虚弱的样子，实际上，他看上去病了一样。

"你们两个孩子还记得彼此吧？"安德森是唯一大笑的一个。

华纳呼吸的方式就好像他爬了几座大山一样，就好像他搞不懂他看到了什么或为什么他会看到它，他凝视着我的脖子，那个地方一定布满着乌紫的瘀伤，他脸部的表情有些扭曲，像是愤怒、痛恨和心脏病发作。他的眼睛落到我的衣服上，短裤上，我注意到他的嘴巴张开又迅速闭上，随即他克制了自己的情绪，脸上变得面无表情。他在努力保持镇静，但我能看出他的胸膛在快速起伏。当他开口说话时，他的声音几乎没有其应有的那么坚强："她在这儿做什么？"

"我想把她招揽过来为我们干活。"安德森简单地说道。

"干什么？"华纳问道，"你说过你不想要她——"

"嗯，"安德森说道，思考着，"不完全正确。我可以肯定，她在我们身边对我们有好处，但是我在最后一刻决定我无意再让她伴随左右。"他摇了摇头。低头看了看他的腿。叹息了一声。"跛成这样真让人沮丧，"他说着再次大笑起来，"这真是相当让人沮丧啊。但是，"他微笑着说道，"至少我找到了快速修复的捷径。如她们所说，把它们全部回归正常就行了。这就像魔术一样。"

他的眼睛里有什么东西，他的声音里透着浓浓的笑意，他说最后一句话的方式让我觉得不安。“你什么意思？”我问道，几乎害怕听到他的回应。

“我非常吃惊你居然会问，亲爱的。我的意思是，老实说——你不会真的以为我没有注意到我儿子恢复完美的肩膀吧？”他大笑道，“你以为，在我看到他回到家里，不仅没有受伤，还完全恢复健康以后，我会不奇怪？没有疤痕，强壮，无任何不适——就好像他从没有中枪过！这真是个奇迹，”他说道，“奇迹，我的儿子告诉了我，这是你们的两个小怪物所为。”

“不是。”

恐惧感在我体内蔓延开来，强烈得让我头昏眼花。

“噢，是的，”他瞟了华纳一眼，“不对吗，儿子？”

“不，”我喘息道，“噢，天啊——你做了什么——她们在哪儿——”

“冷静下来，”安德森对我说道，“她们毫发无伤。我只是把她们招揽过来了，就像我对你做的一样。我需要她们健康地活着，如果她们可以治愈我的话，你不认为吗？”

“你知道这些？”我转向华纳，有些发狂，“这是你做的？你知道——”

“不是——朱丽叶，”他说道，“我发誓——这不是我的主意——”

“你们两个都别为一些无关紧要的事儿激动了，”安德森边说着边朝我们这个方向随意地挥了挥手，“现在，我们有更重要的事情去关注。有更紧急的事要处理。”

“什么，”华纳问道，“你在说什么？”他看起来就像没呼吸一样。

“法律制裁，儿子。”安德森现在盯着我了，“我在讲法律制裁。我乐意纠正错误。让这个世界回归原来的秩序。我正等着你来呢，这样我就可以好好地向你表达我的意思了。这个，”他说道，“是我在第一时间就该做的事儿。”他瞥了一眼华纳。“你在听吗？现在集中注意力。你在看着吗？”

他拔出一把枪。

然后朝我的胸膛开枪。

七十

我的心脏炸裂开来。

我朝后倒去，绊到了我自己的脚，跌到了地板上，我的头重重地砸到地毯上，我的胳膊无法撑住我的身体。这是一种我从未体验过的疼痛，我从没想到过我会有可能体验到这种疼痛，从未想象过。就好像炸药在我的胸膛里爆炸，就好像我被人从身体里面点着了火，突然，所有东西都慢了下来。

所以，我想，这就是死亡的感觉。

我眨着眼睛，好像花了很长时间。我看到我眼前的影像散乱，色彩、身体和灯光在我眼前晃动、倾斜。声音混乱，忽高忽低，我听不清楚。仿佛有无数刺骨的电子脉冲在我周身的血管里奔涌，就好像我身体的每一个部分都已经困倦，正在努力地再次醒来。

我眼前出现了一张脸。

我努力地关注着那张脸的轮廓、肤色，试图看清每一个细节，但是这太难了，我突然无法呼吸，突然觉得我的喉咙里有无数把小刀，我的肺部被打出了无数个小洞，我越眨眼，越无法看清事物。很快，我就只能浅浅地吸气和呼气了，这让我想起小时候，医生曾告诉我我有哮喘。不过，他们错了；我呼吸短促与哮喘无关。它与惊恐、焦虑以及换气过度有关。但是，我现在感受到的这种感觉，很像我当时经历的感觉。就好像你在通过一根细到不能再细的管子吸进氧气。就好像你的肺刚刚关门，去度假了。我觉得头晕目眩，脑袋轻飘飘的。然后，疼痛，疼痛，疼痛。疼痛的感觉很可怕。已经痛到不能再痛了。这种痛好像永远都不会停止。

突然，我什么也看不见了。

我虽然看不到血，但我能感觉到它从我的体内流出，我什么也看不见，看不见，看不见，我绝望地想重新找回我的视野。但是，我什么也看不见，眼前只有一团白雾。我什么也听不到，只感觉到我耳膜内砰砰作响，我的呼吸很短促，我发狂般地努力喘息着，我感觉到热，如此的热，我体内的鲜血仍旧如此新鲜，如此温暖，在我身下，在我周围喷涌着。

生命正从我的身上溜走，这让我想到死亡，让我想到我的生命是多么短暂，我活得多么卑微。这些年来，我的大部分时间都是在恐惧中畏缩，从来没有为自己坚持过什么，总是努力地成为别人希望的人。十七年来，我一直在努力强迫自己融到一个模子里，我希望我的这个模子能让别人觉得轻松、安全、不害怕。

这永远都不起作用。

我将一无所有地死去。我仍旧是个无名小卒。我不过就是个傻乎乎的、将要在某个疯子的地板上流血而死的小女孩。

然后，我想，如果有机会重来，我会表现得不同。

我会更好。我会有所作为。我会在这个让人遗憾的世界制造一些影响。

而且，我会从杀死安德森开始。

太糟糕了，我已经如此接近死亡。

七十一

我睁开了眼睛。

我环顾四周，对生命轮回后的奇异景象感到好奇。真是奇怪，华纳也在这儿，看起来我仍旧无法动弹，我仍旧能感觉到剧痛。更奇怪的是看到索尼娅和莎拉出现在我的面前。我甚至无法假装明白她们为什么会出现在这幅画面里。

我听到了响声。

那声音越来越清晰了，由于我无法抬起头四处观望，我努力集中精神听他们在说什么。

他们在争论。

“你们必须做！”华纳咆哮道。

“但是我们没办法——我们不，不能——碰她，”索尼娅说道，哽咽地想压制住眼泪，“我们没有办法救她——”

“我无法相信她真的奄奄一息了，”莎拉低声说道，“我觉得你没有说出真相——”

“她没有奄奄一息！”华纳喊道，“她不会死的！拜托，听着，我会告诉你们的，”他说道，声音透着绝望，“你们能救她的——我已经尽力跟你们解释了，”他说道，“你们所要做的一切就是碰我，然后我可以吸取你们的能量——我可以转移，我可以控制它，将你们的能量导向——”

“那是不可能的，”索尼娅说道，“那是不——卡斯特从来没有说过你能做到——如果你能做到，他就会告诉我们的——”

“天啊，拜托，听我说就好了，”他说道，声音有些颤抖，“我没有骗你们——”

“你绑架了我们！”她们两个同时喊道。

“那不是我！我不是那个绑架你们的人——”

“我们凭什么要相信你？”莎拉说道，“我们怎么知道不是你亲手杀她的？”

“为什么你们不在乎？”他现在在非常用力地呼吸，“你们怎么能不在乎？你们为什么不在乎她快要流血至死了——我以为你们是她的朋友——”

“我们当然在乎！”莎拉说道，最后那个词，她说得很重，“但是，现在我们怎么救她？我们可以把她带到哪里去？我们可以把她交到谁手上？没人可以碰她，她已经失血过多了——就看——”

一声尖锐的吸气声。

“朱丽叶？”

地板上传来重重的脚步声。直冲我耳边。所有的声音都交织在一起，相互碰撞，围着我打转。我无法相信自己居然还没死。

我不知道我躺在这儿多久了。

“朱丽叶？朱丽叶——”

华纳的声音是一根我想要握紧的绳。我想抓住它，把它环在我的腰上，我想让他把我拉出这个不正常的世界，这个困住我的世界。我想告诉他不要担心，没事儿，我会好的，因为我已经认命了，我现在准备好死了，但是我没有办法。我说不出话。我仍旧无法呼吸，无法吐字。所有我能做的就是弱弱地痛苦地喘息着，纳闷为什么我这副身体还没放弃。

华纳突然叉开腿横跨在我满身是血的身体上，又小心地不让自己的重量碰到我，他卷起我的衣袖，抓起我裸露的胳膊，说道：“你会好的。我们会救你的——她们会帮我救你的，而你——你会康复的。”他深吸了几口气。“你会完全康复的。你听到我说的话了吗？朱丽叶？你能听到吗？”

我冲他眨了眨眼。我冲他眨眼，眨眼，眨眼，我发现他的眼眸仍旧让我着迷。如此耀眼的绿色光芒。

“你们两个人，抓住我的胳膊，”他冲两个女孩嚷道，他的手坚定地搭在我的肩上，“现在！拜托！我求你们了——”

出于某种理由，她们听了。

也许她们看到了他内心的什么东西，看明白了他脸上的表情。也许她们和我一样，从一团迷雾中看明白了什么。他表露出来的不顾一切，刻进他骨子里的痛苦，他看待我的方式，就好像如果我死了，他也会死的。

我情不自禁地想这是来自这个世界的一份有趣的礼物。

至少，最后，我不是孤独地死去。

七十二

我再次失明。

热气灌进我的体内，非常强烈，它实际上接管了我的视觉。我什么也感觉不到，只觉得热，灼灼热流涌进我的骨头，我的神经，我的皮肤，我的细胞。

所有地方都在燃烧。

起先，我以为这是来自我胸膛遭枪击的地方的热度，是我心脏里的那个洞制造的痛苦，但随后，我意识到这个热气并不伤人。它是一种非常慰藉的热。非常有效，非常强烈，但是，不知怎么，它令人愉悦。我的身体不想拒绝它。不想离开它一点点。不想避开它。

我实际感觉到当那团火击中我的肺时，我的背部离开了地板。我突然大口地喘气，疯狂地呼吸，吸入了大量的空气，就好像如果我不这么做的话，我就会大声哭喊一样。我如饥似渴地喝下氧气，狼吞虎咽地吃光所有的氧气，被它噎到了，然后尽可能快地吸收它，我的整个身体非常沉重，它在努力恢复正常。

我的胸膛就好像正被重新缝补在一块儿，就好像肉体在再生，以一种非人的速度自愈，我眨着眼睛，呼吸着，我移动我的头，努力想看清，但视线仍旧模糊，仍旧不清晰，但越来越好了。我能感觉到我的手指，我的脚趾，我四肢的活力，我实际上能再次听到我的心跳声，突然，我上面的几张脸变得清晰起来。

突然，那种热气消失了。

那些手离开了。

我倒在了地板上。

一切回到以前的模样。

七十三

华纳在睡觉。

我知道这一点是因为他就睡在我身边。光线很暗，我使劲眨了几次眼，才看清楚，这一次，我知道我没有失明。我瞟了一眼窗户，天上的月亮格外圆，将月光倾洒在这间小小的房间里。

我仍在这儿。在安德森的房子里。在可能是华纳的卧室里。

他就睡在我旁边的枕头上。

他的身体在月亮下显得如此柔软而缥缈。他的脸带着令人迷惑的平静，如此平易近人，如此纯洁无邪。我在想，他在这里，躺在我的身边是多么的不可思议。我在这里，躺在他的身边，是多么的不可思议。

我们正一起躺在他儿时的床上。

他救了我的命。

不可思议是个愚蠢的词。

我根本没怎么动，华纳却立即反应过来，他直直地坐了起来，胸膛起伏着，眼睛眨巴着。他看着我，看到我醒了，看到我的眼睛睁着，他愣住了。

我对他有这么多的话要说。有这么多的话我必须告诉他。这么多的事情我必须做，我必须厘清头绪，我必须做出决定。

但是现在，我只有一个问题。

“你父亲在哪儿？”我低语道。

华纳花了好一会儿时间才找到自己的声音。他说：“他回基地了。他当时就离开了，”——他踌躇了一会儿，挣扎了数秒——“在开枪打你后就立即离开了。”

难以置信。

他就任我躺在他起居室的地板上流血。真是给他儿子送了一份极好又需要善后的礼物。给了他儿子一个极生动的教训。热恋，那就看着你的热恋中枪吧。

“所以，他不知道我在这儿？”我向华纳问道，“他不知道我还活着？”

华纳摇摇头：“不知道。”

我思考着，好极了。非常好。如果他以为我死了，那是最好。

华纳仍旧看着我。看着我，看着我，就好像他想碰我一样，但是他不敢靠得太近。终于，他低语道：“你还好吗，亲爱的？你觉得怎么样？”

我笑了笑，思考着所有可以回复的答案。

我想着我的身体是多么精疲力竭，多么虚弱，我一生中从没有这么干渴过。我想着我什么也没吃，两天以来只喝了一杯水。对于人类，对于他们看起来是什么样子，实际上是什么样子，我从来没有这么迷惑过。我想着我怎么会躺在这儿，和45区内最遭人恨、最遭人怕的人共同躺在一张床上，在一幢我们被告知已经不再存在的房子里。我想着这样一个恐怖的人怎么还能如此的温柔，他怎么会救了我的命。他的亲生父亲又是怎样朝我的胸膛开了一枪。就在几个小时之前，我又是怎样躺在自己的血液里。

我想着我的朋友们是否可能仍然被困在战斗里，亚当肯定因为我下落不明或不知道发生了什么事而备感煎熬。健二仍旧在努力地做好自己分内的工作。布伦丹和温斯顿是否仍不知所踪。欧米迦的人也许都死了。这让我沉思。

我现在觉得此刻是我一生中再好不过的时候。

现在这种与以往不同的感觉让我心情愉快。我知道，事情将会有很大的不同。我有这么多的事情要做。这么多的仗要打。这么多的朋友需要我的帮助。

所有事情都变了。

因为，以前，我只是一个孩子。

现在，我仍旧是个孩子，但是，这一次，我有了钢铁般的意志，钢铁般的双拳，我好像已经五十岁了。现在，我终于有了思路。我终于明白，我足够坚强，我敢于碰触，这一次，也许我能做我想做的事儿。

这一次，我就是一支部队。

人性的偏离。

我是活生生的，会呼吸的证明，证明这种人性被扭曲了，惧于它已经做下的事儿，惧于它变成的样子。

我比以前更强壮。我比以前更愤怒。

我准备好做一些我绝对会遗憾的事儿，这一次，我不在乎。我会非常漂亮地做完我的事儿。我不会再惧怕任何事儿。

我的未来将充满混乱。

我会把我的手套丢在身后。

鸣　　谢

我希望朋友宽容，陌生人慷慨；我希望有数小时不受打扰的睡眠。我想要最甜的草莓，最愉快的交流，最温暖的拥抱，我希望小偷会偷走你的悲伤。我想要灿烂耀眼的无所顾忌的开怀大笑，我的希望无限，我希望一切都是为此准备好，我希望这一切都是给你的。我最亲爱的朋友。我的丈夫。你是我喜欢的颜色，最喜欢的季节，最喜欢的日子。我想要这世界上所有美好的事物，只为我能将它作为礼物送给你。

我的母亲。我的父亲。我的兄弟。我的家庭。我爱你们笑的样子。我爱你们哭的样子。我爱你们将你们的哭与笑全部融进我们共饮的每壶茶水中。你们是我遇到过的最不可思议的人，你们被迫去了解我的点点滴滴，你们从没有过抱怨。谢谢你们，为你们的一如既往，为每一杯热茶，为永远不放开我的手。

朱迪·里默。我说“你好”，你报以微笑，然后我问了问天气，你说天气？天气不可预测。我问道路怎么样？你说道路众所周知地崎岖。我问你知道会发生什么事儿吗？你说完全不知道。然后，你把我带入了我一生中最美好的数年时光。我说，忘记，是不可能的。

塔拉·魏肯姆，你读了我用心、用手写下的文字，丝毫不差地理解了它们，令人震惊。你的才华，你的耐心，你永远的友好。你慷慨的微笑。与你合作是那么荣幸。

塔纳和纳森。感谢你们坚定的支持。你们两个的魅力无法用语言表达。

萨米亚。感谢你把你的肩膀借我依靠，感谢你听我说话，感谢你给了我一个安全的地方。我不知道没有你，我还能做什么。

非常感谢哈伯科森斯出版社和作家协会的朋友们，对他们的感谢永远也不够：梅莉莎·米勒，谢谢你的爱和你的热情；克里斯蒂娜·考兰格鲁，戴安娜·诺顿和劳伦·弗劳尔，谢谢你们热情、全力以赴的推销；玛丽莎·鲁塞尔，我的天才宣传代理人。更多的感谢给予雷蒙德·夏佩尔和阿里森·多纳尔蒂，谢谢你们如此了解如何让这样奇妙的封面焕发生机；布伦娜·弗朗兹塔：我要感谢每天都有你这样一个才华横溢的编辑在我身边（我希望我这次用对了冒号）；阿力克·夏恩，谢谢你给我的一切，但还要谢谢知道当奇形怪状的、漏气的儿童玩具出现在他的办公室时如何做出回应；塞西莉亚·卡帕，谢谢你总是不辞劳苦地让我的书走向全世界；贝思·米勒，谢谢她持久的支持；凯西·埃文西瓦基，谢谢她无声的优雅与犀利的直觉。

永远感谢我的读者们！没有你们，我就没有可以交流的人，只能在我的脑袋里与我的人物对话。谢谢你们与我一起分享朱丽叶的旅程。

致我在推特、微博、脸谱和博客上的所有朋友们：谢谢你们。真心感谢。我想知道你们是否真的明白我有多么感谢你们的友谊，你们的支持，以及你们的宽容。

永远感谢你们。

图书在版编目(CIP)数据

被诅咒的少女.释放 / (美) 塔赫瑞 · 马菲 (Tahereh Mafi) 著;马凡,袁学术译. 一南京:译林出版社,2017.7

书名原文:Unravel Me

ISBN 978-7-5447-6777-4

I.①被… II.①塔… ②马… ③袁… III.①长篇小说 - 美国 - 现代 IV.①I712.45

中国版本图书馆 CIP 数据核字(2016)第 298409 号

被诅咒的少女——释放 [美国] 塔赫瑞 · 马菲 / 著 马凡 袁学术 / 译

责任编辑 陆元昶
特约编辑 苑浩泰
装帧设计 Metis 灵动视线
校　　对 肖飞燕
责任印制 贺　伟

出版发行 译林出版社
地　　址 南京市湖南路 1 号 A 楼
邮　　箱 yilin@yilin.com
网　　址 www.yilin.com
市场热线 010-85376701
排　　版 灵动视线
印　　刷 三河市华润印刷有限公司
开　　本 960 毫米 × 640 毫米 1/16
印　　张 23
版　　次 2017 年 7 月第 1 版 2017 年 7 月第 1 次印刷
书　　号 ISBN 978-7-5447-6777-4
定　　价 28.80 元